OA̍T-LÂM HIĀN-TĀI BÛN-HA̍K

越南現代文學

MỘT SỐ VẤN ĐỀ VĂN HỌC VIỆT NAM HIỆN ĐẠI

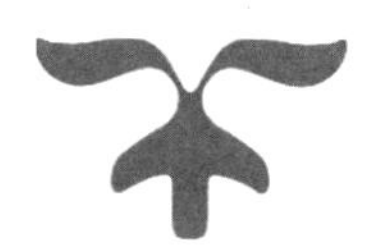

原著：阮登疊（Nguyễn Đăng Điệp）

譯者：蔣為文、蔡氏清水、鄭智程

國家圖書館出版品預行編目資料

越南現代文學/阮登疊(Nguyễn Đăng Điệp)原作 ; 蔣為文, 蔡氏清水, 鄭智程譯. -- 初版. -- [臺南市] : 亞細亞國際傳播社, 2020.11
面 ; 公分

譯自 : MỘT SỐ VẤN ĐỀ VĂN HỌC VIỆT NAM HIỆN ĐẠI.

ISBN 978-986-98887-2-1(平裝)
1.現代文學 2.文學史 3.越南
868.39 109017962

越南現代文學

OA̍T-LÂM HIĀN-TĀI BÛN-HA̍K
MỘT SỐ VẤN ĐỀ VĂN HỌC VIỆT NAM HIỆN ĐẠI

作者 / 阮登疊(Nguyễn Đăng Điệp)
譯者 / 蔣為文、蔡氏清水、鄭智程
策劃 / 國立成功大學越南研究中心、台越文化協會、台文筆會
主編 / 蔣為文
執行編輯 / 陳理揚
總校訂 / 蔣為文
校對 / 洪憶心、呂越雄、黃筱勻
出版 / 亞細亞國際傳播社
網址 / http://www.atsiu.com
TEL / 06-2349881
FAX / 06-2094659
公元 2020 年 11 月 20 日 初版

ISBN：978-986-98887-2-1

Printed in Taiwan NT 380
本書榮獲台灣亞洲交流基金會、文化部及內政部新住民發展基金補助

中文版目錄

台文版目錄

全球化下的越南文學主體 (中文版)

我對越南的現代文學是外行，但對台灣現代文學的發展，倒是關心。因此我在讀這本越南現代文學中譯本的時候，的確是持著「被教育」的態度和「比較」的眼光。

本書界定越南的現代文學從二十世紀(1900)算起，明白易懂。以此起點來縱橫越南的現代（和當代）文學特色和變化，以及背後的政治、社會脈絡，就是這本書的大要。不過，即便如此，跨過十九和二十世紀，法國殖民經驗對越南文學發生的影響，當然也不能忽略。此外，二戰後的 1945-1975 之間，南北越政權分立，這恐怕更是當代越南文學發展中相當關鍵的分裂性格而呈現兩方對立的文學 30 年。1975 年之後，南北越統一乃至 1986 後的「革新」時代，這在在影響和型塑著越南的當代文學景觀。

綜觀全書的立論，越南文學自始至終都在追求文學的主體和與外在世界的交流。作者也不諱言，在南北分裂時期，兩邊的文學性格也分野；南方是受都市資本主義左右，北方則是信奉馬列共產主義。我建議讀者在讀這本書的第二章（小說)、第三章（現代詩)、第四章(文學批評)這三章論述時，不妨就自行去探討在南方資本、北方共產下的兩越文學到底有什麼差異和矛盾。在我看來，對南北越小說、詩和文學批評進行比較，應該是一項很有意義的比較文學社會學研究之旅。

我發現作者在文學批評這一章中，也多少涉及上述比較社會學的觀點。雖然論點沒有完全超越統一後政治（如馬克思主義）文學觀點，但也點出自 1986 年至今的文學呈現豐富和熱絡，以及倡議以多元、現代和全球交流視角去引導未來越南的文學。

我在此推薦本書給所有越南和東南亞研究的學者。

蕭新煌

總統府資政、台灣亞洲交流基金會董事長

全球化下ê越南文學主體 (台文版)

我對越南 ê 現代文學是外行，m̄-koh 對台灣現代文學 ê 發展，是 put-lí-á 關心。Só͘-pái 我 teh 讀這本越南現代文學中譯本 ê 時，確實是抱 tio̍h「hông 教育」ê 態度 hām「比較」ê 眼光。

本冊界定越南 ê 現代文學 ùi 20 世紀(1900)算起，簡單好讀。Ùi chit-ê 起點來縱橫越南 ê 現代(hām 當代)文學特色 hām 變化，背後 ê 政治、社會脈絡，就是這本冊 ê 重點。M̄-koh，就算 án-ne，跨過 19 hām 20 世紀，法國殖民經驗對越南文學發生 ê 影響，當然 mā bē-sái chún 無看。另外，二戰 liáu 1945-1975 之間，南北越政權分立，這恐驚 mā 是當代越南文學發展 lāi-té 相當關鍵 ê 分裂性格 chiah 呈現兩方對立 ê 文學 30 年。1975 年 liáu 後，南北越統一甚至 1986 後 ê「革新」時代，這 lóng 有影響 hām 型塑 tio̍h 越南 ê 當代文學景觀。

Kui 本冊看起來，lóng teh 討論越南文學追求文學 ê 主體 kap hām 外口世界 ê 交流。作者 mā 無閃避，tī 南北分裂時期，兩 pêng ê 文學性格 mā 無仝；南方是 hō͘ 都市資本主義左右，北方是 ho̍k-sāi 馬列共產主義。我建議讀者 teh 讀這本冊 ê 第二章(小說)、第三章(現代詩)、第四章(文學批評)這三章論述 ê 時，ē-sái ka-tī 探討 tī 南方資本、北方共產之下 ê 兩越文學到底有 siáⁿ 無仝 hām 矛盾。在我看來，對南北越小說、詩 hām 文學批評進行比較，應該是一項真有意義 ê 比較文學社會學研究之旅。

我發現作者 tī 文學批評這章 lāi-té，chē-chió mā 牽涉 tio̍h 比較社會學 ê 觀點。雖然論點無完全超越統一 liáu 政治(如馬克思主義)文學觀點，m̄-koh mā 有點出 ùi 1986 年到 taⁿ ê 文學呈現豐富 hām 熱-phut-phut，以及提倡以多元、現代 hām 全球交流視角去引 chhōa 未來越南 ê 文學。

我 tī chia kā 這本冊推薦 hō͘ 所有研究越南 hām 東南亞 ê 學者。

蕭新煌
總統府資政、台灣亞洲交流基金會董事長

文學是民族文化的靈魂 (中文版)

歷史書寫無法完整詮釋一個國家的生命史，文學卻能夠透過文字書寫生動地記載一個國家民族的文化、精神以及生命歷程。越南壯闊的歷史，不僅豐盛了越南的文化，也豐富了越南的文學。《越南現代文學》一書，為讀者詳實分析歸納越南現代文學與越南民族文化精神的發展歷程。

越南的歷史是悲壯的。越南反抗中國的侵略已經超過兩千年，十九世紀中期以後，則是遭遇法國的殖民、日本的擴張入侵，以及二次世界大戰之後對抗法國與美國的戰爭。越南面對不同外來勢力的侵略，這些歷史雖然悲壯但也在越南這塊土地上觸發出不同的文學內涵。面對中國兩千多年來的侵略與文化壓迫，越南人創造出屬於自己的古典反抗文學。十九世紀中期，法國人開始殖民越南，越南再次面臨文化壓迫；不過，東西方文化的衝擊，豐富了越南文學，法國人帶來的羅馬字拼音文字書寫方式，卻也讓越南有機會從文字上去中國化。二次世界大戰期間，又是越南另一則悲壯的歷史，此刻也提供越南文學不同的養分。1945 年至 1975 年之間，長達 30 年的社會主義爭取獨立自主戰爭，是越南現代文學的核心之一。1986 年之後，越南推動國際交流開始，再次為越南注入國際化的因子。全球化的當下，越南已經成功走入世界；如今，越南在全球化的世界裡，其重要性已經超越 1970 年、1980 年代 Made In Taiwan 的台灣角色。全球化如今也是豐富越南文學的另一個因素。

越南現代文學的豐富性，不僅是來自越南對抗中國、法國、日本、美國等外來勢力的歷史，越南其內部爭取生命權、幸福權、自由戀愛權、社會平等權、南北的歷史文化差異，以及傳統的革命文學等等，也都是越南文學豐盛的因子。越南的現代文學，承載了越南民族的精神與靈魂；因此，透過《越南現代文學》，我們可以充分了解越南的生命力來自何方。

許建榮

許建榮
小英教育基金會想想論壇主編

文學是民族文化 ê 靈魂 (台文版)

歷史書寫無法度完整詮釋一个國家 ê 生命史，文學 soah ē-tàng 透過文字書寫活跳跳記載一个國家民族 ê 文化、精神 hām 生命歷程。越南壯闊 ê 歷史，m̄-nā hō͘ 越南 ê 文化豐富，mā hō͘ 越南 ê 文學 chhiâⁿ-iāⁿ。《越南現代文學》這本冊替讀者 chim-chiok 分析歸納越南現代文學 hām 越南民族文化精神 ê 發展歷程。

越南 ê 歷史是悲壯 ê。越南反抗中國 ê 侵略已經超過兩千冬，19 世紀中期以後，koh tú-tio̍h 法國 ê 殖民、日本 ê 擴張入侵，hām 二次世界大戰 liáu 對抗法國 kap 美國 ê 戰爭。越南面對無仝外來勢力 ê 侵略，chia-ê 歷史雖然悲壯 soah mā chiâⁿ-chò 越南這塊土地 téng-koân 無仝 ê 文學內涵。面對中國兩千外冬來 ê 侵略 hām 文化壓迫，越南人創造出屬於 ka-tī ê 古典反抗文學。19 世紀中期，法國人開始殖民越南，越南 koh chit pái 面臨文化壓迫；M̄-koh，東西方文化 ê 衝擊，mā 豐富 tio̍h 越南文學，法國人 chah 來 ê 羅馬字拼音文字書寫方式，mā hō͘ 越南有機會 ùi 文字上去中國化。二次世界大戰期間，又 koh 是越南另外一段悲壯 ê 歷史，這 mā 提供越南文學無仝 ê 養分。1945 年到 kah 1975 年之間，長達 30 冬 ê 社會主義爭取獨立自主戰爭，是越南現代文學 ê 核心之一。1986 年以後，越南推動國際交流開始，koh chit-pái 替越南注入國際化 ê 因端。這 chām 是全球化 ê 時代，越南已經成功 kiâⁿ 入世界；Taⁿ，越南 tī 全球化 ê 世界 lìn，伊 ê 重要性已經超越 1970 年、1980 年代 Made In Taiwan ê 台灣角色。全球化 taⁿ mā chiâⁿ-chò 豐富 tio̍h 越南文學 ê 另一个因素。

越南現代文學 ê 豐富性，m̄-nā 來自越南對抗中國、法國、日本、美國等外來勢力 ê 歷史，越南伊內部爭取生命權、幸福權、自由戀愛權、社會平等權、南北 ê 歷史文化差異，hām 傳統 ê 革命文學等等，mā lóng 是越南文學 phong-phài ê 因端。越南 ê 現代文學，承載 tio̍h 越南民族 ê 精神 hām 靈魂；Só͘-pái，透過《越南現代文學》，咱 ē-tàng 充分了解越南 ê 生命力來自 tó-ūi。

許建榮
小英教育基金會想想論壇主編

在文學道路上台越是兄弟 (中文版)

在文學的發展道路上，台灣和越南可以說猶如兄弟般，既有同樣的文學歷史背景又發展出不完全一樣的現代文學。

台灣和越南同樣身處在中華帝國之周邊，也都曾受古代中國霸凌與影響。譬如，越南曾使用漢字達二千年之久且受中國文學傳統影響。直至十九世紀後半期，在法國殖民政府的介入下，越南文學開始透過越南羅馬字脫胎換骨，開啟了文學現代化的道路。譬如，越南的第一份羅馬字報紙《嘉定報》於 1865 年在南部開始發行，並開啟東、西方文學譯介之門。到了 1945 年 9 月 2 日，胡志明選擇麥克阿瑟發布第一號命令的同一天，宣布越南獨立。隔沒多久，胡志明又再度宣布實施母語教育，並將越南羅馬字正式訂為國語字以取代漢字。胡志明的明智之舉不僅讓越南文學持續走向現代化，更讓越南文學開創出具有越南民族特色的國民文學！

相形之下，台灣在 1885 年也發行第一份羅馬字報紙《台灣府城教會報》，並創造了遠比中國五四運動(1919 年)還早的台語白話文學史。事實上，就時間點來看，中國的五四白話文運動不僅遠遠落後於台灣，也比越南的白話文運動還晚。可惜，二次世界大戰後，台灣人沒把握到戰後獨立的機會而淪為蔣介石政權的殖民地。在蔣政權統治下，反共文學及中國文學被殖民體制刻意扶持，台灣文學則被高度打壓。譬如，台灣的公立大學竟然不准成立台灣文學系，這樣的禁忌直到公元 2000 年國立成功大學台灣文學系成立後才被打破。隨著各大學設立台灣文學相關系所成為潮流，台灣文學也逐漸朝向台灣母語文學的方向前進。

在我 2003 年學成歸國到成大台文系服務之後，我即積極推動台灣和越南的人文雙向交流，並成立越南研究中心。這幾年越南研究中心也陸續促成台灣文學及越南文學作品的雙向譯介出版及文學交流。這次非常感謝越南社科院文學所所長阮登疊教授同意授權翻譯出版他的名著《越南現代文學》。這本書很清楚地介紹了十九世紀以來越南文學從傳統文學邁向現代文學的歷程。這本書應該是台灣國內第一本專門介紹越南現代文學發展史的學術專著。我們特別將這本書翻譯成中文及台文二種語言，以凸顯台灣文學邁向台灣母語前進的深層意義。

最後，我要感謝全體編譯工作團隊的辛勞，才能在一年內完成這個翻譯出版任務。也要感謝小英教育基金會、台灣亞洲交流基金會、文化部、內政部新住民發展基金、國立成功大學、台越文化協會、台文筆會及亞細亞國際傳播社等各單位的通力協助才能促成這本有意義的專書順利出版。

蔣為文
國立成功大學
越南研究中心及台灣文學系主任

Tī 文學 ê 路 lìn 台越是兄弟仔 (台文版)

Tī 文學發展 ê 路 lìn，台灣 hām 越南 ē-sái 講 ká-ná 兄弟仔，有仝款 ê 文學歷史背景 koh 發展出無完全仝款 ê 現代文學。

台灣 hām 越南仝款 óa tī 中華帝國 ê 厝邊，mā lóng bat hō͘ 古中國 chau-that hām 影響。像講，越南 bat 用漢字用 kah 二千冬 hiah 久 koh bat 受中國文學傳統影響。到 kah 十九世紀後半期，因為法國殖民政府 ê 介入，越南文學開始透過越南羅馬字 tńg-tōa-lâng，開拓文學現代化 ê 大路。Koh，越南 ê 第一份羅馬字報紙《嘉定報》tī 1865 年 tiàm 南部開始發行，phah-khui 東、西方文學譯介 ê 大門。到 kah 1945 年 9 月初 2，胡志明選擇 MacArthur 發布第一號命令 ê 仝一工，宣布越南獨立。隔無 gōa-kú，胡志明 koh 宣布實施母語教育，kā 越南羅馬字正式訂做官方國語字 thang 取代漢字。胡志明 ê khiáu-pō͘ m̄-nā hō͘ 越南文學持續 kiâ^{n} ǹg 現代化，koh hō͘ 越南文學開創出充滿越南民族特色 ê 國民文學！

對照之下，台灣 mā tī 1885 年發行第一份羅馬字報紙《台灣府城教會報》，koh 創造 tio̍h 比中國五四運動(1919 年) khah 早 ê 台語白話文學史。事實上，就時間點來看，中國 ê 五四白話文運動 m̄-nā 遠遠落後台灣，mā 比越南 ê 白話文運動 khah òa^{n}。可惜，二次世界大戰 liáu，台灣人沒把握 tio̍h 戰後獨立 ê 機會 soah 淪落做蔣介石政權 ê 殖民地。Tī 蔣政權統治下，反共文學 hām 中國文學 hō͘ 殖民體制刁工扶持，台灣文學 soah hông 高度打壓。像講，台灣 ê 公立大學竟然不准成立台灣文學系，chit-khoán ê 禁忌到 kah 公元 2000 年國立成功大學台灣文學系成立 liáu chiah hông 打破。Tng-tong 各大學設立台灣文學相關系所 chiâ^{n}-chò 潮流，台灣文學 mā ta̍uh- ta̍uh-á ǹg 台灣母語文學 ê 方向前進。

Tī 我 2003 年完成海外 ê 學業轉來到成大台文系服務 liáu，我 sûi 積極推動台灣 hām 越南 ê 人文雙向交流，koh 成立越南研究中心。這 kúi 年越南研究中心 mā 陸續促成台灣文學 hām 越南文學作品 ê 雙向譯介出版 kap 文學交流。這 pái 非常感謝越南社科院文學所所長阮登疊教授同意授權翻譯出版伊 ê 名著《越南現代文學》。這本冊真清楚紹介十九世紀以來越南文學 ùi 傳統文學 kiâ^{n} ǹg 現代文學 ê 歷程。這本冊應該是台灣國內第一本專門紹介越南現代文學發展史 ê 學術專冊。咱特別 kā 這本冊翻譯做中文 hām 台文二種語言，thang 凸顯台灣文學 ǹg 台灣母語前進 ê 深層意義。

路尾，我 beh 感謝全體編譯工作團隊 ê 拍拚，chiah ē-tàng tī 一冬內完成 chit-ê 翻譯出版 ê 任務。Mā ài 感謝小英教育基金會、台灣亞洲交流基金會、文化部、內政部新住民發展基金、國立成功大學、台越文化協會、台文筆會 hām 亞細亞國際傳播社等各單位 ê 鬥跤手 chiah ē-tàng 促成這本有意義 ê 專冊順利出版。

國立成功大學
越南研究中心及台灣文學系主任

作者序(中文版)

《越南現代文學》這本書原本是作為越南社會科學院研究生學院的文學教材。因教學需求的關係，本書不是定位在完整的越南文學史的敘述，而是著重在越南文學現代化過程中較重要也較受關注的幾個問題面向的討論。

系統論是研究工作中的理論基礎之一。越南文學現代化過程中藝術思維與詩法學(詩歌體裁)的改變是一個連續、有緩慢也有劇烈的改變過程。這些都與人們的意念有關。現代是一個改革與快速演變的時代。這本書因篇幅及條件有限，1975 年以後海外越南人的文學部分較少提及，希望未來能補足。

我認為，作為文化中最微妙與敏感的越南現代文學，深刻地呈現現代的多樣性與不斷演變性。它也讓我們見識到在現代及後現代當中每種異議的聲音都有權存在。

這本書能夠翻譯成台文及中文版並在台灣出版，我首先要感謝擔任國立成功大學越南研究中心及台灣文學系主任的蔣為文教授，及譯者蔡氏清水與鄭智程。我也誠摯感謝總統府資政蕭新煌教授及小英教育基金會想想論壇主編許建榮教授為本書撰寫推薦序。這本書的出版可視為近年來台灣與越南之間的文化交流的具體見證與成果之一。

Nguyễn Đăng Điệp（阮登疊）
越南社科院文學所

作者序(台文版)

《越南現代文學》這本冊原底是越南社會科學院研究生學院 ê 文學教材。顧 tio̍h 教學需求 ê 關係，本冊無定位 tī 完整 ê 越南文學史 ê 描寫，顛倒看重 tī 越南文學現代化過程 lāi-té khah 重要 mā hông 關心 ê kúi 个問題面向 ê 討論。

系統論是研究工作 lāi-té ê 理論基礎之一。越南文學現代化過程中藝術思維 hām 詩法學(詩歌體裁)ê 改變是一個連續、有慢 mā 有 kín ê 改變過程。這 lóng hām 咱人 ê 意念有關。現代是一个改革 hām 快速演變 ê 時代。這本冊因為篇幅 kap 條件有限，1975 年以後海外越南人 ê 文學部分 khah 少講起，ǹg-bāng 未來 ē-tàng 補充。

我認為，chiâⁿ 做文化 lāi-té siōng 奇巧 hām 敏感 ê 越南現代文學，深深呈現現代 ê 多樣性 hām 不斷演變性。伊 mā hō͘ 咱認捌 tio̍h tī 現代 hām 後現代 lāi-té ta̍k 款無仝 ê 聲音 lóng 有存在 ê 權利。

這本冊 ē-tàng 翻譯做台文 hām 中文版 koh tī 台灣出版，我代先 ài 感謝擔任國立成功大學越南研究中心 hām 台灣文學系主任 ê 蔣為文教授，ah-koh 譯者蔡氏清水 hām 鄭智程。我 mā 真心感謝總統府資政蕭新煌教授 hām 小英教育基金會想想論壇主編許建榮教授替這本冊寫推薦話頭。這本冊 ê 出版 ē-tàng 算是這 kúi 年來台灣 hām 越南之間 ê 文化交流 ê 具體見證 hām 成果之一。

Nguyễn Đăng Điệp（阮登疊）
越南社科院文學所

第一章

越南現代文學綜觀

第一章 越南現代文學綜觀

1.1. 現代文學的範疇

1.1.1. 生活中與文學中的現代

對越南現代文學和文學現代化過程的研究，首先要弄清楚現代、現代文學、文學現代化這些概念的內涵。

「現代」和「現代化」具有不同的內涵。大致上，「現代」是一種新穎、合時的，「現代化」是通往現代的途徑與過程[1]。而「現代文學」，最基礎的了解，是兼容並蓄於現代時期的文學，新穎以及跟以往文學時代有所不同。

現今，在日常生活中，現代生活方式、現代思考模式、現代人、現代消費等這些概念已經變成普通、平常了。在文化、思想、政治、經濟等領域中，現代概念也密集地出現，如：現代思維、現代視野、現代文化等。連在政治與社會生活中「促進國家現代化、工業化的事業」這口號也跟「現代」有關。如此，現代概念在許多不同的領域中出現，有時指程度、特點，有時像一種默認指跟前面比較的價值、新穎的概念相關。不過，現代，依最普遍的了解方式，「現代」一直跟生產發展程度、經濟與消費程度緊密相連。

儘管被使用相當靈活，但是在基本上「現代」經常透過時間與發展程度這兩個標準來被確定。

---

[1] 《越語大辭典》（*Đại từ điển tiếng Việt*，通訊文化出版社，1998 年，802 - 803 頁解釋：「現代：1）屬於現在時期」，2）使事物或現象有精緻於機器的裝備」；而現代化：1）革新，使事物或現象有新時代性，2）使具有精巧的性質，充分充滿最進步的科學的標準」。

關於時間方面，現代指的是人類文明發展歷史的一個階段。歐洲的現代時期，常常被從 1870 年英國進行第一次工業革命算起，後來快速地延伸到法國、德國、俄國、美國等幾個國家。第一次工業革命的特徵是機械的技術已經完全取代體力勞動。這次革命迅速地使英國成為經濟強國與世界貿易財政中心。到 1848 年為止，英國工業產量佔全球工業總產量 45%。第一次工業革命也證明發展程度已超越以往的社會經濟形態。可以說，工業生產、市場經濟、都市化過程、個人優勢等都是構成現代面貌的基本因素。從經濟到政治、社會、文化的人類所有活動領域，都受到新的生產程度以及生產方式深刻的影響。

在文學領域中，於科學技術革命、工業生活方式和商品生產的深刻影響下，已經使作者們改變了人生觀以及宇宙觀。甚至，有時候，對於同一個現象，外表好像一樣，其實本質上，現代藝術思維和傳統藝術思維之間完全不同[2]。當然，沒有人會簡單地認為社會歷史的改變就會立即地導致文學的改變，因為那只是間接的影響。這裡，需要看到雙向的互動：1）社會歷史的改變將會導致對藝術文化觀念認識的改變；2）作為審美意識的一種形式，文學具有相對獨立性，對社會基礎設施相互產生影響。通過分析、預測歷史的運動方向，文學的預測性質體現最為明顯。從這樣的觀點來看，文學中的現代時期與個人的意識、作者們的都市感之發展、接受文學的大眾的多樣性有關，其中，市民階級扮演重要的角色。研究小說時，米蘭·昆德拉（Milan Kundera）認為，與小說《唐吉訶德》（Don Quixote），米格爾·德·塞萬提斯（Miguel de Cervantes） 是歐洲文學現代時期的創始人。這是一部透過作品中主要人物的冒險經歷來告別過去的小說。

---

[2] 例如，透過懷清（Hoài Thanh）的豐富畫面的一個比較：「從王勃（Vương Bột）的白鷺鷥在晚霞中靜靜地飛翔到春妙（Xuân Diệu）的白鷺鷥不飛翔而翅膀在徘徊之間隔著一千多年和兩個世界。（《越南詩人》（*Thi nhân Việt Nam*，文學出版社（再版），1998 年，119 頁）。

與西方相比，現代時期在東方的出現晚了許多。只有日本從明治時期（1868-1912）隨西方的主張來開放，改革而已，其他國家，像越南、中國，直到十九世紀末二十世紀初，封建制度仍然存在著。因此，根據時間的標準，儘管有世界的通用標準，但是每個區域、每個國家，會根據於自己不同的文化、歷史時期，來做自己歷史、文化背景的分期。例如，在中國，從 1840 年（鴉片戰爭）至 1919 年被稱為近代時期，從 1919 年至 1949 年是現代時期，從 1949 年至今是當代時期。在越南，當說到現代時，研究界對分期年代尚未達成一致，而每個人的分期法也完全不同。在許多研究者的看法，越南近代時期的印記很模糊、微弱，它常常被視為是從中世紀到現代的過渡期，而不是一個很鮮明、有特色的時期。

關於發展程度方面，現代是新的/正在出現的事物，是世界和每個國家最高發展程度的體現。與這樣的觀念，當代被認為是現代的一部分，甚至，「現代等於當代」，因為「當代是一個社會，一個具體族群的現時狀態，其亦是世界的文化現狀、文化水準作為標準或參考框架[3]。在此，現代具有人類、國家最高發展程度的意義。其是世界文化接軌過程最具體、最生動的體現，也是經濟知識和資訊文明的「融合」。跟隨現代概念出現的是「現代性」的概念，其指新穎的、另類的與傳統文化產生的事物或現象不同的含意。在現代人文科學的看法中，現代性問題具有很重要的意義，因為其跟思維的開放性甚至包括時代的前瞻性有關。雖然對現代性有許多不同的解釋，但基本上，有兩種主要的解釋，第一，現代性存在於傳統中的價值。藝術天才的創作作品通常具有這種特性。例如，阮攸（Nguyễn Du）的詩作是前現代的藝術作品，但是在《金雲翹

[3] 杜萊翠（Đỗ Lai Thúy），《二十世紀越南文學的回顧》*(Nhìn lại văn học Việt Nam thế kỷ XX)* 中的「關於越南文學中現代和現代化的概念」（Về khái niệm hiện đại và hiện đại hóa trong văn 關於 học Việt Nam），國家政治出版社，2002 年，401 頁。

傳》(*Truyện Kiều*)傑作中包含很多具有現代性的要素(像是對人類命運超越時代的意義深刻的沉思、對資本主義萌芽時代中的金錢力量的預測等等);第二,現代性被理解為文化、哲學以及文學具有「現代價值反思」的現象。根據陳廷史(Trần Đình Sử)的說法,現代性是價值系統、思維模式的改變,是人類與民族生活中新文化階段的形成,而依據每種文化的背景,現代性具有不同的內容[4]。現代性與民族性從不衝突及矛盾,且其測量尺度是人類性[5]。正是現代性的開放度將導致後來的後現代。

當談到現代作為指程度概念的資格時,也要注意到「新穎」的概念。

新穎的是一個哲學的範疇,跟老舊的有所不同。新穎的也跟新鮮(外表形式看似新但是裡面的內容是舊的,結構組織還是按照老舊的原理)的有所不同。新穎的是第一次出現,是具有革命性改變的產品,也有總結和促進歷史發展的意義。新穎的,當完成歷史的使命時,將會成為舊的,而對歷史來說,其只剩下間接性的影響。

1.1.2. 現代與現代主義/後現代主義

在討論現代概念時,也需要將其(現代)跟現代主義(modernism)以及後來出現的後現代(post modernism)概念做區別。現代主義是哲學、美學出現於歐美國家大約十九世紀末二十世紀初的潮流,它是資本主義和資產階級意識形態危機的表現。主張跟寫實主義和浪漫主義斷絕,現代主義提出了新的觀點和方法,例如印象主義,立體主義,多元主義,存在主義,意識流技術等等。以弗里德里希·尼采(Friedrich Nietzsche)、埃德蒙德·胡塞爾(Edmund Husserl)、亨利·柏格森(Henri Bergson)、西

---

[4] 陳廷史(Trần Đình Sử),《文學理論的邊界線上》(*Trên đường biên của lý luận văn học*),文學出版社,2014 年,255-256 頁。

[5] 已經有了階段,由於太過於提高階級性,我們批判了文學中的人類性(人性),視其為資產觀點的產物產品。

格蒙德·佛洛伊德（Sigmund Freud）、馬丁·海德格爾（Martin Heidegger）等的哲學作為思想基礎，現代主義主張超越原本存在的藝術規範，呼籲藝術家無盡的冒險，尤其是，將藝術從意識形態與理性的囚禁中解放出來。現代主義已經釋放了許多新的思想，包含世界著名如法蘭茲·卡夫卡（Franz Kafka）、詹姆斯·喬伊斯（James Joyce）、米蘭·昆德拉等作家。

從二十世紀的 80 年代末以來，後現代這概念被廣泛地提及，甚至成為大多數研究計畫的中心關鍵詞。至今，後現代的內涵仍尚未明確地定義，科學界對後現代與現代主義之間的區別亦尚未達成共識。不過，大致上，在越南有三種觀點：第一，將後現代主義視為後來的事物；是現代主義的延續，第二，將後現代主義視為與現代主義完全不同的範疇；第三，認為現代和後現代只是概念上的重疊，或者否認後現代的存在。

再回到現代的概念，以上的分析證明，途徑、發展速度可能會有所不同，但邁向現代與現代化則是每個國家都必需經歷的規律。與其他發展國家相比，越南的現代化過程與實現現代的道路發生得比較晚，而且更艱難。實際上，越南的現代化是與「超越農業生產水平」及「小農心急趕上工業生產水平」同義的。隨之而來，是努力跟進世界的現代社會組織和管理水準。而現代文學被視為跟中世紀文學不同於藝術詩學以及觀念方面的文學，是現代和後現代兼容的產品。

1.2. 現代文學分期的問題

1.2.1. 從時間軸觀看文學的進程

分期問題是當研究文學歷史時複雜問題的其中之一。因此，至今在文學研究界中對二十世紀文學的分期仍尚未找到共識。總體來說，研究者們都同意越南文學的進程是從古代、中世紀文學到現代、後現代文學的延續。只有近代文學的時期仍存有許多不同意見。例如，阮惠之

（Nguyễn Huệ Chi）認為，從 1907 年到 1945 年是近代文學，從 1945 年以後是現代文學。根據豐黎（Phong Lê），越南近代文學，若有的話，也只是一個模糊、介於現代與中世紀之間過渡性的階段。陳庭佑（Trần Đình Hượu）、黎志勇（Lê Chí Dũng）卻確定，1900-1930 年階段是文學過渡時期，而從 1930 年以後，越南文學是屬於現代文學。更早一些，在《越南文學史簡約新編》（*Việt Nam văn học sử giản ước tân biên*）科學工程中，范世伍（Phạm Thế Ngũ）認為，現代文學從 1862 年持續到 1945 年。這位研究者之所以採用 1862 年作為時間點，因為這是與《壬戌條約》（Hiệp ước Nhâm Tuất）相關的一年，隨後，越南將南圻的土地割讓給了法國。意思是說，從越南南圻屬於法國人統治的開始，西方的教育制度已經改變了人們文學接受與創作的生活。清朗（Thanh Lãng）的《越南文學略圖》（*Bảng lược đồ văn học Việt Nam*）（1967 年）就跟這種分類相似。越南北部的一些文學史的教材也認為現代文學開始於於 1930 年或 1932 年的時間點。近年來，一些研究者將文學進程按世紀進行分類，根據這種分類法，現代文學是從二十世紀初開始，而從十世紀到十九世紀末作為中世紀文學。陳儒辰（Trần Nho Thìn）的《從十世紀至十九世紀末的越南文學》（*Văn học Việt Nam từ thế kỷ X đến hết thế kỷ XIX*）（2012 年）的研究雖然不直接討論到但也這麼形容想像分期的問題。潘巨瑘（Phan Cự Đệ）他們基本上認為現代文學是從二十世紀初開始。不過，察覺到問題的複雜性，他們提醒到「以 1900 年作為現代文學的標誌是從世紀作為單位的角度來看文學，而不能認為 1900 年是中世紀文學和現代文學這兩個時期之間很清楚、明確的分水嶺」。[6]

---

[6] 參考潘巨瑘（Phan Cự Đệ）（主編）的《二十世紀越南文學》（*Văn học Việt Nam thế kỷ XX*），教育出版社，2004 年，11 頁。

1.2.2. 將文學歷史視為模式的轉變

以時間軸來分期的同時，一些研究者有意識地從不同範典觀點來看文學運動，專注在現代文學的範疇/概念內涵上的了解 [7]。例如阮登孟（Nguyễn Đăng Mạnh）、阮廷注（Nguyễn Đình Chú）、豐黎、陳廷史、杜德曉（Đỗ Đức Hiểu）、王智閒（Vương Trí Nhàn）、杜萊翠（Đỗ Lai Thúy）、陳儒辰、阮登疊(Nguyễn Đăng Điệp)等的意見。阮登孟在《1930 年-1945 年越南文學教程》*(Giáo trình văn học Việt Nam 1930-1945)* 中認為，現代文學是已經「脫離中世紀文學的詩學系統，透過以下三個重要的特徵進而確立新詩學系統，現代文學詩學」的文學：1）脫離象徵系統、崇拜古典；2）脫離「天人合一」，人被視為只是在大宇宙中的小宇宙的古哲學觀念，進而意識到人是宇宙的中心，是美的標準；3）脫離中世紀文學「文史哲不分」的情況，提高文學創作為作家自由創作的資格。身為許多年思考關於現代文學和現代化文學的觀點來看，王智閒認為，現代文學是以「西方模式」來建立的文學[8]。豐黎也注意到，儘管在 1884 年於甲申和約（Hiệp ước Patenôtre）越南主權才被割讓給法國人，但是其併吞的陰謀早已透過十七世紀的傳教士在進行了。根據豐黎的說法，「直到二十世紀初，當勤王運動（phong trào Cần Vương[9]）中的

---

[7] 「範典」概念（paradigm）由湯瑪斯・孔恩（Thomas Kuhn）（1922 - 1996）在《科學革命的結構》(Cấu trúc các cuộc khoa học)(The Structure of Scientific Revolutions) 中提出，於 1962 年出版，已經被翻譯成越南語（朱蘭廷 Chu Lan Đình 翻譯，知識出版社，2008 年），是一個最近有很多科學家關注的概念。值得注意的是，一些研究者的運用例如陳廷史、杜萊翠(Đỗ Lai Thúy)、陳玉王(Trần Ngọc Vương)、阮登疊（Nguyễn Đăng Điệp）等。

[8] 參考王智閒（Vương Trí Nhàn）的《二十世紀越南文學的回顧》(*Nhìn lại văn học Việt Nam thế kỷ XX*) 中的「尋找越南文學史中現代概念」(Tìm nghĩa khái niệm hiện đại trong văn học sử Việt Nam)，國家政治出版社，2002 年，464-477 頁。

[9] 譯者註：勤王運動（phong trào Cần Vương）是從 1885 年至 1896 年由阮朝大臣尊室說（Tôn Thất Thuyết）、阮文祥（Nguyễn Văn Tường）等人以咸宜帝（vua Hàm Nghi）名義發起。該運動得到很多當時朝廷的官吏、愛國文紳的響應。

抗法運動結束時，法國殖民者才正式建立全印度支那的殖民地開發、剝削的計劃。也要到這時候，越南藝術文學中的現代化趨勢才出現一些首先的結果[10]」。雖然分期的時間點不是很清楚，不過在豐黎的評論中，越南文學的現代時期是從二十世紀就已開始。

如此，每一位科學家都從自己的觀點、立場出發，都對現代文學範疇有自己的見解。不過，關於方法論方面，要確定現代文學的內涵時，研究者們幾乎都注重於比較中世紀模型與現代模型之間的差異。而且，在很長的一段時間，現代文學範疇主要是在一個狹窄的空間中被考慮、觀察的，且主要是中國和越南文學的實踐。現在，現代文學需要在世界和區域轉動中被看到，從中了解現代化過程的規律性和特殊性。現代文學想像中的一致性在於其與中世紀文學的觀念和藝術詩學的不同文學範疇。當然，這些差異並不是絕對的否定，因為任何的發展都來自傳統文學中的「理性核心」。為了對（越南）現代文學有更清楚的觀察、了解，與其尋找一個簡要的定義，不如我們將從其誕生與發展的平面上來探討該範疇。

1.3. 現代文學出現的條件/平面

1.3.1. 現代文學 - 從區域至世界過程之產品

在數千年存在的時間中，越南經歷了兩個重要的文化過渡時期。第一是從東南亞文化至東亞文化的時期。這具有區域性的過渡，其中，受到中國文化很深刻的影響。擁有從古代時期的巨大成就，中國文學和文化影響了許多國家，如越南、朝鮮和日本。在越南，印度文化的影響一般往往較早期且多發生於南部。後來，就文化而言，越南主要受中國的

---

10 豐黎的《二十世紀越南現代文學素描》（*Phác thảo văn học Việt Nam hiện đại thế kỷ XX*），知識出版社，2013 年，16-17 頁。

影響，包括佛教思想也經由中國宗教和文化而被折射。在這樣的精神生態譜系，越南中世紀的作家、詩人都透徹「文以載道」、「詩以言志」的實踐，並遵循嚴格的藝術規範來進行創作。他們的作品中都充滿了經典的典故。許多地方都有孔子廟。不過，身為一個獨立國家作家的資格，一方面，越南中世紀的作者們把中國文學作為金科玉律，另一方面，在很多情況下，為了證明大越[11]文化的優越性，他們想盡辦法來肯定自己不亞於中國的位勢。譬如：從趙丁李陳世世代代建立獨立 Từ Triệu Đinh Lý Trần bao đời gây nền độc lập / 與漢唐宋元各自稱帝一方 Cùng Hán Đường Tống Nguyên mỗi bên xưng đế một phương（平吳大誥—阮廌）（Cáo Bình Ngô - Nguyễn Trãi）。這裡，稱帝必須要了解是一種政治的態度：南國山河南帝居(Nam quốc sơn hà Nam đế cư)。又如：文如超，适無前漢；詩到從，綏失盛唐。(Văn như Siêu, Quát vô Tiền Hán / Thi đáo Tùng Tuy thất Thịnh Đường)。在發展與肯定主權過程中，字喃的誕生正是代表民族自尊的努力。隨著越南文化茁壯的發展，字喃愈來愈能夠肯定自己在民間生活中尤其是精神生活中的角色。

儘管從東南亞文化至東亞文化的過渡已為越南文學和文化帶來許多燦爛的成績，但總的來說其仍是封閉式的交流方式，表示中世紀「閉關」思維的產品。

直到十九世紀末二十世紀初接觸西方與法國文化時，越南文化才有超脫區域過渡到世界範圍的機會。這是第二次過渡，一個進入現代的重要過渡。在當時的歷史環境下，這種轉變，一開始是被逼迫的，但放眼看遠一些，那就是具有規律性的運動，因為亞洲國家只能透過與發展程度高於自己的國家進行文化交流來實現現代化。越南文化也不可能永遠

---

[11] 譯者註：大越（Đại Việt）是越南國號，存在於兩個階段，第一階段從 1054 年至 1400 年（李聖宗 Lý Thánh Tông 朝代），第二階段是 1428 年至 1805 年（黎太祖 Lê Thái Tổ 朝代）。

只向中國學習，而中國本身也正在被西方國家佔領。在那種情況之下，中國最優秀的頭腦意識到一個事實，就是他們與西方之間隔著一道鴻溝的距離。要改變這狀況，中國也必須改變自己[12]。在另一個地方，日本之所以強壯是因為他們從明治時期已經嚮往西方。因此，為了進行現代化而走向西方、擴展文化交流是許多亞洲國家必須進行的工作，其中包括越南。所有東亞國家如日本、朝鮮、中國跟東南亞國家一樣，或快或慢都需要經歷此過程。此外，從內生文化來看，越南中世紀文學最敏銳的藝術家和知識分子也很早意識到規範的侷限，並從十八世紀下半葉開始進行了解放這些規範，例如，胡春香(Hồ Xuân Hương)、阮攸(Nguyễn Du)、阮公著（Nguyễn Công Trứ）等。到了阮勸（Nguyễn Khuyến）和陳濟昌（Tú Xương），這兩位詩人當他們橫跨到二十世紀初時，這意識更清晰。阮勸是一位大官，深受中世紀科舉與詩學的影響，但是他的詩歌中幾乎已經沒有經典典故的身影了。陳濟昌已成為品行不端的儒士且他的詩歌開始出現都市感，會諷刺、嘲笑早期都市社會古怪、噁心的陋習。

東西方文化交流非常熱絡、蓬勃地進行，被媒體稱為「歐雨美風」（mưa Âu gió Mỹ）。社會文化、歷史的變化隨之導致文學中的轉動。當然，那就是前往現代方向的轉動。

有時候，當解釋法國人的侵略時，我們主要只強調於軍事方面的被侵略。但從另一角度來看，特別是社會、文化、思想領域中，也需要視為是一個機會，雖然，一開始是文化的強制壓迫。而證據是，當時愛國學者和許多群眾排斥西方的態度非常激進。但主權已完全淪於法國人手中之後，越南文化已學會吸收西方文化的優勢來振興自己民族的文化，

12 這可以從魯迅（Lỗ Tấn）放棄學醫改成寫作現象看得出來。他希望給國民治病，其中，最嚴重的疾病是AQ式的精神勝利法。當時的中國激進智識份子已經果斷地剪掉辮子。在各個大都市，汽車與古典音樂、跳舞開始流行。梁啟超、康有為等開始宣傳西方民主的思想。

形成了一個新知識分子的隊伍、一個新價值的模式。換句話說，軍事交戰上的失敗，越南人已努力於文化上的革命。雖然說是交流，不過越南這邊主要是受影響、以學習為主。這沒什麼難懂之處，因為法國和歐洲於程度方面都比越南更先進，雖然每一種文化都有自己的特徵與價值。在這吸收的過程中，越南文化的聰慧在於嚮往現代但不丟棄自己的本體特色，吸收西方來建立民族文化的新力量。在《越南詩人》(*Thi nhân Việt Nam*) 中懷清 (Hoài Thanh) 已簡潔、扼要地總結了法國文化對越南文化的影響。依懷清的看法，這影響的過程經過三個階段而最後是「西方現在已經走進我們的內心深處。我們再也無法快樂之前的快樂，憂愁之前的憂愁，無法愛、恨、憤、怒一一像以前一樣了」。[13]

不過，這場交流也造成了文化的斷層。尤其是關於觀念、思維和文字的斷層。這斷層，一方面，使文化歷史轉一個彎，另一方面，這也是越南跟世界接軌、邁入現代的必要條件。在第一階段，越南文學現代化，甚至連中國文學都以西方文化為模範。根據鄧台梅(Đặng Thai Mai) 學者的觀察，中國社會在十九世紀末二十世紀初也要學習西方。上海、北京上流人士的剪掉辮子、穿西服、聽音樂等事情實質是送舊迎新很乾脆的態度。將越南文學放進十九世紀末二十世紀初區域國家的總體運動圖像中，現代化本質上是西方化。當然，由於每個民族的心理和文化結構都不同，因此「在每個民族，以自己的方式、自己的創造力來進行這事情」。[14]

以前，許多研究者都認為，到了 1945 年，越南文化基本上已經完成現代化過程。依我們所知，到了 1945 年，越南文學的確已在現代藝術軌道上，但民族文學現代化過程仍繼續在整個二十世紀中進行。這過

[13] 懷清 (Hoài Thanh) -懷真 (Hoài Chân)，《越南詩人》，引用過的參考書籍，19 頁。
[14] 參考王智閒的「尋找越南文學史中現代概念」(Tìm nghĩa khái niệm hiện đại trong văn học sử Việt Nam)，引用過的參考書籍，477 頁。

程相應於往後兩場的文化交流。

1945-1975 年這階段，由於歷史的影響，邁入世界的行程仍在繼續，不過越南南北每個地區都是在當時的文化社會、地緣政治的基礎上走向世界的。北部主要跟中國、蘇聯和社會主義國家進行文化交流。這是我們以蘇維埃文學作為模式的階段，浪漫與史詩傾向覆蓋了越南北部文學。民族-科學-大眾的方針繼續被維持與發展。社會主義現實創作方法被視為對藝文創作者們最好的方法。詩人、作家們都決心犧牲小我，嚮往大我，將服務抗戰、服務建國視為是執筆者最重要的任務。南高(Nam Cao)的《雙眼》(1948 年) 實質上是一種開路 ，一種藝術的宣言，確定清楚作家的思想立場是跟隨著革命與抗戰事業的。

在 1954-1975 年這段期間，南部都市文學主要是接受西方文化 [15]。在此期間，西方的新思想潮流、美國的生活方式對南部都市文學有很深刻、廣泛的影響。除了被奴役的文學之外，愛國和進步的作家們，一方面，受到西方現代哲學美學思想的影響，另一方面也一直提高文學中的民族精神。

1975 年以後，國家統一也致使越南南北之間文學的統一。那是越南國家獨立、領土完整的文學。在這次文化交流中，越南現代文學的邁

---

[15] 關於 1954 年-1975 年南部都市文學的名稱至今有很多不同的稱呼法法（稱呼方式）:「南部文學」像是武片（Võ Phiến）、瑞奎（Thụy Khuê）等的意見，或較普遍是「暫戰時期南部文學」、「南部各都市的文學」等。阮薇卿（Nguyễn Vy Khanh）認為在南部各都市文學的稱法是遵從「指示」的稱法（http://www.luanhoan.net/gocchung.html.khanh-VH.htm）。最近，阮柏成（Nguyễn Bá Thành）在《越南詩歌全景 1945 年-1975 年》（*Toàn cảnh thơ Việt Nam* 1945 - 1975）（河內國家大學出版社，2015 年）的專論中，將其稱為越南國政體下的詩歌(相應於保大帝階段時期)，越南共和國政體下的詩歌對應於吳廷琰（Ngô Đình Diệm）到阮文紹（Nguyễn Văn Thiệu）的階段時期）。這種稱呼法是依照從具體的政體中看文學的方向來展開。這也是可以接受的接近方向。不過，在該教材中，我們仍使用南部各都市的文學的叫法，原因有二：第一，在都市環境中，文學活動進行得最活躍、最集中；第二，都市先是越南國政體，後來是越南共和國直接管轄的地區。這是南部兩個政體對立於北部的越南民主共和國在於意識形態以及選擇社會模式上。

入世界範圍的轉變過程進行得更有規模、更全面、更深刻，其中，在 20 世紀 80 年代期間有特別重要的意義。這是具有兩個文學階段的「鉸鏈」性的階段。從二十世紀 70 年代末至 80 年代初，文學中的改革信號已經出現，包括創作、批評理論於阮明珠（Nguyễn Minh Châu）、阮仲螢（Nguyễn Trọng Oánh）、黃玉獻（Hoàng Ngọc Hiến）等的存在。1978 年，阮明珠提出需要創作有別於以往戰爭的問題。值得一提的是，阮明珠的想法出發於內在的意識，因在此不久之前，他正是抗美戰爭時期文學最傑出的浪漫主義作家其中之一。1979 年，黃玉獻一方面延續阮明珠的提議，一方面表示一個敏銳概括的看法，已直接說出有關一個"符合道理"的文學侷限。黃玉獻的觀念受到兩種輿論：一邊是支持，一邊則反對。除了一些過於極端的意見之外，他的概括包含合理的核心：為了使文學不陷入插畫中，作家必須在自己創造出的審美世界中引起主要的藝術思想。不過，要等到越南共產黨第六次全國代表大會，當正式啟動改革國家的決心時，社會改革、國家改革和文學改革的精神才真正地被推到了高潮。這也是越南主張跟世界各國廣泛地友誼合作、進行多方、多平台的國際文化交流的時間點。與以前相比，尤其是自正式加入世界貿易組織（WTO）以來，越南比任何時候更加了解自己是人類的一部分，將與國際接軌視為是時代的必然趨勢。該過程要求越南必須設立市場經濟，建立現代體制，法治國家、廣大民主等。與關心到保留民族文化本色、國家主權、社會保障等問題的同時，越南要跟世界一起解決很多具有全球性如：氣候變遷、生態安全、種族衝突等的問題。不過也在這時候，我們更了解，走向世界進行現代不等同於消除民族的特色，而且這次現代化進程的性質不同於二十世紀初的現代化。如上述，二十世紀初，現代化主要是跟西方化、法國化一樣。從 1945 年以來，現代化已變成更多樣化，而從 1986 年之後，當越南設立市場經濟並參加多方國際會議時，這種多樣化變得更加清楚。經濟方面全球化的過程已逐漸邁進文化的全球化。這一過程使許多人擔心在大國文化的壓迫下，小國的文化會因此消失的問題。因此，現代化應該被想像如一個雙重過程：一方面向世界學習，一方面維護、發揮自己的本色作為對文化壓迫的主動對抗。況且，人類文化的吸取不再是單獨吸取西方的過程而是吸收許多不同文化的精華來創造新的文化價值。

說到底，現代化的本質正是革新。革新與民族文學的現代化，一方面是由社會文化、政治、歷史條件來規定，另一方面是文學自身的運動來相應於生活的需求。

1.3.2. 欣賞文學的觀眾與創作文學的隊伍

1.3.2.1. 新的創作主體

跟中世紀文學相比，現代文學有很多不同，而第一個不同是創作的主體。

中世紀文學的創造主體是封建知識分子和有受教育的和尚僧尼階級。中世紀文學所使用的主要文字是漢字。漢字也是在國家公文中正式使用的文字。與漢字的同時，到十三世紀，越南字喃誕生了，然後其逐漸地發展而阮攸的《金雲翹傳》和胡春香之詩算是字喃達到了巔峰。不過，在官方生活中，漢字的統治地位仍不改變。在一個如此封閉的空間中，作家們嚮往的正是中國的視野。詩就有李（Lý）、杜（Đỗ）等；文就有羅貫中（La Quán Trung）、施耐庵（Thi Nại Am）、曹雪芹（Tào Tuyết Cần）等；批評理論就有金聖歎（Kim Thanh Thán）、袁枚（Viên Mai）等。 這果真都是文才、詩伯不過他們的美學創作仍然是古典美學模式，少變化，也少突破。在資訊尚未發達、公開條件很不方便的時代下，導致創造主體與接受主體之間的關係極為狹窄，受到了限制。大多數人民都是文盲所以不能閱讀文學，尤其是用漢字寫的文學。他們想要閱讀字喃也不容易，因為要能夠讀懂字喃就需要先認識漢字。直到十九世紀末二十世紀初，民智被提升，學習國語字的風潮被促進的時候，漢字的角色才真正地衰退並逐漸地被取代。看見二十世紀初的歷史變遷，黃叔沆（Huỳnh Thúc Kháng）憐憫、傷心、遺憾：「歐學尚未有茁壯而漢學已斷裂了根源」。在 1936 年的《精華》(*Tinh hoa*) 報上，武庭連 (Vũ Đình Liên) 懷念已歿的老學究而事實上是懷念已過去的一個時代。在此之前，1913 年 4 月，由「完善殖民地教育的理事會」(Hội đồng hoàn thiện nền giáo dục bản xứ)(Conseil de Perfectionnement de l'Emseignement Indigène) 在越南中圻各個「法—越國小」和補校公佈了取消學習漢字的決定。1919 年，舉辦最後一次漢學科舉考試，完全結束了舊教育制度的地位。現代文學的創造主體不再是儒學家而是精通了新時代精神的西學知識分子。給「新詩」(Thơ mới) 帶來了勝利首先是曾經在《印度支那美術學院》(Cao đẳng Mỹ thuật Đông Dương) 就讀的詩人世旅（Thế Lữ），再來是春妙（Xuân Diệu）、輝近（Huy Cận）等的不折不扣的西學分子。首倡「自力文團」(Tự Lực văn đoàn) 是從法國留學回來的一靈（Nhất Linh）作家。儒士們、村學究們想要在現代文化環境中生存必須要自己改變才能適應。吳必素（Ngô Tất Tố）、潘魁（Phan Khôi）等作家正是這一改變類型的代表。毛筆已完全地被鐵筆所折服。西方的宇宙觀和人生觀、西方的教育和生活方式、西方的美感等方面已使人們逐漸地淡忘了幾千年的熟悉、習慣的思考方式而充滿自信邁進新現代。

除了男性作家以外，當婦女開始創作、寫報紙的時候，現代文學見證了平權。在封建社會中，婦女的角色極為卑微。儒家思想和封建社會制度不允許婦女參政、不能讀書、不能發表政見。能作詩、寫作的婦女人數是很少。像胡春香、段氏點 (Đoàn Thị Điểm)、青關縣夫人 (Bà Huyện Thanh Quan) 等的現象是非常稀有的。到了現代時期，婦女的角色已有所改變。現代化的過程擴大了民主環境及改變教育系統給婦女帶來受教育的機會。潘魁秀才屢次在報紙上公開呼籲男女平權。已出現許多女性知識分子的面孔，很多人開始拿筆創作作為一種社會參與的意識：如湘浦（Tương Phố）（1896 - 1973）、淡芳女史（Đạm Phương nữ sử）（1881 - 1947）、黃氏寶和(Huỳnh Thị Bảo Hòa)(1896 - 1982)、英詩(Anh Thơ)（1921 - 2005）等等。雖然黃氏寶和的作品《西方美人》(*Tây phương mỹ nhơn*)(1927 年，西貢保存出版社，15 回，2 卷) 藝術筆法尚未新穎但是她被視為頭一位寫小說的婦女，她對第一階段的國語散文有很大的貢獻。阮氏萌萌（Nguyễn Thị Manh Manh）(1914 - 2005）藉由勤於刊登作品來鼓吹「新詩」而被讀者記得。淡芳女史(Đạm Phương nữ sử)，是一位出生於望族名家但精通東西方文化的婦女，且被排在世紀初著名的作家、詩人、記者等的行列中。儘管是後來人，在「新詩」已穩定的時候，但是英詩(Anh Thơ)(1921 - 2005)仍有自己的貢獻，對促進「新詩」風潮的豐富做出貢獻。她的「故鄉之圖」(Bức tranh quê）詩集於1939 年獲得「自力文團」的鼓勵獎。

可以說，在社會要求平等運動發展的時代，婦女的參與和寫作，是於越南現代文學一個頗為重要的因素。遊記在以往都被認為是男性專屬寫作的類型，而現在被婦女在她們「轉變」的途徑上也來挑戰。從被書寫的對象，婦女她們已經變成書寫的主體。1945 年之後，女性作家陣容愈來愈多，尤其是當她們有著社會的後盾，首先是婦女會（Hội Phụ nữ)，再來是越南作家協會（Hội Nhà văn Việt Nam）的協助。

1.3.2.2. 新的文學群眾

中世紀時期，交流、接受的環境在一個很狹窄的範圍中進行。一方面因為尚未有出版，一方面因為大多數群眾都是文盲。況且，不只創作者文筆很好，接收者也需要認識漢字和文筆厲害（漢字或字喃）。進入現代時期，隨著國語字的普及，民智被提升，加上有了報章雜誌與出版的協助，因此文化享受的環境得以擴大於量，提升於質。在現代化第一階段享受文學的群眾主要為市民階級，尤其是學生、大學生、青年階級。他們是對新的生活方式、新的思想非常敏感的群眾。擁有一個新的人生觀、新藝術觀念的西學知識分子世代，已經使文學話語改變，給讀者帶來符合他們的嗜好、美感的精神糧食。我們來聽懷清說春妙個人，是「新詩」風潮「最新」的詩人，有關共鳴和接收的態度：「嘲笑春妙的人們，認為春妙可以像之前回答的拉馬丁（Lamartine）方式：『已經有一些少年、少女歡迎我』。對一個詩人而言，沒有什麼比青年人的歡迎更為珍貴」[16]。年輕已珍貴，但接受新事物中最珍貴的是年輕的心。

二十世紀初，越南文學最大的改變是隨著自我（individual）的出現。自我的出現已經成為現代文學包括浪漫文學以及「新詩」藝術結構的核心。到了現實文學潮流，其作家們已進行了兩次放棄/反映：第一，放棄中世紀文學中充滿象徵性的敘事，線性和駢偶的風格；第二，反映浪漫的詩學，優先於寫真、尊重「人生事實」。雖然，本質上，跟浪漫文學一樣，現代現實文學也跟隨著個人對生活的看法。現代時期是個人和現代教育環境的時期，因此，現代文學正是個人自我的發言、個性創作的解放意識以及對各個藝術傾向的尊重。

個人意識是一個歷史的範疇。在西方的中古時期，人們一直受教堂思想與上帝的教條的箝制。神權的思想在本質上拒絕了人類的科學技術的成果。在那裡，伽利略·伽利萊（Galileo Galilei）的悲劇是神權與科學思想衝突的悲劇。不過，隨著資本主義的出現，個人意識已特別被看重。甚至，發展到極端的程度，其將會成為個人主義。在遵循克勞德·昂列·聖西門（Saint-Simon）學說的法國社會主義者的觀點中，個人主義被理解為造成 1789 年革命後，法國社會瓦解的原因。資產時代的社會政治、

16 懷清－懷真的《越南詩人》，引用過的參考書籍，121 頁。

經濟生活的動盪是導致個人主義萌芽與發展的直接原因。在此之前，復興時代具有崇高的人文主義精神已經允許人們能夠意識到自身與神聖之間的美麗和力量。在科學發展和唯理主義精神面前，神權的束縛在唯理精神和科學發展之下不如以前那麼有效果。在中世紀時期的文化環境中，人們被處在一些穩定的制度與社會關係之中，習慣於具有規範性的契約文化。到了現代時期，歷史的變故已經將他們從這些穩定的關係中踢開。鄉村文化與對田野的興趣已經逐漸地讓位給街頭文化和對都市的興趣。現在個人主體既有自信又對歷史感到不安。歷史的運動和西方的新思想到了越南已被藉由許多不同的途徑接受：從法國文化、中國新書以及藉由東遊運動（phong trào Đông du）當橋樑的日本民主精神等。除了西學的知識份子以外，識時務與入世的儒家們也是積極介紹外國文化、思想的人士。他們的目的在於提高知識、提升民智和建立民主環境。《東洋雜誌》（*Đông Dương tạp chí*）、《中北新文》（*Trung Bắc tân văn*）、《南風雜誌》（*Nam Phong tạp chí*）、《知聞》（*Tri Tân*）、《青議》（*Thanh Nghị*）等這些報紙有了阮文永（Nguyễn Văn Vĩnh）、范瓊（Phạm Quỳnh）、潘魁、丁家楨（Đinh Gia Trinh）等的參與已經對意識形態從中世紀轉變到現代提出新環境的貢獻。

1.3.2.3. 市場經濟、都市化和出版與報章雜誌的角色

市場經濟跟隨著資本主義誕生。在原理方面來看，市場經濟不是資本主義可獨占的財產，而是人類共同的成就。市場經濟以自己的方式來刺激了藝術創作。以前，談到資本時代的市場經濟時，卡爾·馬克思（Karl Marx）本身已經將資本主義視為藝術的敵人。的確，當資本家願意為了龐大利潤勒住自己的脖子時，那麼由他們所創造的資本主義肯定變成真正藝術的敵人。不過，從另一個角度來看，一個健康的市場經濟具有刺激藝術多樣化發展的能力。因此，要研究市場與文化之間的關係時，必

須從很多角度進行觀察。市場經濟將文學變成商品，其中作者是生產者（於兩種主要形式：自己創作或接訂單）而接受文學則是文化消費的過程。市場經濟也擴大文學市場，使文學創作成為一項工作，使作品的價值變成錢幣等有貢獻。這是現代文學形成的重要因素，使現代文學跟傳統文學有著區別。

一旦文學和文化的市場出現，當然不可不提及出版與報章雜誌。這出版與報章雜誌不僅製造供應的來源而且還刺激了消費。另一方面，正是出版與報章雜誌，從擴大文學市場變成促進文學的專業性、將文學活動成為一種職業的因素。這是前現代文學中前所未見的情況。

現代時期也與都市化有關，而文學中的都市感官成為分別現代與傳統文學的標準。在中世紀時期，都市地方大部分都是行政、政治的中心；而做生意、買賣等常是設在市鎮、鄉鎮等的範圍或是為文化、政治中心服務。這是村民自我壓倒市民自我的時代。身為農業文明的產品，傳統文學主要是跟隨著鄉村的文化，而在現代時期，工業文明則扮演主導的角色，當然也會跟隨著都市與都市化。事實上，隨著貨物經濟萌芽的發展，市民因素與金錢角色已經在許多中世紀作家的作品中曾經被提及。阮攸曾經看出這問題在金雲翹傳傑作中。但是中世紀文學中對都市和市場經濟的意識只停留在個人程度。只在現代社會中才成為普遍的意識。在越南文學中，最明顯的都市感官出現在武重鳳（Vũ Trọng Phụng）的創作裡，他寫了一系列的報導文學，特別是《紅運》（*Số đỏ*）這作品。若要選擇一位具有越南現代文化濃厚都市感官的代表，那麼非武重鳳莫屬。因為在越南河內二十世紀初的時期，在進行得如火如荼的都市化環境中，他是直接地體驗、見證以及書寫的人。

在對抗法國與美國這兩次抗戰中，越南北部不存在所謂的市場經濟。這「票證」時期的特點不但表現在生產領域、物質需要品的分配還有表現在精神文化領域上。出版網絡由國家管理，文學書籍出版的目的是教育愛國精神以及革命英雄主義。1954 年至 1975 年，越南南部雖然有市場但本質上是在西方與美國保護下的消費社會。在這樣的環境之下，私人的出版社、報章雜誌雖然得到了承認不過還沒真正地成為實質的力量。進入二十世紀的 80 年代，隨著政府與共產黨「改革」(Đổi mới) 的主張，越南正式建立並承認以社會主義為導向的市場經濟。這正是出版業昌盛蓬勃的時期，尤其是各家媒體公司的誕生以及出版社會化的活動。依照市場的規律，文學亦是商品，而消費者將會決定作品的價值。市場經濟支配供求產品過程，調整各藝術的類型，市場經濟亦是讓娛樂文學有機會顛覆以往被崇拜的文學產品的沃土。市場必然 ē-sái 讀者分化，同時商業化傾向也會增加，對文學生活帶來消極的影響不過其不能消除有真實價值的文學作品。

1.3.2.4. 現代的藝術詩學

關於詩學方面，現代文學完全脫離了中世紀文學的一切藝術規範。

關於藝術觀念，中世紀時期，文學最高的目的是教訓。該時期的作者、詩人們將文學視為有載道和表達意志的任務。越南中世紀文學思想的基礎基本上是儒家思想[17]。「聖人」的著作具有金科玉律的意義，為後代的作家們做榜樣。為了這目的，中世紀文學當然會製造一切藝術的規範來服務教化與載道這功能。作家們個人的看法沒有發展的機會。到了現代文學，藝術跟隨著個人感官的觀念也正是個人對世界的看法。昆德拉肯定：「現代藝術追隨著個人以及小說的道路像是現代時代平行出現的歷史」[18]。在現代小說中，個人的觀點不一定像中世紀文學那樣與集體的觀點一致。或用勒內·笛卡爾的名言「我思故我在」。

---

[17] 中世紀文學也包含受佛教和道教影響的傾向。除了高僧們一部分的禪詩之外，大部分的趨勢乃是三教合一，其中儒教的角色仍比其他兩教突出，尤其是在後階段。

[18] 米蘭·昆德拉的《小論》(*Tiểu luận*)，元玉（Nguyên Ngọc）翻譯，通訊文化出版社-東西方文化語言中心，2001 年，16 頁。

關於藝術思維，中世紀文學將作者看成一個「小化公」，其作詩、書寫是為了跟「大化公」(造物者)競爭。若在西方的亞里士多德(Aristotle)的文學模仿現實(mimesis)的觀點對前現代文學有長期地影響的話，那麼在東方，「間接的描述」和使用象徵的筆法特別被看重。在藝術規範被規定很嚴格的時代，中世紀的作家依照現有的藝術規範，跟著「工匠」的原則來創作。到了現代藝術，解放規範的需求和提高個人位置與社會民主的環境相關聯。民主是現代藝術和社會生活很重要的一個範疇，民主也是作家表現個人思想的反思、展開藝術對話的先決條件。中世紀文學與現代文學之間文學藝術詩學的基本差異如下表：

詩學各平面	中世紀文學的詩學	現代文學的詩學
藝術觀念	提高教訓之目的	提高個人之聲音
藝術思維	在已經確立規範、原則的基礎上進行創作	在個人想像力冒險的基礎上進創作
人們自我的體現	隱藏個人、文學人的觀念和宇宙人是一樣的	個人的自我、個性直接地表現
語言	基於固有的規則，多象徵修辭，多典故	與生活語言親近、豐富個性
語調	屬於說話，具有對話性的範疇	屬於吟唱抒情，具有獨白性的範疇

關於體裁生活，文學的類型跟其在歷史中的變化是非常複雜的問題。中世紀的文學中，文學有功能性以及文、史、哲不分的思維已造成模糊的界線，幾乎沒有任何體裁是純粹的文學。另一方面，中世紀的雙語性質也跟隨著體裁分類的現象：一邊是「外來體裁」(包括詩、賦、傳、記、詔、書、檄、誥等) 和另一邊是「內型體裁」(包括各種民間文學體裁被提升成博學文學)。順序方面也很清楚：詩、賦被提高，而小說和戲劇則被認為「下等」，外來的類型體裁(常用漢語書寫)比內生類型(用字喃書寫)有更高的地位。到了現代時期，文學舞台上的主角正是小說和散文。此遠景已被懷清確認：「新詩運動剛爆發時可以視為散文的侵略。散文入侵了詩歌的領域，將其弄得支離破碎」[19]。此類型位置的轉換也體現了現代藝術思維中一個重要的改變：放棄如修辭技巧、象徵等寫法走向現實。

現代文學和中世紀文學類型的區別在楊廣涵(Dương Quảng Hàm)《越南文學史要》(*Việt Nam văn học sử yếu*)(1943 年)中提及，包括以下 5 點：1) 在新文學中，散文有重要的位置，而在傳統文學中，這位置則屬於詩、賦(韻文、駢文)和其他功能類型；2) 新文學注重日常生活的活動有別於傳統文學提高各種高尚的題材；3)新文學注重現實，有別於傳統文學提高理想方面；4) 新文學提高民族傳統文學，有別於傳統文學都在學習中華的詩學；5) 新文學簡易、自然有別於傳統文學很豐富典故或華麗的詞藻。

武俊英(Vũ Tuấn Anh)在研究現代化過程中的體裁生活時，觀察到：「二十世紀出的文學將近 30 年改革之後，越南文學各個體裁已經發展到完整系統的程度」[20]。

---

[19] 懷清－懷真的《越南詩人》，引用過的參考書籍，42 頁。

[20] 武俊英，《二十世紀越南文學之回顧》(*Nhìn lại văn học Việt Nam thế kỷ XX*) 中的「二十世紀前半葉的越南文學體裁生活」(Đời sống thể loại văn học Việt Nam nửa đầu thế kỷ XX)，引用過的參考書籍，550 頁。

總體來說，文學現代化的體裁方面同時進行著三個過程：第一，一些不再符合的體裁（如誥、照、表、檄、雙七六八等）的消失；第二，一些新的類型（八字詩、話劇、自由詩、散文詩等）的出現；第三，在傳統體裁的基礎上，改變了體裁。與體裁發展過程的同時，還有體裁交錯的現象。當然，該交錯的現象屬於現代藝術思維的開放性質之內，跟中世紀文、史、哲不分的現象有所不同。

關於文學語言方面，文學現代化過程跟隨著從漢字到字喃又從字喃到國語字的轉換。這可說是越南文化生活在邁進世界範圍趨勢的兩個很重要的轉捩點。[21]

在中世紀文學整整十個世紀，最突顯的是雙語現象。雖然在歷史中越南語已出現很久，不過在尚未有文字的時候，越南人不得不使用漢字。漢字首先被使用於官方生活中，用來傳達朝廷的旨諭，後來，被使用於科舉中，而從一個狹窄的環境逐漸地擴大到日常生活形成了一類漢越詞。在還沒有文字的情況下，使用漢字成為一個強制性的要求，但是民族精神與文化保護意識一直促使越南人尋找一種新的文字。字喃(Chữ Nôm)是從肯定文化的需求誕生的，而在某個方面，這也是文化成長的證據。然而，事實上，正在使用漢字的時候，越南人的祖先一方面用這種文字建立了自己的思想、 學術，一方面肯定愛國精神以及民族的自尊與驕傲。這本來具有情勢性但還是極為合理的選擇，因為其正是一種對漢文化強迫反抗的形式。漢字文學也留下了幾部出色的作品如《檄將士文》（*Hịch tướng sĩ*）、《平吳大誥》（*Cáo Bình Ngô*）、《白藤江賦》（*Bạch đằng giang phú*）等，因為從內心深處，這些作品充滿了民族的精神。不過，身為一種外來語的漢字，其無法記錄與徹底地表達越南人的心思跟情感。而字喃就可以充分地滿足越南人該需求。這是被建立在漢字的結構方式

---

[21] 譯者註：請參閱蔣為文 2017《越南魂:語言文字與反霸權》。台南:亞細亞國際傳播社。

與輪廓的基礎上用來書寫越南語的文字。大約十三世紀，字喃逐漸地被完善並且開始出現一些字喃的文學作品。與出發於中國的漢字相比，字喃（Nôm）源自越南但亦是很「通俗、平民」的意思。事實上，越南中世代各代政權已經努力使用「雙重」看待的方式來融合漢字與字喃這雙語現象。漢字跟隨著官方語言，是正人君子的聲音，佔有正統的位置。字喃則跟隨著平民階級，有謙虛的位置，又是老百姓的聲音。不過，逐漸地，字喃有了重要的位置，甚至其已經開始出現在胡朝(1400 - 1407）和西山朝 （1788 - 1802）的行政公文。一步一步地，字喃被著名的知識分子、詩人如阮廌、胡春香、阮攸等精湛地使用，創作出卓越、出色的藝術作品。

若字喃是從民族意識與文化保護和振興精神而誕生，那麼國語字則因具有快速普及的功能而受到了響應。其實，西方的傳教士在編撰這種拉丁字母的時候，他們只針對自己要傳道的目的。殖民政府也要經過國語字來強加法國文化價值在越南而已。但是對越南人來說，選擇國語字被視為是提升民智、有助於快速地、有效地振興民族的途徑。

由於國語字的普及性與便利性，又具有可以表達越南人民所有心思、情感的功能因此學習國語字的運動受到群眾的支持。隨著國語字的勝利，漢字的角色逐漸地衰退，直至1919年在越南舉辦最後一次漢字考試就幾乎已經結束。實際上，在二十世紀初期，不少使用國語字出版的報紙仍有附加漢字像是最後的「留戀」。與此同時，二十世紀初期還有一部分使用法語來書寫的文學。這是法語在各個保護學校開始被用來教育，也被一部分知識分子使用的時期，他們首先所使用法語是為了跟法國人工作所需，再來是基於愛慕法國語言和文化的基礎上而創作文學包括詩寫文章和議論文。不過這範圍較小，比不上使用國語字書寫的文學之普遍。從漢喃改變成國語字是一個很大的轉捩點。國語字有助於人們容易接觸西歐文化，不過它亦促使忘記中世紀十個世紀建造的傳統文化。這是越南與其他東亞同文國家如日本的假名或朝鮮的諺文的差別。這些國家沒有經歷文化的斷層因為他們國家的文字在漢字的基礎上連接了傳統[22]。但是歷史原本就沒有「如果」一詞，而國語字文學愈來愈發展已成為現實。更重要的是，國語字文學已經有了許多成就。在越南南圻國語字文學起頭蓬勃，有了阮仲筦(Nguyễn Trọng Quản)，張永記(Trương Vĩnh Ký)的參與和報章雜誌的後盾，首先是《嘉定報》(*Gia Định báo*)、《南圻管區》(*Nam Kỳ địa phận*)、《農賈茗談》(*Nông cổ mín đàm*)，然後前往北部也獲得許多成就。國語字對文學的效果表現在許多方面，其中最重要的方面有：1）國語字具有易學易寫的優勢使許多出生清貧的作家也可以創作(他們不需要花時間學習漢字和字喃); 2)讀者的數量變多，因此文學的普及程度也隨之拓寬；3）國語字跟日常生活的語言很親近，因此表達社會生活，甚至最細膩、最細小的事情也更容易。正如王智閒認為，這促使文學中散文的發展和「嚮往實在」的精神。

現代文學的發展跟報章雜誌和出版所扮演接生婆的角色有關。但必須要清楚知道，報章雜誌的語言通過其訊息傳播速度和寫實性對文學語言產生了影響。因此不是偶然的，許多作家同時也是優秀的記者例如吳必素、武重鳳、蘇淮（Tô Hoài）、武朋（Vũ Bằng）、潘魁等。許多作品在尚未集合成書籍之前就已經在報章雜誌上刊登了。

文學翻譯也接力開啟現代語言的視野。首先，翻譯有文化推廣以及普及國語字(越南羅馬字)的意義。這是很多中華古籍被翻譯的時期。翻譯有助於讀者能夠閱讀過去因不識漢字而無法閱讀的中國文學傑作。因之前對漢字文盲而不能閱讀的讀者現在有機會能夠透過翻譯而閱讀到中華文學的傑作。翻譯漢字文學的同時是翻譯西方與法國文學作為傳

---

[22] 東京外語大學的川口（Kawaguchi）教授認為，如果懂得日語，讀者將會掌握大約百分之六十的漢字。至今，現代的日本人仍可以輕鬆地讀懂古文件（於 2009 年 4 月底 5 月初在日本出差時與作者交談）。

播文化的一種方法，幫助讀者對遙遠陌生的人事物或文化有了新認識。很明顯地，在現代初期，文學翻譯扮演了重要的角色；其一方面對完善體裁系統的貢獻，另一方面更新語言，擴大作者與讀者之間的互動，使他們調整思維、看法以及工作態度和藝術的享受。

自 1945 年以後的翻譯活動在詭譎多變的政治環境下仍存在文化交流。可見，無論在任何階段，報章雜誌和翻譯都對文學語言現代化的過程有很多值得肯定的貢獻。

批評理論，現代文學系統的一部分，誕生並迅速地發展。我們將會在下一章談及關於越南現代文學批評理論的發展。在此，僅討論文學的批評理論科目的出現作為現代文學範疇一個完整的方面。

文學批評理論的誕生是文學成熟的表現，因為批評理論正是文學對其自身的意識。在前現代文學中，文學批評理論尚未以有獨立性的部分存在。專寫文學批評理論者的活動不像我們現今的觀念那麼有專業性。其實，在一些有文學發展悠久的國家，文學批評理論有豐碩的成就。例如，西方的亞里士多德、布瓦洛(Boileau)等的詩學工程或中國劉勰(Lưu Hiệp)的《文心雕龍》(*Văn tâm điêu long*)、袁枚（ Viên Mai ）的《隨園詩話》(*Tùy viên thi thoại*) 等的作品。這些著作之間的共同點在於理論家提出創作的原則和課程。前現代作家的才華在於能夠靈活、順暢地運用美學和詩學這些原則到何種程度的能力。在越南，幾乎沒有相當水準的文學批評或理論的著作。黎貴惇（ Lê Quý Đôn ）的《芸臺類語》(*Vân đài loại ngữ*) 也尚未是文學理論的著作工程。越南的中世紀批評傳統的批評方式，主要建立在知音、寄託書寫方式的基礎上經由序言、結語表達出來。這樣說是因為，在十個世紀的中世紀文學中，越南文學尚未形成文學批評理論的科目。直到二十世紀初，在與西方接觸的過程，文學批評理論的萌芽才出現在一些具有起源性的作品工程中，例如范瓊的《小說研究論文》(*Khảo về tiểu thuyết*)(1919 年) 和一些當時在報紙上刊登的文章。不過，文學批評理論生活真正地開始於報紙上一系列的論戰，例如，關於《金雲翹傳》、新詩（Thơ mới）和舊詩（Thơ cũ）、國學或武重鳳作品中的淫還是不淫或是「藝術為藝術」與「藝術為人生」這兩派別之間等的論戰。除了這些論戰之外，一些西方文學理論已被介紹，作為文學批評的基礎點。在《批評與研究》(*Phê bình và cảo luận*)（1933 年），一個被視為是現代批評起源的作品之後，已開始出現許多因運用新理論而有了價值的學術工程，例如，懷清的主觀 / 印象的批評、武玉潘（Vũ Ngọc Phan）的印象和文化與歷史之間綜合的批評、陳清邁（Trần Thanh Mại）的生平的批評、張酒（Trương Tửu）的社會學和精神分析學等。一個才華洋溢的批評理論隊伍的出現已使文學的生活更加生動、對活力做出貢獻，包括少山（Thiếu Sơn）、楊廣涵、懷清、武玉潘、張酒、橋清桂（Kiều Thanh Quế）、黎青（Lê Thanh）、陳清邁、丁家貞（Đinh Gia Trinh）、鄧台梅等。到此時，現代文學的批評理論科目已經被建立與得到肯定。

1945 年之後，文學批評理論蓬勃發展。在越南北部，文學批評理論的生活總是以更新實踐創作為優先，同時，注重於介紹社會主義國家與蘇維埃的文學理論界的研究成果。文學批評理論的隊伍越來越盛大。

1945 - 1985 年這階段，北部的理論研究主要圍繞著以下這幾個問題：著重於研究馬克思列寧（Marx - Lenin）理論關於藝術文學、共產黨的文藝文化主張、重視政治與藝術文化之間的關係等。這被視為是越南馬克思主義文藝理論的重要思想基礎。從經典詮釋到實際運用，各個關於黨性、階級性、人民性、民族性等的範疇都受到關注。另一方面，理論家們也積極於研究祖先的文藝遺產，在遺產中尋找符合民族革命事業需求的觀念，提高社會主義現實創作的方法，強調文學與現實生活之間關係的重要性。在解釋上述那些關係的基礎上，真實性問題被提出並討論。為了強調文學藝術中的真實性，馬克思主義文學理論要求批判對現實「抹黑」或「捧紅」這兩種現象，強調在反映藝術中的辯證性的同時，也要警覺文藝雙面的表象，提高馬克思主義社會學的方法，批判和反對西方文學理論的錯誤觀點等。實際上，北部這階段的文學批評理論活動暨努力確立對象、功能、任務、接近方式，但另一方面亦要求跟隨服務革命的任務。因此，在許多情況下，文學理論和文藝政策尚未有清楚的界線。

由於歷史的影響，1954 年-1975 年這期間，在越南南部很多都市文學批評理論生活受西方與美國文化交流之影響。因此，許多新思想、新文學理論已湧入了越南南部的都市如存在主義、結構主義、精神分析學等。南部都市 1954 年-1975 年的文學批評理論生活中的代表人物有阮文忠（Nguyễn Văn Trung）、范世伍、清朗、陳泰鼎（Trần Thái Đỉnh）、杜龍雲（Đỗ Long Vân）、陳善道（Trần Thiện Đạo）、元沙（Nguyên Sa）、黎輝瑩（Lê Huy Oanh）等。站在民族文化立場以及受馬克思主義文學批評理論的思想影響的作家如武幸（Vũ Hạnh）、呂方（Lữ Phương）等也有很多的貢獻。儘管存在時間很短但是南部都市的文學批評理論比較生動，豐富，雖然尚未形成「專業」的批評理論家。在很多有影響力的批評家當中，阮文忠是最閃耀的人物。

自 1975 年以來，尤其是改革之後，在全球接軌的趨勢下，文學批評理論有新的發展。馬克思主義文學批評理論研究仍扮演主導的角色。許多新的學派、理論已經在越南被引入，例如詩學學、結構論、符號學、精神分析學、文化學等。現代主義和後現代主義的思想也開始以不同程度被介紹並運用於文學實踐。最近，從文化外觀的角度來看，像女權主義、生態批評、話語理論、後殖民等一些研究的新理論已被介紹，從文化學和跨學科研究開闢了接近文學的展望。

1.4. 文化交流與模式轉換

1.4.1. 二十世紀前半葉的西方與法國文化之交流

如果從傳教士們登陸越南，和隨之而來的十七世紀會安（Hội An）的繁華貿易活動算起，那麼西方與法國文化對越南的影響遠早於 1858 事件。譬如《越葡拉詞典》（*Từ điển Việt-Bồ-La; Dictionarium Annamiticum Lusitanum et Latinum*）的誕生[23]。因此除了漢文字與字喃以外，已經開始出現拉丁字母記載越南語。不過，從用來傳道的字母到之後用來寫作的國語字，當國語字開始進入日常生活、在官方活動、科舉、教育以及文學批評及創作中逐漸地代替了漢字時，是一個將近三百年的過程。

西方與法國的文化交流不是和諧而是從文化壓迫開始的交流。說是交流其實是越南文化被強迫接受西方文化影響的過程。由於被強制所以一開始越南人已經對文化價值（包括物質與精神）有著強烈的反應。政治方面，許多抵抗法國侵略的鬥爭轟轟烈烈地進行，而其中的代表是勤王運動。社會文化方面，進行了許多反西方的活動，不用西方貨物因為那是侵略者的物品。不過，平定了越南之後，當法國人開始建立統治政權、開辦學校、選擇越南人為法國政權服務的公職人員、進行開發殖民地與剝削並形成都市中心時，法國文化影響便迅速地發展，尤其是當各種國語報紙出現在南圻之後還遍布至全國。隨著報紙的發展，文學翻譯得到了促進。由本地人主要負責教授國語的同時，法國人開始舉辦學習法語的課程，首先是為他們的孩子，再來是為法國政權服務的越南人。

隨著時間，接受西方文化的影響從抗拒轉變成和諧。識時務的儒家學者逐漸地放棄毛筆改用鐵筆，西學的知識分子開始習慣於西方的生活

---

[23] 譯者註：出版於 1651 年。請參閱蔣為文 2017《越南魂：語言文字與反霸權》頁 166。台南：亞細亞國際傳播社。

或生活方式。除了法國文化的影響之外，日本、中國的新書也被引入而且越南人逐漸地熟悉了法權、文明、民主等的概念。越南社會中的敏感頭腦已開始意識到：現代化是一個規律的事實。該規律不僅只在越南而且還在整個區域各個國家進行。

顯然地，西方與法國文化的影響已幫助越南擺脫從東南亞到東亞的轉移以及中國的壓制。簡而言之，現代化首先是努力脫離中國，再來是學習西方。這是一個過程的兩種可能。

首先，西方與法國文化已給越南人帶來「工業文明」的優勢以及小農的習慣跟農業文明弱勢的認識。在大都市，工業文明的光環完全超越以往的風俗習慣。然後從都市開始，民主精神與文明的吸引力滲透到農村生活中，催促新的慾望，尤其是年輕一輩。在西方文化的新產品下，「檸檬園」的文化已開始動搖[24]。連儒家隊伍中一邊是保守，一邊是激進、入世之間也有深刻的分化。潘魁秀才在報紙上左衝右突要求民主、平權。傘沱（Tản Đà）、吳必素都是記者中的巨擘。一個新的世系逐漸地代替舊世系。在他們的眼裡，接受西方的影響再也沒有問題了，不像上一代儒家們的對抗、輕蔑的態度。因此，要求平等和個人解放的需求成為文化、思想生活中的迫切需求其中之一。在這種環境下，婦女開始

24 重讀阮屏（Nguyễn Bính）的《純樸》（*Chân quê*）將會看到值得注意的以下四點：1）已發生的個事實：這個女性從農村（農業文明）走進城市（工業文明以及都市環境）；2）回來農村的心理：興奮，再也沒有「原本」的狀態中；3）姿勢：主動，將那位男性推到被動位置（等妳、求妳）。他不再具有傳統文學中的那種主動、堅強，像是「見妳我會握手腕」；4）更重要的是：鈕扣－工業文明的產品。農業文明永遠不能生產出如此小巧玲瓏而現代，原理上差別的產品。鈕扣是極為重要的要素，與這位女性興奮的同時，已推男性到*請求*、*懇求*的地步。這畫面是實際的現身：西方文明正在逐漸地從「城市」轉移到「農村」，使農業文明的穩定狀態在鄉村竹林背後已存在幾千年有了改變。（譯者註釋：阮屏是越南著名的浪漫主義詩人。當新詩風潮的很多詩人受西方詩歌影響時，他的創作則深受越南歌謠、民歌等的影響，常常書寫有關純樸、平易、親切的越南農村。而《純樸》這首詩為代表，反映他詩歌的宣言，保持「純樸」。）

能上學且文壇上已出現許多不亞於男性的傑出女流。在文學領域中，對西方維理精神和思想認識改變的同時，務實的觀點日益壓倒古典傳統拘泥的觀點。 換句話說，從習慣於觀看空間的文化環境，新世代的藝術家、作者更加關心時間及與之相關的現實環境中的生活品質[25]。古人從容於「生寄死歸」的哲理，新世代則要求首先活在當下，全心全意地活在現實中。這正是為什麼擺脫中國古典詩學充滿束縛的藝術模式之後，越南文學幾乎同時受西方現實和浪漫潮流的影響之原因。其實，中國在與西方接觸時，現實觀點也開始佔優勢。 這是現代化時期具有區域性的轉移。

除了教育之外，西方與法國文化的影響還透過翻譯來實現包括很多目的如：思想傳播、創作經驗、教育學術建設等等。這時期的學術和譯者中，阮文永、范瓊是兩位傑出的人物。[26]

阮文永（1882-1936）原是一位法語非常流利的通譯員，儘管小時候沒有可以好好讀書的環境。後來，他獲得特許可以從頭開始學習且是在 1893 - 1896 年期間的通譯班榜首。在自己的文學和報紙媒體事業中，阮文永翻譯了許多法國著名文學家的作品例如拉封丹（La Fontaine）、亞歷山大·仲馬（Alexandre Dumas）、馬里·雨果（Victor Hugo）、歐諾黑·德·巴爾札克（Honero de Balzac）等。首先以《東洋雜誌》，再來是《中北新聞》*(Trung Bắc tân văn)*和一些其他報紙編輯的資格，阮文永為將西方和法國的文化、思想傳播到越南有很大的功勞。不僅翻譯文學，他還翻譯了哲學、倫理學等。像阮文永一樣，范瓊是為二十世紀初民族文

25 最清楚地體現西學世系的時間觀念與傳統文學中時間觀念的差別的詩作其中之一是春妙的《急忙》（Vội vàng）這詩作。正因為意識到時間的流逝，春妙主張「急活」。我們需要了解這是積極的生活態度，表現出一種享受現代的態度。在春妙的藝術觀點中，「急活」也是一種主動且有效地與時間反抗的形式。

26 譯者註：關於阮文永與范瓊，請參閱蔣為文 2017《越南魂：語言文字與反霸權》。台南：亞細亞國際傳播社。

學現代化過程做出重要貢獻的人物。身為《南風雜誌》*(Nam Phong tạp chí)*的編輯，進德開智協會（Hội Khai trí Tiến Đức）的創始人兼秘書長的資格，范瓊的活動非常廣泛。他的翻譯作品、考究、哲學等的工程對很多對象有深刻地影響，不過，接受他有贊成也有反對的。除了阮文永、范瓊以外，還有很多著名，精通東西方的作者、文化者、譯者，例如阮柏學（Nguyễn Bá Học）、阮文素（Nguyễn Văn Tố）、潘繼炳（Phan Kế Bính）、阮仲術（Nguyễn Trọng Thuật）、范維遜（Phạm Duy Tốn）、楊伯濯（Dương Bá Trạc）、胡表政（Hồ Biểu Chánh）、潘魁、陳仲金（Trần Trọng Kim）、阮文玉（Nguyễn Văn Ngọc）、阮子超（Nguyễn Tử Siêu）等。在 1919 年舉辦漢學課程最後的考試之後，一些學生青年到由法國成立的高等學院就學。這些是早期就接受了西方文化，也將文學現代化推到更高一層的知識分子。1932-1945 年階段的著名文學作家主要是從這一代人準備的。[27]

西方與法國文化的影響也給報紙和出版蓬勃發展的機會。報章雜誌不僅是公布產品或提供訊息的地方而且還是創作文學市場的一個因素。正是報章雜誌和出版業已協助擴大了文學消費與生產之間的關係，超越中世紀文學自給自足的情況，逐漸地將文學活動帶入現代環境中，使其跟其他職業一樣成為一種職業。

與西方文化接觸和交流也給了學術發展的機會，促使文學批評理論這學科的形成。在前現代文學中，文學批評理論跟現代文學批評理論有

---

[27] 從更廣泛的角度來看，可以看出西方文化對越南現代藝術的影響非常細膩和豐富，不僅在文學上，而且還在繪畫、音樂上。在這些人當中，許多越南藝術家仍然使用傳統材料，但感受世界的方式是現代人的感受。可以從曾在印度支那美術學院學習的藝術家的作品中看到東西方文化交流的結果，例如阮家智（Nguyễn Gia Trí）、裴春湃（Bùi Xuân Phái）、楊碧蓮（Dương Bích Liên）、蘇玉雲（Tô Ngọc Vân）等。在音樂方面，是具有浪漫風格的音樂家，例如段準（Đoàn Chuẩn）、尹敏（Doãn Mẫn）、南高（Văn Cao）、楊紹雀（Dương Thiệu Tước）等。照相機也開始使用於服務和生活的需要。話劇出現並在大城市中進行公演。顯然地，新建立的知識框架被確立已經對藝術和思想話語相應的規定。

完全不同的性質。最大的不同在於各研究工程中的科學方法。在二十世紀初的文學批評理論，可以從生活中看出批評理論隊伍已脫離中世紀傳統的批評方式，將西方科學應用到越南實際包括許多傑出的文學研究工程。

總而言之，與西方和法國文化交流的過程已在越南學術、文學生活中產生了一個全面的轉變。從 1930 年起，越南文學已跳過中世紀藝術模式進而邁入現代藝術的軌道。對這些變動的評估，豐黎認為，「一個進行緊迫、迅速，一邊接受、篩選，一邊接受、轉換的過程。該過程的結果是僅僅在 1945 年之前的二十年間，幾乎同時出現了新的戲劇，從武廷龍（Vũ Đình Long）開始；新的詩歌，於傘沱的預告；新的散文於《素心》（Tố Tâm[28]）這部小說的開幕；最後是已經分成個別學科的議論、考究和批評」[29]。若需要多說的話，我們只想補充：與上述種類 / 部分的同時，現代文學已形成逐漸專業化的翻譯部分，該部分能夠完善從世紀初到 1945 年這期間越南文學的範疇。

1.4.2. 從 1945 年至 1985 年的文化交流

從 1945 年至二十世紀的 80 年代中期是一個越南民族悲傷、雄偉的歷史階段。國家相繼發生了兩次抗法與反美的抵抗戰爭。隨後是西南邊界戰爭（1975-1978）和北部邊界戰爭（1979 年）。在世界政治地圖上，冷戰（Chiến tranh Lạnh）還沒結束。到 1989 年，柏林圍牆倒塌，導致 1991 年蘇聯解體。

---

28 譯者註釋：《素心》是黃玉珀（Hoàng Ngọc Phách）的小說，已再版很多次以及被翻譯成法文。其內容已提出當時很熾熱的社會問題：在封建禮教嚴厲的權威之下，年輕人勇於鬥爭來肯定自由戀愛、保護自己的感情。

29 豐黎，《二十世紀越南現代文學素描》（*Phác thảo văn học Việt Nam hiện đại thế kỷ XX*），引用過的參考書籍，92 頁。

在冷戰的背景中，越南北部文學置於共產黨領導之下，主要是與受蘇維埃文藝文化交流的影響以及維持馬克思－列寧的思想系統。實際上，馬克思主義意識形態已在 1945 年之前傳播到越南，首先是通過東洋共產黨（Đảng Cộng sản Đông Dương）和阮愛國（Nguyễn Ái Quốc[30]）的活動。正在起義前階段 1945 年，共產黨戰士的文學詩歌已對當時的文學公眾有了影響。在公開文壇上，海潮（Hải Triều）和他的同志在兩學派「藝術為藝術」與「藝術為人生」之間的世紀辯論中的熱絡活動已經肯定馬克思主義文學藝術的生命力。隨後，《越南文化綱要》（*Đề cương về văn hóa Việt Nam*）於 1943 年 2 月誕生，不久之後救國文藝協會（Hội Văn nghệ cứu quốc）相繼於 1943 年 4 月成立，第一批會員是學飛（Học Phi）、元鴻（Nguyên Hồng）、阮輝祥（Nguyễn Huy Tưởng）、南高等。

八月革命之後，有一系列值得注意的事件如：1945 年 9 月舉行第一屆救國文化大會；1946 年 10 月第二屆救國文化大會由鄧台梅作家擔任主席。1948 年，全國文藝會議已在富壽（Phú Thọ）省舉行，有 80 多位文藝工作者參與，會議執行委員會由阮遵（Nguyễn Tuân）作家擔任總書記，素友（Tố Hữu）詩人是副總書記。如此，在新的政體中，文學活動已在共產黨的領導下形成了一個統一的組織。政治制度和社會主義建設路線的選擇，將越南跟有共同意識形態的其他國家進行文化交流，這是必然的結果。在文化交流中，蘇維埃聯邦，當時社會主義的堡壘，十月革命的故鄉，是第一個嚮往的地址。然而，與蘇維埃文學的機緣其實早就已經開始，當海潮在「青年魂」（*Hồn trẻ*）報刊（1936 年 8 月 16 日刊登）上介紹馬克西姆·高爾基（Maxim Gorky）《母親》（*Người mẹ*）的譯本。

---

[30] 譯者註：阮愛國（Nguyễn Ái Quốc）是胡志明（Hồ Chí Minh）眾多之一別名。

民族革命和社會主義建設事業要求越南文學必須以馬克思列寧主義的思想做為指導思想的基礎，學習蘇維埃文學經驗被視為當務之急。與此同時，跟中國、德意志民主共和國、捷克等國家的文化交流也被注重與擴大。跟二十世紀前半葉進行東西方文化交流一樣，在與蘇聯和社會主義國家文化交流的時候，越南主要是受影響與接收的。

這次文化交流也跟隨著翻譯、介紹社會主義國家或一些西方以外國家文化的活動。冷戰已阻止各國家政治制度上敵對的思想侵入。因此，翻譯中，優先翻譯的順序如下：首先是革命作家的作品，馬克思主義的理論作品，再來是過去經典作家的作品以及文學理論研究工程。這是北部讀者感覺自己跟著名蘇維埃作家如高爾基（Gorky）、弗拉基米爾·弗拉基米羅維奇·馬雅可夫斯基（Vladimir Mayakovsky）、亞歷山大·奧斯特洛夫斯基（Alexander Ostrovsky）、亞歷克賽·尼古拉耶維奇·托爾斯泰（Aleksey Tolstoy）、米哈伊爾·索科洛夫（Mikhail Sokolov）、康斯坦丁·帕烏斯托夫斯基（Konstantin Paustovsky）、奧莉加·伯格霍爾茲（Olga Bergholz）等很親近的階段。在當時讀者的心中，蘇聯是等於人間天堂的代名詞且他們的文學在讀者的心靈中播撒仰望、對共產主義理想會勝利的堅定信念的種。在這樣的影響路程，蘇維埃俄羅斯文學已經成為越南作家學習、奮鬥的典範。除了蘇維埃文學之外，社會主義國家的一些共產主義作家、進步現實或革命作家也被翻譯成越南語例如魯迅（Lỗ Tấn）、裴多菲·山多爾（Sandor Petofi）、巴勃羅·聶魯達（Pablo Neruda）、路易·阿拉貢（Luis Aragon）等的詩作。

各種理論也被翻譯並訂為方針以普及馬克思主義理論中各種重要的範疇，例如黨性、階級性、人民性、民族性等。最重要文學理論範疇被引進與推廣是社會主義現實主義的方法。該方法強調了對歷史在其自身的運動中具體地、真實地描繪，具有教育人民共產主義和革命理想的任務。

不能將接受蘇維埃俄羅斯文學視為一種強迫，因為其出發於越南革命發展模式的選擇。而且在一段很長的時間裡，蘇維埃文學的成就已很自然地被接受，進而變成俄羅斯文學，尤其是蘇維埃文學的豐碩關於熱愛與驕傲。社會主義現實主義的創作方法在一定的程度上已得到許多作家的響應。不過，教條的古板、硬化已妨礙到該創作方法的存在。在 1989 年其命運幾乎結束，且在越南這術語於 1991 年蘇維埃聯邦解體之後，便極少出現。

與北部的革命文學不同，南部都市文學受到西方文學和美哲思潮的影響。許多西方現代主義的作品已被引進，其中最明顯的是哲學、存在主義文學和精神分析學。西方文學的先進理論引進南部之後對這裡的文學實踐有一定的影響。然而影響時間僅只二十年是為過短，對創作包括文學批評理論其仍尚未產生值得注意的效果。不過，文學的一些問題已被討論和初步介紹，然後到了 1986 年之後再回來研究，當然，這時會在一個新的程度與一個新認識的深度上。

1.4.3. 從 1986 年至今的文化交流

從 1986 年開始，越南共產黨正式啟動了深又廣的國際接軌進程。在當代的世界中，接軌是一個開放的過程。與前兩次的文化交流不同，這次文化交流以更快的速度，更大的規模以及緊密的連接進行，因為越南必須遵循世界的承諾。上次的交流不可能有兩個重要的特點，那就是全球化與 1995 至 1997 年間網際網路在越南的出現。網際網路一方面是一個信息的工具，一方面是一種思維的形式。隨之而來，當代世界形成一個新的精神空間：網絡空間。因網際網路的出現，二十世紀已見證了三次改變關於書寫的形式：從毛筆至鋼筆，從鋼筆至原子筆，最後是原子筆至鍵盤。本質上，這些的變化與思維模式的改變相關。

當然，在這樣一個「平」的空間中，越南有很多不同形式的現代和後現代文化思想出現。 除了母語之外，英語已成為最重要的外語[31]。因此文學也展開了新的遠景包括順利以及挑戰。

這階段的創作隊伍包括很多世代，從 1945 年之前已經成名的作者例如制蘭園（Chế Lan Viên）（1920-1989）、蘇懷（Tô Hoài）（1920-2014）到 1990 年代出生的世代。改革時期也見證了「人文 - 佳品」（Nhân văn - Giai phẩm）運動作者的復出例如陳寅（Trần Dần）、黎達（Lê Đạt）、黃琴（Hoàng Cầm）等。許多關於文藝、文化已被頒行的決議，其中值得注意的是第 05 號決議於 1987 年 11 月 28 日頒行。越南共產黨也很多次提及文藝工作者的自由創造。第八屆中央執行委員會會議文件中肯定：「為了符合實現民眾的精神生活健康、有益的目的而鼓勵嘗試、體驗各種創作方法與風格。排除各種非人性、頹敗的創作傾向」。[32]

思維改革、直視事實和全面國際接軌的進程已為文學民眾與文藝工作者帶來許多新的認識。社會民主和反思精神已使這階段的文學在多樣性中蓬勃的發展。阮文龍（Nguyễn Văn Long）認為，1975 年以後的越南文學具有三個主要的特徵：1）民主化方向轉動；2）人文精神和個人意識的覺醒是思想靈感的主導、涵蓋的基礎；3）文學發展生機勃勃、豐富但是也很複雜[33]。現階段文學的複雜性和多樣性也反映了全球文化以及民族文化的複雜性。在那裡，有著各種話語、文化類型的相爭，有中心和外圍之間的滲透和鬥爭等。在創作領域中，許多改革時期的作家已在後現代氣氛中創作，例如阮輝涉（Nguyễn Huy Thiệp）、范氏懷（Phạm

---

31 如果從語言方面觀察文化的影響將會看出：二十世紀前半葉的文化交流，排在越南語之後，最主要是學習法語。1945-1975 年階段的文化交流，俄語被視為最重要。從 1986 年至今，首要位置則屬於英語。從某個方面來看，這也是在一個國家像越南「與世界適應」的形式。

32 《第八屆中央執行委員會會議文件》（*Văn kiện Hội nghị Ban Chấp hành Trung ương khóa VIII*），國家政治出版社，1998 年，61 頁。

33 詳看阮文龍的《新時代中的越南文學》（*Văn học Việt Nam trong thời đại mới*），2002 年，46-56 頁。

Thị Hoài)、胡英泰 (Hồ Anh Thái)、阮越何 (Nguyễn Việt Hà)、阮平方 (Nguyễn Bình Phương)等。很多思想潮流，很多理論已被介紹在越南，像二十世紀初俄羅斯的形式學派、詩學學、精神分析學、符號學、女權主義、生態批評等。這是一些對 1986 年之後文學批評理論生活改變作出貢獻的理論。

不過，文學的發展不會依照已經設計好的方式而圍繞、複雜地進行。總的來說，改革文學的圖表如下：從 1986 年到 90 年代中期是非常熱絡的，其中再認識 / 反思的靈感成為最突顯的階段。從二十世紀 90 年代中期至今，改革與跟世界接軌的進程仍在繼續，不過文學已經沒有保持像改革初期的熱絡了。藝術的革新仍強烈的進行不過比較安靜了。

在全球化與當代文學的背景下，也必要提及在國外生活的越南人的文學部分之存在。這部分通常被稱為海外文學。當提到這部分文學，從國內立場來看，或多或少仍有些歧視。而且這種歧視不是沒有根據的，因為國內文學與海外文學之間在藝術態度和觀念上存在著差異。但是，除了一些極端、偏見或反共的作家以外，有不少海外作家仍然希望可以民族和諧。這是我們需要肯定他們的方面。與居住在海外的越南人的藝術文化交流、互動將會有助於豐富越南現代文學的財產。

於是經過一個多世紀以來，越南文學已實現了邁入世界過程的重要轉變。若二十世紀前半葉的現代化已將越南文學帶入現代藝術軌道的話，那麼二十世紀後半葉現代化過程仍繼續使越南文學更蓬勃地發展，並且在世紀末進行的文化交流，雖然還很謙虛，我們不但接受而且已開始有了文化的對話。越南文學推廣過程已開始有了更強大的促進，越南文學的作品已開始出現在世界文學地圖上。儘管微不足道，但這是從改革時期展開的國際接軌以及文化交流良好的證據。

◆ 問題討論

1. 文學的現代性以及其在藝術思維改變中的意義。
2. 現代文學範疇的各方面以及出現條件。
3. 翻譯和報紙在越南文學現代化過程中的角色。
4. 二十世紀前半葉的現代化進程。
5. 文化交流與文學模式之改變。

第二章

越南現代小說

第二章 越南現代小說

2.1. 小說 - 現代文學舞台上的主角

2.1.1. 傳統文學中外圍/下等的位置

在中世紀文學種類的系統中，詩、賦被重視而敘事散文只有很卑微的位置[1]。其實，「文」仍可再被提高但是屬於功能性的類型 ，而創作散文則被視為是老百姓的產品，具有「消遣」的義義。相形之下，詩和賦則是高貴的精神、正人君子的產品。皇帝-詩人或禪師-詩人這模式為中世紀文學中較突出的模式並非巧合。皇帝作詩突顯帝王多才多藝的才華。甚至，它像在天下老百姓的瞻仰眼神中創造「半神半人」位置的一種形式。中世紀的詩、賦充滿典故、典跡、優雅的文辭以便主體敷衍深澳的意思、淵博的學問或表現涵蓋天下的口氣。

在這樣的環境中，中世紀的散文通常是一些傳達道理的故事，根據「古早的典故、古老的典跡」來創作，以表達、承載某一個教育、倫理的內容。中世紀的短篇小說較清楚表現這些內容。從歷史方面來看，小說在越南出現相當晚。儘管在十八世紀，越南敘事文學已出現一些傑出的作品例如：黎有（Lê Hữu Trác）的《上京記事集》（*Thượng kinh ký sự*）、范廷琥（Phạm Đình Hổ）的《雨中隨筆》（*Vũ trung tùy bút*）等但是要等到「吳家文派」（Ngô gia văn phái）的《皇黎一統志》（*Hoàng Lê nhất thống chí*），小說思維的輪廓才真正地明確。至今，《皇黎一統志》被視為是越南的第一部歷史小說。從結構和容量方面來看，該小說以線性方向與像

---

[1] 中國古典文學理論將小說跟中說和大說區分開來。大說是聖賢的作品（孔子（Khổng Tử）的《經書》（*Kinh thư*）、《詩經》（*Kinh thi*）；中說一般由史家擔任（司馬遷（Tư Mã Thiên）的《史記》（*Sử ký*））；而小說是卑微、瑣碎的故事。

中國明、清時代章回小說結構一樣紀錄了越南社會黎、鄭時期的現狀。該作品的吸引力在於創造氣氛的藝術和獨特地描繪人物的方式。甚至，歷史的實際和民族自豪的精神已使「吳家文派」(Ngô gia văn phái) 的階級偏見改變。最清楚的是透過宮女的詞語來描繪光中 (Quang Trung) 皇帝的韜略才能打敗清軍的那段文章。

中世紀的敘事中值得注意的現象是一系列字喃詩的出現例如《花箋》(*Hoa tiên*)、《二度梅》(*Nhị độ mai*)、《范公菊花》(*Phạm Công Cúc Hoa*)、《范載玉花》(*Phạm Tải Ngọc Hoa*) 等。體裁方面，字喃詩 (佚名和有名) 有敘事和抒情兩脈絡的結合。私人生活要素已開始受到關注。這是思維類型非常重要的信號因為小說伴有著私人的觀點。字喃詩的一般模型通常以這兩種公式展開：遇見 - 災難 - 流離 - 團聚。雖然許多字喃詩仍然以「古早的典故、古老的典跡」發展，但因與民間文學有密切的關係，所以這些字喃詩仍被口傳而在許多民間舞台類型中出現。特別是，阮攸的《金雲翹傳》以詩歌小說的形式存在是中世紀敘事的傑出成就。潘玉 (Phan Ngọc) 研究者在《探索阮攸在《金雲翹傳》中的風格》(*Tìm hiểu phong cách Nguyễn Du trong Truyện Kiều*)(1985) 已認為阮攸分析心理的水準不亞於世界上任何著名的小說家。《金雲翹傳》是阮攸個人對人生命運、婦女命運以及詩人本身命運的經歷和看法。這些是讓散文在接下來的各階段中逐漸地從外圍移向中心的重要因素。關於中世紀的敘事，也要留意到傳奇文學的貢獻，而巔峰的是阮嶼(Nguyễn Dữ) 的《傳奇漫錄》(*Truyền kỳ mạn lục*)。中世紀玄妙的筆法被後來的文學家們傳承下去，當然是在另一個程度和更新的、更現代的一個藝術結構組織中。

2.1.2. 現代文學中的中心人物

由於太重視「說教」且經常老調重彈、貴古賤今，因此中世紀文學的詩法不可避免地成為陳腔濫調。到十九世紀末，因社會、文化、歷史的變化，尤其是個人自我的出現已使傳統文學藝術的模型不再有適應於現代文化的能力。

小說在現代文學中佔有中心地位不僅存在越南文學，而是全世界文學都這樣。巴赫汀（Bakhtin）在自己的小說研究中對這問題做了很深刻的解釋。解釋在文學進程中最重要的要素時，巴赫汀將新體裁是人物視為對文學發展有決定意義而不是學派或創作方法。在這位科學家看來，小說的確是新時代的典型產品，是人類文學思維價值的精華。巴赫汀這觀點得到小說家昆德拉分享[2]。巴赫汀小說研究中的核心是對話原則。他花了很多時間來著重於研究杜斯妥也夫斯基（Dostoievsky）和拉伯雷（Rabelais）的小說遺產。在杜斯妥也夫斯基的小說中，強調個人、自我的價值，而在拉伯雷（Rabelais）的小說中，則強調社區的價值。藉由對小說思維和史詩特徵之間的分析、比較的基礎上，巴赫汀已證明小說藝術優越性並說明為何其是現代文學中的主角：「小說之所以成為新時代文學發展戲劇中的主角，因為其是新世界所產生的唯一體裁且跟這新世界全面同質的」。[3]

我們再回到越南的小說和散文，現代化之初，成就主要在於短篇小說。從二十世紀 20 年代范維遜、阮柏學的作品裡，可以看到現代散文

---

[2] 詳看巴赫金（Bakhtin）已被翻譯成越南語的研究工程：《小說的詩法與理論》（*Lý luận và thi pháp tiểu thuyết*）（范永居翻譯），阮攸寫作學校出版，1992 年；《杜斯妥也夫斯基小說的詩法問題（*Những vấn đề thi pháp tiểu thuyết Doxtoievxki*）（陳廷史、賴源恩、王智閒翻譯），教育出版社，1993 年；和昆德拉的《小論》（*Tiểu luận*）（元玉翻譯），文化通訊－東西方文化語言中心出版社，2001 年。

[3] 巴赫汀（M. Bakhtin），《小說的詩法與理論》（*Lý luận và thi pháp tiểu thuyết*）引用過的參考書籍，27 頁。

的跡象[4]。這也是歐洲和中國的一系列長篇小說被翻譯的時期。推動外國小說的翻譯與介紹，一方面，幫助讀者對世界和區域文學的更加了解，另一方面，則促進對體裁的意識其中有小說的意識。

現代散文和小說的誕生與一系列歷史，社會文化因素以及對文學創新本身的需求有關。我們應注意與現代小說藝術思維形成和發展直接相關的四個重要問題。

第一，從十九世紀末到二十世紀初，作家們轉移關心的方向：擺脫舊慣走向寫實。寫實主義被特別要求與注重。文學中寫實原則跟隨著小說的原則，亦有渴望描繪寫實更多元、更廣闊的內容。

第二，文學中出現了個人自我[5]。這是在中世紀文學中罕見的問題。個人，作為一種價值觀，要求文學應以私人生活的眼光看待寫實。只有從私人生活 - 世事看待生活的時候，文學中敘事藝術改革的需求才被很迫切的提出。這是促進散文及現代小說蓬勃發展的因素。

第三，小說的發展伴隨著公眾接受現代的嗜好。讀者不再對道理故事和從「全知」角度的線性敘述結構感興趣了，而需要參與自己正在閱讀故事的需求。這就是為何隨著文學蓬勃發展的是各種充滿敘事性的藝術類型如電影、話劇等的原因。與「新詩」一樣，電影和話劇因而成為二十世紀前半葉進行的東西方文化交流的產物。

第四，悠揚、隱喻、韻調的語言不再具有吸引力。讀者需要一種更親近於日常生活的語言。這裡，報紙和翻譯語言的角色對越南散文走向現代，形成新句法結構並改變敘事語言觀念極為重要。

---

[4] 其實，阮柏學（Nguyễn Bá Học）作品中的新穎與其議論體相比並不多。

[5] 個人在文學中的出現需要被理解為一個具有革命性的因素。二十世紀前半葉，特別是 1932-1945 年的階段，文學蓬勃地發展，充滿了個性，因為其基礎是個人要素以及具有個人觀的現代藝術觀念。到了 1945-1985 年階段，個人讓位給集體/團體因此文學個性並不是很清楚。從改革之後，個人被重新關注並在一個新的水準上，已對解放個性創造力做出了貢獻，增加對生活價值的反思視野。因此，這階段文學中的多樣性變得更加突顯，當然，也更加複雜。

上述的內容有助於闡明文學實踐：小說已經成為中心人物。在新的位置上，小說展示了自己的權力：第一，影響其他體裁的生存。第二，具有能力吸收其他體裁的養分來創造足以滿足現代文學、讓最刁難嗜好者接受的藝術交響曲。

2.2. 越南現代文學的演變過程

2.2.1. 二十世紀初前 30 年的小說與國語散文的誕生

2.2.1.1. 越南南部的啟動

從十九世紀末以來，隨著「國語[6]」散文的發展，初期的散文現代化過程已經出現，其中，值得注意的是南部一些作家的貢獻，例如張永記、黃靖果（Huỳnh Tịnh Của）、阮仲筦、陳正釗（Trần Chánh Chiếu）、黎弘謀（Lê Hoằng Mưu）、張維瓚（Trương Duy Toản）等等。在胚胎的早期，國語散文的發展有了報紙最重要的協助，首先是《嘉定報》（*Gia Định báo*）（1865）、《農賈茗談》（Nông cổ mín đàm）（1901）等。具有現代媒體類型的優勢，報紙已是刊登文學作品的平台，它亦是傳遞那些作品給讀者最快的方式。張永記在《古代的故事》（*Chuyện đời xưa*）中提出建立「純安南」書寫方式的主張迅速地在南方新地得到支持。南部的國語散文先鋒與茁壯伴隨著三個重要的原因：第一，南方是新地區，與北部不同，不受到傳統詩學以及「文以載道」的嚴重影響；第二，為國語散文提倡者都是直接接受西方文明影響的知識分子，例如張永記是天主教起源的知識分子、是著名的翻譯家；第三，國語本身易於學習、易記並能夠將日常生活的故事表達得靈活、實用。南部的民眾不像北部、中部的民眾，對中世紀文學拘謹的表達、書寫方式不感興趣，也不受中

[6] 譯者註：這裡的國語指越南羅馬字（chữ Quốc ngữ）。請參閱蔣為文 2017《越南魂：語言文字與反霸權》。台南：亞細亞國際傳播社。

世紀文學空間長久的支配，因此容易融入、接受新的書寫方式。不過，要等到阮仲筦的《Lazaro Phiền 牧師的故事》(*Truyện Thầy Lazaro Phiền*) 問世，國語散文才真正地得到了肯定。在序言中已清楚地記載作者書寫這作品的用意:「以大家常使用的語言創作一個故事......首先是使兒童喜歡而學習，其次是使各地的人民知道：安南人比智慧比才華都不會輸給任何人」。與傳統小說相比，《Lazaro Phiền 牧師的故事》展示了許多新事物：探索尋常百姓生活中的普通故事，顛倒結構而不跟隨線性，於兩個人講故事的出現已萌芽了故事中有故事的形式。值得強調的是，該作品的問世和其藝術效應預告了一個體裁中的顛覆:散文與小說將會從外圍進入核心並掌握主導的角色。阮仲筦之後，很多作品出現並得到讀者的關心，其中值得注意的是張維瓚的《潘安外史艱屯節婦》(*Phan Yên ngoại sử tiết phụ gian truân*) (1910)、陳正釗的《黃素鶯含冤》(*Hoàng Tố Oanh hàm oan*)(1910)、黎弘謀 (Lê Hoằng Mưu) 的《河香風月》(*Hà Hương phong nguyệt*) (1912) 等這些小說。在這些小說中，傳統敘事的蹤跡還很清晰。但是，光是這階段小說數量的存在已經是一個證明，像越南這樣一個敘事不強的國家也開啟藝術思維之重要改變。越南傳統和思考方式傾向於詩歌。這就是為什麼傳統文學中大部分的巔峰都是由詩人掌握的原因。金雲翹傳也是用詩歌撰寫的小說，但阮攸首先是一位詩豪。在《幽情錄》(*U tình lục*)(1909)的詩歌小說之後，1912 年，胡表政公布自己的處女作《誰能做到呢？》(*Ai làm được?*)等。可以說，在很多南部的作家中，胡表政是最持久、最有耐心的作家。由於文學事業的龐大，他值得被視為是南部國語散文的偉大小說家。雖然，他的創作偏於道理傾向，但是胡表政是南部小說發展從起初到盛行的同行人。

在從傳統藝術體系轉移到現代藝術體系過程中，對體裁的名稱有時還不是很確定。這就是為什麼在二十世紀初當接觸國語散文時，要稱為故事或小說的名稱還很混亂的原因。作家們還沒有清楚關於體裁思維的意識，因此，他們的猶豫、困惑也是很容易理解的，儘管東方詩學從古代已將小說分成三類：長篇小說、中篇小說、短篇小說（於現今小說、中篇故事、短篇故事的說法相對應）。因此，在二十世紀末的文學中，有一些作品稱為小說但長度篇幅還不到一百頁。就連黃玉珀（Hoàng Ngọc Phách）的《素心》或者吳必素的《熄燈》（*Tắt đèn*）都稱作小說但是長度也只有 80 頁左右而已。

值得一提的是，就在國語小說和散文形成的最初幾十年，南圻小說家們的創作力很充沛、豐富，有些人在十年左右的時間裡，寫了十幾本小說。如胡表政、范明堅（Phạm Minh Kiên）、富德（Phú Đức）等。根據段黎江（Đoàn Lê Giang）的說法，從十九世紀末到 1945 年，南部小說、散文作品的數量已超過 300 冊[7]。若多花一點時間嚴謹搜尋南部國語文學，這數量一定不是最後的數字。

關於體裁特徵方面，從十九世紀末到二十世紀初，南部國語散文在很大程度上仍然具有過渡性。因此，這階段小說中的新 - 舊共生性特別明顯。新-舊的交錯、糾纏表現得很具體在以下的幾個方面：第一，作品中的說教色彩還很深刻。依陳正釗在《黃素鶯含冤》中的說法，那麼「各長篇、短篇第一是自己創作，第二是東西方的翻譯都跟社會狀況、國民的心理有密切的關係，以有益於風化道德為重」。嚮往保存風俗教化為目的使得作家們被困在傳統敘事模式中。連南部散文最「強壯」的小說作家胡表政也一直擺脫不了 30 年代的道德觀。第二，講故事的風格跟中世紀故事相比，仍未有真正的變化。儘管有意識地融入一些當時生活時事的因素，例如富豪對窮人的壓迫，但是阮正涉（Nguyễn Chánh Sắt）的《義俠小說》（*Nghĩa hiệp tiểu thuyết*）（1921）仍受中國武俠小說

[7] 詳看段黎江，《十九世紀末至 1945 年南部國語文學—研究展望與成就》(*Văn học quốc ngữ Nam Bộ từ cuối thế kỷ XIX đến 1945 thành tựu và triển vọng nghiên cứu*)，文學研究雜誌（Tạp chí *Nghiên cứu Văn học*），2006 年 7 號。

的影響。在張維瓚的《潘安外史艱屯節婦》(1910) 中，仍有武俠色彩以及佳人才子模式的蹤跡，儘管這是完全以越南當背景的小說。總體來說，在現代化初期的作品中，人類與很多不公在小說中，還不是個人而是一般的人生、一般生活。根本的衝突仍是善-惡、貧-富之間的衝突。第三，事件組織、故事情節、人物動作仍被優先，人物的心理不夠深，語言尚未很新穎。例如，被視為最傑出的是黎弘謀(Lê Hoằng Mưu) 的《河香風月》(*Hà Hương phong nguyệt*)(1912) 散文的創作風格仍然保有韻調，並穿插一些很濃郁駢文色彩的詩段。不僅《河香風月》而已，很多作家仍然習慣這種偏於隨興的寫作方式。

值得注意的是二十世紀初的社會現象，例如窮人被佔領土地、進行迅速的都市化過程和在新的歷史環境下人類的墮落等已被一些作家關心以及敏捷地提及了。我們需要將這些視為是國語散文走向寫實主義的表現，其中包括小說。走向寫實，超越傳統藝術與典範是一個現代化過程中非常重要的因素，不只對於散文而且還對於一種充滿主觀色彩的體裁是抒情詩。從 30 年代開始，隨著寫實主義的勝利，走向寫實這途徑將會得到更蓬勃的發展。

除了世事題材以外，歷史題材包括野史形式已經獲得許多南北方小說家追求。小說中的歷史意識雖然跟從世俗觀點來敘述日常生活的故事的意識相比尚未很深刻，但是可以說它是之後歷史小說發展的跳板的轉動。

觀察現代化初期的國語小說和散文不得不說到文學語言方面的變化。已經出現一種比較簡單、易懂、適合被對象普遍接受的小說語言。嚮往寫實的看法和接近「日常的話語」的敘事方式已幫助文學語言逐漸地克服中世紀文學詩法的公式與慣例，從而在接下來的階段可以一步一步地「破繭」和「脫繭」。

2.2.1.2. 北部的轉向與成為精華

在現代小說形成的歷史中，掌握先鋒角色是南部作家們。在北部，小說的腳步比南部慢了一些。十九世紀末到二十世紀初的階段，北部書寫小說的力量也比南部少。雖然走在後面，但小說成為精華的過程在北部反而演變更深刻、清楚，主要環繞著國家悠久的文化中心，即河內。可以為這現象解釋如下：首先，儘管在現代小說剛形成初期掌握先鋒的角色，但是南部小說家們緩慢脫離說教道理的模式這事情無形中使體裁發展的節奏被降低。南部小說基本上停留在 1932 年這時間點，提倡道理、集中於各種道德關係是中世紀講故事的詩學的重要特徵。但到了現代時期，在創造中的心理和接受文學的新要求之下，特別是解放個人要素的需求已使道理模式變的落伍與孤單。西方文化的影響已改變了人們的世界觀和人類觀，因此，生活上最重要的問題不再與倫理教義聯繫在一起。另一方面，在現代化的初期，南部小說家們使用「日常的話語」的主張是很重要的，但如果只停留在這種「啟蒙」的程度，小說將不能繼續地發展。問題在於必須盡快克服「日常的話語」的程度來轉化成藝術的語言。這就是北部小說家們已早發現並想辦法克服的問題。當然，該克服過程不是立即獲得成果。

在北部作家們中，我們需要公認傘沱的功勞，於《小夢》(*Giấc mộng con*)(第一冊：1916 年, 第二冊：1932 年)、《錢神》(*Thần tiền*)(1921)、《塵埃知己》(*Trần ai tri kỷ*)(1924)的小說等。傘沱小說中自傳色彩比較清晰，因為他原是一位詩人。傘沱的小說充滿了才子色彩以及浪漫靈感。除了傘沱以外，北部在 20 年代，還迎接值得注意的很多著名小說例如：鄧陳拂(Đặng Trần Phất)的《點雪的花枝》(*Cành hoa điểm tuyết*)(1921)、《滄桑》(*Cuộc tang thương*)(1923)、阮仲術(Nguyễn Trọng Thuật)的《紅色之瓜》(*Quả dưa đỏ*)(1924)等小說。在鄧陳拂的兩部小說中，寫實性質相當地深刻。鄧陳拂小說的新穎是不依循古老、陳舊的故事，且已提及到當時社會生活的動盪。與傳統小說相比，作者的寫實觀點有了明顯的進步。然而，要等到 1925 年，當黃玉珀的《素心》小說問世時，小說才真正地有突變。依武朋的說法，這部小說的出現有如「情感天空中的炸彈[8]」的意義。因此，雖然僅有八十頁的印刷，但是根據現今小說的觀念，《素心》被視為是第一部現代小說。

被視為是「愛情小說」，《素心》是兩位主角淡水（Đạm Thủy）和素心在從朋友、兄妹到愛情過程的豔情篇。這是一場悲慘、含淚的戀愛。該小說最明顯的貢獻在於分析心理細膩的藝術、基於人物的回憶而不是遵從時間程序的結構、不像傳統藝術跟隨快樂的結局方式。透過兩個人物悲慘的愛情故事，這作品已觸及當時社會的一個重大問題，那就是自由戀愛與封建禮教、個人與家庭之間的矛盾和衝突。雖然，偶爾還有留下中世紀駢文的味道，不過《素心》語言是現代小說的語言。在《素心》中，黃玉珀藝術思維的突破可以說是浪漫文學潮流出現之前幾年的完美的跳板。

2.2.2. 1930 年至 1945 年階段的小說

經過三十年的轉動，基於報紙和翻譯的推波助瀾，加上從南方到北方的作家隊伍的強烈文學現代化的意識，1930-1945 年階段的越南小說通過浪漫小說和寫實小說這兩個主要潮流已迅速發展。

2.2.2.1. 自力文團與浪漫小說

從二十世紀 30 年代初到 1945 年底，文學中的浪漫傾向很活耀地發展通過散文和詩歌這兩個體裁。在詩歌方面是「新詩」的運動，在散文方面是自力文團。作為一個有清楚目的、宗旨的文學組織，自力文團

8 武朋，《黃玉珀人生路途與文學生涯》(*Hoàng Ngọc Phách đường đời và đường văn*）中的「一本書的人物，雙安黃玉珀」（Song An Hoàng Ngọc Phách người của một quyển sách），文學出版社，1996 年，603 頁。

的誕生是文學現代化過程已達到一定水準的結果。

自力文團由阮祥三（一靈）發起，於 1932 年出現並在 1934 年 3 月正式成立。自力文團的言論機關是《風化》（*Phong hóa*）週報，後來改成《今日》（*Ngày nay*）週報。這是一個以私人自願站出來舉辦的文學組織。自力文團的正式成員包括：一靈、黃道（Hoàng Đạo）、石嵐（Thạch Lam）、慨興（Khái Hưng）、秀肥（Tú Mỡ）、世旅（Thế Lữ），日後多了春妙。作為一個文學組織，自力文團在 1934 年 3 月 2 日的《風化》週報第 87 號發布了自己的宗旨與目的。其宣言的核心內容為：自力文團集合文界的同志；成員之間主要是精神上的連結。一起追求同一個宗旨，互相扶持為了實現共同的目的，在具有文學性質的巨大活動中，捨身保護彼此。自力文團的宗旨設定了以下十條內容：

1. 以自己的力量創作出具有文學價值的書籍而不是翻譯國外的書籍，如果這些書籍只具有文學性質而已。目的是豐富國內文學的財產。
2. 編撰或翻譯具有社會思想的書籍。注意使人民和社會愈來愈好。
3. 根據大眾主義，編撰具有平民風格並鼓吹大家喜愛平民主義的書籍。
4. 使用簡要、易懂、少漢字、富有安南風格的文學書寫方式。
5. 保持新穎、年輕、樂觀、有上進以及確信進步的。
6. 歌頌越南國家具有平民風格的優點，使大眾會很平民地愛越南國家。沒有高高在上、家長式的風格。
7. 尊重個人的自由。
8. 使大眾了解孔道已經不合時宜。
9. 將跟西方接觸的科學方法應用於越南文學。
10. 遵守上述九條其中之一也是可以了，不要跟其他條背道而馳就好。

可以看出，自力文團的宗旨顯示了社會一個大渴望：一方面進行了改革以豐富文化、文學，一方面又參加社會改革。自力文團成員的心血和文學能力已經讓他們對民族文學現代化做出了很大的貢獻。談到自力文團在文學現代化進程中，黃春瀚（Hoàng Xuân Hãn）認為:「雖然自力文團不是唯一，但卻是最重要的組織，且他們是越南現代文學的第一個改革組織。」[9]

自力文團的發展以及衰退的過程可以分成兩個階段[10]。在第一階段（1932-1936），自力文團致力於社會、文學和報紙的改革。《風化》週報已透過嘲諷的笑聲來諷刺當時社會中的有頭有臉的人物。李熽（Lý Toét）、社豉（Xã Xệ）、邦病（Bang Bạnh）是三種人物代表自力文團想要批判的三種人。對文學而言，這是很多傾向形成的階段，但最突出的是對抗封建禮教、要求個人解放以及自由戀愛等論題的階段。自力文團的很多有價值的小說都在這個階段出版，例如《蝶魂夢仙》（*Hồn bướm mơ tiên*）（1933）、《花擔子》（*Gánh hàng hoa*）（1934）、《半部青春》（*Nửa chừng xuân*）（1934）、《斷絕》（*Đoạn tuyệt*）（1935）、《風雨人生》（*Đời mưa gió*）（1935）、《快樂的日子》（*Những ngày vui*）（1936）等等。起初，自力文團的小說具有要求個人解放的鬥爭、要求自由戀愛並反對封建禮教苛刻的內容，之後，由於法國平民戰線和國內爭取民族自由鬥爭蓬勃發展的影響，自力文團的作家們已經走向平民以及提出他們的改革觀點。

---

[9] 《與黃春瀚談論》"*Chuyện trò với Hoàng Xuân Hãn*"，《香江》雜誌（Tạp chí *Sông Hương*），1989 年 4 月，37 號，74 頁。

[10] 對《自力文團》的演變，研究者有不同的論解。潘巨琋分為三階段：第一階段從 1932 年至 1934 年，第二階段從 1935 年至 1939 年，第三階段約從 1935 年底並結束於抗法戰爭爆發。(《越南浪漫主義文學》(*Văn học lãng mạn Việt Nam*)，教育出版社，1997 年，243 頁。)；阮惠之分為兩階段：第一階段從 1932 年延續至 1936 年，第二階段從 1937 年至 1945 年日本政變了法國。《新部分的文學辭典》(*Từ điển văn học bộ mới*) 中的《自力文團》，世界出版社，2004 年，1899-1903 頁。

從 1937 年，自力文團的《陽光協會》(*Hội Ánh sáng*)誕生，帶有「在法律範圍內，很祥和地進行社會改革」的意識（黃道）。以前的傾向與主題仍然繼續，例如反對封建禮教、走向平民、脫離現實、社會改革等傾向。第一階段末和第二階段初，自力文團的一些作家開始偏於理想化、陶醉理想、為了大義願意出征的征伕形象，即使那是一種模糊、嚮往的目的也模糊的大義，例如這些作品《蕭山壯士》(*Tiêu Sơn tráng sĩ*)（1935）、《然後有一個下午》(*Thế rồi có một buổi chiều*)（1936）、《一對情侶》(*Đôi bạn*)（1938）等的情形[11]。在後期，特別是從 1939 年開始，從文學和報紙活動，自力文團的一些主要帶頭作家逐漸地轉向政治和社會活動。一靈阮祥三（Nhất Linh Nguyễn Tường Tam）成立的親日大越民政黨（Đảng Đại Việt dân chính thân Nhật）被法國殖民者追捕並逃往中國。從 1943 年黃道和慨興被送去安置於務版（Vụ Bản）。自力文團沒有宣布解散，但實際上的活動已到此為止。這也是自力文團的小說走向自我陰暗角落的時期，例如《美麗》(*Đẹp*)（1939-1940）、《白色的蝴蝶》(*Bướm trắng*)（1939-1940）、《清德》(*Thanh Đức*)（1943）等等。

雖然實際上只存在十年左右，不過自力文團對越南現代文學的貢獻是值得肯定的。但是，其對越南現代文學的貢獻之接受度和評價並不是一直全然正向。在自力文團出現後不久，跟隨現實傾向的作家們已有否定這趨勢的意識。寫實傾向有名的作家例如武重鳳、南高等表示他們不贊成自力文團作家們的「欺騙的月光」、或詩意化生活。這也很容易理解，因為它是越南文學 1930-1945 年期間，兩個藝術意識與觀念完全相

---

[11] 關於這種類型「離客」的形象，為了避免一些庸俗的演繹，必須將其看成一種浪漫美學喜歡冒險或改變的特點。在新詩是深心的《送別行》(*Tống biệt hành*) 中的離客形象或者武煌璋（Vũ Hoàng Chương）詩歌中的「遠方」靈感等。在散文則是阮遵作品中的「移動、冒險」等。自力文團小說中最清楚的是《一對情侶》等。研究家杜德曉通過安德烈·紀德（André Gide）的言語「去找是活，找到是死」意識到這種冒險之間的相遇。詳看杜德曉，《閱讀與評論文學的改革》(*Đổi mới đọc và bình văn*)，作家協會出版社，1998 年，111 頁。

反的傾向之間為了爭搶存在的否定。1945 年以後，如果在越南南部，自力文團的文學作品仍然被研究的話，那麼在北部，自力文團由於提高階級論以及社會學庸俗觀點的牽累而受到很低的評價。到了改革時期，對自力文團貢獻的重新評價已經更妥當[12]。在此，我們強調該文團的兩個主要貢獻：

首先，自力文團已很強烈、積極地為要求個人解放發聲。自力文團小說中的論題性體現最集中於圍繞著需求自由戀愛權利和反對封建禮教。該文團的作家們已建立了具有進步的思想，為個人幸福、匹配的男女愛情而勇於爭取的「新女性」這人物類型。描繪人物的時候，肉體這方面也開始被注意。這是在中世紀小說中少有出現的事情。

自力文團和「新詩」會在二十世紀前半葉針對社會精神生活中提出個人解放有著深遠的原因。當時越南歷史上最大的矛盾是民族與階級之間的矛盾。但是在社會文化層面，隨著新的社會階層的出現，快速的城市化，個人解放問題被認為是應對這種情況的迫切需要。在中世紀整個十世紀中，個人一直受儒教意識的壓制並產生一系列束縛人們的社會規範。到了二十世紀初，西方文化的影響已幫助對新事物敏感的知識分子、文藝工作者為生命權、幸福權、自由戀愛權和社會平等發聲。這是時代的大靈感並受到自力文團作家們很早的發現。甚至在往後的小說中個人自我陰暗角落也開始被關注，預告這是現代主義在下一階段對越南文學的影響。[13]

其次，關於思維和詩法體裁，繼續《素心》之後，自力文團已在不同方面上將小說現代化：人物塑造、結構組織、敘述語言等。自力文團

---

[12] 參考陳友佐（Trần Hữu Tá）、阮誠詩（Nguyễn Thành Thi）、段黎江 （主編）的《自力文團的散文與新詩之回顧》(*Nhìn lại Thơ mới và văn xuôi Tự Lực văn đoàn*)，青年出版社，2013 年。

[13] 這是在後期自力文團小說的藝術思維中的新面貌。曾經有時候，因為太過沉重於階級論的視野所以一些研究者將其視為消極、衰退的表現。

的小說中，已沒有像中世紀的駢文和章回小說的蹤跡，而文學語言純淨、精緻，特別是出色的心理分析的藝術。如果在《素心》中，黃玉珀的人物心理分析藝術較為新穎，但基本上仍是古典心理、「平面心理」類型的話，那麼到自力文團的時候，許多心理的曲折已經被描繪得很生動。例如，這發展已被杜德曉看出當他對一靈的《白色的蝴蝶》作品做評價：「《白色的蝴蝶》是一部現代小說；其不是「書寫關於冒險歷程」像《唐吉訶德》、《水滸傳》(*Thủy Hử*)、《紅色之瓜》(*Quả dưa đỏ*)、《蕭山壯士》(*Tiêu Sơn tráng sĩ*) 等而是「書寫的冒險」。這裡的「冒險」是一段穿越生死、慌亂、美夢、感觸、思維、情感等曲折的過程。《白色的蝴蝶》有簡單的故事情節，是人類的「內心世界」非常動盪、有意識和無意識、無理、非理性、夢想、夢囈、預感等[14]。以前，對自力文團最後階段的評價時，一些研究者視為這是個人主義的一種僵局，沒有出路。不過，從體裁詩學的角度來看，可以看出這是值得注意的發展。那就是小說家已努力探索和描述個人自我的陰暗角落。這正是由卡夫卡提倡的現代主義的重要特徵之一。

2.2.2.2. 1930 年至 1945 年階段的寫實小說

在以一個潮流身分形成之前，越南現代文學中的寫實主義最初開始於南部的范維遜、阮柏學的短篇小說或胡表政的小說。但是，直到 1930 年以後，寫實主義文學才蓬勃發展於阮公歡(Nguyễn Công Hoan)參與，於幾部短篇小說如《馬人人馬》(*Người ngựa ngựa người*) (1934)、《男角四卞》(*Kép Tư Bền*) (1935) 或《金枝玉葉》(*Lá ngọc cành vàng*) (1935)、《老闆》(*Ông chủ*)(1935) 等。在報紙領域上，三郎 (Tam Lang) 的「我拉車」(*Tôi kéo xe*)(1932)；武重鳳的「害人的陷阱」(*Cạm bẫy người*) (1933)、「嫁給法國人的技藝」(*Kỹ nghệ lấy Tây*) (1934)；

---

14 詳看杜德曉的《閱讀與評論文學的改革》(*Đổi mới đọc và bình văn*)。引用過的參考書籍，118 頁。

吳必素的「切藥鍘刀」(*Dao cầu thuyền tán*)(1935) 等的報導文學也得到最佳的評價。

在體裁思維方面上，越南寫實主義小說於 1930-1945 年的階段既受傳統敘事的影響又接收了十九世紀西方小說的藝術。當然，在這兩種影響力中，西方小說書寫方式的影響更為突出。例如，范維遜的《管你死活》(*Sống chết mặc bay*)被視為現代短篇小說的季初花朵，但很明顯地，該短篇小說受阿爾封斯·都德 (Alphonse Daudet) 的《一場撞球》(*Ván bia*)(Le billard) 的影響。這顯示東方傳統敘事必須改變功能以符合現代敘事的組織原則。與提高主觀感覺、以詩意化、理想化描述生活狀態的浪漫主義不同，寫實的作家們特別提高客觀、重視「人生真相」的原則。該原則以前曾經被十九世紀寫實主義的大師如司湯達(Stendhal)、巴爾札克 (Balzac) 提倡。該原則的核心是理性主義和唯物主義，儘管巴爾札克自認，自己是在教會與君主社會的思想下創作的。浪漫主義和寫實主義之間的藝術思維有明顯地差別：如果浪漫主義作家特別關心藝術時間的話，那麼寫實主義者則特別注重空間。在《熄燈》中，吳必素已建造了一個令人窒悶的空間，有緊緊關閉的村門以表達內部的激烈衝突。南高也建造了狹窄的空間來討論有關卑微的命運。武重鳳則建造狂歡的空間以敘說都市雜亂、喧囂的生活等。

然而，在研究浪漫主義和寫實主義文學時，也要注意其之間的交錯。儘管每種傾向都有自己的藝術原則，但是其之間的界限並不總是很清楚。因此，有些作家難以被認定是浪漫主義或是寫實主義。甚至，連初期寫實主義作家也被浪漫主義文學的磁場所吸引，例如南高以詩歌刊載來開始文學生涯，而阮公歡在《男角四卞》(*Kép Tư Bền*) 短篇小說之後又寫了具有浪漫主義味道的《金枝玉葉》(*Lá ngọc cành vàng*) 小說，該小說跟一靈和慨興的《半部青春》(*Nửa chừng xuân*)、《斷絕》(*Đoạn tuyệt*) 等小說很接近。

在開始階段從 1930 年延續到 1935 年之後，寫實主義的散文與小說在 1936-1939 年期間已達到高潮，包括吳必素、阮公歡、武重鳳、元鴻等一系列有名的小說。這是普羅大眾勝利的時期，要求民生、民主的鬥爭運動在蓬勃發展，為寫實主義作家們如願地以生動、真實的方式描寫生活創造為前提。這階段的歷史實踐以及寫實主義文學的發展也使浪漫主義作家被分化和改變書寫方式。作為自力文團的成員，石嵐的筆尖有偏於寫實主義的趨向。藍開（Lan Khai）也告別了森林故事主題來書寫《荼炭》（*Lầm than*）這小說。

在 1936-1939 年這階段中，寫實主義潮流最有名的作家已非常深刻地描寫當時社會的灼熱問題，即是農民與地主之間的衝突、都市化和歐化時期的混雜、粗蠻的生活方式。每一位才華洋溢的小說家都懂得在某個寫實長處上表現自己。像吳必素的《熄燈》（1937）小說中是稅賦期農民的命運。阮公歡的《最後的道路》（*Bước đường cùng*）（1938）中是農民為了租稅而忍受痛苦。武重鳳憑著自己《紅運》（1936）的傑作，獲得了首位現代都市作家的稱號。元鴻成為「越南的高爾基」當在《女扒手》（*Bỉ vỏ*）（1938）中書寫關於最低的社會階級。

當《熄燈》這小說出現，武重鳳已肯定這是一篇「具有社會論題、完全服務人民，可以視為傑作、從未見過的小說[15]」。根據客觀原則，吳必素的《熄燈》透過兩個典型人物是酉姊（chị Dậu）跟桂議[16]（Nghị Quế）直接描寫了農民與地主之間的激烈衝突。該小說的中心人物代表越南婦女的傳統美德：賢慧、有始有終、富有犧牲以及反抗的精神。以藝術方面來看，吳必素已成功地建立了富有戲劇性的情境使衝突更加突出。即使一些段落仍然留下駢文的蹤跡。但基本上，《熄燈》的語言是現代小

---

[15] 武重鳳，《介紹吳必素的熄燈小說》（Giới thiệu tiểu thuyết Tắt đèn của Ngô Tất Tố），100 號，「時務」報，31 日 1939 年。

[16] 譯者註：「議」這字是指被法國殖民者培養出來，代表封建制度的當地越南人，專門欺壓以及剝削老百姓，尤其是農民。

說的語言，能夠很清楚地顯露人物個性的能力。

1936 年是武重鳳出版三部重要的小說的年份，展現了令人驚訝的書寫能量以及非常獨特的藝術思維：《暴風雨》(*Giông tố*)、《紅運》和《決堤》(*Vỡ đê*)。這三部小說都能夠建立出色的藝術典型。[17]

如果吳必素有意識地描寫在一個狹窄空間裡農民的痛苦的話，那麼武重鳳在《暴風雨》中的才能體現於包含廣闊、多面的寫實能力。赫「議」這人物是武重鳳在人物個性刻劃藝術上一個傑出的成功。這是帶有很多壞習慣的本地大資本階級，如貪婪、淫蕩、政治機會、欺騙等的典型。在要求民主的鬥爭運動蓬勃發展時期的社會背景下創作，因此沒有任何奇怪當《暴風雨》中出現具有理想性的形象，例如「國際革命家」海雲(Hải Vân)和一些先進的知識分子。武重鳳的藝術觀點的複雜性反映於由他自己建立的人物世界。在越南現代文學歷史和武重鳳的文學生涯中，儘管有評價不是很妥當的階段，但是《紅運》這小說愈來愈被肯定是一個藝術的傑作。在一個怪誕美學和民間嘲笑的基礎上創作，《紅運》中的諷刺藝術已經達到精湛的程度。整部小說是一串串揭穿了仿效失真的歐化社會欺詐本質的笑聲。如果在阮公歡的《最後的道路》和吳必素的《熄燈》的小說中，中心人物是一層層飽受痛苦的農民的話，那麼在武重鳳小說中的中心人物全扮演著反派的角色。這證明，與前輩兩位作者相比，武重鳳小說的藝術革新更為徹底。不過，正如彼得·齊諾曼(Peter Zinoman)評論所說，武重鳳的社會批判最大的優勢，除了他的社會經驗與經歷以外，還出發於資本主義和性慾的陰影，這種陰影至今仍糾纏著人類尚未鬆開。依巴赫汀的意思，武重鳳的滑稽模仿笑聲在《紅運》中是建立在現代小說的複調性上的笑聲。

---

[17] 在典型環境中建立典型人物是十九世紀現實主義的重要原則。該原則跟隨著恩格斯（Engels）關於傳統現實主義的意見。邁入二十世紀，隨著卡夫卡的出現，現實主義已經有根本的改變。至於二十世紀初的越南，武重鳳和南高是表達現代性最清楚的作家，當在他們自己作品中開始設立多元對話性。

與同時代的小說家相比，對都市化、都市生活環境以及華而不實的文明背後，其所造成的衰敗之認知正是引入需要揭穿的虛假的途徑[18]。這也是武重鳳走在時代前端的藝術先知。

與阮公歡、吳必素、武重鳳這三位作家相比，元鴻較晚出現，不過《女扒手》和《童年時期》(*Những ngày thơ ấu*)(從 1938 年在《今日》報紙刊登，1940 年出版)這兩部小說是寫實主義散文 30 年代末與 40 年代初的重要作品。《女扒手》這小說圍繞著一個善良、忠厚但被埋沒到社會最底層的八炳 (Tám Bính) 的人生與命運故事。元鴻已經很巧妙地組織故事的情節和脈絡：每次八炳想要從良卻每次被埋沒更深。敘述的語言很生動，尤其是很合理、正確地使用市井、江湖、俚語等這類語言已幫助讀者更深刻的理解當時社會中存在的殘酷現實。

與《女扒手》的同時，《童年時期》是元鴻對體裁方面的一個重要貢獻。這可以視為是越南首位自傳的小說。背景方面，自傳小說從十八世紀的西方浪漫主義文學開始。本質方面，任何自傳也具有自白性因為這是關於敘述者本身生命的故事。根據米歇爾·傅柯 (Michel Foucault) 在《性慾歷史》(*Lịch sử tính dục*) 中的說法，在封建社會中性慾故事被禁止公開討論但是信徒們在教堂告解聖事時可以跟主教吐露。那是具有秘密以及隱私性的告解。到了十八世紀的浪漫主義文學，那些秘密、隱私的告解可以公開提及。這是先自傳後來是自傳小說起初的萌芽。但是，

---

[18] 關於武重鳳以都市小說開啟人的角色，杜德曉認為「武重鳳是最都市的作家」，「《紅運》是百分百的都市小說」。(詳看《我們與武重鳳作家》(*Nhà văn Vũ Trọng Phụng với chúng ta*) (陳友佐編撰) 的「武重鳳在《紅運》中的言詞浪潮」，胡志明市出版社，1999 年，417 頁)。Zinoman 在武重鳳人生的基礎理解他的現代主義作家的角色，於世紀初東洋現代化時期的經濟、政治、社會、包括這幾個方面：家境、生活環境、學問、語言政策、文化影響的源頭等。(詳看《武重鳳作品中的現代本色》(*Bản sắc hiện đại trong các tác phẩm Vũ Trọng Phụng*) 的「武重鳳的《紅運》與越南現代主義」(*Số đỏ của Vũ Trọng Phụng và chủ nghĩa hiện đại Việt Nam*)，文學出版社，2003 年，41-66 頁。

自傳/自傳小說/自述通常只在一個像西方的民主社會中出現。很多研究者認為讓·雅克·盧梭(Jean-Jacques Rousseau)(1766-1770)的《自首之話》(*Những lời tự thú*)是自傳小說類型的起源作品,之後,是許多著名作家的自傳小說。在越南,讀者以前也曾經熟悉高爾基(Gorky)的《我的童年》(*Thời thơ ấu*)這部小說,最近還熟悉了瑪格麗特·莒哈絲(Marguerite Duras)的《情人》(*Người tình*)。

在中世紀時期的越南,談論自我和公開秘密幾乎是不可能的事情。直到二十世紀初時期,雖然個人自我已得到了提升,但是在《童年時期》問世之前,沒有任何小說具有自傳性。范泰(Phạm Thái)的《梳鏡新裝》(*Sơ kính tân trang*)也只是一位才子具有自由的生活方式的自發標誌。石嵐已非常正確地將《童年時期》這部小說稱為是「年輕靈魂的極限震動」。在該小說之後,自傳色彩已在南高的《死亡線上的掙扎》(*Sống mòn*)(1944)小說中回來。

從1940-1945年期間,在越南的寫實主義方向有了改變。這種改變與社會政治生活的改變有關。從1940年開始,日本侵略東洋,國家從此受雙重壓迫。階級衝突變得愈來愈嚴重,都市窮人的生活更加悲慘。與此同時,民族解放的需求強烈地被提出。全國各地革命運動的強力發展,影響了進步愛國的作家。寫實主義的優秀作家例如南高、元鴻、蘇懷(Tô Hoài)等加入了救國文化協會(Hội Văn hóa cứu quốc)。這背景已影響到寫實主義作家們的創造靈感。元鴻繼續書寫有關窮人的困苦。蘇懷則很犀利、巧妙地書寫關於市郊的生活。該階段的寫實主義文學潮流最值得注意的面孔是南高。除了一系列傑出的短篇小說例如《志飄》(*Chí Phèo*)、《老鶴》(*Lão Hạc*)之外,《死亡線上的掙扎》這小說是一個體裁思維以及書寫關於城市清寒知識分子的文學流變的重要貢獻。

對於《死亡線上的掙扎》這小說有兩個需要適當注意的問題:就是心理分析的藝術程度以及自轉的書寫方式。關於自傳色彩,這是元鴻已使用來創作《童年時期》小說書寫風格的延續。關於心理分析藝術，南高已經將越南寫實主義提升為心理寫實主義。在托爾斯泰和陀思妥耶夫斯基（Dostoievsky）的小說或契訶夫（Chekhov）的短篇小說中，心理寫實曾經被展現得很成功。由於將心理描述的藝術提升到一個新的高度，南高是能夠用很細膩、生動的方式來深刻地描寫情緒流動的作家。

可以說，從 1930-1945 年階段約 15 年的時間，越南小說在寫實主義和浪漫主義這兩種趨勢上已經獲得了許多傑出的成就。不過，除了這兩種顯出的趨勢以外，還要多補充的是，開始出現了一種新體裁即是偵探小說，而范高鞏（Phạm Cao Củng）(1913-2012）是開路人。敘述散文中的玄妙手法也被很多作家使用，其中，一方面，他們吸收了西方玄妙手法，另一方面，運用東方藝術的玄妙，特別是受蒲松齡(Bồ Tùng Linh）的《聊齋志異》(*Liêu trai chí dị*）的影響。范高鞏之後還有世旅（Thế Lữ）、藍開的森林故事主題。世旅帶有偵探色彩的短篇小說受埃德加·愛倫·坡（Edgar Poe）深刻的影響。然而，在已有的基礎上，偵探小說只停留在初期的階段，主要是在短篇小說中，而尚未形成一種像西方很受歡迎的體裁[19]。但總體而言，散文包括小說，1930 年 - 1945 年階段已確實創造了一個重要的藝術突變，擁有豐富的創造才能的密度，其中有許多達到結晶的作品。

---

[19] 談到偵探體裁，讀者立即想到阿瑟·柯南·道爾（Arthur Conan Doyle）（1887 - 1914）一系列創作中的夏洛克·福爾摩斯（Sherlock Holmes）。在世界文學中，偵探是一種暢銷的體裁。很多好萊塢的重量級電影改編自著名偵探文學小說的基礎上。在越南，出現在 1930 - 1945 年文學中一段時間之後，該體裁幾乎消失。到改革時期，偵探文學才開始重現於一些作家如摩文抗、怡莉（Di Li）等。

2.2.3. 1945 年至 1985 年階段的小說

2.2.3.1. 北部的史詩小說

革命文學將政治任務排在第一：歌頌幾千年來建國與衛國的歷史中最輝煌之時期，越南祖國和人民的美麗。可以說這是文學和革命小說的使命。素友在充滿驕傲的詩句已提到該階段文學的主導靈感：「我詩歌啊！高歌吧！（Thơ ta ơi hãy cất cao tiếng hát）歌頌一百次我們的祖國（Ca ngợi trăm lần Tổ quốc chúng ta）。」而在散文中，阮明洲（Nguyễn Minh Châu）跟其他作家很努力發掘隱藏在生活中的寶石，視其為作家的高貴使命。

實際上，從 1945 年到 70 年代末，在越南既有和平又有戰爭。穿越這整段時間，越南面臨兩個大任務：保衛祖國、統一國家以及建設社會主義。這是歷史背景使得包括小說在內的越南文學都處在史詩視線和浪漫靈感的磁場。直到 1986 年之後，從史詩至非史詩的轉變才真正地徹底。

為了實現自己的任務，這階段的文學和小說中的史詩性表現呈三個主要特徵：1）描寫關於民族、社區命運的重大衝突。在戰場陣線上，那是我們與敵人之間的一場生死戰爭。在生產勞動陣線上，這是社會主義大規模生產道路的勝利；2）中心人物是時代的英雄，是平凡而非平凡的人們；3）豪爽的文辭、語氣充滿史詩敘事的味道。這階段小說中的審美距離是「絕對的史詩距離」。從這距離，人們帶有完璧美姿在理想性出現[20]。這也是社會主義寫實創作方法被視為最佳方法的時期。因此，社會主義寫實文學提高浪漫主義但它不是新詩或自力文團那種浪漫

---

20 當對阮明洲的人物評論時，N.I.Niculin 研究家已認為：「他已經將自己的人物「梳洗得很乾淨」，他們有如被包裹在一個無細菌的空氣氛圍。」詳看 N.I.Niculin 的《阮明洲於作家作品》（*Nguyễn Minh Châu về tác gia tác phẩm*）中的「阮明洲和其創作」（賴源恩翻譯），教育出版社，2004 年，357 頁。

主義類型，而是，其具有像對革命燦爛的將來大樂觀、大信心的核心意義。社會主義寫實文學想要繼承早期寫實主義的成果，不過中心人物不再是社會的受害者而是那些為了改革社會而勇敢犧牲，成為生活的主人。因此，文學形象已從痛苦走向幸福、從黑暗走向陽光。這些是涵蓋革命文學包括越南小說 1945 年至 1985 年階段的特徵。基於這種藝術意識上，在 1945 年至 1985 年期間的革命小說中的人物系統主要以線性方式作為結構：我們/敵人、好/壞、善/惡等。各個線性之間的衝突矛盾被推到高潮且結局通常是圓滿、幸福的：我們贏了敵人輸了。革命文學較少提到悲劇，若有悲劇的話，那是一些樂觀的悲劇。革命文學最大的故事是翻身的故事。由於受社會主義國家和蘇聯文化交流的影響因此作家們追求的小說典型模式是蘇維埃作家的創作。例如尼古拉·奧斯特洛夫斯基（N.Ostrovsky）的《鋼鐵是怎樣煉成的》（*Thép đã tôi thế đấy*）、亞歷山大·亞歷山大羅維奇·法捷耶夫（M.Fadeyev）的《毀滅》（*Chiến bại*）、亞歷克賽·尼古拉耶維奇·托爾斯泰的《苦難的歷程》（*Con đường đau khổ*）、米哈伊爾·亞歷山大羅維奇·蕭洛霍夫（M.Sokholov）的《靜靜的頓河》（*Sông Đông êm đềm*）等。壯觀的規模、表達歷史的具體、真實的革命鬥爭生活的能力、歌頌祖國的美麗是對越南小說家的壓力。且實際上，他們已經如此地生活與創作。

可以將這時期北部小說發展的過程分成以下幾個階段：

抗法時期的小說

抗法時期文學的基本成就大部分集中在詩歌和傳記。這有其原因。抗法戰爭初期的生活極為艱難、辛苦。許多作家正在經歷「認路」的過程因此對於小說類型，是要時間、功夫的體裁的投資並不多。這正是為什麼在革命之前成名的小說家們如吳必素、元鴻、南高、蘇懷等在抗法時期都沒有小說作品的原因。在這樣的背景情況下，詩歌和傳記以擁有簡短、簡潔、「準備應戰」能力為優勢，是迅速入局並早有獲得成就的體裁。直到抗法戰爭中期，小說才有一些初步的成就，包括三部獲得 1951-1952 年以及 1954-1955 年的越南文藝協會獎項的小說，即是武輝心（Võ Huy Tâm）的《礦區》（*Vùng mỏ*）、阮廷詩（Nguyễn Đình Thi）的《衝擊》（*Xung kích*）和阮文俸（Nguyễn Văn Bổng）的《水牛》（*Con trâu*）。除了阮廷詩在革命之前有一些出版品出現之外，這些小說的作者基本上都在抗戰中成長。這是三部作為革命軍的三大主力，書寫關於工農兵的小說。三位作者在他們的作品中，已盡力真實地再現抗戰時期艱苦的生活，歌頌工農兵的革命精神。小說的語言很簡易、親切於戰爭生活的語言。但是，作者們敘述的組織藝術仍然很簡單，人物的心理並不深刻。抗法時期的小說最值得一提的成就是元玉的《祖國站起來》（*Đất nước đứng lên*）。這是一部具有濃郁史詩性與深刻、浪漫抒情性融合在一起的小說。史詩觀點已使作者將中心人物變成一種傳說。整本小說都是一部愛國精神以及革命情感的敘事史詩。另一方面，西原（Tây Nguyên[21]）本色也被生動地描繪出來，與史詩主音融為一體成為一個圍繞著大象徵的交響曲：祖國站起來、祖國戰勝。具有細膩的描寫和廣泛的概括能力，可以肯定《祖國站起來》是書寫關於革命戰爭史詩小說的重要成就。

抗美救國時期的小說

全國抗美戰爭時期是史詩傾向和浪漫潮流達到高潮的時期。在這個時期，文學的兩種最高尚的題材是祖國和社會主義。小說家們的首要任務是寫關於偉大的抗戰，稱讚越南人民的美麗和戰爭中的革命英雄主義。從書寫有關該題材的小說數量可以看出。1955-1965 年這階段有裴德愛（Bùi Đức Ái）的《一家醫院的故事》（*Một chuyện chép ở bệnh viện*）（1959）、黎欽（Lê Khâm）的《開槍之前》（*Trước giờ nổ súng*）（1960）、

[21] 譯者註：西原（Tây Nguyên）是《祖國的站起》小說中的背景。

阮輝祥(Nguyễn Huy Tưởng)《與首都永活》(*Sống mãi với thủ đô*)(1961)、友梅（ Hữu Mai ）的《最後的高峰》(*Cao điểm cuối cùng*)(1961)、黃文本（ Hoàng Văn Bổn ）的《在這塊土地上》(*Trên mảnh đất này*)(1962)、浮升（ Phù Thăng ）的《突圍》(*Phá vây*)(1963)、阮光創（ Nguyễn Quang Sáng ）的《火土》(*Đất lửa*)(1963 ）等這些小說大多數是「回顧」了抗法戰爭以及書寫抗美初期。傳記性質仍混淆了小說性質。從 1965 年開始，當美國直接在越南參戰時，後來，戰爭蔓延到全國，描寫戰爭酷烈的小說得到作家們的關注，已出現很多更有包括廣泛寫實規模的作品。可以提到一些代表的小說，例如：阮廷詩的《入火》(*Vào lửa*)(1966) 和《空中的戰線》(*Mặt trận trên cao*)(1967)、英德（ Anh Đức ）的《土地》(*Hòn Đất*)　(1966)、潘賜（ Phan Tứ ）的《七媽的家庭》(*Gia đình má Bảy*)（ 1968)、阮詩(Nguyễn Thi)的《在忠義村》(*Ở xã Trung Nghĩa*)(1969)、陳孝明（ Trần Hiếu Minh ）的《幽明森林》(*Rừng U Minh*)(1970)、友梅的《天空》(*Vùng trời*)(1971)、元玉的《廣南之地》(*Đất Quảng*)(1971)、阮明洲的《士兵的腳印》(*Dấu chân người lính*)(1972)、潘賜的《阿敏與我》(*Mẫn và tôi*)(1972 ）等。這階段史詩小說的詩法有一個較突顯的特徵就是史詩敘事要素跟抒情要素相結合。在戰場酷烈的空間旁再現充滿詩意的空間的抒情，在戰爭的寧靜時刻或外題部分等描述的抒情等。這是小說家們巧妙的處理，創造出令人陶醉的口吻以及形象的魅力。讀者不僅被愛國情感、捨身精神、為祖國長存的決死意志所吸引，而且還喜愛充滿浪漫美感的人物。這正是抗美時期史詩小說的詩性。阮明洲的《士兵的腳印》是這種結合最有代表性的作品。

除了戰爭題材的小說之外，還有書寫關於建設社會主義和後方生活的小說。值得注意的是陶武(Đào Vũ)的《磚塊之院子》(*Cái sân gạch*)、朱文（ Chu Văn ）的《海的颱風》(*Bão biển*)、阮明洲的《河口》(*Cửa sông*)、黎芳（ Lê Phương ）的《*Cô Tan* 盆地》(*Thung lũng Cô Tan* ）等。

總的來說，這些小說圍繞著社會主義大規模生產的主題。黎芳的小說開始深入刻劃智識之美。小說書寫有關於建設社會主義的題材注重於描述人物在選擇生活方式中的內心掙扎，在建立社會主義大後方裡的貢獻意識和責任精神。不過，書寫該題材的小說尚未對思維體裁有很明顯的貢獻。講故事的色彩多於小說的色彩。一些作家又有回到過去的傾向例如元鴻的《海口》(*Cửa biển*)、阮公歡的《舊的垃圾堆》(*Đống rác cũ*)。這階段的小說中，有一些「不合時宜」以及被批判的小說像文靈(Văn Linh)的《栗子花季節》(*Mùa hoa dẻ*)、蘇懷的《十年》(*Mười năm*)、何明遵(Hà Minh Tuân)的《出社會》(*Vào đời*)、浮升(Phù Thăng)的《突圍》(*Phá vây*)等。 其實，這並不是藝術小說真正地出色的作品。不過，之所以被批評因為這些作品尚未融合與文學的主流，即是稱讚新生活、批判不好的、落伍的事物。說到這種現象也是為了更清楚認識一個事實：這時期的文學創作，包括小說，必須集中於祖國的重要政治任務，而不能沉迷於日常的故事，需要確保小我與大我之間的和諧，其中，小我是大我的一部分，統一於大我。

1975-1985 年階段的小說

至今，當分期文學時，「分類」這階段仍然有爭議。有的意見認為，這是「前改革」的階段。有的意見則認為，這是「戰後」的階段。定名文學「前改革」的方式更為恰當因為「裂殼」、「變聲」的徵兆已經在這階段進行，作為預料文學的改革時期即將到來。「戰後」的概念不是很正確，因為，在 1975 年之後，越南還面臨著兩次邊界的戰爭[22]。就我們而言，從文化轉變角度中觀察文學，我們認為這階段的十年文學仍然處於 1945-1985 年時期的史詩與浪漫的模式中，有兩個基本原

---

[22] 最近，特別是中國在東南亞海（南海）非法架設鑽油台的事件之後，許多知識分子提出將兩次南邊邊界（1978 年）以及北邊邊界（1979 年）的戰爭列入歷史教科書的需要。

因：1）世事傾向已出現不過史詩慣性仍很深刻。要從 1986 年開始算起，尤其是自阮輝涉的出現時，正如 Thanh Thảo 曾經強調的那樣，文學才脫離史詩的觀點、抒情的陣雨，以清醒、冷靜的眼光看待日常生活；2）傳統敘事方式仍然是壓倒性在兩個主要方面上：分線人物系統以及線性敘事方式。

阮氏萍（Nguyễn Thị Bình）認為，這階段散文最明顯的特徵是一邊廣泛題材，一邊試圖抵抗史詩小說的磁場，從而增加世事與私人生活的性質[23]。也因此，小說傾向開始多樣化。

很多作家仍在追尋有關戰爭題材的小說。世事小說已開始有了堅定的步驟。在阮明洲的《焦區》（*Miền cháy*）（1977）、《從房子冒出來的火》（*Lửa từ những ngôi nhà*）（1977）、《從森林出來的人們》（*Những người từ trong rừng ra*）（1982）；阮愷（Nguyễn Khải）的《父與子與...》（*Cha và con và...*）（1979）、《年底見》（*Gặp gỡ cuối năm*）（1982）、《人的時間》（*Thời gian của người*）（1985）；阮孟俊（Nguyễn Mạnh Tuấn）的《剩下的距離》（*Những khoảng cách còn lại*）（1980）、《站在海前面》（*Đứng trước biển*）（1982）、《占婆島》（*Cù lao Tràm*）（1985）；摩文抗（Ma Văn Kháng）的《夏天之雨》（*Mưa mùa hạ*）（1982）、《院子裡落葉的季節》（*Mùa lá rụng trong vườn*）（1985）等小說中史詩慣性和世俗色彩互相交織。

雖然不像在 1986 年之後的文學真正地改革，但是在這階段的小說中已經出現了改革的跡象。 最明顯的體現是重新認識的靈感和爭論的精神已出現。社會文化結構中的斷裂已在一些書寫有關家庭生活的作品中常常被提到，例如摩文抗的創作。史詩的色彩正在消失。小說中的分析語言已經開始壓倒抒情語言。這些跡象證明，1975 年至 1985 年的文學作品，尤其是小說是具有鉸鏈性的階段。從 1986 年開始，隨著共產

---

[23] 詳看阮氏萍，《越南散文 1975 年－1995 年：基本的改革》（*Văn xuôi Việt Nam 1975-1995: Những đổi mới cơ bản*），教育出版社，2007 年。

黨的改革政策，文學進行了一場真正地根本和徹底的改革。 從此，1985 年以前的敘述風格似乎逐漸地成為「遙遠的時代」。

2.2.3.2. 1954 年至 1975 年南部都市的小說

由於國家被分裂的特徵，南部都市文學位於特殊的文化空間中。無論是思想內容還是審美傾向，這都是複雜的文學部分。大致上，許多研究者認為，這階段的文學有兩個部分：革命、愛國文學的部分和反動、衰敗文學的部分。這種劃分有些偏於政治立場和意識形態，但與南方都市 1954 年至 1975 年的文藝實踐相當符合[24]。若從新殖民文化政策和思想對文學的影響來看，就有這些趨勢：「反共文學、個人文學、存在文學[25]」。總體而言，儘管突顯的成就不多，但隨著報紙、出版活動的發展，南部都市的文學生活演變相當活躍。

根據陳友佐的說法，南部都市的革命、愛國文學的傾向發展經歷了兩個階段：從 1954 年至 1963 年和從 1964 年至 1975 年[26]。第一階段是艱難的時期，因吳廷琰（Ngô Đình Diệm）政權的殘暴，而革命鬥爭運動尚未廣泛地發展足以成為革命文學發展的後盾。在這時期，愛國作家們主要書寫短篇小說、記事來即時服務政治任務。在這階段，武幸（Vũ Hạnh）的短篇小說《血筆》（Bút máu）於 1958 年問世是西貢中心地區革命文學的傑出作品。第二階段開始於 1963 年底吳廷琰（Ngô Đình Diệm）去世之後。雖然在 1965 年，美國直接進軍侵略了越南，但此時革命運動蓬勃發展、文藝活動和報紙在寬度和深度上都有些發展的腳步。這也是出現

---

[24] 詳看范文士（Phạm Văn Sĩ）的《南部解放文學》（*Văn học giải phóng miền Nam*），大學與高中專業出版社，1977 年；陳仲登檀（Trần Trọng Đăng Đàn）的《越南南部文藝文化 1954 年-1975 年》（*Văn hóa văn nghệ Nam Việt Nam 1954-1975*），文化通訊出版社，1993 年；陳友佐的《文學一段旅程之回顧》（*Nhìn lại một chặng đường văn học*），胡志明市出版社，2000 年等。

[25] 范文士《南部解放文學》（*Văn học giải phóng miền Nam*）。

[26] 詳看陳友佐的《文學一段旅程之回顧》（*Nhìn lại một chặng đường văn học*）。

許多有價值小說的時期，其中值得注意的是：武幸（Vũ Hạnh）的《威風的狗》（*Con chó hào hùng*）、《森林之火》（*Lửa rừng*）；武宏（Võ Hồng）的《蝴蝶之花》（*Hoa bươm bướm*）、《風捲》（*Gió cuốn*）、《從山林回來之人》（*Người về đầu non*）、《如鳥翅膀的飛翔》（*Như cánh chim bay*）等。可以肯定的是，進步的愛國文學已經克服了西貢政權的阻撓和壓迫，成為一種利器，有喚醒並鼓舞了各層人民革命鬥爭精神的作用。各人民階層是構成該文學部分價值的最重要因素。

除了進步和愛國的小說之外，受西方藝術思想潮流影響的小說部分也相當豐富。可以說，在外來的思想中，有兩種思想潮流對南部都市小說和文學產生了深遠的影響，即是存在主義和精神分析學。

尚·保羅·沙特(Jean-Paul Sartre)和阿爾貝·加繆阿爾貝·卡繆(Albert Camus）的存在主義思想進入南部文藝主要是透過學者和批評家的努力翻譯和介紹，例如陳泰鼎（Trần Thái Đỉnh）、阮文忠等。一系列「非理性」、「厭惡到噁心」等的概念在這時期的文藝創作中很密集出現。雅歌（Nhã Ca）、元武（Nguyên Vũ）、萃紅（Túy Hồng）、緣英（Duyên Anh）、阮氏皇（Nguyễn Thị Hoàng）、平原祿（Bình Nguyên Lộc）等的創作，不同的深或淡而已、其都或多或少受存在主義的影響，在一個非理性和崩潰的寫實中表現出一種挫敗感。黃如芳（Huỳnh Như Phương)已經發現到存在主義哲學對南部都市文學創作實踐的影響：存在主義透過「荒誕世界中的孤獨人類的藝術觀念以及現象論描述技術的語言」已為南部文學帶來值得肯定的改變[27]。除了存在的色彩之外，個人隱私的記憶和性慾的問題也被阮氏皇、瑞武（Thụy Vũ）、萃紅（Túy Hồng）、陳氏 Ng.H（Trần Thị Ng.H）這幾位作家描述的很仔細，甚至有些離譜，像阮氏皇的《學生的懷抱》（*Vòng tay học trò*）

---

[27] 黃如芳，《1954-1975 年越南南部的存在主義（理論平面上）》，（文學研究雜誌），2009 年 9 號。

小說。有關該階段小說中的性慾問題，為了得以看出其被描述的不同顏色，必須分辨性慾作為存在的一方面還是性慾作為精神分析學的性慾隱私。大致上，西方哲美學思想在當其影響到小說實踐的時候還取決於作者所接受以及傳達程度的分量。有不少作者因為太過於著迷「歌頌肉體」與「厭惡到噁心」而使其作品受到輿論的反對。[28]

2.2.4. 1986 年至今的小說

2.2.4.1. 文化、社會、歷史的背景

與以前相比，從 1986 年至今的小說是在一個複雜的社會歷史背景中存在。在全球的範圍上，隨著柏林圍牆的瓦解，冷戰結束，世界展開一個新的政治局面。也從此，全球化紀元開始被成立，導致前所未有、深廣的文化交流與接軌。

越南國內，經過 70 年代末的嚴重經濟危機之後，到了 1986 年這時間點，越南共產黨正式發動國家改革事業。這是在越南現代社會政治生活中特別重要的歷史事件。在新的命運中，思維、認識以及國家實踐的改革是使文化與文學進入新時期的堅定前提，該前提有兩個重要的特點：民主精神以及擴展國際文化交流。國際文化交流已幫助越南文學有機會從很多平台、很多方面來學習人類文化的精華。在此背景之下，許多思想和現代與後現代創作的潮流已被引進越南，造成藝術創造實踐以及接受文學生活一些根本的改變。

---

[28] 阮文忠 1967 年出版的「歌頌肉體」(Ca tụng thân xác) 已對 1954-1975 年越南南部的文藝工作者和知識份子界產生了一定的影響。精神分析學（西格蒙德·佛洛伊德的《精神分析學入門》於 1969 年在西貢已被翻譯並出版）與哲學、存在主義文學（其中有尚·保羅·沙特的《噁心》小說）的影響可以視為理論後盾/基礎協助許多作家表達自己悲觀、厭倦和描述性愉悅的沉迷。這些當中，有很多女作家，最有代表性是阮氏皇的《學生的懷抱》。當《學生的懷抱》問世時，有一些人喜歡的同時，另外一些則強烈地反對，主要是因為作者過於關注到肉慾的方面，跟傳統淳風美俗背道而馳。

另一方面，具有積極和消極兩種作用的市場經濟，也影響到文學生活。媒體、出版和報紙有助於使文學生活活耀、充滿活力。政府和共產黨對文學的決議也強調了文化發展與自由藝術創造的戰略目標。在這樣一個開放、活耀的精神生態環境中，文學既多吸收了世界的新理論和思想又再認識，並整理以前我們已忽略或不妥當評價的真正價值，例如《新詩、自力文團跟一些人文－佳品時期的作者。許多文學生活中的消極表現也被及時警告使文學生活越來越健康。

2.2.4.2. 關於人類的小說思維和藝術觀念的改革

巴赫汀對小說優勢的思想已得到文學研究者和創作界在體裁改革實踐中的證明。「未完成的現實」作為小說跟其廣泛綜合能力已促成小說被優先擁有很有效率地表達生活深度的能力[29]。連阮輝涉，成名於短篇小說體裁的作家也必須承認：當今時代是小說的時代。如此看來，他最傑出的短篇小說是使用現代小說思維創作的[30]。作者的藝術思維中的改變在於 1945-1985 年小說中史詩觀的看法已讓給世事-看法的位置；具有獨白性的「浪漫年代」(阮愷的用語)已讓位給對話精神以及迅速改變的年代。更正確地說，對話原則已成為當代小說的基本原則。文學中的對話性只能在民主被提升的環境中出現，在那裡，每一位作者在自己的藝術世界中都以思想家身分存在。對話性也將大敘事模式瓦解並以小敘事、非中心的發聲取代。每一位作者都認為為了跟得上現代文學思維而需要改變認識和思維。文學中的對話精神當然源於重新認識的意識(中國文學理論稱為反思)和批判老舊的事物。如馬克斯所說，正是批判意識已經成為諷刺靈感的基本原因之一，其作為一種意識模式以及「與過去快樂地分手」。這些具有轉捩點性的轉變已被阮氏萍概括：「對

---

29 米哈伊爾·巴赫汀，《理論與小說詩法》(*Lý luận và thi pháp tiểu thuyết*)，57 頁。

30 阮登疊（Nguyễn Đăng Điệp），《隨著阮輝涉的文風》(*Cuốn theo chiều văn Nguyễn Huy Thiệp*)。

作家觀念的改革過程是在社會民主精神中進行的，具有個人意識的強烈崛起、多維文化交流以及區域文化真正地加入世界的大軌道」。[31]

上述的變化也跟改革小說中的瞄準人類視線坐標有關。1945-1975 年時期抗戰文學中的偉大美學已使作者以「絕對史詩距離」看待對象且中心人物通常是帶有歷史高度的人物，代表群體以及民族的美麗。這是社會人類被優先、本能人類和心靈人類少被提及的時期。1986 年後，由於在完整性中探索人類的需求，本能與心靈方面更受到關注。相形之下，文學中的社會人類位置卻有所下降。這其實是使文學適應於新的社會歷史環境的生態平衡。藝術的旅程尤其是小說的旅程正是去尋找自我的旅程。因此，這正是很多自傳體出現的時期，就像是揭開個人的秘密，而這些秘密在史詩場域中作者從不能夠談論。不過，在 1986 年後小說中的人們並不像 1930-1945 年時期小說中那樣，只停留在個人自我，而主要是個人 - 本體。關於時勢、關於「我」的存在的疑問在現階段的文學作品中出現很多，其像是對人類和歷史的質疑。這些正在反思的精神和重新認識的靈感基礎上出現的問號，與需求從現代人文的觀點中更深入地探索人與人之間的關係有關。

2.2.4.3. 關於藝術筆法/手法的變化

首先值得提到的是，當代小說使用的手法非常多樣[32]。廣泛使用藝術手法這件事情證明，作者們對之前的藝術反映的模式不滿意。在當代小說家的觀點中，寫實生活不僅僅是看得到的寫實而更重要的是感覺的寫實、夢想的寫實。在世界藝術中，卡夫卡是以《城堡》(*Lâu đài*)這小說開啟這種藝術思維的人。從作家的「自我感覺」出發，他根據自己

---

31 阮氏萍，《1975 年—1995 年散文：基本的改革》(*Văn xuôi 1975-1995: Những đổi mới cơ bản*)。

32 關於多樣的手法，詳看梅海鶯 (Mai Hải Oanh)，《越南當代小說中的藝術革新》(*Những cách tân nghệ thuật tiểu thuyết Việt Nam đương đại*)，作家協會出版社，2009 年，38 頁。

的想像建立世界的方法。其必須是一個唯一、具有個人印記、而不重複的世界。小說家再現世界之途徑是一位「探索者」的途徑（昆德拉），在那裡，生活不是以唯理和全知的視角進行的。一旦生活充滿驚喜時，那麼小說也必須是一個驚喜。 這是為什麼很多人都強調當代藝術遊戲性的原因。

為了表達寫實的深度，小說家可以使用寫實手法、象徵手法、嘲諷手法以及神話手法等等。范氏懷的《天使》（*Thiên sứ*）以及以前阮輝涉的歷史故事都使用神話、假歷史、假故事等的手法來呈現作家關於歷史和寫實的看法。有的時候，作家也創作出各種藝術手法的結合以增加作品的吸引力。這可以從各位作家在傳統基礎上進行改革的作品中看出，例如，阮克長（Nguyễn Khắc Trường）的《多人多魔鬼的土地》（*Mảnh đất lắm người nhiều ma*）或者楊向（Dương Hướng）的《無丈夫的碼頭》（*Bến không chồng*）等。到了阮平方、謝維英（Tạ Duy Anh）的時候，這種結合已經被進一步地推向，例如《起初》（*Thoạt kỳ thủy*）或是《天神懺悔》（*Thiên thần sám hối*）中的作品。在重新認識靈感的基礎上，許多作家已使用意識流技術來描述人類最深處的轉動。在運用該意識流技術的小說中，保寧（Bảo Ninh）特別成功於《戰爭哀歌》（*Nỗi buồn chiến tranh*）。如果過去，作家們注重於描述革命戰爭的話，那麼《戰爭哀歌》則以人文的觀點來書寫關於戰爭的。因此，該作品的普遍深度非常大。這也是拉丁美洲的超寫實主義、象徵主義和幻想文學的藝術經驗時期，甚至現代媒體或爵士樂的表達方式都在作者們的創造路程上影響並刺激了他們。特別是，現代主義、後現代主義對越南的影響已幫助作家們創造出新的藝術實驗，其中值得注意的是范氏懷、胡英泰（Hồ Anh Thái）、周延（Châu Diên）、武氏好（Võ Thị Hảo）、阮平方、順（Thuận）等作家。在摸索、實驗的過程中，也有一些被推到極端的情況。不過，在 1986 年後小說中關於藝術筆法/手法的大膽改革再一次肯定：現代小說需要作者真正的冒險。

2.2.4.4. 主要的傾向

要區分當代小說的趨勢並不容易，因為這是一個正在轉動的實體。更何況，這是一種非常複雜的轉動。元玉已發表了一篇討論有關體裁曲折邏輯的文章[33]。但是總體上，可以想像以下一些基本的傾向：

世俗 - 私人生活和重新認識的靈感的小說傾向

這是越南當代文學和當代小說中的一個突出傾向。第一，這種傾向的出現與藝術觀念的變化有關：從史詩到非史詩；第二，與在當代作家的雜亂、尷尬和未完成中表達「今天」(阮愷使用的詞語)的需要有關。

要注意的是，在改革時期中的文學已有世俗趨勢 - 私人生活傾向的體現。這不僅顯示題材方面的轉變，更重要的是，其將在「尚未結束性」中盡力地優先描述生活。如果昔日的小說關心到社區、民族命運這幾個重大問題的話，那麼 1975 年以後，尤其是從 1986 年開始，對當代寫實的關心更成為小說家的首要任務。作者想辦法描寫與個人、日常生活、心靈的隱藏處等等的有關問題。與此關心相關的是，作家對重新認識靈感以及當代問題熱情地分析的意識[34]。生活的複雜關係、價值的認知、個

---

[33] 詳看元玉，《1975 年後越南文學研究與教授》(*Văn học Việt Nam sau 1975 những vấn đề nghiên cứu và giảng dạy*)的《當今越南散文一體裁的曲折邏輯，問題與展望》(*Văn xuôi Việt Nam hiện nay - logic quanh co của thể loại, những vấn đề đặt ra và triển vọng*)，教育出版社，2006 年。至今，1975 年後散文傾向的分類有很多不同。例如，阮文龍（Nguyễn Văn Long）分成：史詩傾向、重新認識傾向、世事一私人生活傾向、哲論傾向等《1975 年後的越南文學與在學校的教授》(*Văn học Việt Nam sau 1975 và việc giảng dạy trong nhà trường*)，教育出版社，2009 年；阮氏萍分成：「歷史化」風格的小說、「敘述」風格的小說、資料一報紙的小說、傳統風格的現實小說、後現代風格的小說《從改革時期至今越南一些小說的傾向》(*Một số khuynh hướng tiểu thuyết ở nước ta từ thời điểm Đổi mới đến nay*)，河內師範大學國家一級的科學研究論文；梅海鶯分成 5 種傾向：自問小說、意識流小說、歷史小說、使用神話要素小說、敘述小說《越南當代小說中的藝術革新》等等。

[34] 也因為這樣，一些研究者認為在當代文學中有重新認識傾向的存在。例如，阮文龍（Nguyễn Văn Long）《1975 年後的越南文學與在學校的教授》(*Văn học Việt*

人和群體之間的關係、生活對個人人格的影響、現代人的折磨、思考等等都是該傾向的主要表達內容。改革初期中大部分的小說引起輿論共鳴主要屬於世界 - 私人生活的趨勢例如摩文抗的《院子裡落葉的季節》(*Mùa lá rụng trong vườn*)(1985)、黎榴(Lê Lựu)的《變遷的年代》(*Thời xa vắng*)(1986)、阮克長的《多人多鬼魔的土地》(*Mảnh đất lắm người nhiều ma*)(1990)、楊向的《無丈夫的碼頭》(1990)等等。該傾向的小說中自我質疑的色彩相當清晰。

在後階段，一些作家已開始提出對政治體制改革有關的問題。這是具有政論色彩的小說，起初於阮愷的《年終之見》(*Gặp gỡ cuối năm*)(1982)，但更強烈、更直接的是在阮北山(Nguyễn Bắc Sơn)的《人生規律與父子》(*Luật đời và cha con*)(2005)小說中。在重新認識生活的價值，包括政治生活的基礎上，小說中的這些動態可以使越南當今的政治 - 政論小說體裁的出現。

從個人觀點認知價值和歷史小說的傾向

如果世俗 - 私人生活的趨勢指向現在的話，那麼歷史小說趨向於過去，從過去開始談論現在。這種藝術思維傾向的創造者其實起源於短篇小說是阮輝涉。他的《火金》(*Vàng lửa*)、《銳劍》(*Kiếm Sắc*)、《品節》(*Phẩm tiết*)三部曲至今仍然在批評界中起了爭論，但他的提問方式已改變體裁藝術的觀點。虛構散文中的歷史不再是教科書式的歷史而是作家個人享受/觀點的歷史。個人歷史享受的精神已使小說不再以線性方式和先知的觀點展開而將歷史放在一個「開放」的位置，歷史本身也是一

Nam sau 1975 và việc giảng dạy trong nhà trường)，58-61 頁；碧秋（Bích Thu）《越南現代文學創造與接受》（*Văn học ViệtNam hiện đại sáng tạo & tiếp nhận*），文學出版社，2015 年，89-100 頁等都對這傾向有了論解。《越南文學創作實踐 1975 年-2010 年時期》（*Thực tiễn sáng tác văn học Việt Nam 1975-2010*）的國家一級的科學研究論文於越南社會科學翰林院實現由阮登疊主持，2013 年審核，也有重新認識傾向的項目。

種運動，一種生活的話語。這傾向有許多引起了關注的作品，例如阮春慶（Nguyễn Xuân Khánh）的《胡季犛》（*Hồ Quý Ly*）、武氏好（Võ Thị Hảo）的《火刑台》（*Giàn thiêu*）、黃國海（Hoàng Quốc Hải）的《八代李朝》（*Tám triều vua Lý*）（4 冊）和《陳朝風暴》（*Bão táp triều Trần*）（4 冊）、阮夢覺（Nguyễn Mộng Giác）的《崑河洪水季節》（*Sông Côn mùa lũ*）（4 冊），大約 1977-1981 年時間創作，美國安尖出版社，1990-1991 年，國學中心與文學出版社（Trung tâm Quốc học và Nxb. Văn học）1998 年再版。《胡季犛》之所以得到讀者的青睞是因為作者提出了兩個重要的問題：對改革的渴望以及如何從《胡季犛》的案例找出合理改革的途徑。新穎的陳述風格也是該作品的吸引力的確保因素。《火刑台》（*Giàn thiêu*）的結構透過兩個世界被獨特的組織：現實和夢想/幻想。關於結構組織方面，《火刑台》比《胡季犛》更加複雜與婉轉。

在後階段後期，歷史小說有廣泛偏於歷史、文化、風俗的傾向[35]。這符合於當代歷史小說家藝術思維的改變。以具有個人性歷史享受態度的重要改變，作者的真實歷史和夢幻歷史之間的結合將會對後來的歷史小說家而言，有重要藝術的啟發，以便在深廣開發這體裁的巨大潛能中取得新的突破。

敘事小說/自傳小說和自我自白的傾向

這是得到許多作家關心的傾向並逐漸地成為一種在當代散文中值得關注的藝術傾向。當民主精神得到廣泛時，作家以自己的生命作為小說的素材被視為是正常的事情[36]。而且，之前的階段文學作品中已曾出

---

35 詳看阮登疊 （主編），《阮春慶－文化與歷史的觀點》（*Nguyễn Xuân Khánh - cái nhìn lịch sử và văn hóa*），婦女出版社，2012 年。

36 關於這傾向，可以參考賴源恩，《文學 150 術語》（*150 thuật ngữ văn học*），河內國家大學出版社，1999 年，376-377 頁；杜海寧（Đỗ Hải Ninh），《越南當代文學中具有自傳傾向的小說》（*Tiểu thuyết có khuynh hướng tự truyện trong văn học Việt Nam đương đại*），在社會科學學院，2012 年的博士論文等等。

現一些自傳/敘述類型的小說，例如元鴻的《童年時期》、南高的《死亡線上的掙扎》(*Sống mòn*) 等。在 1945-1985 年階段的文學中，社會歷史環境和革命文學的定向性將自我推到次要位置，敘事小說/自傳小說沒有條件以及存在的機會。到 1986 年後的時期，隨著個人本體和個人自我的發現需求/行程，作家們已深刻地剖析自我，從此，看出時代的精神狀態和社會的轉動與自我出現、存在和體驗的精神空間的資格。這傾向非常多樣因為每一個自我都是充滿驚喜的秘密。裴玉晉(Bùi Ngọc Tấn) 的《2000 年的故事》(*Chuyện kể năm 2000*)、莫干 (Mạc Can) 的《擲刀的木板》(*Tấm ván phóng dao*)、夜銀 (Dạ Ngân) 的《卑微的家庭》(*Gia đình bé mọn*)、阮世皇翎 (Nguyễn Thế Hoàng Linh) 的《天才的故事》(*Chuyện của thiên tài*) 和保寧的《戰爭哀歌》(*Nỗi buồn chiến tranh*) 中的一部分都是這種風格的代表作品。其實，保寧的《戰爭哀歌》是很多話語類型的結合，是從斷裂的夢想，同時存在的命運被紡織而成的意識流毯子中交叉：創傷性話語、重新認識性話語以及自轉性話語等。也許這是為什麼元玉認為這是體現最清楚越南當代小說對話精神的小說其中之一。

此外，要注意的是，自傳體小說的一種變體是假自傳小說類型而其中以順 (Thuận) 的《唐人街》(*Phố Tàu*)(*Chinatown*) 為代表案例。這又是出現在改革時期的自傳小說中的後現代冒險。其證明對體裁沒有任何的界線作為封閉、箝制作家的創造意識。

具有（後）現代風格的傾向

如果上述的傾向主要的改革基於傳統或與寫實的關係進行分類的話，那麼具有 (後) 現代風格的小說是一種具有很多不同特徵的類型。在越南文學中，其信號標誌已出現在改革初期的阮輝涉、范氏懷的創作中。在《退休的將軍》(*Tướng về hưu*) 中，後現代感官只剛出現，但到了《無皇帝》(*Không có vua*) 後現代色彩已變的相當清晰。這是屬於阮輝涉最傑出的短篇小說，儘管很多批評家只看到「殘忍」而批判這位作者。在後來的階段，當對後現代本質的認識已變得更加清楚時，後現代藝術感官影響了很多作家，特別是那些喜歡西方現代革新趨向的作家。後現代詩學最明顯的特徵是非中心。因此，與其相隨的是懷疑與滑稽模仿的看法。當然，進入越南後，後現代主義不再是「原本」的，因為後現代心智跟後工業消費社會中的人類心智相關聯[37]。不過，根據呂原(Lã Nguyên)的說法，當在越南「懷疑是一種心態在存在」時，那麼後現代心識已出現在改革時期的作家腦海中，尤其是看到現代生活的不安與邋遢不堪的作家。因此，改革之後散文中出現的後現代與現代小說類型有著跟傳統的思想以及藝術手法挑釁的意義。這可以在阮平方的《起初》（*Thoạt kỳ thủy*）、《坐》(*Ngồi*)、胡英泰的《一十零一夜》(*Mười lẻ một đêm*)、阮越何（Nguyễn Việt Hà）的《晚凱玄》(*Khải huyền muộn*)、順的《巴黎 11.8》(*Paris 11.8*)、周延的《迷河的人》(*Người sông mê*)、謝維英的《尋找人物》(*Đi tìm nhân vật*)、段明鳳（Đoàn Minh Phượng）的《灰燼時刻》(*Và khi tro bụi*) 以及鄧珅（Đặng Thân）的《3339 裸魂碎片》(*3339 Những mảnh hồn trần*) 等的作品中看到。從很多角度觀看一種價值混亂、消費社會中人們的不安一直存在等等，使後現代作家拒絕各種藝術典型。阮平方已如此確信地肯定。這也是為什麼現代與後現代藝術的言詞毯子不再「透澈」而是更加「糢糊」的原因。人物糢糊、結構糢糊、語言糢糊。其確保每一部小說是一種複調、一種互文性。這也是造成體裁界限模糊的原因。結構性遊戲，人物遊戲、語言遊戲和體裁遊戲都受很多作家的關心。這正是在大敘事之夢信念破碎的時代裡小說

---

[37] 例如，阮興國（Nguyễn Hưng Quốc） 使用後現代說法是這個意思。根據他的說法，由於同一時間接受世界的現代和後現代主義因此越南文學已造成一種「不同質的後現代」。詳看阮興國，《從後現代觀點看越南文學》(*Văn học Việt Nam từ điểm nhìn hậu hiện đại*)，文藝出版社，加州，2000 年。很多研究者也認為越南的後現代主義才以「要素」或「標誌」層級出現而尚未達到像歐美國家的激進程度。

的冒險本質。當然，懷疑的背後往往是希望。這是藝術存在之道。

具有可能性能力的後現代小說已釋放了作家許多獨特的想法，允許他們能夠從滑稽模仿和使歷史失去神聖性視覺中看到難以置信的現實。其核心是反思以及藝術對話的精神，更深層次的是，對有道理或無道理的事情之思想、觀念的對話。

總而言之，自從《Lazaro Phiền 牧師的故事》出現至今已過去了一個多世紀，《素心》問世 90 多年來，越南小說已發生了翻天覆地的變化。關於體裁位置的：在文學生產中小說已成為「主機器」。關於藝術思維的：從萌芽到脫中世紀的繭而出、經過浪漫主義以及寫實主義的藝術類型然後邁進現代與後現代。關於語言的：從獨白語言轉成對話語言。伴隨著新穎的創造是享受現代與後現代文化的水準，作為二十世紀越南文學現代化進程中的漸進以及突變轉動過程的呼應。

◆ 問題討論

1. 二十世紀初越南小說邁向現代化方向的轉動。
2. 《自力文團》的藝術貢獻。
3. 1930 年-1945 年越南寫實主義文學的特徵與進程。
4. 1945 年-1985 年階段小說 的成就與限制。
5. 越南小說從改革至今的基本面向。
6. 現代主義與後現代主義對越南小說從改革至今之影響。

第三章
越南現代詩歌

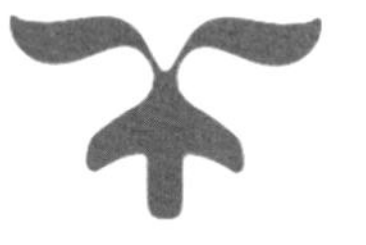

第三章　越南現代詩歌

3.1. 現代詩：尋找新美學空間的旅程

3.1.1. 當自我出現時

3.1.1.1. 個人內在的轉動

關於個人內在方面，民族詩歌中最敏感的作家是那些最早意識到中世紀文學詩作庸碌和規範束縛的人士。愈在後期，中世紀詩歌愈清楚地表現在不同的層面上廢除舊藝術規則與束縛之努力。最明顯的是十八世紀的詩歌中人文精神被推到高潮，其中有很多偉大藝術才能例如阮攸、胡春香等等。阮攸和胡春香已將民間文學氣息融入了古典詩中，創造值得注意的「超越時代的藝術標準」。阮攸的傑作《金雲翹傳》被視為是集大成，是生活的百科全書辭典。胡春香的詩歌萌芽了文學中的「女權主義」精神，即使她生活在民主精神被扼殺的封建制度。阮公著在儒家才子倨傲的基礎上搖晃不穩並開始萌芽了自我。 到十九世紀末，雖然是士大夫但是阮勸詩歌幾乎沒有典故、典跡了。明顯地，中世紀廢除舊藝術規則與束縛的途徑跟隨著詩歌中的個性創造以及個人蹤跡的出現。

在十八世紀的中世紀詩人中，我們想要多討論范泰（1777-1813）現象的《梳鏡新裝》作品。該作品有三個問題值得更深入的研究。第一，當大部分中世紀字喃小說有依賴中國故事梗概的趨向時，那麼《梳鏡新裝》作品完全與越南文化環境息息相關。人們、地名、性格心理等都純粹是越南。第二，正如阮祿（Nguyễn Lộc）的看法，《梳鏡新裝》具有敘事的色彩[1]。范金（Phạm Kim）和張瓊如（Trương Quỳnh Như）的愛情故事有許多與作者的真實愛情故事相似的要素。這兩個人物本

[1]《新部分的文學辭典》（*Từ điển văn họcbộ mới*）中的《梳鏡新裝》已引，頁1562。

身的名字也像作者范泰和他的情人張瓊如。范泰和他情人的一些交往的詩歌作品也納入作品中。在中世紀文學中，除了或多或少具有自我描繪為了表達個性作為「傲慢」與才子素質的一些情況之外，自傳要素是非常罕見的，因為民主尚未出現。例如胡春香「這是春香已塗抹了[2]」(*Này của Xuân Hương đã quệt rồi*)、阮公著《搖晃不穩之歌》(*Bài ca ngất ngưởng*)這些反抗精神現象出現在藝術作品中」，以肯定個性以及創造「超越時代的藝術標準」。然而，放蕩的生活方式、才子漂流素質之前已很深刻地體現在范泰的詩歌中：「活在人間酩酊大醉、死後到陰府緊緊夾著、閻羅王問到那是什麼、酒樽......(Sống ở dương gian đánh chén nhè / Chết về âm phủ cắp kè kè / Diêm vương phán hỏi rằng chi đó / Be...)」。第三，人物最細膩的心理與情感被范泰描述了很巧妙。兩個主角是生活浪漫、彼此相愛而不被禮教牽連的人們。連寺廟的情境中，僧侶他們相看也像塵俗的陶醉戀愛。這是一種人們視線座標的轉移，使人們脫離中世紀文學詩作的公式，從而更加親近日常生活的努力。甚至，至今重讀，在《梳鏡新裝》中，有不少描述戀情不遜於新詩的段落。如此一說，為以後與西方文學相遇的內在準備是文學以及詩歌本身在自我改變、自我解放過程中很漫長的旅程。

3.1.1.2. 外在因素的角色

但是那些內在因素只有在與西方文化相遇時，才能完整地從中世紀文學詩作中脫胎而出。

二十世紀初的相遇、文化交流已改變越南文化、社會(從物質生活到精神文化)的根本結構。文學的現代化只能在在這種文化交流中進行。新詩時代是個人自我爆發的時代。現在，「令人討厭的自我」不再像中世紀詩歌中那麼膽怯，而是公然出現在檯面上。個人自我改變了儒家們

---

[2] 譯者註：這詩句出於胡春香的《請檳榔》(Mời trầu) 詩作中。其意思是春香已經將石灰抹好在蔞葉上，那檳榔就可以吃了。

的觀念。懷清在《越南詩人》中重提 1934 年劉重廬(Lưu Trọng Lư)的「放肆」的言辭,清楚地表明了新世代想要用個人的眼光看待世界的意識:

前輩們喜歡紅通通的顏色	*Các cụ ta ưa những màu đỏ choét,*
我則喜歡那些淡藍色......	*ta lại ưa những màu xanh nhạt......*
前輩們因為深夜蟲鳴而悵惘	*Các cụ bâng khuâng vì tiếng trùng đêm khuya,*
我則為中午的雞鳴憂慮不安	*ta nao nao tiếng gà lúc đứng ngọ.*
看一個漂亮的女孩	*Nhìn một cô gái xinh xắn,*
天真的前輩們以為自己犯了罪	*ngây thơ các cụ coi như đã làm một điều tội lỗi,*
我則認為這就像站在綠油油的田野般清爽	*ta thì cho là mát mẻ như đứng trước một cánh đồng xanh.*
前輩們的愛情只是婚姻	*Cái ái tình của các cụ thì chỉ là sự hôn nhân,*
但對我來說	*nhưng đối với ta thì trăm hình muôn trạng:*
愛有千形萬狀:沉醉的愛、如風的愛、	*cái tình say đắm, cái tình thoảng qua,*
親密的愛、遙遠的愛......	*cái tình gần gụi, cái tình xa xôi,...*
當下的愛、千秋的愛......	*cái tình trong giây phút, cái tình nghìn thu...*[3]

其實,劉重廬提到的區別只是新詩與舊詩之間連幾年爭論中成千上萬熱鬧的聲音其中之一[4]。為新詩帶來勝利的人身上具有兩種特質:年輕與新穎。其後盾是西方文化以及現代人的嗜好和心理上的改變。也因此,世旅的《懷念森林》(*Nhớ rừng*)正是哀痛的心事和巨大自我的敘事 - 老虎[5]。在世旅的《千調之琴》(*Cây đàn muôn điệu*)詩作中,「我」

---

[3] 引自懷清的《詩歌中的一時代》(*Một thời đại trong thi ca*)。也許懷清是最早在他有名的討論中提到「解縛」這兩字的人:「我們的情已改變,我們的詩也需要改變吧。給予詩歌解放的渴望只是說清楚深藏祕密的渴望、能夠誠實的渴望。」詳看懷清一懷真的《越南詩人》,已引,頁 19。

[4] 關於這場爭論,請參考阮玉善(Nguyễn Ngọc Thiện)、高金蘭(Cao Kim Lan)編撰的《二十世紀文藝爭論》(*Tranh luận văn nghệ thế kỷ XX*),第二冊,勞動出版社,河內,2001 年。

[5] 譯者註釋:《懷念森林》是世旅的一首最有代表性的詩作。其內容是藉由老虎想念森林的話語說出越南人民一特別是愛國的知識分子當時對窒息、囚禁的所感以及渴望自由的社會環境。

這一詞頻繁地出現。不僅是世旅，幾乎新詩運動的每一位詩人都稱我。這是與中世紀詩歌有很大的差異，當主體一直在隱藏自己時，只出現一些具有代表性的人稱代名詞：客、者、人們、我們等。當個性被解放，規範被拆除了，也就是說，所有感觸都可以自由流露的時候。新詩 建構在個人感情的流露和誠實之上。現代詩歌中的「抒情口語詩[6]」取代了中世紀詩歌中的「抒情吟詠詩[7]」。然而，經過初期的一些破壞之後，新詩 很快就發現自己的孤獨。這就是為什麼其回歸與傳統「和解」以創造出新結合的原因[8]。這些和解具有整個二十世紀初詩歌革新為了存在的一種婉轉的處理與選擇的意義。

3.1.2.現代與冒險的本性

改革的本質是體系的改變。革新的本質是在新的美學空間和思想中尋找新的表達方式。與相對穩定的中世紀詩歌不同，現代詩歌一直在尋找冒險因為當今的時代與急劇變化聯繫在一起。一開始，現代化是拒絕中世紀詩作，尋找現代詩作的過程，而在當時的環境，現代化首先是學習西方浪漫主義的詩歌。在初期，新詩是純粹的浪漫，包括世旅、輝聰（Huy Thông）、阮若法（Nguyễn Nhược Pháp）和春妙、輝近（Huy Cận）

---

[6] 作者補充：抒情口語詩是詩人對生活的個人感觸、感受的直接表達，詩人彷彿直接與某人談心、說話。因此，詩詞像是言詞，帶有人類的口音和語調。抒情口語詩跟隨著文學中的個人自我（individual）的誕生。

[7] 作者補充：抒情吟詠詩是中世紀風格的抒情，在此，詩人常常隱藏自我，隱藏得越深越好。這是詩人加強詩作含蓄性的方式。個人自我在中世紀詩不像現代詩裡那樣清晰。詩人似乎從不稱「我」而主要是用具有泛指的人稱代名詞來稱呼。

[8] 額外參考阮興國的意見在其以下的作品，例如《詩歌，等等和等等》（*Thơ, v.v và v.v...*）中關於越南詩歌/文學發展和「和解」，文藝出版社，加州（California），1996年；《越南文學從（後）現代之觀點》，文藝出版社，加州（California），2000 年。似乎不只在越南詩歌，連世界詩歌也發生了一種規律：一些先鋒的作家，經過初期的「破壞」之後，到了創作生涯後期就有回歸傳統的意識。這現象，也許一方面由於年紀的惰性，另一方面，更重要，他們曾經提倡的革新任務必須讓給下一代，若不是很謹慎的話，他們雖然很「無心」但很容易成為「保守」人物。

的一部分詩作。但是在後期的階段，新詩受超現實主義與象徵主義的影響，包括韓墨子（Hàn Mặc Tử）、碧溪（Bích Khê）等。春妙、輝近本身也嚮往象徵主義。懷清在《詩歌一時代》(*Một thời đại trong thi ca*)中，提到象徵主義詩派的開啟人波特萊爾（Baudelaire）的次數（8 次）遠超過法國浪漫主義文學的最大代表雨果的次數（2 次），這絕非偶然。

作為年輕人的革命，新詩從未平靜。1935 年出版《幾行詩韻》(*Mấy vần thơ*)之後，世旅主動讓位給春妙。輪到自己時，春妙仍提高感觸，但與世旅相比，潮汐的強度更大，孤獨感也更深遠。可以看《感觸》(*Cảm xúc*)（1936）正是 30 年代末 40 年代初新詩的藝術宣言：

詩人意味著隨風而逝	*Là thi sĩ nghĩa là ru với gió*
隨著月亮夢想、隨著雲遊悵惘	*Mơ theo trăng và vơ vẩn cùng mây*
讓靈魂受千繩的束縛	*Để linh hồn ràng buộc bởi muôn dây*
或被數百個愛情瓜分	*Hay chia sẻ bởi trăm tình yêu mến*

要注意的是，春妙的《感觸》是要送給新詩的第一詩人世旅，作為浪漫主義詩作的延續。但看來，隨著藝術思維的轉移，春妙最好的詩作則是充滿象徵性的，例如《二胡》(*Nhị hồ*)、《月琴》(*Nguyệt cầm*)等。到了歸仁狂亂詩派（trường thơ Loạn Quy Nhơn[9]），感觸和感官的界限比以往的任何時候都更加擴大。這些詩人在新詩懷中有藝術挑釁、叛逆的意識。可以透過制蘭園在《凋殘》(*Điêu tàn*)序言中看出這詩派的基本

[9] 作者補充：該詩派在歸仁（Quy Nhơn）(屬於越南平定省，是一個沿海、風景美麗的城市）成立，因此常稱為歸仁狂亂詩派（trường thơ Loạn Quy Nhơn），由韓墨子創立。起初，於 1936 年，在平定省出現一組詩派叫做平定詩組，包括郭晉（Quách Tấn）、韓默子、燕蘭（Yến Lan）和制蘭園（Chế Lan Viên）這四位成員。1936 年底，韓默子認為平定詩組的創作與新詩不同色彩風格所以熱情地提出成立狂亂詩派 （trường thơ Loạn）。1937 年，狂亂詩派誕生。該詩派除了以上四位成員之外，還多了碧溪這位詩人。狂亂詩派的宣言在制蘭園的《凋零》和韓默子的《悲傷》這兩詩集之序言體現得最清楚。1940 年，韓默子去世之後，該詩派解散，不過其真正地結束是在 1946 這一年。

藝術觀點。與新詩的觀點相比，初期世旅的《千調之琴》、中期春妙的《感觸》，那麼狂亂詩派的宣布更為強烈，韓墨子說道：「作詩即是瘋。我補充說：作詩是做非凡之事。詩人不是人。其是夢中人，醉人，瘋人。其是仙，是魔，是鬼，是精，是妖。其脫離現實。其搗亂過去。其覆蓋將來[10]」。狂亂詩派的宣布之後，於 1942 年，《春秋雅集》(*Xuân Thu nhã tập*) 誕生作為豐富前衛精神的詩人們之新冒險。這是一些想要提升詩歌改革進程的詩人之相遇，其中包括范文幸 (Phạm Văn Hạnh)、阮良玉 (Nguyễn Lương Ngọc)、阮春生 (Nguyễn Xuân Sanh)、段富賜 (Đoàn Phú Tứ)、阮春闊 (Nguyễn Xuân Khoát)(音樂家)、阮杜恭 (Nguyễn Đỗ Cung)(畫家)。「《春秋詩組》(*Nhóm Xuân Thu*) 很早就意識到浪漫主義詩歌的衰落　，並主張嚮往象徵主義。不過，該詩派仍想要返回東方和民族，視其為新藝術結合的因素。到 1945 年末至 1946 年初，《夜台》(*Dạ đài*) 詩派包括陳寅 (Trần Dần)、陳梅洲 (Trần Mai Châu)、丁雄(Đinh Hùng)、武皇迪(Vũ Hoàng Địch)、武皇彰(Vũ Hoàng Chương) 等在《春秋雅集》與狂亂詩派的渴望革新的基礎上，繼續提出新的觀點以創造出走向象徵主義精神的詩歌的新發展。儘管新詩的最後努力短命，不過對於之前的《夜台》、《春秋雅集》) 或狂亂詩派為藝術盡力貢獻的精神應予以認真地肯定。特別是狂亂詩派擁有很多才華洋溢的詩人例如韓墨子、碧溪、制蘭園已為越南現代詩歌的發展做出了傑出的貢獻。每一位詩人是一個世界：韓墨子 (Hàn Mặc Tử) 充滿超現實主義、碧溪 (Bích Khê) 涵蓋了象徵主義、制蘭園則豐富形而上學性質。這些是啟發新詩運動的詩人，當他們沉浸於純粹的浪漫主義美學時，意想不到的新穎。

---

10 再引自賴源恩收集與編撰的《新詩 1932-1945 年：作者和作品》(*Thơ mới 1932 - 1945: tác giả và tác phẩm*)，作家協會出版社，1998 年，頁 801。

因此，某種程度上，新詩已在最有決定性的階段完成了文學現代化的基本任務。不過，詩歌現代化過程在整個二十世紀到二十一世紀初仍然在不同的程度與範圍持續進行。

1945 年之後，越南詩歌現代化過程是從新詩開始於不同轉彎成果的延續。1945-1985 年階段的革命詩歌是與社會主義圈內的文化交流以及自我抒情公民的聲音有關。一開始，為了確立自己的位置，革命詩歌否認新詩。在這裡，需要分辨兩種否認：革命文學對於新詩的否認主要是思想立場和意識形態基礎上的否認，當其堅決拒絕那些小資產階級的「憂愁」、「夢碎」，主張詩歌必須使用人民的語言來創作。《春秋》(*Xuân Thu*)、《夜台》和後來的《創造》(*Sáng tạo*) 詩派對於新詩的否認主要是藝術思維的否認、對浪漫主義文學的「隨便」、「膚淺」不滿意。這就是為什麼這些詩派主張深入象徵主義和超現實主義以及東方的詩作的含蓄特徵。由於存在和發展於全球化與國際接軌的紀元，因此從 1986 年至今的詩歌跟後現代精神空間與本體自我的聲音聯繫在一起。詩人體現了探索生活、探索自我的所有方式以及所有表達的形式。因此，詩歌現代化的本質是尋求確立新的美學地平線的冒險。

3.2. 越南現代詩的進程

3.2.1. 二十世紀初的前 30 年

這是越南詩歌開始邁入現代化軌道的階段。該階段詩歌最明顯的特徵是新舊之間的相爭，越往後，優勢越偏向新的事物。

值得注意的是，在世紀初的時期，詩壇上仍然存在著兩棵中世紀詩歌的大樹，即是阮勸 (1835-1909) 和秀昌 (1870-1907)。儘管這兩位詩人的創作仍處在中世紀詩歌的模式中，但如果仔細地觀察會發現，這兩位詩人他們已經進行了很重要的廢除舊藝術規則與束縛之步驟。阮勸是士大夫，不過他的詩歌不再與熟悉的題材例如風、雲、山、水等糾纏，阮勸已開始注意到一些跟鄉村日常生活息息相關的題材，以三首描寫秋天有名的詩歌，他已成為讓春妙封贈為傑出鄉村風景的詩人。在這些詩作中，唐律的味道已經減少，純越南詩歌的語言已經壓倒了以前密集典故的語言。阮勸也是出色的嘲諷詩人，甚至在他的詩歌中，自嘲色彩非常清楚。與阮勸不同，秀昌（Tú Xương）是跟城市生活密切相關的人士，因此，他的詩歌很生動地表達了都市化過程的改變，而《堵河》（*Sông Lấp*）是一首典型的詩作。秀昌的詩歌語言與通俗的言語談吐親近，甚至，一些黑話、西方語言作為一種有效的滑稽模仿方式已開始在他的詩作中出現。可以說，即使還沒以現代個人眼光去看待，秀昌是頭一位表達深刻現代都市感的詩人。如果阮勸的詩歌仍偏向古典方面，那麼秀昌已開始涉足現代抒情領域了。上述的觀察證明，就語言方面而言，文學現代化的過程是從高尚到放蕩的風格、從神聖化到世俗化的重心轉移。

與阮勸和秀昌相比，中世紀詩歌「詩以言志」觀念的蹤跡在革命志士的詩歌中例如潘佩珠（Phan Bội Châu）、潘周楨（Phan Chu Trinh）、黃叔沆（Huỳnh Thúc Kháng）等較深刻。連潘佩珠的《出洋留別》（*Xuất dương lưu biệt*）中仍有著像之前阮公著「男人之志」的風格，潘佩珠寫道：

身為男人需在世間上*獨樹一幟*	*Làm trai phải lạ ở trên đời*
怎能讓乾坤自轉移	*Há để càn khôn tự chuyển dời*
在百年內需要我	*Trong khoảng trăm năm cần có tớ*
日後萬年怎無人	*Sau này muôn thuở há không ai…*

黃叔沆則在《留別之歌》(Bài ca lưu biệt) 中慷慨說道：

大丈夫隨遇而安	*Đấng trượng phu tùy ngộ nhi an*
素患難，行乎患難	*Tố hoạn nạn hành hồ hoạn nạn...*

潘周楨的詩歌也有同樣的語調：

身為男兒站在崑崙中	*Làm trai đứng giữa đất Côn Lôn*
威風地使山使丘崩塌	*Lừng lẫy làm cho lở núi non*
拿起斧頭打掉多少堆	*Xách búa đánh tan năm bảy đống*
出手砸爛千萬塊	*Ra tay đập bể mấy trăm hòn*
日月豈管身勞累	*Tháng ngày bao quản thân sành sỏi*
日曬雨淋志更堅	*Mưa nắng càng bền dạ sắt son*
男兒補天當落難	*Những kẻ vá trời khi lỡ bước*
艱難只是小事吧	*Gian nan chi kể việc con con*
《碎石在崑崙》	*(Đập đá ở Côn Lôn)*」

亞南陳俊凱 (Á nam Trần Tuấn Khải) 的詩歌也受到很多人的喜愛，因為他懂得嚮往民間文學的氣息。不過，亞南詩歌中的藝術革新還不足以取得突破。出於以下三個主要原因，我們說革命志士的詩歌仍處在中世紀詩歌的磁場：第一，詩人們例如潘佩珠、潘周楨、黃叔沆這些是出身於傳統教育、科舉環境的志士，因此在他們的潛意識創作中，中世紀詩作仍明顯佔主導地位。第二，這些擁有崇高的渴望、偉大革命事業的詩人因此選擇雄心壯志語調是一種刺激到社會的潛意識和人心的合適選擇。第三，表達意志與刻劃充滿丈夫形象的需求是一種為了呼籲、鼓舞的必要之舉。這階段革命詩歌之美與吸引力大部分不在於藝術思維的突破或新穎形式的出現而原由於痛切的語調、偉大的渴望和具有丈夫性

的抒情形象之美[11]。從本質上來說，這些志士的意識形態與中世紀儒家們已經有很大的不同：潘周楨走向資產民主社會的模式、潘佩珠則遵循資產君主的模式等。這些詩人的目的是嚮往一種「有益文學」和「為人生」，將詩歌視為一種鬥爭的利器，是真誠呼籲的詞語。因此，創造出詩歌中革命的意識還不是他們的首要關注。

本世紀的前 25 年時間，在詩壇上最亮眼的人物位置屬於傘沱。關於這位詩人，陳廷佑（Trần Đình Hượu）有一個準確的評論：「傘沱已將才子風流的多情、自負的自我適應於都市環境[12]」。傘沱的詩歌有兩個突顯的特點就是瘋狂與放蕩，才情、才子素質特別明顯。然而，本質上，傘沱仍是「西化時期裡東方文化的產物」所以他執著後來新詩的詩人世代的新穎精神的「身分證」。因此，雖然對傘沱的才能很尊敬，但是在為了肯定自己而否定歷史的過程中，新詩運動的詩人們因為沒有其他的選擇，想要顛覆舊詩就得打倒舊詩最後的象徵，不得已將這位才華洋溢的詩人變成了「祭神」的物品，不過，當獲得勝利時，為了不失禮於歷史，他們「恭招傘沱的英魂」。代表新詩的詩人們，懷清已用恭敬的態度承認了傘沱的功績與地位：「先生已跟我們分享一個熱切的渴望，脫離陳腔濫調的囚禁、虛偽，枯燥的渴望。很多先生的詩歌在二十年前問世已有獨特放蕩的語調。先生已為即將開始的音樂會起音開場[13]」。懷清在此提出的樂譜名為新詩。

總體看來，二十世紀的 30 年已有一些改變，而這些改變以漸進的方式進行。使不久之後，新詩進行了一種藝術上的改變。

---

[11] 阮登疊的《二十世紀越南文學回顧》（*Nhìn lại văn học Việt Nam thế kỷ XX*）中的〈從文學語調方面看二十世紀越南詩歌的運動〉（Sự vận động của thơ ca Việt Nam thế kỷ XX nhìn từ phương diện giọng điệu văn chương），頁 874-875。

[12] 陳廷佑的《詩歌中的革命之回顧》（Nhìn lại một cuộc cách mạng trong thi ca）中的〈新詩的新穎與傳統從衝突到和解〉（Cái mới của Thơ mới từ xung khắc đến hòa giải với truyền thống），教育出版社，1993 年，頁 70-71。

[13] 懷清－懷真，《越南詩人》，頁 14。

3.2.2. 1932 年至 1945 年的新詩

3.2.2.1. 建立新詩運動的過程

新詩的誕生遇到很多困難坎坷。從二十世紀的 30 年代初舊詩與新詩之間的激烈辯論可以看出這一點。然而，沒有任何改變不受舊的抗阻。

懷清已非常深刻和簡潔扼要地總結了新詩的條件：「不過，突然一陣冷風從遠方吹來。所有舊的基礎都被撼動、搖晃了一番。與西方的相遇是幾十世紀以來越南歷史上最大的變遷」。[14]

本世紀初的三十年之後的社會、歷史、文化基礎已為新詩的誕生做好了充分的準備。根據懷清的確認，最深層造成新詩成功的因素是「誠實的渴望」。誠實拆除了中世紀藝術的規範。誠實提升個人的解放以及心靈的深藏祕密。誠實要求一個有效表達熱情情緒浪潮之能力的詩作。因為著迷所以新詩的時代隨時都「熱鬧」，從未寧靜。舊派與新派之間在一系列辯論、演說、攻擊彼此中，在實踐創作上，提到新詩的誕生，許多人會提及潘魁（Phan Khôi）的《老愛情》（*Tình già*）這首詩。根據賴源恩的資料，在 1932 年 3 月 10 日，發表於西貢的《婦女新聞》（*Phụ nữ tân văn*）報紙之前，這首詩已在河內王申農曆新年於《東西》（*Đông Tây*）副刊被刊出。然而，只有當其在《婦女新聞》報紙上出現時，《老愛情》這首詩才被注意到，因為該報紙的讀者數量和吸引力更大。公道的說，這首詩的藝術品質方面不是很出色，而潘魁本身也認為其還不是新詩。不過，歷史有其的理由將《老愛情》這首詩視為新詩的開幕。很簡單，人們已看到其脫離唐詩的束縛以及其表達情意非常開放的方式[15]。簡而言之，其具有新詩的詩人們正需要

---

[14] 懷清—懷真，《越南詩人》，引用過的參考書籍，頁 17。請留意，不只越南才有新詩而很多在區域中的國家像馬來西亞、印尼或中國也都有新詩。這證明新詩的現象是國際文化交流的產品。不過，像很多研究家認為，在越南的新詩是最突顯的現象。新詩的碩大成就使其被視為詩歌藝術中的一場革命。

[15] 在 1917 年《南風雜誌》（*Nam Phong tạp chí*）第 5 號上，范瓊也承認舊詩的束縛：

的誠實，以對抗著舊詩的陳腔濫調。給這篇報紙取名為〈詩壇上一種新穎新詩的風格介紹〉（*Một lối thơ mới trình chánh giữa làng thơ*）的方式足以見得報紙非常重要的角色。其實，報紙的標題有一個宣稱、呼籲放棄舊詩的意義。那是還沒說到一系列為新詩鼓舞、歌頌刊登在《婦女新聞》、《河內報》（*Hà Nội báo*）等的文章。雖然喧嘩，但舊詩與新詩之間的辯論仍不分軒輊。直到世旅的《懷念森林》問世時，舊詩才主動繳械投降。懷清回想說：「世旅不討論新詩，不保護新詩，不筆戰，不演說，世旅只安靜地、安然地行走，行走穩重的腳步，一剎那整個舊詩隊伍必須瓦解。」說到底，世旅的力量與征服能力是已創造出傑出的詩作。只有當真正出色的詩歌時，那時候新詩才有足夠理由可以戰勝舊詩並肯定詩歌中一個新時代的存在。

3.2.2.2. 詩作特點

關於新詩，除了懷清的《越南詩人》以外，整個二十世紀的時間至今，已有十幾件傑出的研究工程。儘管有時期，新詩因庸俗社會學觀點而被否認，被貶低，但 1986 年之後，新詩已超過所有的「浮沉」回來自己創造出真正的價值。在探討新詩時，有以下四個重要的問題：

第一，新詩時代是個人自我爆發的時代。新詩的詩人們將個人自我作為觀察、欣賞以及表達世界的支撐點。他們試圖解釋與世界相關中的個人自我的存在。因此，新詩中充滿了具有定義身影的詩句：我是……這模式為了來回答：我是誰？這問句的目的。

「人家說詩歌的聲音是內心的聲音。中國人給詩人定嚴格規律其實是想修改，修改使這聲音更好聽，但是也因此使自然的聲音消失了。」

我只是一個癡情客	*Tôi chỉ là một khách tình si*
貪戀有千形萬狀的美麗	*Ham vẻ Đẹp có muôn hình, muôn thể*
借離騷姑娘之筆，我畫畫	*Mượn lấy bút nàng Ly Tao, tôi vẽ*
再借千鍵之琴，我歌唱	*Và mượn cây đàn ngàn phím, tôi ca.*
世旅《千調之琴》	*Thế Lữ "Cây đàn muôn điệu"*

我是來自陌生之山的鳥，	*Tôi là con chim đến từ núi lạ,*
喉嚨癢　鳴著玩，	*Ngứa cổ hót chơi,*
當早晨的清風吹進葉叢時	*Khi gió sớm vào reo um khóm lá*
當夜月亮升起弄藍了天空	*Khi trăng khuya lên ủ mộng xanh trời.*
春妙《給寄香詩集的詩句》	*Xuân Diệu "Lời thơ vào tập Gửi hương*

如果中世紀詩歌隱藏了個人自我的話，那麼在新詩中令人討厭的自我在詩歌文本上傲慢地出現。有如一種宣稱也是一種肯定。正是個人自我的出現已使新詩充滿了個性。有了個人自我，詩人的情感不會被束縛而會奔放。浪漫時代是一個情感滿溢的時代。

第二，上述關於藝術思維的改變還通過人們的體現方式來表現。新詩和中世紀詩歌中的人們的體現也有所不同。在中世紀的詩歌中，人們是大宇宙中的小宇宙，兩者之間相互反應，人們按照天意、天命去思考。天 - 地 - 人合一的哲學精神對中世紀詩人體現人們的觀念有很深刻的支配。可以將唐朝陳子昂（Trần Tử Ngang）的《登幽州台歌》（*Đăng U châu đài ca*）詩作視為中世紀詩歌中具有人類模式代表的一首詩：

前不見古人	*Tiền bất kiến cổ nhân*
後不見來者	*Hậu bất kiến lai giả*

念天地之悠悠	*Niệm thiên địa chi du du*
獨愴然而涕下	*Độc sảng nhiên nhi thế hạ.*

中世紀詩人一直強調空間中的「獨」一字而新詩則強調人類在脫離環境中的孤獨。他們也脫離原本被視為嚮往彼此、牢固的世界：

我們安靜地在詩中步行	*Chúng tôi lặng lẽ bước trong thơ*
在浪漫中無岸無邊地漂流	*Lạc giữa niềm êm chẳng bến bờ*
月很皎潔月很遙遠月很寬大	*Trăng sáng trăng xa trăng rộng quá*
兩人但孤獨絲毫不減	*Hai người nhưng chẳng bớt bơ vơ*
春妙《月亮》	*Xuân Diệu "Trăng"*

新詩中，大自然與人們有時很冷漠，跟中世紀詩歌中的互應不同。這種冷漠與時代孤單感有關。輝近的《長江》(*Tràng giang*) 或春妙的《妓女之話》(*Lời kỹ nữ*) 都是典型的例子。這就是使新詩的詩人對中世紀詩歌中寓情寫景的手法興致缺缺的原因。孤獨已經成為新詩的自我的本命。

新詩對人的欣賞有著開創美學、哲學的深遠原因以及世界浪漫文學的主體意識提高，而這是新詩時代的西學世代承載。 因此，人類是世界的中心。實際上，在中世紀的詩歌中，也存在著提高人與大自然相關比較的情況，例如。白居易的《長恨歌》有這一句：芙蓉如面柳如眉(*Phù dung như diện liễu như mi*)。不過這是特例的情況。至於新詩，個人主體的中心位置處在相對於自然是很普遍的。

第三，關於靈感，新詩與西方的浪漫主義和情緒主義的靈感一樣，傾向四種主要的靈感：大自然、過去、愛情和宗教。

中世紀詩歌中，大自然與人類一致、諧和。大自然/自然跟人類相互依存，「天人相與」(*thiên nhân tương dữ*)。大自然庇護人類，在大自然中，人類看見自己，包括喜怒哀樂等的曲線都由大自然安排。然而，中世紀詩歌中的大自然體裁比較狹窄，與公式的規範有關：寫景主要是風、雲、雪、月、松、菊、竹、梅等；寫物則是龜、龍、麟、鳳等；寫人就漁、樵、耕、牧等。實際上，最明顯的是後期，有很多出色才華的中世紀詩人已經擴展到更接近日常生活的自然風景，然而大致上，大自然仍依照規範的公式來描寫[16]。到了新詩，大自然以一個審美的對象、客體出現。因此，新詩中有很多風景抒情優美的詩作，例如春妙的《這秋季到》(*Đây mùa thu tới*)、韓墨子的《熟春天》(*Mùa xuân chín*)、輝近的《在香道間行走》(*Đi giữa đường thơm*) 等等。

就像西方浪漫主義詩歌一樣，新詩嚮往過去，將其視為否定現實的一種形式。在現實中孤獨，浪漫主義詩人們轉向「古老之美」，為了尋求一種本體的安然、清高的生活理想。在散文領域中，阮遵的《昔日掠影》(*Vang bóng một thời*) 也處在這種意識的脈絡中。甚至，那個寓居之處也許是一個陌生的空間：

給我一個寒冷的星球吧	*Hãy cho tôi một tinh cầu giá lạnh*
一座蒼穹盡頭的寂星	*Một vì sao trơ trọi cuối trời xa*
在那裡讓我可躲避歲月	*Để nơi ấy tháng ngày tôi lẩn tránh*
和所有煩惱、痛苦及擔憂	*Những ưu phiền, đau khổ với buồn lo*
制蘭園《多縷思緒》	*Chế Lan Viên "Những sợi tơ lòng"*

從庸俗社會學的角度來看，新詩中的憂愁有一段時間被視為是消極。其實，它要複雜得更多。第一，正如很多人意識到一樣，這是時勢、身

16 詳看陳廷史，《詩歌藝術的世界》(*Những thế giới nghệ thuật thơ*)，教育出版社，1995 年。

世和人世憂愁的相遇。第二，新詩中的憂愁出發於該詩派的美學原則。他們，跟世界上浪漫主義詩人一樣，都喜歡憂愁的美麗。在《痕跡》(*Dấu tích*) 這詩作中，韓墨子也秉持這種觀點：「不呻吟是無意義的詩歌」(*Không rên xiết là thơ vô nghĩa lý*)。

是浪漫，新詩當然為愛情主題留下最重要的位置。春妙、阮炳、韓墨子等都是情詩的健將。新詩的愛情詩，與憂愁的美麗相關，因此在其天空中一直反覆的是離別、相逢、分離、孤獨、憂愁、不完整等的認知。春妙寫道：「還不相信太陽升起，真沒想到花已落；有誰知道愛情來愛情去（Nắng mọc chưa tin hoa rụng không ngờ/ Tình yêu đến tình yêu đi ai biết）。胡穎（Hồ Dzếnh） 寫道：當已完成所承諾愛情就不完美、人生只在不完整之中顯得美好、等（Tình mất vui khi đã vẹn câu thề/ Đời chỉ đẹp khi còn dang dở）」。這種美感跟民間文學中伴侶的美感南遠北轍。在民間詩歌中，團圓是最大的夢想。愈坎坷、障礙，團圓的夢想愈強烈：「彼此相愛三四座山也要攀爬；七八條河也要渡過、四九三十六座山坡也越過（Yêu nhau tam tứ núi cũng trèo / Thất bát sông cũng lội, tứ cửu tam thập lục đèo cũng qua）」。

中世紀抒情詩歌，由於要隱藏個人自我的需求因此愛情主題少被直接地暴露，除了一些像范泰、阮攸、胡春香、段氏點（Đoàn Thị Điểm）等詩人的作品。到了新詩，由於個性創作被解放因此愛情被廣泛地提及。可以說，幾乎每一位新詩運動的詩人都有書寫情詩。然而，愛情本身也是躲避孤獨的一種方式。只不過，愈躲避孤獨之感愈強烈、深刻。

新詩中的宗教靈感沒西方浪漫主義的詩歌那麼明顯。輝近才碰到宗教的外表。韓墨子是在這靈感中走得最遠的詩人。對他來說，宗教、信仰，首先有疾病痛苦的救贖的意義。再來，就像一種解脫的途徑。

新詩中靈感的泉源和人們的表現證明，在深遠的方面，與中世紀的抒情詩歌相比，新詩的藝術觀念已經有著根本的改變。因為新詩是現代個人的聲音，而中世紀文學最有才華的詩人沒有被提供這樣的文化背景。

第四，藝術形式的改革。新詩的詩作改革也證明現代成為這詩派運動的品質。新詩為越南抒情詩句再「擺 Pose」，從中世紀的「抒情吟詠詩」轉成「抒情口語詩」。新詩以換行、段落的現象，詩影的建立，音樂性的建造、語調的結構等來再建構藝術文本。這一些表現證明了一個產生很多偉大藝術才華的時代、一個不鬆懈的行程，其充滿藝術革新的效果。

3.2.3. 1945 年至 1985 年的越南詩歌

3.2.3.1. 革命詩歌於 1945 年後的文學主流

1945 年後至今越南詩歌進程在文學研究界的分類仍存在不同見解。很多研究者將其分成兩個階段：1945-1975 年的詩歌和 1975 年以後的詩歌。這分類法選擇了歷史里程碑 1975 年是國家統一的那年，亦是南北文學合一在一個文學整體的年間。在此，從文化交流觀點來想像，我們認為詩歌運動進程有兩個標準：1）1945-1985 年的文學和詩歌處在由冷戰留下具有意識形態性的文化交流軌道；2）將 1986 年以後視為不同的階段因從這時間開始越南才跟世界全面地接軌。此外，在政治生活中，1986 年是越南共產黨正式提倡改革開放的時間點。從這樣的認識開始，文學轉向一個新思維的平面，其中，現代與後現代的藝術文化潮流的影響被意識得更清楚、更主動。這分類法儼然意味著將 1975 - 1985 年這段時間視為具有「變聲」性質的前改革的時間，在下一階段之前進行了一個徹底的「轉聲」。

1945 年 8 月越南從法國殖民者手中奪回自己的獨立，不過和平已不像期待中進行。1946 年，越南全國又開始 9 年之久的抗法時期。1954 年日內瓦協定（Hiệp định Genève）剛簽約，但隨後是西方與美國參戰的一場新戰爭。連 1975 年之後，越南仍經過其他兩次很慘酷的戰爭。

因此，1975 年 4 月 30 日事件之後，越南仍尚未邁進真正的「戰後」階段。全國仍活在戰爭的氣氛，雖然基本上是和平、統一、再建設國家為主。在於建設國家的同時，許多參加抗法、反美的詩人再繼續「槍托詩歌」的行程。

關於隊伍方面，1945 年至 1985 年這階段的詩歌主要有三世代的詩人的貢獻：第一，革命前有名的詩人例如春妙、輝近、制蘭園、濟亨（Tế Hanh）、阮春生（Nguyễn Xuân Sanh）等；第二，主要在抗法時期成長的詩人例如黃琴（Hoàng Cầm）、光勇（Quang Dũng）、阮廷詩、正友（Chính Hữu）等；第三，很多在反美時期成長的詩人世代例如范進聿（Phạm Tiến Duật）、阮維（Nguyễn Duy）、青草（Thanh Thảo）、阮科恬（Nguyễn Khoa Điềm）、友請（Hữu Thỉnh）、春瓊（Xuân Quỳnh）、劉光武（Lưu Quang Vũ）、林氏美夜（Lâm Thị Mỹ Dạ）、潘氏青嫻（Phan Thị Thanh Nhàn）、朋越（Bằng Việt）、黃潤琴（Hoàng Nhuận Cầm）等。與前輩的詩人相比，年輕世代的反美詩人對詩歌也做出貢獻，譬如詩人友請：「沒有書我們會自行造出書、我們寫詩記載自己的人生（Không có sách chúng tôi làm ra sách / Chúng tôi làm thơ ghi lấy cuộc đời mình）」。

關於美學方面，抗戰詩歌嚮往一種高尚的美學。英雄範疇壓倒悲傷範疇。因此，在兩次抗戰中革命詩歌最大的特點是史詩與浪漫的傾向。這階段中的史詩性質在三個突出的體現：第一，歌頌越南祖國與人民在歷史重大的衝突之中呈現出的美麗。關於戰爭方面，是越南民族與歷史中最強的敵人，即法國殖民者和美帝國之間的對敵、存亡。關於發展模式方面，是資本主義與社會主義道路之間的選擇。因此，這時期文學最美麗的兩個體裁是祖國與社會主義。第二，詩歌中的人們是「政治人們」（陳廷史）。這是平凡而非凡的人們。這是為什麼到反美後期，詩人們喜歡使用神聖化手法來描寫平凡但擁有時代偉大格局的人們的原因。例如，素友歌頌女英雄陳氏理（Trần Thị Lý）：

妳是誰？ 少女還是仙女	*Em là ai? Cô gái hay nàng tiên*
妳是片刻還是雋永	*Em có tuổi hay không có tuổi*
妳長髮是飛雲還是溪流	*Mái tóc em đây là mây hay là suối*
妳眼神是暴風雨夜的閃電	*Ánh mắt em nhìn hay chớp lửa đêm giông*
素友 "越南女兒"	*Tố Hữu "Người con gái Việt Nam"*

制蘭園也是通過許多富有概括性的詩歌畫面來結合很多文化基層的詩人：

每個小男孩都夢見鐵馬[17]	*Mỗi chú bé đều nằm mơ ngựa sắt*
每條河都想變成白藤江[18]	*Mỗi con sông đều muốn hóa Bạch Đằng*
制蘭園	*Chế Lan Viên*
"祖國曾經如此美麗嗎？"	*"Tổ quốc có bao giờ đẹp thế này chăng?"*

第三，抗戰詩歌的語調是豪爽、對民族燦爛的將來充滿信心的語調。在創造以及接受抗戰詩歌的環境中，「詩歌是族群召喚的聲音」的意念從未被如此生動地體現過。反美詩歌中的歌頌的靈感、神聖化手法出發於越南是時代的品格、良知的意識。在 1972 年的「空中奠邊府戰役」（trận Điện Biện Phủ trên không）之後，「巴黎協定」(Hiệp định Paris）被簽署，素友以充滿觸感的詩句來體現無窮的興奮：

越南啊！ 從血海中	*Ôi Việt Nam! Từ trong biển máu*
你起身如一位天神！	*Người vươn lên như một thiên thần!*

---

17 譯者註：鐵馬是在越南神話故事《扶董天王》(Thánh Gióng）中主角的坐騎。扶董天王是傳說中領導越南人打敗古代中國的越南神童。請參閱陳玉添著蔣為文編譯 2019《探索越南文化本色》台南:亞細亞國際傳播社。

18 譯者註：白藤江是越南北部的一條河流，越南軍隊曾在此先後分別於 938 年、981 年、1288 年三次擊敗南漢、北宋和蒙古(元朝)軍隊，是越南歷史上很有名的戰場。

是這樣嗎？古早的洪荒	*Thế này chăng? Thuở xưa hoang dã*
英勇的山精戰勝邪惡的水精[19]	*Chàng Sơn Tinh thắng giặc Thủy Tinh*
水漲越高、山隆越高[20]	*Càng dâng nước, càng cao ngọn núi*
長山[21]腳踩著太平洋之浪	*Chân Trường Sơn đạp sóng Thái Bình*
他們想要把我們燒成灰燼	*Chúng muốn đốt ta thành tro bụi*
我們則化成金品良心	*Ta hóa vàng nhân phẩm lương tâm*
素友《越南血與花》	*Tố Hữu "Việt Nam máu và hoa"*

從仰望、陶醉的觀點，以歌頌、讚美自己的祖國和人民的意識，詩歌已成為在解放祖國以及建設社會主義的事業中是群眾一種偉大的鼓舞。詩歌中，個人自我與我們大家融為一體。因此，抗戰詩歌的普及性很深廣。當有音樂家參加時，為其譜曲，詩歌更加廣泛地普遍。抗戰詩人的才華在於他們懂得很巧妙地將社會政治事件抒情化、將日常生活的事件轉化為心靈上的事件。因此，與雄壯語調的同行是深刻的抒情語調。在那裡，詩人們以愛情語言來實現友善、親切的談心。阮科恬（Nguyễn Khoa Điềm）的《渴望道路》（*Mặt đường khát vọng*）（創作於 1971 年，1974 年初版）中的祖國（Đất nước）一章便是這種藝術手法的代表。

有關於抗戰詩歌，除了時代風格共同的特點以外，仍看到值得注意的獨特性。抗法時期的詩歌，由於洪元（Hồng Nguyên）、陳梅寧（Trần Mai Ninh）、阮廷詩等的出現，跟新詩相比，當詩人們懂得將日常生活的語言很巧妙地運用到詩歌中，詩歌中的口語性已更貼近庶民。這是阮廷詩的革新值得注意的階段，雖然他曾被批評是沒有與民眾親近[22]。在

---

[19] 譯者註：山精、水精也是同名《山精與水精》的越南神話故事中的主角。這是一個著名的神話故事。

[20] 譯者註：指山精水精之間的鬥法過程，造成山與水的爭鋒之勢。

[21] 譯者註：是中南半島的主要山脈，亦是越南中部與寮國之間的分界山嶺。

[22] 阮廷詩的無韻詩於 1949 年在越北文藝會議（Hội nghị Văn nghệ Việt Bắc）因難

觀念以及在實踐中，阮廷詩無韻詩有重要兩點：1）詩歌的形象源於日常生活（當然要經過詩人的篩選）; 2）詩歌語言親近日常生活的話語。這是為什麼阮廷詩特別喜歡在一些很平凡，幾乎不能再寫得更新穎的詩句的基礎上創造/再創詩歌語言的原因，例如《想念》(*Nhớ*):「我想妳在每一條我踏過的路、每夜我睡、每口我吃（Anh nhớ em mỗi bước đường anh bước / Mỗi tối anh nằm mỗi miếng anh ăn)」。篩選、壓抑和高度概括的能力已使阮廷詩的詩歌具有能夠滲透和沉澱的能力，其中，有許多才華的詩句：

河內早晨的初寒	*Sáng chớm lạnh trong lòng Hà Nội*
蕭瑟冷風的漫長街道	*Những phố dài xao xác hơi may*
從軍的人一去不回頭	*Người ra đi đầu không ngoảnh lại*
背光的走廊葉子掉滿地	*Sau lưng thềm nắng lá rơi đầy*
阮廷詩《祖國》	*Nguyễn Đình Thi "Đất nước"*

抗法戰爭時期的詩歌也有手法上的岔路，一邊是像正友(Chính Hữu)的《同志》(*Đồng chí*) 式的真實感，另一邊是光勇（Quang Dũng）的《西進》(*Tây Tiến*) 式充滿浪漫味道的詩句。

到了反美時期，詩歌因有很多才華詩人世代的參與而多了年輕、活躍的氣氛。整個三十年的行程，革命詩歌跟隨著素友和制蘭園這兩個扮演領唱的詩人。他們的共同點在於將「政治抒情」提升到頂端，充滿史詩的色彩。不過，每一位詩人的使用手法方式和建構語調大為

懂、不親近於群眾的原因而被批評。放眼一看，在世界範圍內，詩歌有無韻律已成為他們的「古老」故事。然而，在大眾化被提高的背景下，阮廷詩的詩歌不合時宜是可理解的。至今回顧，大眾化的方針，除了當時積極的意義是讓詩歌接近大多數人民之外，但從某一方面來說，其則是阻礙個人創造的意識，甚至，容易造成詩歌與快板之間模糊界線的因素。

不同。素友傾向於民間文學和傳統六八體詩，詩歌氣息自然、通過民族性的連結，具有喚醒人民心裡的能力，例如《越北》(*Việt Bắc*)、《致敬阮攸》(*Kính gửi Cụ Nguyễn Du*) 等這些作品。制蘭園則喜愛智慧的美麗和使用充滿聰明的對立手法製造呼籲、充滿口氣的語調，像是：「紅河啊四千年的歌聲、祖國何時如此美麗呢？(Hỡi sông Hồng tiếng hát bốn nghìn năm / Tổ quốc có bao giờ đẹp thế này chăng?)」。

提到這階段的詩歌生活，不能不提到胡志明的抗戰詩歌以及《獄中日記》(*Nhật ký trong tù*) 的龐大的影響[23]。1960 年，被翻譯成越南語之後，《獄中日記》達到極高數字的出版紀錄。胡志明領袖的「自畫像」不但大受國內民眾歡迎而且還受到許多國外學者很高的評價。胡志明的抗戰詩歌也有很多傑出的詩作例如《元宵》(*Nguyên tiêu*)、《正月的望日》(*Rằm tháng Giêng*)、《夜景》(*Cảnh khuya*) 等等。

雖然筆法和藝術風格較多樣，但是總體來看，1945-1985 年階段的革命詩歌完全處於浪漫、史詩的傾向中。到了 70 年代末至 80 年代初，詩歌有許多關於認識和藝術靈感上的變化。不過，史詩靈感仍像一種慣性的繼續，使詩歌開始有靈感和語調上的分化。這是國家淪為嚴重的經濟通貨膨脹的階段，很多個人已為了謀生使命運變得坎坷，很多誤解已被再認識使詩歌中的隱私世事色彩變成凸顯超過於逐漸黯然的史詩色彩。因此，對於個人有關的問題已成為詩人們經常的焦慮不安。「自首」的語調和思考性質已跟著有關人們價值的輾轉、憂慮以及戰後國家的實況的掙扎出現不少。許多作者淋漓盡致表現了這種心理，例如劉光武 (Lưu Quang Vũ) 的《越南呀》(*Việt Nam ơi*)(1978)、阮仲造 (Nguyễn Trọng Tạo) 的《雜記我活的年代》(*Tản mạn thời tôi sống*)(1981) 或一些阮維 (Nguyễn Duy)、友請、 意兒 (Ý Nhi)、余氏環 (Dư Thị Hoàn)

---

[23] 雖然這是胡志明於八月革命之前創作的詩集，不過要到 1960 年，當被翻譯成越南語時，該詩集才正式地走入讀者的文學生活。

等的詩作。

可以說，二十世紀的 80 年代是詩歌有明顯的轉換語調的時間。制蘭園從「高亢至低音」，青草開始「很冷靜、很清醒」，友請惻隱之心和充滿哲理，阮維（Nguyễn Duy）逐漸走向「民間文學式的平民語調」等等。而通用模式是從「學唱歌」嚮往「學說話」的轉變過程[24]。更重要的是，詩人們開始對必須用自己的聲音說有關生活、人們和歷史有更清楚的意識。

3.2.3.2. 1954 年至 1975 年階段南部都市的詩歌

如上述，為 1954 至 1975 年階段南部都市的文學定名本身至今仍尚未達到統一的共識，在此，我們暫時稱其為南部都市文學，既符合歷史實際又保證名稱的簡要。該文學空間的複雜表現於有很多不同文學類型的存在：受西貢政權贊助的、自由作家的、進步愛國學生和青年知識分子的、在敵人巢穴中活動的革命戰士等的類型。在此，我們只提及有進步、民族內容的文學現象，以及受當時盛行的文學和哲學潮流影響的部分，即存在主義和精神分析學。

這階段的進步、愛國的詩歌部分集合了很多在報紙與文學這兩個領域都很活耀的作者。開始的階段（1954 年-1963 年）有遠芳（Viễn Phương）、何橋（Hà Kiều）、豐山（Phong Sơn）、黎永和（Lê Vĩnh Hòa）、江南（Giang Nam）、墨凱（Mặc Khải）等。後來的階段有陳光隆（Trần Quang Long）、潘維仁（Phan Duy Nhân）、秦淮夜雨（Tần Hoài Dạ Vũ）、陳王山（Trần Vàng Sao）、武桂（Võ Quê）、安詩（Yên Thi）、吳柯（Ngô Kha）、黃甫玉祥（Hoàng Phủ Ngọc Tường）等。在這傾向中的詩歌，兩種突顯靈感的脈絡是公民抒情靈感和英雄浪漫靈感[25]。可以看出，這些

---

[24] 作者補充：這裡是借用制蘭園詩人的表達方式，意思是「從時代的共同聲音到詩人個人的聲音之轉變過程。」

[25] 參考陳友佐，《文學一路程之回顧》（*Nhìn lại một chặng đường văn học*），已引，

靈感跟北部的革命詩歌的靈感很親近。在愛國詩歌中，有些由於自願犧牲精神的美麗而使讀者永遠記得的詩作：

若是鳥，我將做一隻白色的鴿子	*Nếu là chim, tôi sẽ làm loài bồ câu trắng*
若是花，我將做一朵向陽之花	*Nếu là hoa, tôi sẽ làm một đoá hướng dương*
若是雲，我將做一片溫暖的雲彩	*Nếu là mây, tôi sẽ làm một vầng mây ấm*
若是人，我將為故鄉而犧牲	*Nếu là người, tôi sẽ chết cho quê hương*
陳國慶《自願》	*Trần Quốc Khánh "Tự nguyện"*

基本上，在各種公開的講壇，1954-1975 年時期大部分南部都市詩歌和文學是跟隨著西方文化交流的文學部分。很多思想、文化類型具有西方的觀點、價值很洶湧地被引進南部。但是存在主義和精神分析學是留下印象最深刻以及最容易被認同的兩種思想，因為：第一，佛洛伊德（Freud）的思想主張創作中的潛意識啟發已允許詩人更清楚地想像藝術創造機制中自由的問題；第二，存在思想符合在戰爭實際中人們厭倦的心理。除了詩歌之外，許多鄭公山（Trịnh Công Sơn）的歌曲也富含存在主義色彩。二十年南部都市詩歌中最深刻的印記是成立於 1956 年 10 月 的《創造》這雜誌的貢獻，包括當時出名的作者的參與，例如梅草（Mai Thảo）、清心泉（Thanh Tâm Tuyền）、維青（Duy Thanh）、蘇垂安（Tô Thùy Yên）、尹國士（Doãn Quốc Sĩ）、元沙、恭宮沉想（Cung Trầm Tưởng）、楊儼茂（Dương Nghiễm Mậu）等等[26]。《創造》雜誌的藝

頁 83-89。

26 在此，我們不深入地討論政治意識的問題，而主要是瀏覽一些參加、與《創造》這雜誌緊密相連，在其存在過程中的重要作者。1975 年之後，從國外和國內的研究者這兩邊都有許多關於《創造》詩歌改革角色的評價。在國內的話，對《創造》的貢獻的看法愈來愈開朗。在國外的話，一些作者如武片（Võ Phiến）、瑞奎（Thụy Khuê）、阮興國等作者都對《創造》對於越南現代詩歌的成就或局限

術瘋狂野的意識體現於想要超越《新詩》藝術模式的精神，繼續之前《春秋雅集》狂野的精神。說到有關《創造》雜誌中的思想改變的內容，陳青協（Trần Thanh Hiệp）「已將阮春生（Nguyễn Xuân Sanh）置於詩歌圖形的頂端」，為了結合兩種西方正在盛行思想的大脈絡——存在主義與超現實主義。該結合的基礎是懷疑（Hoài nghi）和夢想（Mộng tưởng）。這些主張可以在很多具有前衛精神的詩人的作品中找到。在很多《創造》雜誌的詩人中有兩個代表人物，是清心泉（Thanh Tâm Tuyền）與蘇垂安。清心泉（Thanh Tâm Tuyền）的《我不會再孤獨》（*Tôi không còn cô độc*）在 1956 年由《越南人》（*Người Việt*）出版社出版已引起很多不同的反應。原因是清心泉（Thanh Tâm Tuyền）的詩歌幾乎與傳統詩歌中充滿唯理的表現和押韻做斷絕。清心泉的詩歌又有豐富的存在性質、又受立體繪畫之影響。其跟清心泉的本體相應，是一個結合很多極端和矛盾的實體。眾人記得清心泉的《復活》（*Phục sinh*）詩作因為其在表達中有很多新穎和獨特：

……我渴望殺我	*...tôi thèm giết tôi*
永遠的殺人類	*loài sát nhân muôn đời*
我悽慘吶喊自己的名字	*tôi gào tên tôi thảm thiết*
清心泉	*thanh tâm tuyền*
我掐脖子，我垂死低俯	*bóp cổ tôi chết gục*
為了讓我能復活。	*để tôi được phục sinh.*
清心泉《復活》	*Thanh Tâm Tuyền "Phục sinh"*

與清心泉相比，蘇垂安較簡易，譬如《罪徒》（Tội đồ）：「我帶著灼傷的身軀、穿越整個黃昏不跟誰問候（Tôi mang hình hài những vết bỏng

---

提出了看法。不過，在這些看法之中，仍有一些超出文學的範疇。

/ Đi suốt hoàng hôn không hỏi chào ai)」。但正是這簡易使蘇垂安的詩歌受很多人喜愛。郭話 (Quách Thoại) 詩歌則跟古典詩的味道很接近，譬如《寂寥》(Liêu vắng) :「我一夜未眠、與花月告白、我死後寂寥地躺著、無一個人影走過。(Ta thức một đêm trắng / Tỏ tình với trăng hoa / Ta chết nằm liêu vắng / Không bóng người đi qua)」。

元沙也是南部都市詩歌值得注意的人物。他是書寫很多體裁的作家，但最值得注意的是詩歌以及哲學分析，主要是存在主義哲學。他以已經被譜曲的詩作像《河東絲綢衣》(*Áo lụa Hà Đông*)、《巴黎有什麼新奇嗎？》(*Paris có gì lạ không em?*) 等成名。元沙的詩歌畫面典雅、美麗不過也有時候他以另類的說法、深刻西方的痕跡製造驚奇，例如 1955 年在法國出版的《俄國》(*Nga*) 這詩作：

今天俄國鬱悶得像一隻生病的狗	*Hôm nay Nga buồn như con chó ốm*
像一隻在我手上昏昏欲睡的貓	*Như con mèo ngái ngủ trên tay anh*
不新鮮的魚它雙眼好像開始倦怠	*Đôi mắt cá ươn như sắp sửa se mình*
使我氣憤為何不是海水	*Để anh giận sao chả là nước biển.*
元沙《俄國》	*Nguyên Sa "Nga"*

1962 年以《山雨》(*Mưa nguồn*) 問世，裴降 (Bùi Giáng) 受讀者的歡迎因為其擁有一種戲謔的詩歌語調，一個喜歡將體裁界線弄模糊，超越所有語言的阻礙，儘管他是一個陶醉於六八體詩歌，只崇拜阮攸和輝近的詩人[27]。裴降幾乎是自由遊蕩地走在藝術的夢 - 醒之間以及為自己開發另一片天。他也是怪異的詩人，他有很多搖搖欲墜處在瘋狂與清醒之間的詩句:「我百次在啜泣之中的接受、我夜夜在徬徨與驚惶中、

27 正因為語言和體裁之間的界線模糊而一些研究者認為裴降（Bùi Giáng）是二十世紀越南詩歌中後現代精神的初始源泉。

我願意為了能夠清醒而癡情、我盲目為了如願地愛妳（Tôi chấp thuận trăm lần trong thổn thức / Tôi bàng hoàng hốt hoảng những đêm đêm / Tôi xin chịu cuồng si để sáng suốt / Tôi đui mù để thỏa dạ yêu em）」。

裴降 （Bùi Giáng）的詩歌財產中，《憂愁之眼》（*Mắt buồn*）是一首非常傑出、充滿著存在感的詩作：

給世間留下月留下風	*Bỏ trăng gió lại cho đời*
為與花有約而留下狼藉的海浪	*Bỏ ngang ngửa sóng cho lời hẹn hoa*
留下愛人留下魔鬼的形影	*Bỏ người yêu bỏ bóng ma*
留下天上仙女的容貌	*Bỏ hình hài của tiên nga trên trời*
現在自己面對自己	*Bây giờ riêng đối diện tôi*
剩下雙眼而其一為他人哭泣......	*Còn hai con mắt khóc người một con...*

二十多年來，儘管受很多西方新思想的影響，不過在南部都市許多出色詩人當中，他們還是與民族精神和越南語之美相隨。撇開有關政治的極端偏見，基於文化寬容以及科學的客觀上，就已到需要很合理地肯定 1954-1975 年南部都市詩歌之貢獻的時候了。

3.2.4. 改革時期的越南詩歌

3.2.4.1. 當代精神空間

越南詩歌的發展從改革至今，一方面，繼承之前各階段的詩歌成就，另一方面，是為了相適應與當代精神空間的改革。關於社會精神生態方面，突顯著以下這些問題：

從 1986 年起越南正式進行改革的事業。在第六次大會上，越南共產黨已發佈在友誼和互相尊重的精神上，越南想要跟全世界的國家做朋友的通報。不過，要等到 1995 年，跟隨著網際網路的出現，連接越南與世界的通訊道路才被廣泛地設立。2007 年，越南加入世界貿易組織（WTO），邁入世界軌道的進程更全面地、深廣地被繼續推動。經濟全球化與文化接軌過程被以兩個重要的關鍵詞——「世界是平的」(湯馬斯·佛里曼（Thomas Friedman）和「世界是彎的」大衛·斯米克（David Smick）來表現。這是規定當代藝術論述的歷史背景，確立該階段與之前的文化/文學階段知識標準的差異。

從文化/文學角度來看，國際文化接軌的過程發生了吸收人類文化的精華與發揮民族文化的本色之間的相遇與互動。出版空間也有很多改變。與傳統出版的同時是網路出版、影印等。「邊緣」現象已不是另類的現象。中心與外圍、正統與非正統之間的衝突對於越南詩歌在全球文化不斷地變化的語境下提出很難解的的數學難題。很明顯，現代和後現代各種藝術潮流對越南的文化/文學改革時期的影響已使詩人藝術思維從根本有了改變，從此提出一個關於詩歌的現代性迫切的問題。

在改革時期的越南詩歌中，核心力量是反美時期成長的詩人以及 1975 年之後的詩人世代。大部分從反美時期成名的詩人都在傳統基礎上改革，例如青草、阮維、友請、阮仲造、詩煌、林氏美夜（Lâm Thị Mỹ Dạ）、春瓊（Xuân Quỳnh）、朋越（Bằng Việt）、武群芳（Vũ Quần Phương）、竹聰（Trúc Thông）等。其中，青草是最嚮往現代趨向的詩人，包括一些具有交響結構的史詩。竹聰的現代基於鑽深東方寧靜的氣息。1975 年後的作家隊伍想要提升詩歌中的現性更高一層，然而在他們之中，很多作家仍有留戀著「香火後裔」的意識像意兒、楊喬明(Dương Kiều Minh)、阮良玉（Nguyễn Lương Ngọc）、阮光韶（Nguyễn Quang Thiều）、陳英泰(Trần Anh Thái)、陳光貴(Trần Quang Quý)、雪娥(Tuyết Nga)、印拉薩拉（Inrasara）、梅文奮（Mai Văn Phấn）、張登容（Trương Đăng Dung）等或是生長於 1975 年之後的詩人像薇垂玲(Vi Thùy Linh)、阮眷（Nguyễn Quyến）、鸝黃鸝（Ly Hoàng Ly）等。人文－佳品事件後，詩人的回來也對越南詩歌在改革時期有幫助，使其更加豐富，包括很多值得注意的人物例如陳寅（Trần Dần）、黎達（Lê Đạt）、黃琴（Hoàng Cầm）等。陳寅創作的觀點為「詩與字合一」，將詩歌勞動視為文字勞動。他曾經被稱為「邊緣」詩歌趨向的「黑影的首領」。黎達的詩歌是生成詩歌[28]。他經常以實現簡略/省略方法來加強文字的模糊性。在三位才華的詩人當中，黎達的詩歌觀念是最清楚的。他的《字影》（*Bóng chữ*）是被很多人記得的詩集。黃琴在象徵超現實與京北文化深度之間來回穿梭。他是越南現代詩歌才華最傑出的詩人。各個少數民族的詩歌也有很多值得注意的詩人例如伊芳（Y Phương）、盧銀沈（Lò Ngân Sủn）、楊舜（Dương Thuấn）等。在少數民族的詩人當中，個別有一些已經努力改革以及受後現代精神影響而富湛印拉薩拉（Phú Trạm Inrasara）是作為代表的。在海外越南人的詩歌也開始在民族和合精神上與國內詩歌做結合[29]。每年的越南詩歌日（Ngày thơ Việt Nam[30]）已成為國際和越南詩人、在國內外的越南詩人相見的場域。

社會歷史的條件和民主精神的空間已為改革時期的詩歌提供機 ē-sái 其具有藝術觀念上的深刻改變。改革時期的詩人完全不會被體裁主義或詩作的規範束縛。除了傾向西方現代書寫技術的詩人之外，還有一些擁有返回東方隱喻象徵意識的詩人。不過，改革時期詩歌值得關注的

---

28 意思是詩人試圖安排詞語、詩句的結構使其變得新奇，不遵守常規邏輯讓詩句、詩作展現新的意義。本質上，這是根據羅曼·雅各布森（Roman Jakobson）在討論詩歌的語言時所談到的「陌生化」的精神來安排和組織語言的一種藝術。

29 這可以從一些居住在國外有書在國內出版的越南詩人、作者例如阮夢覺（Nguyễn Mộng Giác）、游子黎（Du Tử Lê）等看出來。一些小論文也出現在越南改革時期，其中值得注意的是阮德松（Nguyễn Đức Tùng） 的《詩從何方來》（*Thơ đến từ đâu*），勞動出版社，2009 年 還是鄧進（Đặng Tiến） 的《詩—詩作與肖像》（*Thơ thi pháp & chân dung*），婦女出版社，2009 年等。由於本書的範圍與篇幅，我們尚未有深度討論到在海外越南人文學的部分的機會。

30 譯者註：越南詩歌日（Ngày thơ Việt Nam）是一個榮譽越南詩歌成就的節日，每年在農曆正月十五舉行。台文筆會曾多次帶領台灣作家親臨與會並吟台語詩以做交流。

藝術成功則是東西方文化協調地結合的詩作。當代詩歌中的個人自我不再是新詩時期的個人自我或 1945-1985 年革命詩歌的公民/戰士抒情的個人自我而是心理複合本體的個人自我。潛意識的深度和心靈的深度得到詩人們的關心體現。這也是為什麼在富有革新性的作家來說，手法和藝術語言的改革正是開發潛在個人自我形式的原因。對他們而言，目的地不比途徑來得重要。「路途」與「過程」因此成為改革時期很多詩人的藝術認識。

3.2.4.2. 創作傾向的多樣化

討論有關於改革時期的越南詩歌是說到創作傾向、風格、語調的多樣化[31]。總體來說，這多樣化源於的基本改革這三方向：在傳統基礎上、跟隨著西方現代技術以及這兩方向融合的改革。追隨西方現代詩技術的方向是喜歡冒險、想要徹底改革的作家的趨向。不過，這趨向也很容易走上極端之路，甚至容易造成讀者的衝擊。在傳統基礎上改革的趨向容易被接受因為在這裡，跟改革的同時是新與舊、現代與傳統之間的和解。在此，我們只提及到越南當代詩歌中的一些現代意識和後現代癡迷、印象深刻的代表趨向罷了。

---

[31] 1975 年後越南詩歌各傾向的分類至今仍尚未有共識。這也證明這階段的詩歌實踐創作尚有結束的性質。我們已曾提及這問題在小論文《從全景的視角看 1975 年後越南的詩歌》(Thơ Việt Nam sau 1975 từ cái nhìn toàn cảnh)，《文學研究》雜誌(Tạp chí Nghiên cứu Văn học)，2006/11 號，再版和補充在《越南詩歌進程與現象》(Thơ Việt Nam tiến trình và hiện tượng)中，文學出版社，2014 年。關於當代詩歌傾向，可以參考：黎劉鶯(Lê Lưu Oanh)的《1975 年-1990 年越南抒情詩》(Thơ trữ tình Việt Nam 1975-19 90)，國家大學出版社，1998 年；范國歌(Phạm Quốc Ca)的《1975 年-2000 年越南詩歌的些許問題》(Mấy vấn đề về thơ Việt Nam 1975 - 2000)，作家協會出版社，2003 年；鄧秋水(Đặng Thu Thủy)的《從 80 年代至今越南抒情詩的基本改變》(Thơ trữ tình Việt nam từ giữa thập kỷ 80 đến nay, những đổi mới cơ bản)，師範大學出版社，2011 年；阮柏誠(Nguyễn Bá Thành)的《越南現代詩的思維教材》(Giáo trình tư duy thơ Việt Nam hiện đại)，國家大學出版社，2012 年以及《1945 年-1975 年越南詩歌全景》(Toàn cảnh thơ Việt Nam 1945-1975)，河內國家大學出版社，2015 年等等。

返回於本體個人自我和存在（主義）的探索

這是當代詩歌中較為突出的趨向。現代的社會歷史條件、許多價值觀的瓦解以及現代思想潮流的影響已經使現代時期中具有不安的個人自我的追問出現。我是誰、我從何處來、哪裡是進步、哪裡是反進步、虛渺的人生、無道理的世間等，這些在作者的創作中反覆來回的問句。存在主義原本在二十世紀初出現於歐洲，曾經深刻地影響到 1954-1975 年南部都市詩歌和文學現在又回來在當代詩歌的情感意識中不過已帶有不同的色彩。對人生的虛渺、短暫、本體的孤單、對於現狀生活中有太多無道理的失望的所有思考是該趨向的主音。這可以在黃興（Hoàng Hưng）、林氏美夜、張登容(Trương Đăng Dung、裴金英(Bùi Kim Anh)、范氏玉蓮（Phạm Thị Ngọc Liên）、段氏嵐戀（Đoàn Thị Lam Luyến）等的詩歌中看得很清楚。張登容（Trương Đăng Dung）的《想像的紀念》（*Những kỷ niệm tưởng tượng*）是充滿忐忑不安的存在的詩集。所有不安、孤單的背後是一個對社會實際懷疑的看法。在此，懷疑需要被了解像現代、後現代文化的狀態，不安的表現存在於現代個人自我的本體而不見得是具有一般否定意義的懷疑的看法。

現代和後現代的「瘋狂」

這也是在詩歌改革中能夠吸引很多先鋒作家的趨向。該趨向提高創作中的潛意識的角色、進一步探索富有超現實象徵性質的心靈幽暗之處。

努力加深隱藏的個人自我，詩人們集中於了解個人自我結構跟其自己之間的關係。在此，充滿超現實色彩的「心理自動」性和藝術情感意識中的「不理性」被強調。想要這樣，依據鄧廷興（Đặng Đình Hưng）的說法，詩人需要「融入 - 看見」。在這種狀況下，詩歌是內心世界的內心形影，是反抗詩歌中原有的規則的意識，是藝術中唯理思維存在的拒絕。實質上，走向該趨向的作家想要向人類介紹心靈人們的面貌。該趨向可以在黃興（Hoàng Hưng）的「閃現」詩或一些黃琴、黎達、楊祥（Dương

Tường）等的詩作中看得到。當然，並非主張應該深入人們心靈和提高自動寫詩方式的詩人都像有些人批評的那樣將詩歌語言離開實用範疇，都是「不理性」或「閉塞」的。他們有一些詩句很出色，但若推過頭的話，該趨向容易掉到閉塞困境，像之前的《春秋雅集》曾經遇過一次。當然，在歷史觀點上，這是需要尊重的革新因為有些極端總比說一些大家都知道的「差不多」、「普通」，但是無意義、乏味的來得有意義。在最近的十年來，新形式也被一些詩人響應。本質上，新形式想要製造出詩作上的突破，其為了表達多層面的感情，以及在將熟悉的傳統結構瓦解後的基礎上創造新事物。

3.2.4.3. 體裁方面的變革

1986 年後當代詩歌的轉動，在體裁方面上，可以透過以下三個主要的方向看出：

傳統詩歌體裁結構的鬆綁

雖然自由詩和散文詩是兩種當代詩歌生活中佔優勢的詩歌體裁，但是實際上，傳統詩歌的體裁例如六八體詩、五言詩、七言詩仍存在著。甚至曾經有很多詩人參與的六八體詩競賽[32]。然而，跟之前相比，上述詩歌的體裁已沒有「原味」而是內部結構已有巨大的改變。1986 年後，「口語」性質被進一步加強以及依賴節奏比韻詩還要多，詩歌的語調更硬漢，詩歌的聯想較少遵守因果關係了。至於六八體詩，已經有很多努力對文本布置的革新（其中的代表是梯子形式的換行的六八體詩以及行距中的斷句的現象已變成普遍）。許多六八體詩的文本遵守於自由詩類型的布置。一些新形式或視覺詩的試驗已經被很多作家使用[33]。這些試

---

[32] Website lucbat.com 在戊子年（2008） 8 月 6 日開幕已經吸引到數萬印刷品。該網站 web 的目的，依鄧王興（Đặng Vương Hưng）的說法，是想要榮譽六八詩為國詩而進一步，想要六八詩成為人類非物質文化遺產。

[33] 新形式（New formalism poety）在二十世紀的 80 年代中期出現於美國，盛行於 90 年代且對越南產生影響於二十一世紀初。有一些值得注意的成就，例如：契

驗的成就與限制到何程度是需要繼續研究的問題，不過很清楚地，上述的努力實際上是詩歌審美空間建造的努力，目的於超越體裁固有的穩定。

散文詩和自由詩

毋庸置疑，詩歌中的現代性與散文詩和自由詩跟其他詩體相比具有壓倒性的存在相關聯。這出發自三個根本的原因：1）這是一些詩歌的種類允許詩人更自由地展開個人的複合的感觸；2）體裁交叉的體現，其中最值得一提的是散文性質對詩歌之影響；3）嚮往散文詩和自由詩使詩歌的語調已經不像之前那麼柔軟、光滑而變成較粗糙，詩歌的節奏帶有更多的出乎意料。自由詩使詩人們有能力創造出一些大膽改變、帶給讀者印象的結構。

在現在的時代，當敘事形式，尤其是小說正在以文學舞台上的主角出現，那麼散文性質影響詩歌是容易理解的問題。但是為了不會被溶化，詩歌一方面想辦法保留組成體裁結構的核心因素，一方面為了適應於新文化的環境與條件而擴大自己。在散文詩和自由詩中，詩人們仍堅持保持隱喻性（在一些能夠引出不同層次的意義之表象是最清楚的），同時很靈活地組織詩的節奏。很多讀者肯定：現在的詩比前階段的難記、難背。這是一個事實。其證明詩歌思維中很清楚的運動。以前，詩人們主要集中於建立印象深刻的詩句，詩歌的結構主要圍繞著構思藝術和用詞藝術，建設音樂性為了創造魅力或使詩歌容易吸引、催眠讀者。現在，詩人們又集中於整體結構雜誌，建設一系列表象而

淵（Khế Iêm）的《新形式，四曲和其他小論文》（*Tân hình thức, Tứ khúc và những tiểu luận khác*），新文學，花旗美國，2003 年，《其他詩歌》（*Other Poety- Thơ khác*），新形式出版社，花旗美國，2011 年；Inrasara 的《 四十年才說的故事與十八首新形式的詩作》（Inrasara: *Chuyện 40 năm mới kể và 18 bài thơ tân hình thức*），作家協會出版社，2006 年；《無押韻的舞步、四曲與其他小論文》（*Vũ điệu không vần, Tứ khúc và những tiểu luận khác*），文學出版社，2011 年；很多作者共同著作：《越南新形式接受與創造》（*Tân hình thức Việt tiếp nhận và sáng tạo*），順化出版社，2014 年等等。

這些表象有時用一般的感受會不容易看出。其要求接受者既富有體驗又有接受詩歌中對非邏輯、無法解釋的認識之能力。1975 年後的詩歌，尤其是 1986 年許多方向的運動但是加深心靈本體的主張是一種被很多人追尋的方向。

在此，有時候，詩人不出面解釋說明而讓讀者自己探索在一些彷彿之間沒有任何關係的說法背後的秘密，詩作結構乍看很鬆散但其實很堅固。然而，從革新意識到創作出具有高度結成精華意義的作品是一條漫長的路程。

史詩的綻放

關於體裁方面，經過一些巨大的史詩大作，史詩已出現很悠久了。在越南現代文學中，史詩也被春妙使用於當八月革命成功之後的《國旗》(*Ngọn Quốc kỳ*) 和《山河會議》(*Hội nghị non sông*) 這兩作品。雖然之後春妙本身也對這類體裁沒太多好感。關於現代史詩方面，研究者他們經常注意到反美時期出現的史詩，其中秋盆 (Thu Bồn) 的作品《Chơrao 鳥之歌曲》(*Bài ca chim Chơrao*) 被視為開創者。當戰爭結束時，寫史詩的需求出現於很多詩人。這沒什麼奇怪。第一，史詩的長度允許詩人有描寫、再現廣大的現實的條件。第二，史詩本身常容納清楚的敘事因素，通過在生活發生的事件、事故來表達詩人對民族、人們的反思。第三，史詩中，詩人們有篇幅可以同時使用很多不同的詩體表達情感的各種曲線，創造詩歌的節奏與音響。二十世紀末，史詩體裁的綻放證明該體裁仍有豐富的潛能，雖然一些作者已經有重複前人的現象。與 1945-1985 年階段的史詩相比，當代史詩結構中最重要的改變是在於藝術結構中的中心轉移。若前階段的史詩常在具有時事性的事件上建設結構的話，那麼後階段的史詩則在人們心靈中的動盪事件上建設結構。因此，當代詩歌中的史詩，表面結構較「鬆散」，片段組織中較複合。

3.2.4.4. 詩歌中的新語言的轉動

當代詩歌語言最突顯的是像 1945-1985 年一樣脫離了抒情豪雨。因此，詩歌語言的清楚與潔白性有時為了製造詩歌的多義性的目的而被故意淡化。正是藝術思維的多樣化以及語調的豐富已使詩歌語言在表面以及深度方面上都有分化與分級：除了跟日常生活很親近的語言之外，是一種模糊、充滿象徵、超現實性質的語言；除了平易的語言之外，是一種故意拼湊的語言以造成陌生化的詩歌文本等。不過，總體而言，可以看出以下幾種突顯類型的語言：

豐富日常生活色彩的語言

與日常生活緊密相連，不少詩人有將日常生活語言帶入詩歌的意識。很多詩人喜歡使用民間的說話方式，使詩歌既可以使讀者印象深刻又可以造成詩歌中的笑聲。古早傳統的越南詩歌偏於太嚴肅和充滿教化的意味所以造成讀者興趣缺缺。但「江湖味」的說話方式已使詩歌變成更「調皮」且也更親近於讀者。這趨向的代表人物是阮維（Nguyễn Duy），譬如《忌諱》(*Kiêng*)：「停醉是停蹣跚貌、停住一個影正是自己的形、凡塵少些亮麗、妳們少些漂漂亮亮。(Tạnh men là tạnh la đà/ Tạnh cơn một bóng ảo ra chính hình/ Phàm trần bớt chút lung linh/ Các em bớt xỉnh xình xinh mấy phần)」。另外一位作家也將江湖味道帶入詩歌，且擁有自己讀者數量的是裴志榮（Bùi Chí Vinh）。裴志榮的詩很少顧忌卻大膽狂妄：

在小店裡喝咖啡	*Uống cà phê trong quán cóc*
抬起頭　往外看	*Ngẩng đầu lên và ngó ra đường*
妳們比以前太失節	*Các em thất tiết nhiều hơn trước*
每一個胸部也都染風霜。	*Bộ ngực nào cũng nhuốm phong sương.*
裴志榮《難過啊》	*Bùi Chí Vinh "Buồn gì đâu"*

詩歌中日常生活的色彩已幫助其成為更人性、更親近生活。不過，這方向容易「失足」走向快板。不少人認為，將詩歌語言太接近人間笑聲和日常生活的語言這問題將會減少詩歌的藝術性。這擔憂不是沒有道理。詩歌運用日常生活的說話方式，增加詩歌中的諷刺性是民主生活的一個需求，不過若太過於濫用的話，詩歌就成為隨便以及返回單義性，而詩歌語言的本質原是多義性和模糊。

富有象徵的語言

這是常見於有意向革新、現代詩歌的詩人的語言類型，而代表的是黎達、阮光韶等。黎達主張在重組語言的基礎上，創造語言的新意義¯生成語義，以增加語言的表達性而且逼讀者需要有一個「新耳朵」來解讀詩。象徵語言使詩歌的意義變成模糊，詩歌的形象寬度被增進。語言中的陌生化的變成明顯。如果之前，為了實踐一種比較的話，詩人們常常使用比較的詞語，當代詩則幾乎放棄這類詞語來增加語言的模糊度。當然，不是等到 1986 年之後的詩歌，充滿象徵性的詩歌語言才出現。在《新詩》時期，這種語言已在詩歌中出現了，例如 春妙的《月琴》、碧溪的《音樂》(Nhạc)、段富賜 (Đoàn Phú Tứ) 的《時間的顏色》(Màu thời gian) 等。問題在於，1986 年之後的詩歌中充滿象徵性的語言帶有另一種文化行程的心態：工業和後工業文化。

詩歌中語義的「遊戲」

當詩歌藝術中語言的角色被更多的注意的時候，當然會出現各種不同的觀念。有人認為文學是一種遊戲，有人肯定詩歌是一種武器，又有人認為詩歌是最隱私地表達個人的心裡狀態等。在此，我們只提及到很多作家有意識地安排語音像一種遊戲的現象[34]。值得一提的是對他們來

[34] 遊戲理論最近已開始被介紹在越南。該理論的精神具有明顯的後現代精神。其在很多著名學者的科學研究工程被提出例如約翰·赫伊津哈(J.Huizinga)、路德維希·

說，這些遊戲需要被理解像一種表達世界的形式，主體對人生、對藝術的觀念。放眼看去，語言遊戲對人類的詩歌並不陌生。在十九世紀末二十世紀初，我們可以看到阿波利奈爾(Apolinaire)的視覺詩類型或者歐洲詩歌中各種安排聲音、形狀獨特的類型。然而很清楚地在越南，以聲調、語言、文本結構作為一種「說話方式」的詩歌類型的出現已對造成欣賞中的趣味以及藝術接受的廣泛有了貢獻。一些作家例如黃興 (Hoàng Hưng)、鄧廷興(Đặng Đình Hưng)、黎達(Lê Đạt)、楊祥(Dương Tường)等都是有很多音/義這種遊戲雜誌的代表詩作的作家。對他們而言，詩歌必須被感受勝於理解。這詩歌類型很少被喜歡穩定的大多數認同，卻得到嚮往革新趨向的讀者分享共讀。

詩歌中的「肢體」語言

如果《新詩》和 1975 年之後的詩歌中對性慾因素的描述被視為對禁忌解放的開放訊號的話，那麼二十世紀末二十一世紀初的期間，性慾的描述被推到很多人將其看成是「詩歌生育化」的過程。許多作家不但說到肢體的各部分而且還很「生動」地描繪性交行為像《開口》(Mở miệng) 或《西貢天馬 (Ngựa trời Sài Gòn)》的〈非天氣預告〉(*Dự báo phi thời tiết*) 這些組合的詩歌。這事實使研究者在於定名時出現了猶豫。這也是使讀者深刻地分化的詩歌類型，其中反對的佔大多數。該反應有道理在於，若認為詩歌主要只是描寫性慾的，將性看成一個為了解放精神最高形式以及證明藝術中的現代性的方面那是不妥當的。連弗洛伊德 (Freud) 的學說從問世到現在也已經有很多改變和他的三層心理結構在人本精神的光環下也被深度地觀察了解。因此，若很合理地寫有

維根斯坦 (L.Wittgenstein)、讓-弗朗索瓦·李歐塔 (J.F.Lyotard) 等。「玩」、「遊戲」、「玩意」等這些概念在很多不同的領域像數學、經濟學、文化學、文學等被使用。文學中的遊戲理論被很仔細地討論在陳玉孝 (Trần Ngọc Hiếu) 的博士論文，2012 年在河內師範大學發表。然而，在越南，至今對「遊戲理論」的理解方式仍很多的不同。

關性和一些性慾的問題將會造成審美的快感(性本身也被視為是在後工業生活中有效果的舒緩壓力的形式)不過如果太過頭的話,一定會淪於遭受反感。然而,也不要急忙著貼標籤若作家藉於性主題描述文化內涵方面或者將性作為一種健康的解放自我。可惜的是這種肢體語言正在被濫用和被誤會,認為其是先鋒主義的藝術。連現在的中國,這種肢體語言也不再像往前十年那麼受歡迎[35]。這是值得「先鋒者」包括我們的詩人深思的狀況,從而當書寫有關性時,能富有藝術性、人文性的表達方式以及有效地使用肢體語言。

總而言之,在過去的三十年,從《改革》(1986年)開始,越南詩歌已經在現代化道路上行走了一段很長的路程,在全球化紀元中與人類詩歌接軌。然而,詩歌正在愈來愈少人閱讀。這問題首先是由於時勢:資訊科技和視聽工具的擴展使閱讀文化被縮小、散文在文學生活中成為主導的藝術類型等。不過也許更重要的原因在於:詩歌正在於數量方面爆發但是品質上卻下降,而在藝術的領域上,每一個時代文學的興衰又依賴於品質。讓詩歌可以回來新鮮又有魅力的狀態,最需要的是,最多解放詩人的創造力,建立一個健康社會的精神生態,使詩歌成為人類在宇宙、萬物以及自己面前最天然、純真的聲音。

---

[35] 在二十世紀的80年代,當代中國文學出現很多密集性要素的文學作品,像衛慧(Vệ Tuệ)、九丹(Cửu Đan)等的創作。另類(另一樣式、另一種類)的文學潮流想要擺脫傳統文學的熟悉,邁入年輕一代關心像愛情、性慾、鴉片等的主題,最近在中國也不像以前發起廣泛地討論了。

◆ 問題討論

1. 越南現代詩歌中的文化交流與體系的轉換步驟。
2. 《新詩》的藝術詩作之特徵。
3. 1945 年至 1985 年階段詩歌的成就與限制。
4. 1954 年至 1975 年南部都市詩歌中的存在感識。
5. 從 1986 年至今越南詩歌中的根本改革。
6. 越南當代詩歌中後現代的印記。

第四章

越南現代文學批評理論

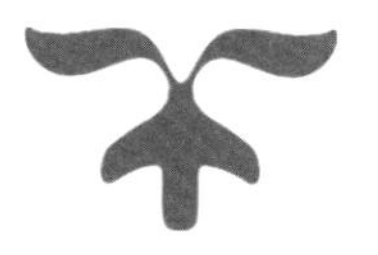

第四章　越南現代文學批評理論

4.1. 批評理論作為現代文學的自我意識

4.1.1. 世界文學批評理論思維中的改變

有創作必有批評，再來是理論。這是文學課程/體裁的開始行程。意思是做為文學接受的一種型態，文學批評活動已出現很久了。然而，如果在其他國家，批評理論很早就出現以及有很多出色的成就，像亞里士多德的《詩學》（*Thi học*）或劉勰的《文心雕龍》的話，那麼越南文學批評理論則很晚才問世。因受中華文學和美學影響，越南中世紀文學裡的文學批評理論活動幾乎不存在。古早時代越南先人尚未有龐大的批評理論研究工程，通常文學批評只以序言、跋文等形式呈現；理論方面則頂多模仿以及再講解一些中國詩學的原則。文學批評的撰寫形式通常很簡要，其方式像是寄託、與知音對話而已。換言之，越南並沒有關於批評理論的主流傳統。若對過去的「遺產搜尋」，批評理論工程的數量確實是很稀少。直到二十世紀越南現代文學的出現，越南的文學批評理論也才隨之出現。

總體來說，世界文學批評理論已經過三種體系：前現代 - 現代 - 後現代。從十九世紀往前屬於前現代批評理論的範疇。其中心在於總結、為創作提出詩學的原則。因此，前現代批評理論的基本關心是對創造主體相關的問題[1]。二十世紀初到 60 年代是現代批評理論的時期包括俄羅斯的形式主義（chủ nghĩa Hình thức Nga），再來是新批評（Phê bình Mới）

---

[1] 很多人仍保留批評理論是創作的寄生的習慣看法。依阮興國的想法，這於實踐文學中不見得正確，特別是傳統文學。在傳統文學中，理論是建立詩學的原則，而作者們有責任在創作時遵循這些原則。到了後期，批評理論對創作的定向角色結束。現今，批評理論被視為是文學創作的同路人。

和結構主義的存在。現代文學批評理論的重心是文本。俄羅斯的形式主義學派的核心概念（存在於二十世紀的 20 年代）是「陌生化」、「文學藝術作為一種手法」，其主要的問題是：已造成文學藝術文本中的文學性是什麼？二十年後，以英、美的新批評，對文本的關心已被推到更高的程度。與結構主義，文學批評集中於文本內在的各種關係。從 60 年代末期開始，跟隨著接受美學，批評理論將重心轉移至讀者。真理不在於文本而在於讀者[2]。這正是後現代文學批評理論階段的開始。

世界文學批評理論生活中的運作已得到文學研究者和譯者們的關心。雖然，世界理論的介紹與研究尚未同步和有系統，但這是越南文學研究界值得珍惜的努力。很多理論研究已被介紹與翻譯例如詩法學(thi pháp học)、精神分析學、結構 - 符號學、接受美學、女權論、文化學、後殖民、生態批評或者後現代、現代主義的思想等等。依「縮短」和「追上」的方針，所有這些都對過去一個世紀越南文學批評理論的發展產生了影響。(杜萊翠)

4.1.2. 越南現代文學批評理論的出現

身為一個沒有理論傳統的國家像越南，要等到現代文學範疇被確立的時候，那時文學批評理論部門才真正地出現[3]。在越南中世紀文學中，

---

2 接受美學的誕生與屬於康士坦茨（Konstanz）學派（德意志聯邦共和國）的漢斯·羅伯特·姚斯（Hans Robert Jauss）和沃爾夫岡·伊瑟爾（Wolfgang Iser）的聲譽有關。另外，於 1968 年，法國著名文學理論家--羅蘭·巴特（Roland Barthes）（1915-1980）公布《作者已死》（*Cái chết của tác giả*）小論，且早在那兩年前，於 1966 年，茱莉亞·克莉斯蒂娃（Julia Kristeva）在其的《詞語、對話與小說》（*Từ, đối thoại và tiểu thuyết*）研究工程中提出互文性的概念。這是很重要的訊號，預告著世界理論思維中的新轉捩點。在越南改革時期文學批評理論生活中，該接受理論受到許多研究者例如黃雲（Huỳnh Vân）、陳廷史、芳榴（Phương Lựu）、劉文俸（ Lưu Văn Bổng）、阮文民（ Nguyễn Văn Dân）等關注並在張登容（Trương Đăng Dung）的研究工程中得到了最充分的介紹。請參考：《從文本到作品》（*Từ văn bản đến tác phẩm*），社會科學出版社，1998 年；《文學作品像是一個過程》（*Tác phẩm văn học như là quá trình*），社會科學出版社，2004 年等。

3 根據陳廷史，越南文學批評理論的誕生跟隨著這些條件：1） 現代民族的形成

文學批評理論只出現於序言、跋文等而尚未有系統學術性的研究工程。雖然，尚未形成真正的文學理論，但是先人對文學的功能、特徵、本質等的「評論」可證明對學術、文學的自覺意識愈來愈被注意。[4]

總體來看，二十世紀越南的批評理論之發展各個途徑是為了追上世界文學理論發展的步調的衝刺。因此，文學本身是對自己的自我意識的資格，越南文學批評理論與整個二十世紀發生的三次文化交流以及實踐創造的發展階段有關。可以將越南文學批評理論分成以下的階段：

- 從 1900 年至 1932 年：形成階段。
- 從 1932 年至 1945 年：完善現代批評理論基礎。這是西方文學批評理論的思想強烈地影響到越南並開始形成各個傾向的階段。
- 從 1945 至 1985 年：文學批評理論在文化交流中有兩派。這時期文學批評理論受不同文化、政治空間的規定以及越南南、北兩地文學批評理論中的學術思想的不同，甚至激烈地對立。
- 從 1986 年至今：全球文化交流中的批評理論[5]。從此，後現代、現代的文學藝術對越南文學批評理論的影響非常明顯。因此，文學批評理論的思維也進行了從現代至後現代的體系轉變階段。

以上的分期一邊基於歷史的進程，一邊基於文化模式的改變。1975

和強烈的民族文學以及民族傳統的意識；2） 在長久保衛國家的戰爭中，戰爭時期心理的影響；3） 二十世紀是意識形態方面激烈鬥爭的世紀；4） 與世界文化接觸、交流；5） 報紙以及出版社的角色。請參考：《二十世紀越南文學》（*Văn học Việt Nam thế kỷ XX*），已引，頁 668-674。

[4] 請參考：阮明晉（Nguyễn Minh Tấn）主編的《遺產中尋找》（*Tìm trong di sản*），新作品出版社，河內，1987 年。

[5] 這分類法被陳廷史在《二十世紀越南文學》中的「二十世紀越南文學批評理論」（Lý luận, phê bình văn học Việt Nam thế kỷ XX）書寫部分實現，已引。鄭柏珽（Trịnh Bá Đĩnh）他們分類更簡要：1900 年至 1945 年； 1945 年至 1985 年；1986 年至今(《越南文學批評理論歷史》(*Lịch sử lý luận, phê bình văn học Việt Nam*)，社會科學出版社，2013 年)。基本上，我們同意於上述兩種分類類，不過較偏於陳廷史的分類法，因為實質上，世紀初期的 30 年，舊的模式仍然佔優勢。這是為什麼將 1975 年之前分成兩個小階段：1900 年至 1932 年和 1932 年至 1945 年的原因。

年後越南人在海外的批評理論這部分只剛被提到像其存在的意識而尚未有機會在此書中仔細地討論。

4.2. 二十世紀越南文學批評理論的演變過程

4.2.1. 二十世紀初期的前 30 年

4.2.1.1. 關於文學的觀念

二十世紀初與西方文化的交流已促進文學評價、認識中的科學精神的出現以及其本身的發展和生存規律。因此，現代的文學批評理論開始萌芽和發展。這些研究工程，一開始，主要出現於報紙上並透過爭論活動，後來，逐漸形成較龐大的學術研究工程。

總體來看，這階段的文學批評理論的研究工程仍處於傳統文學觀念。作家們、研究者常常提到兩種文學就是有益文學和消遣文學[6]。潘佩珠仍保持：「立身最下是文章(Lập thân tối hạ thị văn chương)」的觀念。意思是文人需遵守順序：在立德、立功才輪到立言（寫文章）。其實，潘佩珠跟其同時代的革命志士例如潘周楨、黃叔沆、吳德繼(Ngô Đức Kế)等的觀念很接近於阮文超 (Nguyễn Văn Siêu) 的「有益文學」觀念，認為文學最高的任務是關心愛國精神、視文學文學藝術與民族國家運氣有關。因此，他們的觀念中，常說到「氣」這個字。對這問題，陳廷史研究者解釋：「氣這裡可了解為不但是宇宙的浩氣而主要是民氣、士氣、正氣。文學若提高氣的話，那麼意思是在被奴役的社會中有提升人們的精神、氣質並自然有積極的意思的功能[7]。」該文學藝術觀念相應於世

---

[6] 這兩種文學的分別已存在很久，阮文超（1799 - 1872）是直接提及到的人當他寫道：文學「有的值得崇拜。有的不值得崇拜。不值得崇拜是只專注於文學的種類。值得崇拜是專注於人類的種類。」轉引《遺產中尋找》(*Tìm trong di sản*)，阮明晉 （主編），新作品出版社，1981 年，頁 125。

[7] 陳廷史，《二十世紀越南文學》(*Văn học Việt Nam thế kỷ XX*) 中的「二十世紀越南文學批評理論」(Lý luận, phê bình văn học Việt Nam thế kỷ XX)，已引，頁 680。

紀初革命志士的創作。然而，正在世紀初的時候，有一個很重要的轉變：儘管提高文學對社會的作用與角色，不過志士們都強調目的是為了民族、為革命事業呼籲和叫醒人心而不像中世紀文學只停留在「文以載道」的。很多作家和文化家的作品中已萌芽二十世紀初期階段越南現代文學中對民族論述的思想。

一些其他作家和研究者又將文學視為一種高雅精神的活動。在《越漢文考》(*Việt Hán văn khảo*) 的開頭，潘繼炳的觀念已很清楚地體現他偏向傳統的態度：「文是什麼？文是美麗。章是什麼？章是陽光。人們的言語，亮麗閃光，像是有光芒，漂亮，所以叫作文章。人們誰沒有性情、沒有思想。將這些性情、思想表達成語言、話句，描寫成片段，稱為文章[8]。」如此，潘繼炳視文學為一種高雅的精神活動、精神的寄託。《江山之誓》(*Thề non nước*) 的作者傘沱則清楚地將文學視為偏於「玩耍」的活動。傘沱雖然不否認文章的社會功能，但在《文章事業》(*Sự nghiệp văn chương*) 中，他寫道「文章只仍是文章，如果對社會有益那更好，如果對誰都沒有益的話，那像一把劍、一副琴弓、像對知己寄託自己的心事也無妨。」

一些作家例如武廉山 (Võ Liêm Sơn)、黃績朱 (Hoàng Tích Chu)、范瓊等開始像西方的方式一樣對現代文提出問題。1919 年范瓊公布《小說研究》(*Khảo về tiểu thuyết*)，到了 20 年代時間潘魁開始在新的精神上討論有關文學藝術和社會問題。與其同時，《東洋雜誌》(1913-1919)，《南風雜誌》(1917-1934) 和一系列翻譯工程在這階段出現已逐漸地使文學觀念改變，轉向西方現代文學的觀念。因此，在文學的觀念中，科學精神愈來愈清楚、明顯。

---

[8] 潘繼炳，《越漢文考》(*Việt Hán văn khảo*)，墨林出版社，西貢，1970 年。

4.2.1.2. 尋根過去與新文化傳播同步

法國殖民者的西方文化壓制以及軍事上的侵略對於越南文化在某方面來說又有如民族意識覺醒的契機。這是為何出現一些批評家、作家再尋找東方和民族文化現象的原因。很多中國古典文學作品已經被翻譯並出版。其實，二十世紀初期的翻譯除了文化介紹之外，還擔任一個重要的任務就是普及國語字（越南羅馬字[9]）。幸好有了國語字，之前因為不會讀漢字的一般讀者可以認識到許多著名的作品。正是復活過去遺產的活動已成為增強對體裁、語言、文學批評意識的方式。在這種共同的意識下，很多考究工程出現，雖然不是很新穎，但是已對文學批評理論課程問世有所啟發。這些工程可以先在報紙上刊登，後來被集合起來像潘魁的《章民詩話》（*Chương Dân thi thoại*），也可以很講究地編撰像潘繼炳的《越漢文考》（1918）、何玉錦（Hà Ngọc Cẩn）的《安南詩賦文學》（*Văn chương thi phú An Nam*）（1923）、黎成意（Lê Thành Ý）的《越文合選講義》（*Việt văn hợp tuyển giảng nghĩa*）（1925）、楊廣涵的《國文摘艷》（*Quốc văn trích diễm*）（1925）、阮文玉的《南詩合選》（*Nam thi hợp tuyển*）（1927）、黎鵲（Lê Thước）的《威遠相公的詩文與事業》（*Sự nghiệp và thi văn của Uy viễn tướng công*）（1928）、陳忠袁（Trần Trung Viên）的《文壇寶鑑》（*Văn đàn bảo giám*）（1928）、裴杞（Bùi Kỷ）的《國文具體》（*Quốc văn cụ thể*）（1932）等等。依賴這些工程，讀者對過去的遺產更了解，對古文的詩法、詩律更詳細。也要適當地注意到平民文化、民間文化與文學的工程以作為在西方與中國文化相關中對民族性/身分的意識。正是民族意識，在文化平面上，包括文學、民族學、地緣文化、地緣歷史的意識已經是在後來的道路民族論述的萌芽。[10]

---

[9] 如上所述，不排除國語字的普及是包含在殖民政府的意圖中。然而，值得一提的是，由於具有不可否認的優勢，國語字已經對民眾民智的提升有了重要的貢獻。以及如果缺少國語字的角色的話現代文學就不可能迅速的發展。

[10] 可惜的是到目前為止，由於認識方面的侷限，在這時期的一些代表的作者同時，

除了追溯古典傾向以外，還有西方思想普遍的傾向。該傾向主要跟隨著識時務的知識分子或具有豐富西學知識的人士。識時務的知識分子經常翻譯與傳播新書；豐富西學知識的人士則直接從法語翻譯、介紹與傳播西方文化價值，還包括新書如果他們精通東西方語言。

上述兩種傾向都已正確地反映出二十世紀初正在進行文化交流的現實。那是新舊階段的交會。不過總的趨勢是文學逐漸嚮往現代方向包括觀念以及實踐研究與批評。

二十世紀初的前 30 年，國學爭論（1924-1941）和《金雲翹傳》（1924-1944）爭論被視為最熱烈的兩場爭論[11]。這是持續了幾十年的兩場爭論。如果關於國學的爭論從吳德繼的〈國家語文〉(*Nền quốc văn*）於 1924 年 4 月 15 日在《有聲》報紙 12 號上刊登開始的話，那麼有關《金雲翹傳》爭論之源就從《南風雜誌》主筆范瓊在由開智會(Hội Khai trí) 於 1924 年 9 月 8 日舉行詩豪阮攸的逝世紀念日的演講開始[12]。在其演講內容中，范瓊讚揚《金雲翹傳》:「一個國家不能沒有國花，《金雲翹傳》是我們越南的國花；一個國家不能沒有國粹，《金雲翹傳》是我們越南的國粹；一個國家不能沒有國魂，《金雲翹傳》是我們越南的國魂」;「《金雲翹傳》在，我們越南語言在，我們越南語言在，我們越南祖國在」。沒有人不承認《金雲翹傳》是民族文學歷史中無與倫比的傑作，但范瓊的讚揚方式引起很多人的強烈反應，尤其是吳德繼和黃叔沆。在愛國志士的眼中，范瓊的讚揚方式帶有政治用意、模稜兩可、隱

我們還沒徹底地評價二十世紀前半葉著名的文化者、知識分子的民族論述/意識的深度，例如范瓊、陶維英（Đào Duy Anh）、阮文暄（Nguyễn Văn Huyên）等。請留意，這是通曉東西方的知識分子。

11 在阮玉善（Nguyễn Ngọc Thiện）、高金蘭（Cao Kim Lan）編撰的《二十世紀文藝爭論》(Tranh luận văn nghệ thế kỷ XX)，第一冊，勞動出版社，河內，2001 年，書中可以參考關於這兩場爭論的資料。

12 譯者註:關於范瓊與南風雜誌，請參閱蔣為文 2019《越南魂：語言、文字與反霸權》台南：亞細亞國際傳播社。

藏個人的目的。也許范瓊想通過對越南語的熱愛來表達自己的觀點，但是放在當時的歷史環境下，范瓊的行為受到反對也是可以理解的。

雖然，文學批評理論尚未完全脫離中世紀文學的觀念，但是實際上，批評理論已開始出現一些傑出的人物，而最有代表性是潘繼炳、范瓊、潘魁以及武廉山。

4.2.2. 1932 至 1945 年階段的文學批評理論

在世紀初的三十年被預告關於文學批評理論的一個迅速發展的階段，一些開始訊號已在 1932-1945 年這期間被完美地實現。現代批評理論基礎大約在十五年間被確立。為越南現代文學批評開幕是少山的《批評與論稿》(*Phê bình và cảo luận*) (1933)。

4.2.2.1. 文學的觀念

這是越南文學已完全地脫離中世紀文學文學藝術觀念的時期。文學觀念中的改革首先被確保於創作實踐(包括浪漫以及寫實這兩潮流的創作)。自力文團中的才華作家的本身或寫實主義的作家例如武重鳳、南高已多次直接發表他們對文學特徵、本質的觀念。

關於文學的本質、功能的認識最清楚的表現在於「文學藝術為文學藝術」和「文學藝術為人生」這兩派別之間的爭論。文學藝術為人生學派的作家們由海潮領唱是強調文學的社會功能的人士。一開始，海潮使用文學藝術為「民生」的名稱，後來才改成「人生」用以表示更廣泛的含意。「文學藝術為文學藝術」派別的作家們則強調文學的「純潔」性，視文學為美麗的領域。在深層本質上，海潮的觀點與馬克思理論有關，以及這理論家的本身在公開報紙上也介紹很多馬克思作家或跟馬克思思想接近的。同時期，懷清的觀點 (雖然他不承認自己屬於「為文學藝術」的派別很親近於泰奧菲爾·哥提耶 (Théophile Gautier) 並更遠的是伊曼努爾·康德（Immanuel Kant）美學中的「不牟利」的 觀念。因此，一方強調社會與文學之間的關係，另一方則強調文學活動的「自治性」，將文學脫離生活，即使，在懷清和少山的理解中，兩位都認為有益的事物都會跟隨著文學藝術的美麗。這爭論雖然未分勝敗，但是優勢較偏向「文學藝術為人生」這邊，因為他們的觀點有直接地影響到為民族利益的鬥爭[13]。馬克思的觀點開始被海潮傳載，雖然內容還很簡略。後來又被完整地補充於鄧台梅於 1944 年出版的《文學概論》(*Văn học khái luận*)。在那之前，將來文學的輪廓已經在 1943 年被刊載於《越南文化提綱》(*Đề cương về văn hóa Việt Nam* ）之中。

舊詩（Thơ cũ）與新詩（Thơ mới）之間的爭論也證明了關於文學的特徵和本質的不同觀念，具體是詩歌。對新詩的詩人來說，文學最重要的問題是自由體現創造的個性，他們最大的渴望是「誠實的渴望」。這種渴望只在個人自我被肯定的時候才有可能。其實，與古典美學以及其文學藝術規範相比，新詩的誕生首先是浪漫美學，後來是象徵主義、超寫實主義的勝利。所以這些解放的需求都被懷清使用「解放」一詞在「詩歌中的一個時代」(*Một thời đại trong thi ca* ）小論提到。新詩的實際創作證明該潮流的詩人對人生觀念、自由創作、文學藝術詩法等已經實現了一系列「解放」。[14]

在此階段也要留意關於為發展文學藝術思維的否定步驟。起初，新詩浪漫主義否定了舊詩，然後，狂亂詩派、《春秋雅集》、《夜台》為了嚮往象徵主義又想要否定浪漫主義的詩歌。狂亂詩派成員詩集的小論、

---

[13] 後來，很多研究認為這爭論難以有最終的結論因為每一方強調文學的一方面。「藝術為藝術」派別強調審美的本質，而「藝術為人生」派別則強調文學的社會本質。其實，這是越南文學中的兩個現代化的方向。一直到改革（1986），文學的審美本質以及社會本質的認識才被關注，更合理地理解。其被形容為一個問題的兩面，像一張紙的兩面一樣。

[14] 在歷史方面，也許懷清是第一個在文學中使用「解放」一詞的人。詳見《越南詩人》中的「詩歌中的一個時代」小論，再版，文學出版社，河內，1988 年。

介紹詞，特別是《凋零》(*Điêu tàn*) 和《悲傷》(*Đau thương*) 這兩詩集的序言、《春秋雅集》組合的觀念或是《夜台》的〈象徵的宣言〉(Bản tuyên ngôn tượng trưng) 都很清楚地體現挑戰文學藝術的精神。如果以發展原理來看，這些是必要的挑戰。

4.2.2.2. 方法/傾向上的多樣化

批評理論領域中的熱絡不只在學術爭論中進行，而且還在不同傾向存在的體現。一些研究者已勾勒出關於這階段的文學批評理論的各種傾向，例如清朗、陳廷史、杜萊翠、鄭柏鋌 (Trịnh Bá Đĩnh) 等[15]。這裡，請讓我們討論基於批評家已運用的方法/學派的各種傾向。這種討論也允許我們可以看出在邁進現代的道路上批評理論已深刻地受西方文學批評理論的影響。

主觀/印象的批評

關於哲學、印象主義和印象批評都有根源於亨利·柏格森 (Henri Bergson)(1859-1941) 的直覺理論。在自己的科學研究工程中，柏格森 (Bergson) 反抗理性的存在，提高直覺並注重內心的獨話、意識流、抒情敘事。在柏格森 (Bergson) 之後，義大利人著名的美學家貝內德托·克羅齊(Benedetto Croce)(1866 - 1952)提倡表現理論。克羅齊(Croce) 也提高作家詩人的直覺。他認為，藝術是純粹直覺，藝術不是物體的事件而是表現。在越南，印象/直覺批評的研究方向為東方與西方兩個源頭的相遇：來自西方，如同安那托爾·佛朗士 (Anatole France) 的名言：

---

15 參考清朗的分類法在《批評 1932 世代》(*Phê bình thế hệ 1932*) 中，2 冊，西貢，1972 年；陳廷史，《二十世紀的越南文學》(*Văn học Việt Nam thế kỷ XX*) 的〈二十世紀文學批評理論〉(Lý luận phê bình văn học thế kỷ XX)，已引和《陳廷史選集》(*Tuyển tập Trần Đình Sử*)，(第二集)，教育出版社，2005 年；杜萊翠 (Đỗ Lai Thúy)，《文學批評—那隻兩棲動物》(*Phê bình văn học - Con vật lưỡng thê ấy*)，雅南和作家協會出版社，2012 年；鄭柏珽，《越南文學批評理論的歷史》*(Lịch sử lý luận phê bình văn học Việt Nam)*，社會科學出版社，2013 年等等。

「批評是遊歷佳作的靈魂之旅」; 來自東方，是將批評視為知音、同好。因受這些思想的影響，懷清（Hoài Thanh）曾提出批評的哲理「努力是為了讓我的靈魂懂得他人的靈魂」。對懷清來說，「在自然中尋找美麗是藝術。在藝術中尋找美麗是批評（Tìm cái đẹp trong tự nhiên là nghệ thuật. Tìm cái đẹp trong nghệ thuật là phê bình）」。主觀印象批評的方式特別透過批評家細膩感受的能力提高他們的藝術素質。主觀批評文本充滿感觸與畫面，體現一種靈敏的藝術直覺。至今，《越南詩人》仍被看作是這接近方法/傾向的圭臬[16]。武玉潘在《現代作家》（Nhà văn hiện đại）中雖然有意識當一個研究學者的工作但是他的看法有時候仍帶著印象批評的主觀性。除了懷清是該傾向的代表人物之外，還有少山、黎長橋(Lê Tràng Kiều)、劉重廬、石嵐、張正（Trương Chính）等的參與。

生平的批評

生平的批評源於西方而奧古斯丁·聖伯夫（Sainte-Beuve）被視為是這方法的開創者。生平批評的突顯特徵是以作家的生平來解釋文學作品。布馮（Buffon）的一句話：「文是人」 特別與生平批評親近。若在印象批評中，批評家以藝術家資格存在的話，那麼在生平批評中，批評家則是一位科學家。雖然也研究作家的範疇，但生平批評與精神分析學不同在於當精神分析學家特別看重作家的潛意識生活時，生平批評則注重有意識的人及群體生活的人。意思是當精神分析學集中解碼夢境、潛意識的糾纏時，生平批評則考察造成作家人格形成的各種社會關係。因此，生平批評注重證據，從分析社會與私人的關係裡作家生命中重要的事件

[16] 稱懷清的批評為印象/主觀其實也不完全正確。《文學與行動》（*Văn chương và hành động*）和「詩歌中的一個時代」小論其實是傑出的理論研究工程，儘管懷清本身有說過他是不想/不喜歡理論。重讀「詩歌中的一個時代」將會看到懷清是很早運用到研究文化學和類型的人物。只不過，他不刻意用概念系統來表達而用一種簡要、含蓄但充滿了精華語言的思維的邏輯來呈現。詳見阮登疊的《從文字的回聲》（*Vọng từ con chữ*）中的〈懷清和批評的哲理〉（Hoài Thanh và một triết lý phê bình），文學出版社，2003 年。

的基礎上解釋文本。這批評方式被清楚的體現例如在黎清（Lê Thanh）的《文學庫存》（*Tính sổ văn học*）、陶維英（Đào Duy Anh）的《金雲翹考論》（*Khảo luận về Kim Vân Kiều*）和特別是陳清邁的《看見渭黃江》（*Trông dòng sông Vị*）、《韓默子 - 身世與詩文》（*Hàn Mặc Tử, thân thế và thi văn*）的作品。在《韓默子 - 身世與詩文》的作品中，陳清邁注意到三個重要的問題來解釋韓默子的詩歌：1）關於疾病，他透過月亮-魂-血的形象來解釋痲瘋病的影響到詩人的創作；2）關於愛情，他將韓默子與夢琴（Mộng Cầm）、黃菊（Hoàng Cúc）、商商（Thương Thương）等的愛情都是創作的靈感；3）關於宗教，他特別注意到天主和瑪利亞形象的影響。陳清邁也是很細膩的人，連韓默子詩歌中佛教精神的蹤跡他也看得出來。

然而，生平批評的方式若不巧妙的運用將會容易淪為推理。陳清邁也不少次很呆板的推理，將韓默子私人生活中的事件、變故視為是直接原因造成韓姓一些詩作。這推理無形中縮小文本文學藝術語意的含量，而實際上，陳清邁對韓默子的研究工程中有很多地方帶有主觀、隨筆的風格。

由於想要從各個生平的因素解釋文學，偏向這傾向的批評家們很感興趣當能抓到作家私人生活寶貴的細節。也因此，有時候批評容易跟文學肖像體裁融合在一起。

生平批評原本與浪漫主義文學出現有關，不過至今仍被很多研究者使用。實際上，若能夠合理的運用，尤其是跟精神分析學、歷史、文化研究做結合時，其對主體創造的研究仍有貢獻。特別是，自傳的研究不能不使用該方法。

歷史－文化批評

這是由伊波利特·阿道夫·泰納（Hippolyte Taine）提倡的方法。在泰納（Taine）的思想中，研究文學的時候有三個重要的問題是種族、環境和時間點。種族是個人、族人天生的氣質。這裡的環境是被理解為文化、歷史、教育的環境。時間點是傳統文化和歷史的程度。

從二十世紀的 40 年代以來，歷史 - 文化批評已被運用於越南文學批評研究。運用最徹底的是張酒的《阮攸與金雲翹傳》(*Nguyễn Du và Truyện Kiều*) (1942) 研究工程中。為了了解阮攸的個性，張酒已對仙田社 (Tiên Điền) 阮姓的血統、故鄉義安 (xứ Nghệ) 和其時代進行論解。這也正是泰納理論中的三個基本因素。不過，實際上，在這研究工程中，張酒已結合了精神分析學及歷史-文化研究。

居斯塔夫·朗松 (Gustave Lanson) 的批評理論可視為是該派別的衍生。由他編撰的《法國文學史》(*Lịch sử văn học Pháp*) 對法國大學教育有很大的影響。因此，有人像阮文忠、阮氏青春 (Nguyễn Thị Thanh Xuân) 等將他列入校園批評的傾向。有人則視他為歷史-文化學派的延續發展，譬如芳榴 (Phương Lựu)、杜萊翠等。在越南，武玉潘的《現代作家》(*Nhà văn hiện đại*) (1942) 的研究成果是運用朗松 (Lanson) 科學思想的代表。

社會學批評

在西方，社會學批評被建設在奧古斯特·孔德 (Auguste Comte) 的實證哲學的基礎上。該方法的重要特點是重視文學跟社會生活之間的關係，以社會來解釋文學。本質上，這是外觀研究的方法。在越南，社會學批評方法被分為兩分支：馬克思和西方馬克思。1945 年前，馬克思批評在「文學藝術為文學藝術」組合論戰的文章中，包括海潮(Hải Triều)、潘文雄 (Phan Văn Hùm) 等的代表體現得很清楚。其實，海潮和他同志的文章主要只是剛提及文學中的階級性問題以及作家描寫社會現狀、服務民生的使命罷了，而尚未有系統地討論馬克思的批評理論的觀點。直到《文學概論》(1944)，馬克思理論最基本的範疇才被鄧台梅比較有系統地介紹與討論。

二十世紀前半段，最有條不紊地運用社會學的是張酒的《阮攸與金雲翹傳》(*Nguyễn Du và Truyện Kiều*) (1942)、《阮公著的心理與思想》(*Tâm lý và tư tưởng Nguyễn Công Trứ*) (1943) 等。其實，在《阮攸與金雲翹傳》(*Nguyễn Du và Truyện Kiều*) 中，張酒的馬克思社會學的運用尚未真正地徹底，因為其還使用著歷史-文化接近以及精神分析學這兩個方向。馬克思社會學接近方式直到他在往後一年關於阮公著的研究工程中才徹底地運用。張酒的尷尬是儘管他很努力地運用馬克思社會學批評但又被評價是受托洛斯基 (Trotsky) 思想的影響。在這兩個研究工程之前，張酒於 1940 年編寫《越南經詩》(*Kinh thi Việt Nam*)。這是重要的研究工程，不但因為他將勞動人的文學 (平民文學) 與封建的壓迫做對立，而或許越南社會文化與中國之間的區別才是具有文學藝術性意義的啟發。其證明，二十世紀初期越南文學中，已經從一些富有民族自尊以及重視越南文化的知識分子開始形成民族論述。

總而言之，在還沒到十五年的時間，1932-1945 年的文學批評理論已有超越性的發展。除了懷清，主觀/印象批評的巔峰之外，努力讓文學批評理論成為科學化的文學研究，特別是張酒、武玉潘等人是值得肯定的努力，雖然他們的運用有時還很呆板和牽強。

4.2.3. 1945 至 1985 年階段的文學批評理論

4.2.3.1. 馬克思批評理論的主導位置

越南八月革命改變了包含批評理論在內的整個越南生活和文學。這是在越南共產黨領導下的文學階段，因此，文學批評理論以馬克思思想作為指導的思想。文學藝術因此緊跟隨著國家政治的任務。

在越南歷史上，馬克思文學的輪廓已經隨著 1943 年《越南文化提綱》的公布而確立了。新文學的方針是「民族 - 科學 - 大眾」。文學的任務是使「社會主義寫實傾向勝利」。到了 1948 年，在越北舉行的第二次文化會議（Hội nghị Văn hóa lần thứ hai）中，長征（Trường Chinh）已宣讀重要的報告《馬克思主義與越南文化》(*Chủ nghĩa Mác và văn hóa Việt Nam*)。可以說，這是源自《越南文化提綱》所提出用以發展及闡述越南共產黨關於文化文學藝術的觀點。因具有黨總書記的身分，長征對於文學的觀點也正是越南共產黨的觀點，明確地肯定以下幾點：

> 關於社會，以工人階級為本。
> 關於政治，以民族、民主、人民民主和社會主義為本。
> 關於思想，以辯證唯物主義和歷史唯物主義為本。
> 關於文學藝術創作，以社會主義寫實主義為本。

《馬克思主義與越南文化》之後，值得注意的是在各期大會和文學藝術會議裡長征、素友、阮廷詩的報告[17]。作為共產黨宣訓工作的負責人，素友的觀點是文學藝術指導、定向的觀點，其中明確地肯定共產黨對文化、文藝的領導權。與確立新文學原則過程的同時是對文學藝術中的創作觀點和思想的鬥爭，其中值得注意的是「越北文學藝術爭論會議」

---

17 值得注意的是素友的報告，像是〈新民主藝術文化：革命化思想，大眾化生活〉（Văn nghệ dân chủ mới: cách mạng hóa tư tưởng, quần chúng hóa sinh hoạt），(越北藝術文化爭論會議，1949/9)，〈建立越南人民藝術文化〉（Xây dựng văn nghệ nhân dân Việt Nam），(1951 年第二屆黨代會的演說)；長征的報告，像是〈在愛國主義和社會主義的旗幟下為豐富的民族藝術文化奮鬥〉（Phấn đấu cho một nền văn nghệ dân tộc phong phú dưới ngọn cờ chủ nghĩa yêu nước và chủ nghĩa xã hội）(發表於 1957 年第二屆全國文藝大會上)，〈加強黨性，深入新生活為人民、為革命做出更好的服務〉（Tăng cường tính Đảng, đi sâu vào cuộc sống mới để phục vụ nhân dân, phục vụ cách mạng tốt hơn nữa）（發表於 1962 年第三屆全國文藝大會上)，〈藝術文化必須為解放南部，捍衛北部的社會主義，建設社會主義，邁進統一國家做出貢獻〉（Văn nghệ phải góp phần giải phóng miền Nam, bảo vệ miền Bắc xã hội chủ nghĩa, xây dựng chủ nghĩa xã hội, tiến tới thống nhất nước nhà）(發表於 1968 年第四屆全國文藝大會上）以及共產黨和國家領導者討論關於文學藝術、文化的書籍等。

（Hội nghị tranh luận Văn nghệ Việt Bắc）（1949/9）和反對人文－佳品的鬥爭(1956-1958)。越北會議中，主要內容是爭論有關文學藝術和宣傳，批判阮廷詩的無韻詩、清靜（Thanh Tịnh）的獨奏等[18]。這些爭論的目的是基於群眾化生活、抗戰化文化的方針為文藝工作者再確認思想認識。在這階段中，對文藝工作者最重要的問題是「認路」和「雙眼」的問題。文學藝術觀念的改變對戰前的作家更加迫切地被提出，譬如濟亨：「思想離岸我離開我(*Sang bờ tư tưởng ta lìa ta*)，一個雞鳴送月霞(*Một tiếng gà lên tiễn nguyệt tà*)」。

抗法戰爭時期，文學藝術與宣傳也是一個被提出的問題，尤其是從畫家蘇玉雲與長征（Trường Chinh）和鄧台梅兩人之間的交流。在某方面來說，長征對於文學藝術和宣傳的觀念也可以看作是這時期文學具有定向性的觀念。

抗法戰爭勝利結束，北部可以在和平的氣氛中生活。這是容易發生一些須警覺、提防思想的階段。人文－佳品在國際社會政治情形有很多改變的背景中被形成，國內很多作家不滿，對共產黨的文學藝術政策不贊成，他們呼籲將自由還給文學藝術；他們認為，文學藝術和政治應「拍彼此的肩膀」等。因此，對人文－佳品的鬥爭實質上是設立共產黨絕對的領導，包括文學藝術、文學的領域，要求作家全心全意服務國家的政治任務。

總體來看，在設立與建立新社會-政治的體制的同時，於文學領域中，共產黨要求作家以國家統一事業和建立社會主義為最高的目的來奮鬥。因此，作家需要思想改造，提升對馬克思列寧主義的認識，並跟隨著早在《越南文化提綱》於1943年提出和在抗法時期發展的民族－科學－大眾的方針來批評和創作文學。

---

[18] 在此，「獨奏」被理解為一種通常是諷刺或嘲諷的書寫文本種類，而由一個人以朗讀結合肢體語言的形式來表演。清靜是創作這種「獨奏」的詩人。

文學批評理論最基本的成就是已經建立了在不同區域的文學批評理論家的隊伍。各個領導者也同時是理論家，包括：長征、范文同(Phạm Văn Đồng)、素友。參加管理文學藝術會團和批評理論活動的作家隊伍有阮廷詩、春妙、制蘭園、阮遵等。宣訓、報紙批評理論家隊伍包括何春長 (Hà Xuân Trường)、二哥 (Nhị Ca) 等。最多的是在各大學和越南社科院的批評理論隊伍，包括張正、鄧台梅、文新(Văn Tân)、陳清邁、懷清、武玉潘、武德福 (Vũ Đức Phúc)、豐黎、阮惠之、杜德曉、黃春二 (Hoàng Xuân Nhị)、黎智遠 (Lê Trí Viễn)、黎廷紀 (Lê Đình Kỵ)、何明德 (Hà Minh Đức)、潘巨瑅、阮文杏 (Nguyễn Văn Hạnh)、黃玉憲 (Hoàng Ngọc Hiến)、阮登孟、芳榴、楠木 (Nam Mộc)、成維 (Thành Duy)、鄧櫻桃(Đặng Anh Đào)、陳廷史、陳友佐、阮文龍、阮德南(Nguyễn Đức Nam)、阮春南 (Nguyễn Xuân Nam) 等。

另外的重要成就是批評理論已經有系統、有份量的科學工程研究。這是以共產黨主張和鼓勵的馬克思觀點來建設文學科學的意識。值得注意的是文學歷史套書的出現，對於重要理論範疇的鑽研，介紹或批判國外文學藝術思想以及大學教程系統的研究工程。

4.2.3.2. 1945 - 1985 年期間的文學批評理論中的基本問題

文學置於共產黨的領導之下

本質上，這是政治與文學之間的關係。新文學是以馬克思列寧主義作為思想基礎的文學，置於越南共產黨的領導之下，因此文學當然有服務政治的任務。文學批評理論家，一方面，對馬克思列寧主義的文學藝術思想很透徹，另一方面，他們有以下這些任務，像是反對、打擊錯誤的文學藝術觀念或文學藝術中修正主義的表現，對脫離民族解放鬥爭的態度，偏離社會主義等的批評。文學創作和批評中都要加強「鐵性」是最重要的要求。胡志明的「文化與藝術是一個陣線。大家是在這陣線上的戰士（Văn hóa nghệ thuật là một mặt trận. Anh chị em chiến sĩ trên mặt trận ấy）」思想成為文學批評理論隊伍的活動原則。文學藝術工作者－戰士的模式是主導的模式。這也是使批評家一直對雙面表象警覺的原因。何明遵的《出社會》、阮公歡的《舊的垃圾堆》、阮遵的《河粉》(*Phở*)、阮廷詩的《黑鹿》(*Con nai đen*)等都因為脫離革命鬥爭的主題或尚未跟社會主義寫實的創作方法做連結而被批判。在批評領域中，懷清因思想觀念有衝突而否定《越南詩人》；武玉潘也轉向研究民間文學。1975年春天戰勝之後[19]，除去殘餘思想的鬥爭運動被發動於報紙上的論戰。其實，這是文學領域中意識形態的鬥爭。

社會主義寫實創作的方法

本質上，這就是文學與寫實之間的關係，要求作者選擇構圖。構成社會主義寫實主義方法的理論起源於蘇維埃俄羅斯，並很快被越南理論家引用和傳播。其內容是在革命運動中具體地、真實地描繪歷史。在蘇聯，其方法的成就常常與史詩小說相關，例如托爾斯泰的《苦難的歷程》、蕭洛霍夫的《靜靜的頓河》等。這是為什麼越南小說家一直夢想創作有關於具有雄壯規模的史詩小說的原因。阮廷詩的《潰堤》(*Vỡ bờ*)、元鴻的《海浪的怒吼》(*Sóng gầm*)已在這些夢境心態中創作。社會主義寫實創作方法原是屬於作家的一個方法逐漸地成為批評方法，造成批評的共同方向，將批評的任務視為思想鬥爭、為即時服務國家革命任務的作品鼓舞。儘管社會主義寫實創作方法的命運在二十世紀的80年代末90年代初已結束，但仍應將其理解為曾經存在於冷戰時期馬克思文學藝術體系的歷史中的一個範疇。

---

[19] 譯者註：意指越南南方政權被北方政權解放統一。

文學的基本範疇:黨性、階級性、民族性、人民性

其實，這是文學中相關到內容¯形式的問題。內容¯形式的範疇原本是馬克思哲學中已經運用到文學領域的重要範疇。這些範疇快速地得到文學批評理論界更新、論述以及擴大，視其為革命文學的重要內容。關於本質，越南共產黨黨性被視為是文學中階級性最高度的發展，是保障社會主義文學的思想內容的重要要求。文學中的人民性也與馬克思的思想連結在一起：革命是群眾的事業。文學理論家對人民性進行論解時，一方面看做是傳統進步文學的品質，另一方面，強調革命文學中的黨性要求與人民性之間的一致性。因此，一個富有黨性的作品那麼該作品一定有人民性，而一個有人民性的作品就不見得具有黨性（尤其是傳統文學）。文學中的民族性範疇也在許多不同的程度上進行了仔細的討論。並於很多相關的關係如國際性、現代性等中映射。這時期的文學理論研究工程都努力確定何時民族性會作為一個屬性出現、何時會像文學的品質出現。奴役、衰退的文學作品當然是沒有民族性的作品（理解像一個品質）。與介紹上述範疇的同時，馬克思文學批評理論 1945 - 1985 年的階段反對錯誤的思想例如人性理論、存在主義、精神分析學、形式主義等，將其視為是西方資產理論的毒害產品。如此，實際上，這階段北部文學批評理論的生活只存在一種傾向即馬克思批評理論。其他傾向來不及形成就已經被擊退。到改革時期，在重新認識的基礎上，文學的一些基本範疇已被很合理地看待。

雖然還有限制，特別是過度地提高文學的階級性和有時候很簡單地運用馬克思社會學方法，不過 1945 - 1985 年階段的文學批評理論已達到很多重要的成就包括很多學術上有信用的文學批評理論家的出現。

4.2.3.3. 1954 至 1975 年南部都市的文學批評理論

主要的特徵

南部都市文學批評理論在一個跟北部完全不同的文化社會政治背景中存在與發展。若在北部，馬克思批評理論扮演主導角色的話，那麼在南部的審美思想傾向較複雜和多樣。南部的愛國文學批評理論部分較親近與北部批評理論的特點、性質。在此，要注意到有馬克思思想的愛國批評家、作家的角色，他們在南部大都市活動例如武幸、呂方等。另一部分由有民族、民主精神的作家、知識分子擔任並有很多重要的貢獻，例如阮獻黎（Nguyễn Hiến Lê）、范世伍、清朗、鄧進、阮文忠、阮登塾（Nguyễn Đăng Thục）、謝巳（Tạ Tỵ）、阮士濟（Nguyễn Sỹ Tế）、黃潘英（Huỳnh Phan Anh）、李政忠（Lý Chánh Trung）等。這部分，除了一些出生於南部的學者之外，還有一些從北部、中部移民到南部的學者。這已經有助於造成不同文學批評的風格。

關於理論，理論家已經盡力介紹很多西方的思想潮流、理論，例如存在主義文學和哲學、精神分析學、結構主義等。關於批評，有很多基於西方現代理論基礎不同的研究實踐。一些研究者、批評家也想辦法返回東方以及民族文學的遺產。

一些基本的傾向

研究關於南部都市文學批評理論，現在有很多不同的分類法。這出發於批評理論生活複雜的現實，更何況每一位作者本身不一定僅採用一個傾向而可以同時採用很多傾向來創作。不過，大致上，可以提到以下幾種傾向：

馬克思批評的傾向

在被侵略以及被西貢政權嚴厲地審查的背景之下，馬克思批評的傾向，包括西方馬克思，仍被介紹到西貢和各個大都市。一系列報紙同意刊登馬克思批評理論文章如《呈現》(*Trình bày*)、《面對》(*Đối diện*)、

《百科》(*Bách khoa*)、《文學》(*Văn học*)、《文學研究》(*Nghiên cứu văn học*)、《新文藝》(*Văn nghệ mới*)等的報紙。很多馬克思文學藝術研究工程被阮文忠、陳文全(Trần Văn Toàn)、阮應龍(Nguyễn Ứng Long)等翻譯。在創作偏於馬克思傾向的作者、批評家當中，值得注意的是武幸和呂方。

武幸在《十年執筆》(*Mười năm cầm bút*)中表達他創作的觀念：「創作也跟批評一樣，一定緊跟著國家環境狀況的迫切需求。」(百科雜誌，243 號，1967 年 2 月 15 日出版)。與這樣的意識，他肯定：「以四處主義[20]、亡奴主義精神隨便接受的方式是破壞民族、破壞文學藝術」。趁詩豪阮攸逝世 200 週年紀念日的機會，北部為了褒揚民族詩豪而舉行隆重的紀念儀式。在西貢，武幸也公布《重讀金雲翹傳》(*Đọc lại Truyện Kiều*)(1966)。這是用馬克思觀點書寫，也是對阮攸的文學藝術遺產很出色、卓越的研究成果。總之，這階段大部分南部都市的馬克思批評理論的研究成果常常與弘揚民族文化傾向有關。這也是在各研究工程中運用「綜合力量」的意識，其具有與奴役文化，對民族利益背道而馳的對話性並啟發讀者的愛國精神。

存在主義批評的傾向

這是 1975 年前的南部都市文學批評理論中最突顯的傾向。一系列翻譯、介紹和研究存在主義的成果被出版並迅速地被接受[21]。

---

[20] 在此，武杏使用「四處主義」是意味著吸收世界上不同類型的主義而沒有篩選，遠離民族精神、民族主義。

[21] 值得注意的是：陳泰鼎(Trần Thái Đỉnh)，《存在主義哲學》(*Triết học hiện sinh*)，1967 年；范功善(Phạm Công Thiện)，《思想的深坑》(*Hố thẳm của tư tưởng*)，1967 年；阮文忠，《歌頌肉體》(*Ca tụng thân xác*)，1967 年；黎成治(Lê Thành Trị)，《關於存在主義的現象論》(*Hiện tượng luận về hiện sinh*)，1969 年；三益(Tam Ích)，《討論關於沙特與馬丁·海德格》(*Sartre và Heidegger trên thảm xanh*)，1969 年；黎宗嚴(Lê Tôn Nghiêm)的：《馬丁·海德格在西方思想瓦解面前》(*Heidegger trước sự phá sản của tư tưởng phương Tây*)，1970 年等。

存在主義是在索倫·奧貝·齊克果（Kierkegaard）和尼采（Nietzsche）的哲學基礎上被形成，後來有了很多二十世紀初著名的作家、哲學家的貢獻使其蓬勃發展，例如馬丁·海德格（Martin Heidegger）、尚·保羅·沙特、西蒙·德·波娃（Simon de Beauvouir）、法蘭茲·卡夫卡、阿爾貝·卡繆等。文學中，存在主義哲學的基本主題被沙特和卡繆在他們的作品中很生動地體現，那就是不安、擔憂、厭煩、孤獨、流亡、放逐等主題。除了促進翻譯、介紹西方存在主義思想的活動之外，存在主義批評還包括充滿學術性以及「置身」的精神的作家例如阮文忠、陳日新（Trần Nhựt Tân）、世豐（Thế Phong）、杜龍雲、黃潘英、黎宣（Lê Tuyên）等等。

雖然當存在主義湧進南部都市時，已不像在西方的原始樣貌了，不過其最基本的範疇仍被介紹和研究，例如無道理、嘔吐、他人、瘋狂、捨身、涉身、置身等。根據很多資料，這是南部都市沉迷鄭公山的音樂和討論范公善（Phạm Công Thiện）的哲學的階段。在各研究中心、研究院或大學的教授、研究者們則關心到陳泰鼎，特別是阮文忠的研究成果。南部人民的悲觀、厭世的心態有機會與第二次世界大戰後歐洲人民的失望、灰心相遇。這相遇、共鳴在 1954 至 1975 年階段於南部都市的知識分子和作家們中更為明顯，所以批評和理論還有創作偏向存在主義特別突出。存在主義批評理論有很多值得注意的貢獻，尤其是在時代和歷史的創傷下，闡明了文學本質與個人創造本體之間的相關。

精神分析學批評的傾向

弗洛伊德主義被阮文亨（Nguyễn Văn Hanh）和張酒在 1945 年前運用到越南，後來，在 1945-1975 年期間消失於北部。不過精神分析學卻於 1954-1975 年階段在南部都市文學批評理論和創作方面被活躍採用。其位置甚至不亞於存在主義批評[22]。精神分析學被翻譯很多而且偏向這

---

[22] 很多研究工程在這階段已經在南部翻譯。值得注意的是榮格的《探索潛意識》（Thăm dò tiềm thức）（武庭劉翻譯）、弗洛伊德的《精神分析學入門》（*Phân tâm*

傾向的批評家的數量較多。可以列出以下這些人物，例如武庭劉（Vũ Đình Lưu）、阮文忠、鄧進、謝巳、淵操（Uyên Thao）等。南部文學 1954 - 1975 年階段的研究者當中，武庭劉是有最多關於精神分析學研究工程的人。

精神分析學也被運用到文學批評研究並已經開始出現在一些有相當水準的研究工程，例如阮文忠的《文學略考》(*Lược khảo văn học*)、淵操的《1900 年 - 1970 年越南女作家》（*Các nhà văn nữ Việt Nam 1900 - 1970*）、鄧進的《詩的宇宙》（*Vũ trụ thơ*）、謝巳的《文學藝術的十名人物》（*Mười khuôn mặt văn nghệ*）等。南部都市文學批評理論中的精神分析學主要是受佛洛伊德（Freud）影響，而榮格（Jung）的「集體潛意識」理論則影響還不大。

結構論批評的傾向

與上述的傾向相比，結構論批評主要被當作是一種研究方法來使用。一開始，其以「機構批評」被介紹[23]。該傾向代表的批評理論家包括陳泰鼎、陳善道、杜龍雲等。一些研究成果已經運用到結構 - 符號學來分析、理解古典的創作（阮攸、胡春香），另一部分，研究關於金庸（Kim Dung）的武俠小說。最值得注意的是杜龍雲的《無忌在我們心中或是金庸的現象》（*Vô Kỵ giữa chúng ta hay là hiện tượng Kim Dung*）的研究成果。

上述傾向的分類當然尚未包括在 1954 - 1975 年階段全部南部都市文學批評理論的豐富內容。除了一些思想上的極端或偏差之外，該

---

học nhập môn）（阮春孝翻譯）、J.P.Charrier 的《精神分析學》（*Phân tâm học*）（黎清煌民翻譯）、弗羅姆（Fromm）的《精神分析學與宗教》（*Tâm phân học và tôn giáo*）（智海翻譯）、Suzuki, Fromm, Martino 的《禪與精神分析學》（*Thiền và phân tâm học*）（如杏翻譯）等等。一些研究工程最近已被再版。

[23] 詳見陳善道，「了解機構理論」（Tìm hiểu thuyết cơ cấu），文學雜誌（Tạp chí Văn học），2 號，1967 年；「批評文學與機構理論」（Thuyết cơ cấu và phê bình văn học），百科雜誌（Tạp chí Bách Khoa），289 號；1969 年 1 月 15 日等。

階段南部都市文學批評已接觸了很多西方的新思想。儘管僅存在這二十年間，這些思想的深度尚未達到一定程度的標準，不過不能否認其所有的貢獻，尤其是作為統一的越南文學的一個成員的資格。

在一個文化、社會、政治背景複雜中發展，上述的傾向不是一直很單純。一個批評研究家可以在很多傾向方面上表現與存在，且其作品會有不同傾向的交叉/混淆。在一些積極、新穎要素的同時，在各都市文學批評理論還暴露很多侷限。在二十多年存在與發展，南部都市文學批評理論已留下來很多值得注意的人物，其中最為出色的是阮文忠。

4.2.4. 從 1986 年至今的文學批評理論

4.2.4.1. 豐富、熱絡的一階段

民主精神以及研究論述的轉向

可以說 1986 年之後越南文學批評理論是在整個二十世紀文學現代化過程中最豐富、熱絡的階段。這是文學批評理論在越南共產黨領導之下，而由黨提倡的改革精神和深廣的國際接軌背景已為批評理論提供了機會，使其可以在民主、人文的方向中蓬勃發展。在於文學藝術管理方面，值得一提的是，阮文靈（Nguyễn Văn Linh）總書記跟藝文工作者以及文化活動家在於 1987 年 10 月 7 日及 8 日這兩天的會見[24]。這是關於文學藝術的各種議決、指示，特別是 1987 年 11 月 28 日的 05 – NQ / TW 決議已給文學生活帶來一個開放、寬廣的思想走廊。因此，反思 / 再認識的精神在創作實踐以及文學批評理論中很熱絡地進行。世界上很多現代文學藝術傾向、思想已快速地被介紹。網際網路和新聞媒體的協助已使批評理論活動以更大的速度、更廣的規模進行。社會的民主環境

---

24 詳見阮文靈的《改革為了前進》(*Đổi mới để tiến lên*) 中的〈文藝工作者請為黨的改革事業做出積極的貢獻〉(Văn nghệ sĩ hãy đóng góp tích cực vào sự nghiệp đổi mới của Đảng)，第一集，真相出版社，1988 年，頁 160-168。

中的學術爭論性、對話性已促進批評理論的發展。可以說，批評理論中最重要的改變是通過兩個形式來體現：改革第一階段從社會學外觀轉成內觀的視角，以言詞文學藝術作為一門科學來強調文學的特徵。第二階段，從意識形態的論述轉成文化論述。因此，文學被視為是文化的組成部分，有創造文化價值的能力。

為了改革而重新認識

為了改革，文學批評理論已經重新再認識關於文學批評理論的特點、功能、本質的一系列問題，認為批評與理論之間有些個別的特徵和本質，雖然這是兩個緊密交織的領域[25]。在 1986 年至 2000 年這段期間，很多場文學爭論圍繞著以下四個主要問題進行：

文學和政治

在此之前，於 1979 年 6 月 9 日出版的《文藝報》(Báo *Văn nghệ*) 上，當談及 1945 - 1975 年期間的文學時，黃玉獻使用引發爭議的用語是「文學合道[26]」(văn học phải đạo) 來討論這階段的文學如何符合共產黨和國家的文學藝術政策的創作情況。在與阮文靈總書記見面時，阮登孟提出黨「嚴重地輕蔑」文學藝術工作者的問題。到了改革時期，爭論政治與文學之間的關係變成更熱絡，圍繞著黎玉茶 (Lê Ngọc Trà) 的《文藝

---

[25] 於 2005 年，文學院舉辦了一場關於批評、理論的國家研討會。該研討會的結果被公布在《文學批評與理論的改革和發展》(Lý luận và phê bình văn học đổi mới và phát triển)，社會科學出版社，2005 年。此外，還有其他一些活動：越南作家協會已辦關於文學批評理論的國家研討會，第一次在三島 (2003)，第二次在塗山 (Đồ Sơn) (2006)，第三次在三島 (2013)；中央文學藝術批評理論委員會 (Hội đồng Lý luận, phê bình văn học nghệ thuật Trung ương) 也舉辦了許多關於批評理論的研討會，主題包括：文學與市場機制、文學與現實、民族性與現代性等。由文學院舉辦的兩次國家級科學研討會繼續提及文學的批判理論生活：「改革與國際接軌的背景下越南文學的發展 (Phát triển văn học Việt Nam trong bối cảnh đổi mới và hội nhập quốc tế) (2014/5/25)、「改革時期的越南文學：現狀與展望」(Văn học Việt Nam thời kỳ Đổi mới: thực trạng và triển vọng) (2015/5/28)。

[26] 譯者註：意思是已經有很長的一段時間，作者只遵從共產黨和上級的指導來創作而不敢提出自己的思想或思考。

與政治》(*Văn nghệ và chính trị*) 的文章在 1987 年 12 月 19 日,《文藝報》51 - 52 號出版。這場爭論引起了很多作家的參與,例如阮文杏、阮登孟、胡玉 (Hồ Ngọc)、賴源恩、王智閒、吳草 (Ngô Thảo)、范春源 (Phạm Xuân Nguyên) 等。

基本上,批評理論家們都意識到文學藝術和政治之間的密切關係,肯定文學藝術不能脫離政治。然而,很多批評理論家也認為,不要太呆板地、簡單地理解文學服務政治這命題,因為很容易導致文學藝術為主張、政策做解釋的情況。文學藝術的領域是文化的一個敏感領域,因此,文學藝術管理工作要求靈活、彈性,需要在現代、人文、民主精神上尊重文學藝術工作者創作的自由。運用別林斯基 (Belinxki) 對批評的思想,當阮登孟在研究實行中重視文學藝術思想概念的時候,他已強調作家的思想。很多批評理論家也主張像阮明洲觀念一樣,必須避免「思想糧票[27]」(bao cấp tư tưởng) 的現象。作家的思想可以跟時代精神一致但不可以單一化,因為單一化會導致「思想衰退」,會徹底地消滅作家的思考和創造性。

寫實與文學之間的關係

1987 年,阮明洲公布《請為大眾文學藝術的這個階段宣讀哀悼吧》(*Hãy đọc lời ai điếu cho một giai đoạn văn nghệ minh họa*) 的小論,在《文藝報》49 - 50 號,1987 年 12 月 5 日出版。這篇小論已引發當時一場熱鬧的爭論。當黎玉茶公布了許多跟這些問題相關的文章時,之後「越南作家協會」於 1991 年頒發獎項給保寧的《愛情的命運》(*Thân phận của tình yêu*)、阮克長的《多人多鬼的土地》(*Mảnh đất lắm người nhiều ma*) 小說以及黎玉茶的《理論與文學》(*Lý luận và văn học*) 小論,寫實與文學之間關係的問題再次被推到高潮。與《多人多鬼的土地》和《無

---

[27] 譯者註:越南於 1976 年至 1986 年間曾實施類似「人民公社」的計畫經濟生活模式,每人每月的衣食均用糧票管制分配。

丈夫的碼頭》這兩部較「安穩」的小說相比，《愛情的命運》(*Thân phận của tình yêu*，戰爭哀歌 *Nỗi buồn chiến tranh* 的別名）造成讀者之間很多不同的反應。一邊認為作者扭曲民族偉大的戰爭，另一邊則肯定這是一部描寫很真實戰爭殘酷面貌的作品。

寫實與文學的問題在黎玉茶於《文藝報》20 號，1988 年 5 月 14 日出版的文章被公開地討論[28]。在這篇文章中，黎玉茶建議需要區別在哲學和文學理論平面上的反映：「文學藝術理論平面上（跟反映理論平面上不同）文學首先不是反應現實而是對現實的思考」。黎玉茶上述的觀念已經引起了很多有學術信譽的作家像陳廷史、芳榴、呂源等的爭論。其實，黎玉茶批判文學的反映屬性從本身反映的模式因此無法避免矛盾衝突。不過他提出的問題方法已帶來新的認識：需要迅速地超越對現實淺見的理解，提高作家主體創造的角色。

大部分參加這場爭論的文學批評理論家都意識到文學不單純是反映現實。而且現實不是「固有」而是多樣，複雜的事物，其一直在運轉而且時時充滿意想不到。與「看得到」的現實還有作家對世界想像的「感覺到」的現實。這正是在改革時期的文學中擴大現實概念的內涵以及提高作家的思考。

社會主義寫實創作方法的命運

在改革時期社會主義寫實的方法的爭論也吸引到學術界和創作界的關注。一些文學批評理論家例如何春長、潘巨琋認為，需要肯定該創作方法的優越性。在 1985 年針對阮明洲的短篇小說討論中，何春長認

[28] 在這段時間裡，黎玉茶在《文藝報》上公布一系列的小論：《文藝與政治》（1987 年 11 月）；《文學反映現實的問題》（Vấn đề văn học phản ánh hiện thực）（1988 年 5 月）；《文學中的人們問題》（Vấn đề con người trong văn học）（1989 年 7 月）。這是在改革氣氛中和受蘇聯的改革重組影響寫下的小論。這些小論後來被收錄在《理論語文學》（Lý luận và văn học），青年出版社，1990 年。也於 1990 年，文學院出版《文學與現實》（Văn học và hiện thực）來體現對這關係的新認識的研究工程。

為阮明洲只達成「社會主義一半的寫實」，因為他這階段的短篇小說有太多是對生活的憂思。其他意見則懷疑社會主義寫實創作方法所謂的「合理核心」，例如芳榴、豐黎、阮文杏等。另外一些意見又肯定社會主義寫實的創作方法已造成一種新的規範，甚至，視其為不存在的範疇，一種具有「偽造」性的概念。這種意見的代表有陳廷史、呂源等。根據陳廷史的說法，需要將創作方法範疇從各級學校的文學理論課程刪除。

其實，後蘇維埃文學理論與中國文學理論在改革時期(從 1978 年)也沒有再 說關於創作方法的展望。雖然對社會主義寫實創作方法的命運還沒有總結或最後的判決不過社會主義寫實主義淪為沉默的事實已或多或少承認其命運已經結束。共產黨關於文學藝術的文件例如第八屆的中央第五決議或政治部於 2008 年 6 月 16 日的 23 – NQ / TW 的議決關於在新時期繼續建立和發展文學藝術也不再提到社會主義寫實的方法。

現代性以及民族性的問題

這也是引起爭論並受到批評理論界和創作界關注的問題，然而若很嚴謹地理解的話，就不能將現代性與民族性視為有呼應關係的兩個範疇，而需要放置為傳統性和現代性以及民族性和人類性。值得注意的是由「阮攸創作學校」(Trường Viết văn Nguyễn Du) 在 1994 年舉辦關於詩歌中的民族性的研討會。在這次研討會的各篇論文裡，一方面鑽研討論民族性，另一方面提出民族文化本色和人類文化，傳統和現代之間的關係。這主題後來在《當今越南文學藝術中的現代性與民族性》的研討會被延續，此研討會由中央文藝批評理論委員會於 2009 年 8 月 4 - 5 日在會安舉辦，參與者包括批評理論研究界名人，例如，阮文杏、何明德、芳榴、陳廷史、豐黎、梅國聯 (Mai Quốc Liên)、陳清淡 (Trần Thanh Đạm)、蘇玉清 (Tô Ngọc Thanh)、黃如芳、阮登疊、阮文民 (Nguyễn Văn Dân)、成維等等。基本上，以「建設越南文化先進、豐富民族本色」

的方針，文學批評理論界已努力提出關於這關係的新認識。

隨著全球化的進展，如何保存、發揮民族文化本色也成為在實踐與理論上關心的議題。因此，民族 - 人類；傳統 - 現代成為必須繼續鑽研的範疇。

總體來看，經由各種不同規模的研討會和學術的探討，文學批評理論界已努力試圖分析在之前觀念中對文學的侷限、古板甚至教條，在思維改革的精神上促進文學在新環境中的發展為目的。民族性、對話性還有學術深度，都被提升到相當水準。然而，仍有一些不基於社會歷史條件就恣意評價文學作品導致有一些淪為極端的偏見。儘管爭論之文化在越南已更開放與民主，不過其拿捏點仍常嚴重地難有共識。很多爭論不以學術為目的而轉向政治貼標籤和個人唾罵。這些都是在當代精神空間以及國際接軌中為了民族文學發展目標的科學爭論中不尋常的現象。

4.2.4.2. 各種突顯的傾向

文學社會學

1945 - 1985 年的階段中，該傾向蓬勃發展，而事實上，幾乎佔獨尊的位置。這是從外觀觀點接近文學的方向。採用社會學若呆板地運用將會陷入極端以及使文學批評理論成為一種帶有「實用」性和「思想定向」為主要的活動。在那裡，批評家扮演裁判官的角色，科學對話性幾乎不被關心。不能否定社會學在文學研究中的角色，但是庸俗地、不靈活地運用該方法無形中已在 1986 年之前對文學批評理論發展造成阻礙。改革之後，該傾向仍繼續但已被調整變成更靈活、婉轉、有彈性。雖然仍在與生活關係中，注重分析內容、解釋文學，認為文學受社會歷史條件的支配，不過社會學研究不再以決定論精神來看待問題、不認為作家階級成分是決定作品價值的要素。這傾向的批評家代表為何明德、潘巨瑅、豐黎等。

敘事學和詩法學

從改革（1986）開始大約三十年當中，這是最突顯的批評傾向。在越南改革開放前，詩法學在阮文忠、潘玉、皇貞（Hoàng Trinh）的努力下已獲初步關心。但，真正地成為有深度、廣度的文學批評研究則直到二十世紀的 80 年代中期陳廷史才開始。克服存在很久的庸俗研究社會學方式，詩法學做為形式的科學已經成為及時的補充。在陳廷史的學術思想中，文學形式是具有觀念的形式、內容性的形式。杜德曉也改變自己的詩法學以及研究思維，偏向語言、結構。杜萊翠則從風格接近文學等等。很多巴赫汀的研究成果、俄羅斯的形式學派經陳廷史、賴源恩、王智閒、范永居（Phạm Vĩnh Cư）、杜萊翠、呂源、黃如芳等翻譯和介紹已經促進研究界的學術思維與意識的改革[29]。詩法學影響了許多研究領域，包括民間文學詩作、中世紀文學詩作以及現代文學詩作。在陳廷史之後，該傾向的代表作家可以提到杜德曉、杜萊翠、阮春敬（Nguyễn Xuân Kính）、阮登疊、朱文山（Chu Văn Sơn）、阮氏萍等。杜萊翠從文體學了解詩人詩法，阮登疊從文章語調的方面接近詩歌，而朱文山從詩人創造的文學藝術世界模型去了解詩歌等。

在下一階段，陳廷史也是越南研究敘事學的開創人。敘事學研究方向仍主張形式的研究，但受結構論影響相當明顯。該研究方向的成就可以在河內舉辦關於敘事學的國家研討會[30]和一系列專論和碩博士學位論文中看出。

---

[29] 參考高鴻（Cao Hồng），《越南文學理論改革的一段路程》（*Một chặng đường đổi mới lý luận văn học Việt Nam*）（1986 - 2000），作家協會出版社，2011 年，頁 206-236。

[30] 這兩場研討會的結果被公布於：《敘事學》（*Tự sự học*）（第一本，2004 年）；《敘事學》（第二本，2008 年）。這兩個成果都由陳廷史主編。

符號 / 語言學

這是與結構主義和現代語言學的成就相關的批評研究方向。該研究方向也集中於形式研究，但與歷史詩學不同，從皇貞（符號學研究）、阮潘景（Nguyễn Phan Cảnh）（根據布拉格學派的精神研究語言學）等開始。該傾向代表的批評理論家是皇貞、潘玉、杜德曉、鄭柏珽等。潘玉從語言學角度研究《金雲翹傳》的風格並有許多犀利精確的結論。阮潘景已運用雅各布森（Jakobson）的科學思想來分析詩歌的語言。杜德曉發表了一系列值得注意的研究，關於胡春香的詩歌、武重鳳的《紅運》、阮明洲的《Giát 市集》（Phiên chợ Giát）等。鄭柏珽介紹關於結構主義並進行了一些實踐研究。近年來，當解構主義思想被引入越南時，該研究方向就暫時淡化了。

文化學

批評理論的論述中心轉移從意識形態轉向文化論述已成為從 1986 年以後，尤其是從 90 年代中期開始，文學批評理論的重要特徵。在外國文化研究被翻譯以及介紹很多的條件之下，從文化角度出發的文學研究開始被注意以及愈來愈被廣泛複製。文學批評理論家有顯著的貢獻是陳廷佑於《中世紀和近代的越南文學與儒教》（*Nho giáo và văn học Việt Nam trung cận đại*），杜萊翠的《胡春香，懷念繁殖》（*Hồ Xuân Hương，hoài niệm phồn thực*），陳玉王（Trần Ngọc Vương）的《儒家才子與越南文學》（*Nhà nho tài tử và văn học Việt Nam*），陳廷史的《金雲翹傳詩法》（*Thi pháp Truyện Kiều*），陳儒辰的《從文化角度看越南的中世紀文學》（*Văn học trung đại Việt Nam dưới góc nhìn văn hóa*）等。

總的來說，從文化學角度看文學研究具有很大振盪的幅度，其中，一方面顯示了文化背景對文學的影響，另一方面又顯示了文學本身創造文化價值的能力。來自文化學的文學研究本質是跨學科的接近，其中，對文學有影響的是連鎖效應以及多維的影響等。憑藉巨大的潛力和優勢，從文化學角度接近文學有望在不久的將來為文學研究帶來許多展望。

精神分析學

在 1945 年之前，越南的精神分析學研究者主要有阮文亨及張酒；後來在 1954 - 1975 年期間被越南南部各都市的文學研究者繼續研究。但嚴格說，1986 年之後，精神分析學才真正有系統地被研究[31]。西格蒙德·佛洛伊德、古斯塔夫．榮格（Carl Gustav Jung）、雅各·拉岡（Jacques Lacan）等的主要思想已得到文學研究界的關注。杜萊翠是這研究領域（包括翻譯和研究）有很多貢獻的人士。杜萊翠最值得注意的研究成果是《慾望的手法》（*Bút pháp của ham muốn*）（知識出版社，2009 年）。這是一個才華與精緻的研究成果。杜萊翠從精神分析學的角度來分析，尤其是雅各·拉岡思想的影響「潛意識作為一種語言結構」，已發表許多關於越南文學的偉大作家的新發現。對作家的夢境和童年的迷戀、文學藝術的象徵以及公眾意識等的研究，都可以從精神分析學研究與文化學視角研究相結合的角度出發。這也是在現代人文研究程度上常見的結合。

上述的傾向尚未完全包括當代文學批評理論活躍的氣氛。之前曾出現的一些理論仍被靈活地使用像生平批評、印象批評等。一些新理論也被研究界關注但在本書中尚未介紹，像接受美學、後殖民理論、女權主義理論、賽局理論、生態批評等。在研究實踐中，批評家們有時使用綜合一些批評方法，造成研究思維中的突顯特徵，越南文學批評具有「共

---

[31] 可以多參考以下的研究成果：范明凌（Phạm Minh Lăng）的《西格蒙德·佛洛伊德和精神分析學》（*S.Freud và phân tâm học*），2004；陳清河（Trần Thanh Hà）的《西格蒙德·佛洛伊德學說以及其在越南文學中的體現》（*Học thuyết S.Freud và sự thể hiện của nó trong văn học Việt Nam*），2008；胡世河（Hồ Thế Hà）的《從精神分析學的參照角度看一些越南現代短篇小說》（*Từ cái nhìn tham chiếu phân tâm học qua một số truyện ngắn hiện đại Việt Nam*），2008；阮氏青春的《越南文學中水的原型與原型批評》（*Phê bình cổ mẫu và cổ mẫu nước trong văn chương Việt Nam*），2009 等等。其他的主要運用論述理論來說有關文學中的性慾，例如：陳文全的《越南虛構散文中關於性慾的論述》（從世紀初至 1945 年）（*Diễn ngôn về tính dục trong văn xuôi hư cấu Việt Nam*）（từ đầu thế kỷ đến 1945）、2009 等。

生」與「融合」的特性。

總體而言，經過三十年的改革與發展，當代文學的批評理論仍繼續朝著現代化的方向移動。除了扮演主導角色的馬克思主義的批評理論傾向之外，新理論思想和趨勢的介紹確實已使文學生活更加豐富。近年來，後現代思想已經對批評理論與當代文學創作生活影響日益深刻，造成文學思維中的新轉捩點，尤其是從二十一世紀初至今。二十世紀的語言哲學和現代人生哲學以及後現代理論的影響已協助批評理論家不但在認識、思維方面而且還在批評論述方面都有進行了改革。在世界接軌的背景下，文學批評理論的發展好比扇子骨架展開很多方向且其本身確保了學術生活的多樣性。與上一代的批評理論家前輩同行，改革時期出生的年輕研究隊伍已開始展現出充滿希望的研究結果。這是一個對即將到來的越南文學批評理論之旅值得高興的訊號。

◆ 問題討論

1. 從體系觀點，分析前現代文學批評理論與現代、後現代文學批評理論之間的差別。
2. 二十世紀前半葉的越南文學批評理論現代化。
3. 1945 年至 1985 年階段的革命文學批評理論。
4. 1954 年至 1975 年南部都市文學批評理論的貢獻與侷限。
5. 從改革開放（1986）至今，文學批評理論的傾向與演變過程。

TÂI-BÛN

台文版

TÂI-BÛN 第一章

越南現代文學綜觀

第一章　越南現代文學綜觀

1.1. 現代文學 ê 範疇

1.1.1. 生活中 kap 文學中 ê 現代

Beh 研究越南現代文學 kap 文學現代化 ê 過程，代先 ài 先清楚現代、現代文學、文學現代化這 kóa 概念 ê 內涵。

「現代」kap「現代化」有無 kāng-khoán ê 內涵。「現代」大概是一種時行、合潮流--ê，「現代化」是行 ńg 現代 ê 路 kap 過程[1]。咱對「現代文學」siōng 基礎 ê 了解，是兼顧現代時期 ê 文學，新--ê 以及 kap éng 過文學時代無 kāng--ê。

現此時，tī 咱 ê 日常生活內底，現代生活方式、現代思考模式、現代人、現代消費等等 chia-ê 概念已經變做真普遍、真 sù 常。Tī 文化、思想、政治、經濟等等 ê 領域內面，現代概念 tiāⁿ-tiāⁿ 出現，親像：現代思維、現代視野、現代文化等等。M̄-nā án-ne，tī 政治 kap 社會生活頂頭「促進國家現代化、工業化 ê 事業」，chia-ê 口號 mā kap「現代」有關係。因為 án-ne，現代 chit-ê 概念 tī 真 chē 無 kâng ê 領域內底出現，有時是指程度、特點，有時 khah-sêng 是一款 kap 進前相比，相關 ê 價值，新--ê ê 默認。不而過，咱 nā 以 siōng 普遍 ê 方式來了解，「現代」一直 lóng kap 生產發展程度、經濟、消費程度相黏做伙。

Tio̍h 算是已經用 kah 非常熟手，但是「現代」基本上 iáu 是 tiāⁿ 透過兩 ê 標準來確定：時間 kap 發展程度。

---

[1] 《越語大辭典》(Đại từ điển tiếng Việt，通訊文化出版社，1998 年，802-803 頁解釋:「現代：1)屬於 chit-má 這个時代，2) hō͘ 事物 ia̍h 是現象有精密性質 tī 機器裝備」;「現代化：1)革新，hō͘ 事物 ia̍h 是現象有新時代性，2)Hō͘ 有精巧 ê 性質，充分充滿 siōng 進步 ê 科學標準」。

Tī 時間方面，現代是指人類文明發展歷史 ê 一个階段。歐洲 ê 現代時期，tiā^{n} ùi 1870 年英國進行頭一 pái 工業革命算起，後--來真 kín tio̍h thòa^{n} 到法國、德國、俄國、美國等 ê 幾个國家。頭一 pái 工業革命 ê 特徵是機械技術已經完全取代體力勞動。這 pái 革命真 kín tio̍h hō͘ 英國 chiâ^{n} 做經濟強國 kap 世界貿易 ê 財政中心。到 1848 年為止，英國工業產量佔全球工業總產量 ê 45%。頭一 pái 工業革命 mā 證明發展程度已經超越 éng 過 ê 社會經濟形態。Ē-tàng 講是工業生產、市場經濟、都市化過程、個人優勢等 lóng 是構成現代面模 ê 基本因素。Ùi 經濟到政治、社會、文化人類所有 ê 活動領域，lóng 受 tio̍h 新 ê 生產程度 kap 生產方式 ê 影響真深。

Tī 文學領域內底，科學技術革命、工業生活方式 kap 商品生產強烈 ê 影響之下，mā 影響作者改變 in ê 人生觀 kap 宇宙觀。甚至，有 tang 陣 kāng 一 ê 現象，外表看起來 kāng 款，但是本質上，現代藝術思維 kap 傳統藝術 ê 思維是完全無 kāng[2]。當然，無人會簡單來認為社會歷史 ê 改變會直接致使文學 ê 轉變，因為 he 是間接 ê 影響。Tī chia，咱 ài ùi 雙向 ê 互動來看：1)社會歷史 ê 改變，會造成對藝術文化觀念認 bat ê 轉變；2)作為審美意識 ê 一種形式，文學有相對 ê 獨立性，對社會基礎設施相互來產生影響。透過分析、預測歷史運動 ê 方向，文學 ê 預測性質體現 siōng-kài 明顯。Ùi án-ne ê 觀點來看，文學內底 ê 現代時期 kap 個人 ê 意識、作者都市感 ê 發展、接受文學 ê 大眾多樣性有關係，其中，市民階層扮演重要 ê 角色。研究小說 ê 時，*Mi-lan Khun Te-la* (Milan Kundera)認為，小說 *Don Quixote*，*Mi-keh-o͘ te So-bān-th-su* (Miguel de Cervantes)是歐洲文學現代時期 ê 開基。Che 是一部透過作品內底主要

---

2 親像透過懷清(Hoài Thanh)豐富畫面 ê 一个比較：「Ùi 王勃(Vương Bột) ê 白鴒鷥 tī 紅霞底恬恬仔飛到春妙(Xuân Diệu) ê 白鴒鷥無 koh 飛，tī 翅仔來回之間隔千外 tang kap 兩个世界。(《越南詩人》(*Thi nhân Việt Nam*，文學出版社(再版)，1998 年，119 頁)。

人物冒險 ê 經歷來 kap 過去告別 ê 小說。

Kap 西方相對照，現代時期 tī 東方出現 ê 時間 ke 真 òa^{n}。Kan-ta^{n} 日本 ùi 明治時期(1868-1912 年) tòe 西方 ê kha 步來主張開放，改革 niā-tiā^{n}。其他國家，像越南、中國，一直到 19 世紀尾 20 世紀初期，封建制度 iû-goân 存在。所 pái nā 照時間 ê 標準來看，tio̍h 算世界有通用 ê 標準，但是 tī 每一个區域、每一个國家 lóng 會根據家己無 kāng ê 文化、歷史時期，做家己 ê 歷史、文化背景分期。像講 tī 中國，ùi 1840 年(鴉片戰爭)到 1919 年號做近代時期，現代時期自 1919 年到 1949 年，ùi 1949 年到 ta^{n} 是當代時期。Tī 越南，nā 講 tio̍h 現代，學界對分期 ê 年代 iáu 無共識，每一个人分期 ê 方法 mā 無完全相 kāng。對真 chē 研究者來講，越南近代時期 ê 印記無 chiah 明顯，真模糊，mā tiā^{n} hông 看做是 ùi 中世紀到現代 ê 過渡期，m̄ 是一个非常明顯、有特色 ê 時期。

Tī 發展程度方面，現代是新--ê/ tng teh 出現 ê 物件，是世界 kap 每一个國家 siōng koân-khám 發展程度 ê 體現。Án-ne ê 觀念，將當代看做是現代 ê 一部分，甚至，「現代 tio̍h 是當代」，因為「當代是一个社會，一个具體族群現此時 ê 狀態，mā 是以世界文化 ê 現狀、文化水準作標準來參考 ê 例[3]。Tī chia，現代有代表人類、國家 siōng koân-khám 發展程度 ê 意義。是世界文化 chih-chiap ê 過程 siōng 具體、siōng 活跳 ê 體現，mā 是經濟智識 kap 資訊文明 ê「結合」。Tòe 現代概念 kha 步出現 ê 是「現代性」ê 概念，是指新--ê 現象、事物，kap 傳統文化所生產 ê 現象、事物有無 kāng ê 意含。Tī 現代人文科學 ê 看法內面，現代性問題有代表真重要 ê 意義，因為伊牽涉 tio̍h 思想 ê 開放性，甚至 koh kap 時代 ê 前瞻性有關。雖 bóng 咱對現代性有真 chē 款無 kāng ê 理解，

---

[3] 杜萊翠，《二十世紀越南文學 ê 回顧》 (*Nhìn lại văn học Việt Nam thế kỷ XX)*內底「有關越南文學內現代 kap 現代化 ê 概念」(Về khái niệm hiện đại và hiện đại hóa trong văn 關於 học Việt Nam)，國家政治出版社，2002 年，401 頁。

但基本 tek，主要 ê 解說有兩種，第一，現代性出現 tī 傳統價值內面。藝術天才 ê 創作作品通常會有這種特性。親像阮攸(Nguyễn Du) ê 詩是前現代 ê 藝術作品，但是 tī 伊 ê 傑作《金雲翹傳》(*Truyện Kiều*)內底 tio̍h 包含真 chē 現代性 ê 元素(譬如講對人類運命超越時代意義 ê 深入思考、tī 資本主義 tú puh-íⁿ ê 時代內底，金錢力量 ê 預測等等)；第二，現代性 hông 理解做文化、哲學 kap 文學有代表「現代價值反省」ê 現象。根據陳廷史(Trần Đình Sử) ê 講法，現代性是一種價值系統、思維模式 ê 改變，是人類 kap 民族生活新文化階段 ê 形成，koh 會根據每一種文化 ê 背景，現代性會有無 kāng 款 ê 內容[4]。現代性 kap 民族性無衝突 kap 矛盾，測量 ê 標準是人類性[5]。Mā 是因為現代性 ê 開放度 chiah 出現後--來 ê 後現代。

Nā 講 tio̍h 以現代作為程度概念 ê 資格時，mā ài 注意 tio̍h「新--ê」ê 概念。

新--ê 是一个哲學 ê 範疇，kap 舊--ê 無 kāng。新--ê mā kap 新鮮(外表看起來新新，但是內底 té ê 物件是舊--ê，結構組織 iáu 是照舊 ê 原理) ê 無 kāng。新--ê 頭一 pái 出現，有代表革命性改變產品 ê 意義，mā 有綜合 kap 促進歷史發展 ê 意義。新--ê 完成伊歷史 ê 使命了後，tio̍h 會變做舊--ê，對歷史來講，kan-taⁿ chhun 間接性 ê 影響。

1.1.2. 現代 kap 現代主義/後現代主義

Beh 討論現代概念 ê 時，mā 有需要將現代 kap 現代主義(modernism)以及後--來出現 ê 後現代(post modernism)概念做區分。現代主義是哲學、

---

4 陳廷史，《文學理論 ê 邊界線頂》(*Trên đường biên của lý luận văn học*)，文學出版社，2014 年，255-256 頁。

5 已經有階段，但是因為 siuⁿ 過強調階級性，咱批判文學內 ê 人類性(人性)，看做是資產觀點 ê 產物產品。

美學，大約出現 tī 歐美國家 19 世紀尾 20 世紀初期 ê 潮流，伊是資本主義 kap 資產階級意識形態危機 ê 表現。主張斷絕現實主義 kap 浪漫主義，現代主義提出新 ê 觀點 kap 方法，譬如講像印象主義，立體主義，多元主義，存在主義，意識流技術等等。以 *Hu-lí-to-lí-chhih Nih-chhiah* (Friedrich Nietzsche)、*E-to-bóng-tō Hu-sái-leh* (Edmund Husserl)、*Hong-lí Be-go̍h-sun* (Henri Bergson)、*Sí-ko-mú-tō Hu-ló-i-tō* (Sigmund Freud)、*Má-on Hái-to-goh* (Martin Heidegger)等 ê 哲學作為思想 ê 基礎，現代主義主張超越原有 ê 藝術規範，呼籲藝術家無邊界 ê 冒險。尤其 koh 將藝術 ùi 意識形態 kap 理性 ê 籠仔解放出來。現代主義已經 tháu 放真 chē 新 ê 思想，包括世界 chē 位出名 ê 作家，*Hu-lián-chih Kha-hú-khah* (Franz Kafka)、*Che-muh-suh Chio-ì-suh* (James Joyce)、*Mi-lan Khun Te-la* 等等。

Ùi 二十世紀 80 年代尾期以來，後現代這 ê 概念 hông 大量提起，甚至變做大多數研究計畫 ê 中心關鍵詞。到 taⁿ 後現代 ê 內涵 iû-goân 無法度做明確 ê 定義，科學界對後現代 kap 現代主義之間 ê 區分 iáu-bē 達成共識。不而過，tī 越南量其約有三種觀點：第一，將後現代主義看做後來 ê 事物；是現代主義 ê 延續，第二，將後現代主義看做 kap 現代主義完全無 kāng ê 範疇；第三，認為現代 kap 後現代 kan-taⁿ 是重疊 ê 概念，ia̍h 是否認後現代 ê 存在。

Nā koh 來看現代 ê 概念，面頂 ê 分析證明，每一个國家發展 ê 速度 kap 所行 ê 路無一定 lóng 相 kāng，但是行 n̍g 現代 kap 現代化的確是 lóng 必須 ài 經歷過 ê 規律。Nā kap 其他 ê 發展國家相對照，越南現代化 ê 過程 kap 實現現代 ê 道路確實發生了有 khah òaⁿ，而且 ke-khah 艱難。實際上，越南 ê 現代化 tio̍h 是「超越農業生產水平 ê 過程」kap「農民想 beh 趕 chiūⁿ 工業生產水平 ê 心理」，後壁 ê 概念是 phah 拚 tòe tiâu 世界現代社會組織 kap 管理水準 ê kha 步。Tī 現代文學方面，hông 看做是 tī 藝術詩學以及觀念方面 ê 文學 kap 中世紀文學無 kāng，是現代 kap

後現代混合 ê 產品。

1.2. 現代文學分期ê問題

1.2.1. Ùi 時間線來看文學ê進程

分期問題是 teh 研究文學歷史 ê 時陣複雜問題 ê 其中之一。所 pái，一直到 taⁿ tī 文學研究界內底對二十世紀文學 ê 分期 iáu chhōe 無共識。總體來看，研究者 lóng 同意越南文學 ê 進程是 ùi 古代、中世紀文學到現代、後現代文學 ê 延續。獨獨是近代文學時期 iáu 有真 chē 無 kāng ê 意見。親像阮惠之(Nguyễn Huệ Chi)認為，自 1907 年到 1945 年是近代文學，ùi 1945 年以後是現代文學。根據豐黎(Phong Lê)，nā 有越南近代文學，mā kan-na 是一種模糊、giáp tī 現代 kap 中世紀中央過渡性 ê 階段。陳庭佑(Trần Đình Hượu)、黎志勇(Lê Chí Dũng)確定，1900-1930 年階段是文學 ê 過渡時期，ùi 1930 年了後，越南文學是屬於現代文學。時間 koh-kha 早前 tī《越南文學史簡約新編》(*Việt Nam văn học sử giản ước tân biên*)科學工程內底，范世五(Phạm Thế Ngũ)認為，現代文學是 ùi 1862 年一直到 1945 年。這位研究者會採納 1862 年這个時間點，是因為這 tang 是 kap《壬戌條約》(Hiệp ước Nhâm Tuất)相關 ê 一 tang，了後越南 tio̍h 將南圻 ê 土地割 hō͘ 法國。意思是講，ùi 越南南圻屬法國人統治開始，西方 ê 教育制度已經改變人民對文學接受 kap 創作 ê 生活。清朗(Thanh Lãng) ê《越南文學略圖》(*Bảng lược đồ văn học Việt Nam*) (1967 年)mā 是類似這種分類方式。越南北部一 kóa 文學史 ê 教材 mā 認為現代文學 ùi 1930 年 ia̍h 是 1932 年這 ê 時間點開始。近年來，一 kóa 研究者將文學進程照世紀做分類，照這種分類法，現代文學是 ùi 二十世紀初期開始，十世紀到十九世紀尾期是中世紀文學。陳儒辰(Trần Nho Thìn)《Ùi 十世紀到十九世紀尾期 ê 越南文學》(*Văn học Việt Nam từ thế kỷ X đến hết thế kỷ XIX*) (2012 年) ê 研究雖然無直接討論--tio̍h，但是 mā 是 án-ne 形容分期想像 ê 問題。潘巨瑅(Phan Cự Đệ)等人基本上 mā 是認為現代文學是 ùi 二十世紀初期開始。M̄-koh 因為智覺 tio̍h 問題 ê 複雜性，in 另外提醒「以 1900 年做現代文學 ê 標誌是 ùi 世紀作為單位 ê 角度來看文學，bē-tàng 自 án-ne 來認定 1900 年是中世紀文學 kap 現代文學兩時期之間清楚、明確 ê 界線。」[6]

1.2.2. 將文學歷史看做模式ê轉變

以時間線來分期 ê 同時，有一 kóa 研究者有意識 ùi 無 kāng ê 角度觀點來看文學運動，注心 tī 現代文學範疇/概念內涵頂面 ê 了解[7]。親像阮登孟(Nguyễn Đăng Mạnh)、阮廷注(Nguyễn Đình Chú)、豐黎、陳廷史、杜德曉(Đỗ Đức Hiểu)、王智閒(Vương Trí Nhàn)、杜萊翠(Đỗ Lai Thúy)、陳儒辰、阮登疊(Nguyễn Đăng Điệp)等等 ê 意見。阮登孟 tī《1930 年到 1945 年越南文學教程》 (*Giáo trình văn học Việt Nam 1930 - 1945*)內底認為，現代文學已經是「脫離中世紀文學 ê 詩學系統，透過下底三个重要 ê 特徵進一步確立新詩學系統，現代文學詩學」ê 文學：1)脫離象徵系統、欣羨古典；2)脫離「天人合一」ê 古哲學觀念，人 kan-taⁿ 是 tī 大宇宙內底 ê 小宇宙，進入到意識 tio̍h 人是宇宙 ê 中心，是 súi ê 標準；3)脫離中世紀文學「文史哲不分」ê 情況，提升文學創作 chiâⁿ 做作家自由創作 ê 資格。Ùi 自身長年思考現代文學 kap 現代化文學 ê 觀點來看，

---

[6] 參考潘巨瑅主編 ê《二十世紀越南文學》(*Văn học Việt Nam thế kỷ XX*)，教育出版社，2004 年，11 頁。

[7] 「範典」概念(paradigm)是由湯瑪斯·孔恩(Thomas Kuhn) (1922 - 1996)tī《科學革命 ê 結構》(Cấu trúc các cuộc khoa học) (The Structure of Scientific Revolutions)內底提出，tī 1962 年出版，已經翻譯做越南語(朱蘭廷 Chu Lan Đình 翻譯，知識出版社，2008 年)，是一个最近有真 chē 科學家關切 ê 概念。值得注意 ê 是，一 kóa 研究者 ê 運用親像陳廷史、杜萊翠、陳玉王(Trần Ngọc Vương)、阮登疊等。

王智間認為，現代文學是以「西方模式」來建立 ê 文學[8]。豐黎 mā 有注意--tio̍h，tio̍h 算是 1884 年甲申和約(Hiệp ước Patenôtre)越南 ê 主權 chiah 割 hō͘ 法國人，但是其實併吞 ê 陰謀早 tio̍h 透過 17 世紀 ê 傳教士 teh 進行。根據豐黎 ê 講法，「一直到二十世紀初期，勤王運動[9]內底 ê 抗法運動結束時，法國殖民者 chiah 正式建立全印度支那殖民地 ê 開發、剝削計劃。Mā 是 ùi 這个時陣開始，越南藝術文學內底 ê 現代化趨勢 chiah 開始出現一 kóa 結果[10]。」雖然分期 ê 時間點 m̄ 是 kài 清楚，m̄-koh tī 豐黎 ê 評論內面，越南文學 ê 現代時期是 ùi 二十世紀 chiū 已經開始。

Án-ne，每一位科學家 lóng ùi 家己 ê 觀點、立場出發，對現代文學範疇 lóng 有家己 ê 見解。不而過，tī 方法論方面，beh 確定現代文學內涵 ê 時，研究者 lóng 會真注重 tī 比較中世紀模型 kap 現代模型之間 ê 差異。長期以來，現代文學範疇主要 lóng 是 tī 一个矮 koh kheh ê 空間內底考慮 kap 觀察，而且主要是中國 kap 越南文學 ê 實踐。現此時，現代文學需要 tī 世界 kap 區域 ê tńg-se̍h 內底去 hông 看 tio̍h，ùi 內底了解現代化過程 ê 規律性 kap 特殊性。現代文學想像 ê 一致性 tī 伊 kap 中世紀文學 ê 觀念、藝術詩學是無 kāng ê 文學範疇。當然，chia--ê 差異並 m̄ 是絕對否定，因為任何 ê 發展 lóng 來自傳統文學內面 ê「理性核心」。Ūi-tio̍h beh 對越南現代文學有 koh-khah 清楚 ê 觀察 kap 了解，咱 beh 開氣力 chhiau-chhōe 一个簡要 ê 定義，不如 ùi 伊生成 kap 發展平面頂 ê 範疇來探討。

---

[8] 參考王智閒 ê《二十世紀越南文學 ê 回顧》(*Nhìn lại văn học Việt Nam thế kỷ XX*)內底 ê「走 chhōe 越南文學史內現代概念」(Tìm nghĩa khái niệm hiện đại trong văn học sử Việt Nam)，國家政治出版社，2002 年，464-477 頁。

[9] 譯者註釋：勤王運動(phong trào Cần Vương)是 ùi 1885 年到 1896 年由阮朝大臣尊室說(Tôn Thất Thuyết)、阮文祥(Nguyễn Văn Tường)等人以咸宜帝(vua Hàm Nghi)名義發起。這个運動得 tio̍h 當時朝廷真 chē 官吏、愛國文紳 ê 響應。

[10] 豐黎 ê《二十世紀越南現代文學素描》(*Phác thảo văn học Việt Nam hiện đại thế kỷ XX*)，知識出版社，2013 年，16-17 頁。

1.3. 現代文學出現ê條件/平面

1.3.1. 現代文學—Ùi 區域到世界過程ê產品

數千 tang 來 ê 存在內底，越南經歷過兩个重要 ê 文化過渡時期。第一是 ùi 東南亞文化到東亞文化時期。Che 有區域性 ê 過渡，其中受 tio̍h 中國文化 ê 影響真深。有 ùi 古代時期真大 ê 成就，中國文學 kap 文化影響真 chē 國家，像越南、朝鮮 kap 日本。Tī 越南，印度文化 ê 影響一般 tī khah 早期，mā 發生 tī 南部 khah chē。後--來，chiū 文化來看，越南主要是受中國 ê 影響 khah chē，包括佛教思想 mā 是經由中國宗教 kap 文化進入越南。Tī án-ne ê 精神生態譜系，越南中世紀 ê 作家、詩人 lóng 貫徹「文以載道」、「詩以言志」ê 實踐，mā 遵照嚴格 ê 藝術規範來進行創作。In ê 作品內面 lóng 充滿經典 ê 典故。Tī 真 chē 所在 lóng 有孔子廟。不而過，chiaⁿ 做一 ê 獨立國家 ê 作家，一方面，越南中世紀 ê 作者 kā 中國文學當作金科玉律，另外一方面，tī 真 chē 情況之下，ūi-tio̍h beh 證明大越[11]文化 ê 優越性，in mā 想盡辦法來肯定家己無比中國 ê 地位 khah kē。親像：Ùi 趙丁李陳世代建立獨立(Từ Triệu Đinh Lý Trần bao đời gây nền độc lập) kap 漢唐宋元各自稱帝一方(Cùng Hán Đường Tống Nguyên mỗi bên xưng đế một phương) (平吳大誥—阮廌)(Cáo Bình Ngô - Nguyễn Trãi)。Tī chia，必須 ài 知影稱帝是一種政治態度：南國山河南帝居(Nam quốc sơn hà Nam đế cư)。Koh 像：文如超，适無前漢(Văn như Siêu, Quát vô Tiền Hán)詩到從，綏失盛唐(Thi đáo Tùng Tuy thất Thịnh Đường)。Tī 肯定主權 kap 發展 ê 過程內底，字喃 ê 出世代表民族自尊 ê phah 拚。Tòe 越南文化發枝 puh-íⁿ ê kha 步，字喃 tī 民間生活內底 lú 來

---

[11] 譯者註：大越(Đại Việt)是越南國號，存在 tī 兩个階段，第一階段是 ùi 1054 年到 1400 年(李聖宗 Lý Thánh Tông 朝代)，第二階段是 1428 年到 1805 年(黎太祖 Lê Thái Tổ 朝代)。

lú 肯定家己，尤其是精神生活所扮演 ê 角色。

Tio̍h 算是 ùi 東南亞文化轉到東亞文化 ê 過渡，已經替越南文學 kap 文化注入真輝煌 ê 成就，但是總體來看，iû-goân 是封閉式 ê 交流方式，表示中世紀「閉關」思維 ê 產品。

一直到十九世紀尾二十世紀初期，接觸 tio̍h 西方 kap 法國文化了，越南文化 chiah 有超脫區域過渡到世界範圍 ê 機會。Che 是第二 pái ê 過渡，是進入現代重要 ê 過渡。Tī 當時 ê 歷史環境下，這種轉變，一開始是受壓迫--ê，但是時間 giú 長來看，tio̍h 是一種規律性 ê 運動，因為亞洲國家 beh 行 ǹg 現代化，kan-taⁿ 會用得透過 kap 比家己發展程度 khah koân ê 國家進行文化交流。越南文化 mā 無可能永遠 kan-taⁿ 向中國學習，koh-khah 講中國家己本身 mā tng-teh hō͘ 西方國家佔領。Tī 這款種情況之下，中國 ê gâu 人意識 tio̍h 一个事實，chiū 是 in kap 西方之間 ê 距離。Beh 改變這个狀況，中國 mā 必須 ài 改變家己[12]。另外一个所在，日本會 chiah 強，是因為 in ùi 明治時期 chiū 已經行 ǹg 西方。所 pái ūi-tio̍h beh 進行現代化，行 ǹg 西方、拓展文化交流是 chē-chē 亞洲國家必須做 ê 工程，其中 mā 包括越南。所有 ê 東亞國家，像日本、朝鮮、中國 kap 東南亞國家 kāng 款，早慢 lóng tio̍h ài 行過這條路。另外一方面，ùi 內在文化來看，越南中世紀文學 siōng 有才情 ê 藝術家 kap 知識分子 mā 真早 chiū 意識--tio̍h 規範 ê 限制，ùi 十八世紀尾期 tio̍h 開始進行 tháu 放規範。親像像胡春香(Hồ Xuân Hương)、阮攸、阮公著(Nguyễn Công Trứ)等等。一直到阮勸(Nguyễn Khuyến) kap 陳濟昌(Tú Xương)，這兩位詩人行到二十世紀初期，這个問題意識 tio̍h koh-khah 清楚。阮勸是一位大官，受中世紀科舉 kap 詩學 ê 影響真深，但是 tī 伊 ê 歌詩內底，大

[12] Che ē-tàng ùi 魯迅(Lỗ Tấn)放棄學醫學開始寫作 ê 現象看會出來。伊希望 kā 國民治病，其中，siōng 嚴重 ê 病 tio̍h 是 AQ 式 ê 精神勝利法。當時中國激進 ê 智識份子已經 kā 辮仔 ka 掉。Tī 每一个大都市，汽車、古典音樂 kap 跳舞 lóng 開始流行。梁啟超、康有為等人開始宣傳西方民主 ê 思想。

部分 lóng 已經看 bē tio̍h 經典典故 ê 形影。陳濟昌已經變做是無正經 ê 儒學家，tī 伊 ê 歌詩開始出現都市感，會 khau-sé、起笑早期都市社會 ku 怪、áu-thò͘ ê 歹習慣。

東西方文化 ê 交流鬧熱滾滾、熱 phut-phut teh 進行，媒體 kā 號做「美風歐雨」(mưa Âu gió Mỹ)。社會文化、歷史 ê 變化真 kín mā 影響文學中 ê tńg-se̍h 。當然，所講 ê 是行 ǹg 現代方向 ê tńg-se̍h。

有時，咱 teh 解釋法國人侵略 ê 時，主要會強調軍事方面受 tio̍h 侵略。但是 ùi 另外一 ê 角度來看，特別是社會、文化、思想領域 ê 角度，mā ài kā 看做是一 ê 機會。雖 bóng 一開始是文化 ê 強制壓迫。事實是，當時 ê 愛國學者 kap 真 chē 群眾排斥西方 ê 態度非常激進。但是主權完全 hō͘ 法國人掌握了，越南文化 mā 學 ē-hiáu 吸收西方文化 ê 優勢來振興家己 ê 民族文化，形成一 phoe 新知識分子 ê 隊伍、一種新 ê 價值模式。換一句話來講，軍事頂頭相戰 ê 失敗，越南人轉換做 tī 文化頂頭革命 ê phah 拚。雖 bóng 講是交流，但是 tī 越南這 pêng 主要是受影響、以學習為主。Che 無 siáⁿ-mih 奇怪 ê 所在，因為法國 kap 歐洲 ê 發展程度比越南 koh-khah 現代，雖 bóng 每一種文化 lóng 有家己 ê 特色 kap 價值。Tī 吸收 ê 過程中，越南文化 siōng 厲害 ê 所在是 tī 行 ǹg 現代，但是無自 án-ne tàn-sak 家己主體 ê 特色，利用吸收西方，來建立民族文化 ê 新力量。Tī《越南詩人》(*Thi nhân Việt Nam*)內底，懷清(Hoài Thanh)已經簡單、大概對法國文化對越南文化 ê 影響做結論。Nā 照懷清 ê 看法，這个影響過程經歷過三个階段，最後 ê 結論是「西方 chit-má 已經行入咱 ê 心槽。咱無法度 koh 歡喜 khah 早 ê 歡喜，煩惱進前 ê 煩惱，無法度有 koh 像 éng-kòe kāng 款 ê 愛、恨、憤、怒。」[13]

不而過，這場交流 mā 造成文化 ê 斷層。特別是有關觀念、思維 kap

---

13 懷清-懷真 (*Hoài Chân*) ê《越南詩人》(Thi nhân Việt Nam)，引用過 ê 參考冊，19 頁。

文字 ê 斷層。這層斷層，一方面，造成文化歷史 oat 一 oat，另外一方面，是越南 kap 世界相接、行 ǹg 現代 ê 必要條件。Tī 第一階段，越南文學現代化，甚至 liām 中國文學 lóng 以西方文化做樣。根據鄧台梅(Đặng Thai Mai)學者 ê 觀察，中國社會 tī 十九世紀尾期到二十世紀初期 mā tio̍h ài 學習西方。上海、北京 ê 上流人士 kā 頭鬃尾溜 ka 掉、穿西服、聽音樂等 ê 代誌 tio̍h 是送舊迎新真 kui-khì ê 態度。Nā 將越南文學 khǹg tī 十九世紀尾到二十世紀初期，國家總體運動 ê 圖像內底，現代化 ê 本質是西方化。當然，因為每一个民族 ê 心理 kap 文化結構 lóng 無 kāng，所以「每一个民族，lóng 用家己 ê 方式、家己 ê 創造力來進行這件代誌。」[14]

Éng 過，有真 chē 研究者 lóng 認為，到 1945 年越南文化基本上已經完成現代化 ê 過程。Chiū 咱所知影--ê，到 1945 年越南文學確實已經 tī 現代藝術 ê 路頂頭，但是民族文學現代化 ê 過程 iáu-koh 繼續 tī kui-ê 二十世紀 teh 進行。這个過程會對應到 sòa 落來 ê 兩場文化交流。

Tī 1945-1975 年這个階段，因為歷史 ê 影響，越南行入世界 ê 工程 koh teh 進行，不而過，越南南北每一 ê 地區 lóng 是 tī 彼當時 ê 文化社會、地緣政治 ê 基礎頂 koân 行 ńg 世界--ê。北部主要是 kap 中國、蘇聯、社會主義國家進行文化交流。Che 是咱以蘇聯文學作為範本 ê 階段，浪漫 kap 史詩 ê 行向充滿 kui-ê 越南北部文學。民族-科學-大眾 ê 方針繼續維持 kap 發展。社會主義現實創作 ê 方法 hông 看做是對藝文創作者 siōng 好 ê 方法。詩人、作家 lóng 決心犧牲個人，成就整體，kā 服務抗戰、服務建國，看做是落筆者 siōng-kài 重要 ê 任務。南高(Nam Cao) ê《雙眼》(1948 年)實質上是一種開路，一種藝術宣言，清楚確定作家 ê 思想立場是 tòe 抗戰 kap 革命事業 ê kha 步 teh 行。

---

14 參考王智閒 ê「走 chhōe 越南文學史中現代概念」(Tìm nghĩa khái niệm hiện đại trong văn học sử Việt Nam)，引用過 ê 參考冊，477 頁。

Tī 1954-1975 年這段期間，南部都市文學主要是接受西方文化[15]。這段期間，西方新思想 ê 潮流、美國 ê 生活方式對南部都市文學有深 koh 闊 ê 影響。除了受奴役 ê 文學以外，愛國 kap 進步 ê 作家，一方面受 tio̍h 西方現代哲學美學思想 ê 影響，另外一方面 mā 一直 teh 提升文學內 ê 民族精神。

1975 年了後，國家統一 mā 造成越南南北之間文學 ê 統一。是一个越南國家獨立、領土完整 ê 文學。Tī 這 pài ê 文化交流內底，越南現代文學行入世界範圍轉變 ê 過程進行了 koh-khah 有規模、koh-khah 全面、koh-khah 深入，其中 20 世紀 80 年代期間有特別重要 ê 意義。Che 是代表兩 ê 文學階段「牽連」性 ê 階段。Ùi 20 世紀 70 年代尾到 80 年代初期，文學內底改革 ê 信號 tio̍h 已經出現，tī 包括阮明珠(Nguyễn Minh Châu)、阮仲螢(Nguyễn Trọng Oánh)、黃玉獻(Hoàng Ngọc Hiến)等 ê 創作 kap 批評理論內底存在。1978 年，阮明珠提出有關戰爭 ê 問題，需要有 kap khah 早無 kāng ê 創作。有價值 ê 點是阮明珠 ê 想法是 ùi 內在 ê 意識出發，因為 tī 無 gōa 久進前，伊是抗美戰爭時期文學 siōng-kài 出色 ê 浪漫主義作家群之一。1979 年，黃玉獻一方面接 sòa 阮明珠 ê 提

15 有關 1954 年到 1975 年南部都市文學 ê 名稱到 taⁿ 有真 chē 無 kāng ê 稱呼法(稱呼方式)：「南部文學」親像武片(Võ Phiến)、瑞奎(Thụy Khuê)等 ê 意見，ia̍h 是 khah 普遍 ê 是「暫戰時期南部文學」、「南部各都市 ê 文學」等等。阮薇卿(Nguyễn Vy Khanh)認為，tī 南部各都市文學 ê 稱法是遵照「指示」ê 稱法(http://www.luanhoan.net/gocchung.html.khanh-VH.htm)。最近，阮柏成(Nguyễn Bá Thành) tī《越南歌詩全景 1945 年 – 1975 年》(Toàn cảnh thơ Việt Nam 1945 – 1975)(河內國家大學出版社，2015 年) ê 專論內底，將伊號做越南國政體下 ê 歌詩(對應保大帝階段時期)，越南共和國政體下底 ê 歌詩對應於吳廷琰 (Ngô Đình Diệm)到阮文紹(Nguyễn Văn Thiệu) ê 階段時期)。這種稱呼法是照具體 ê 政體中看文學 ê 方向來行。Che mā 是 ē-tàng 接受 ê 接近方向。M̄-koh tī 這本教材內底，咱 iáu 是用南部各都市文學 ê 叫法，原因有二个：第一，Tī 都市環境下底，文學活動進行了 siōng 活跳、siōng 集中；第二，都市代先是越南國政體，後--來是越南共和國直接管轄 ê 地區。Che 是南部兩个政體 tī 意識形態 kap 選擇社會模式頂 koân kap 北部對立 ê 越南民主共和國。

議，一方面 mā 提出伊猛 liah ê 看法概要，已經直接講出一个"符合道理" ê 文學限制。黃玉獻 ê 觀念受 tioh 兩種輿論：一 pêng 是支持，一 pêng 是反對。除了一 kóa siuⁿ 極端 ê 意見之外，伊 ê 概要包含合理 ê 核心：無 ài hō͘ 文學陷入去插畫內底，作家必須 ài tī 家己創造出來 ê 審美世界內引起主要 ê 藝術思想。不而過，ài 等到越南共產黨第六 pái 全國代表大會，正式 beh 啟動改革國家決心 ê 時，社會改革、國家改革 kap 文學改革 ê 精神 chiah 真真正正 sak 到高潮。Che mā 是越南主張 kap 世界各國普遍合作做朋友、進行多方、多平台國際文化交流 ê 時間點。Kap 以前相比，尤其是自正式加入世界貿易組織(WTO)以來，越南比任何時陣 koh-khah 了解家己是人類 ê 一部分，將 kap 國際相接看做是時代必然 ê 行向。這个過程要求越南必須 ài 設立市場經濟，建立現代體制，法治國家、擴大民主等等。Tī 關心保留民族文化本色、國家主權、社會保障等問題 ê 同時，越南 ài kap 世界做伙解決真 chē 全球性 ê 議題，親像氣候變遷、生態安全、種族衝突等 ê 問題。Mā 是 tī 這个時陣，hō͘ 咱 koh-khah 了解，行 ǹg 世界變現代無等於是消除民族 ê 特色，而且這 pái 現代化進程 ê 性質，mā kap 20 世紀初期 ê 現代化無 kāng 款。像頂 koân 所講，20 世紀初期，現代化主要是 kap 西方化、法國化 kāng 款。Ùi 1945 年以來，現代化已變做 koh-khah 多樣化，而且自 1986 年以後，越南設立市場經濟，參加多方國際會議 ê 時，這種多樣化變 chiâⁿ koh-khah 清楚。經濟方面，全球化 ê 過程已經 tauh-tauh-á 行 ǹg 文化 ê 全球化。這个過程 hō͘ 真 chē 人煩惱 tī 大國文化 ê 壓迫下底，小國 ê 文化會自 án-ne 來消失 ê 問題。所 pái 現代化應該 kā 想像做是一个雙向 ê 進程：一方面向世界學習，一方面維護 kap 發揮家己 ê 本色，chiâⁿ 做對文化壓迫 ê 主動對抗。Koh-khah 講，人類文化 ê 吸收已經 m̄ 是獨獨吸收西方 ê 過程，是吸收真 chē 無 kāng 文化 ê 精華來創造新 ê 文化價值。

講到 chia，現代化 ê 本質 tio̍h 是革新。革新 kap 民族文學 ê 現代化，一方面是透過社會文化、政治、歷史條件來規定，另一方面是文學本身 ê 運動來對應生活 ê 需求。

1.3.2. 欣賞文學 ê 觀眾 kap 創作文學 ê 隊伍

1.3.2.1. 新 ê 創作主體

Kap 中世紀文學相比，現代文學 ke 真 chē 無 kāng，頭一个無 kāng chiū 是創作 ê 主體。

中世紀文學 ê 創造主體是封建 ê 知識分子 kap 有受過教育 ê 和尚尼姑階層。中世紀文學所用 ê 主要文字是漢字。漢字 mā 是 tī 國家公文內底正式使用 ê 文字。用漢字同時，13 世紀越南字喃出世，了後 ta̍uh-ta̍uh-á 發展，阮攸 ê《金雲翹傳》kap 胡春香 ê 詩 ē-tàng 講是字喃行到 siōng koân ê 坎站。不而過，tī 官方生活內底，漢字 ê 統治地位 iû-goân iáu 是無改變。Tī 一个 án-ne 密封 ê 空間內底，作家所看 ê 標準 lóng 是中國。詩有李(Lý)、杜(Đỗ)等等；文有羅貫中(La Quán Trung)、施耐庵(Thi Nại Am)、曹雪芹(Tào Tuyết Cần)等等；批評理論有金聖歎(Kim Thanh Thán)、袁枚(Viên Mai)等等。大家 lóng 正經是文才、詩伯，m̄-koh in ê 美學創作 iû-goân 停 tī 古典美學模式，少變化，mā khah 少突破。Tī 資訊 iáu-bē 發達、公開條件無利便 ê 時代下底，造成創造主體 kap 接受主體之間 ê 關係非常矮 koh kheh，受限制。大多數 ê 人民 lóng 是青盲牛所以 mā 無 thang 讀文學，尤其是用漢字所寫 ê 文學。In 想 beh 讀字喃 mā m̄ 是 chiah-nī 簡單，因為 nā beh ài 讀會 bat 字喃，chiū ài 先認 bat 漢字。一直到十九世紀尾二十世紀初期，民智提升，學習國語字 ê 潮流出現 ê 時陣，漢字 ê 角色 chiah 開始衰退，ta̍uh-ta̍uh-á hông 取代。看 tio̍h 二十世紀初期 ê 歷史變化，黃叔沆(Huỳnh Thúc Kháng)憐憫、傷心、遺憾：「歐學 iáu-bē 勇健，漢學已經先斷根源」。Tī 1936 年 ê《精華》(*Tinh hoa)*

報頂頭，武庭連(Vũ Đình Liên) siàu 念過去 ê 老先覺，事實上是 teh siàu 念已經過去 ê 一个時代。Tī che 進前， 1913 年 4 月，已經由「完善殖民地教育 ê 理事會」 (Hội đồng hoàn thiện nền giáo dục bản xứ) (Conseil de Perfectionnement de l'Emseignement Indigène) tī 越南中圻每一間法—越國小 kap 補校公佈取消學習漢字。1919 年，舉辦最後一 pái ê 漢學科舉考試，完全結束舊教育制度 ê 地位。現代文學 ê 創造主體無 koh 是儒學家，是精通新時代精神 ê 西學知識分子。「新詩」(Thơ mới)頭 pái 戰贏是 bat tī《印度支那美術學院》(Cao đẳng Mỹ thuật Đông Dương)讀過冊 ê 詩人世旅(Thế Lữ)，sòa 來是春妙(Xuân Diệu)、輝瑾(Huy Cận)等等，in lóng 是 100% ê 西學分子。代先提倡「自力文團」(Tự Lực văn đoàn)--ê 是 ùi 法國留學轉來 ê 作家一靈(Nhất Linh)。儒學家、漢學仔仙 nā beh tī 現代文化環境內底生存 tiȯh 必須 ài 改變家己來適應。吳必素(Ngô Tất Tố)、潘魁(Phan Khôi)等 ê 作家 tiȯh 是這類型改變 ê 代表。毛筆已經完全 hō͘ 鋼筆征服。西方 ê 宇宙觀、人生觀，西方 ê 教育、生活方式 kap 西方 ê 美感等方面，已經 hō͘ 人 tȧuh-tȧuh-á 放 bē 記幾千 tang 來慣勢 ê 思考方式，hō͘ 人充滿自信行 ǹg 現代。

除了男性作家以外，tng 婦女開始創作、寫報紙 ê 時陣，現代文學開始見證平權。Tī 封建社會下底，婦女 ê 角色非常臭賤。儒家思想 kap 封建社會制度無允准婦女參政、讀冊、發表政見。ē-hiáu 寫詩、創作 ê 婦女人數是非常少。像胡春香、段氏點(Đoàn Thị Điểm)、青關縣夫人(Bà Huyện Thanh Quan)等等，án-ne ê 現象是非常罕行--ê。到現代時期了，婦女 ê 角色 chiah 開始轉換。現代化 ê 過程，擴大民主環境、改變教育系統 hō͘ 婦女有受教育 ê 機會。潘魁秀才 chē-pài tī 報紙頂公開呼籲男女平權。已經出現真 chē 女性知識分子 ê 面模，真 chē 人開始 giȧh 筆創作 chiā^{n} 做一種社會參與 ê 意識，像湘浦(Tương Phố) (1896-1973)、淡芳女史(Đạm Phương nữ sử) (1881-1947)、黃氏寶和(Huỳnh Thị Bảo Hòa)

(1896-1982)、英詩(Anh Thơ) (1921-2005)等等。雖 bóng 黃氏寶和 ê 作品《西方美人》(*Tây phương mỹ nhơn*) (1927 年，西貢保存出版社，15 回，2 卷)藝術筆法 iáu 無講 kài 新，但是伊 hông 定位是頭一位寫小說 ê 婦女，伊對第一階段 ê 國語散文有真大 ê 貢獻。阮氏萌萌(Nguyễn Thị Manh Manh) (1914-2005)透過大量刊登作品鼓吹「新詩」來 hō͘ 讀者會記得。淡芳女史是一位 tī 望族名門出世，精通東西方文化 ê 婦女，伊 hông 排入世紀初期著名 ê 作家、詩人、記者等 ê 清單內底。Tio̍h 算是序細，tī「新詩」已經穩定了後出道，但是英詩 iû-goân 有伊 ê 貢獻，對促進「新詩」風潮 ê 豐富做出貢獻。伊 ê「故鄉之圖」(Bức tranh quê)詩集 tī 1939 年得 tio̍h「自力文團」ê 鼓勵賞。

Ē-tàng 講，tī 社會要求平等運動發展 ê 時代，婦女 ê 參與 kap 寫作，是越南現代文學內底一个真重要 ê 因素。遊記 éng 過 lóng hông 認為是男性專屬 ê 寫作類型，chit-má 婦女 tī in「轉變」ê 過程 mā 來挑戰。Ùi hông 書寫 ê 對象，婦女已經變做是書寫 ê 主體。1945 年了後，女性作家隊伍 lú 來 lú 大，尤其是有社會 teh 做 in ê 後山，代先是《婦女會》(Hội Phụ nữ)，koh 來是《越南作家協會》(Hội Nhà văn Việt Nam) ê 協助。

1.3.2.2. 新 ê 文學群眾

中世紀時期，交流、接受 ê 環境 tī 一个矮 koh kheh ê 範圍內底進行。一方面是因為 iáu 無出版，一方面因為大多數 ê 群眾 lóng 是青盲牛。Koh 一點，m̄-nā 是創作者 ê 文筆 ài 好，接收者 mā tio̍h ài bat 字 koh 有好文筆(漢字 ia̍h 是字喃)。進入現代時期，因為國語字(越南羅馬字)普及，民智提升，koh 加上有報章雜誌 kap 出版 ê 協助，所 pái 文化享受 ê 環境 m̄-nā 大量增加，質量 mā 來提升。Tī 現代化第一階段享受文學 ê 群眾主要是市民階層，尤其是學生、大學生、青年階級。In 是對新 ê 生活方式、新 ê 思想非常敏感 ê 群眾。有一个新--ê 人生觀、新藝術觀念

ê 西學知識分子世代，已經造成文學話語改變，ūi 讀者帶來符合 in ê 趣味、美感 ê 精神食糧。咱來聽懷清講春妙個人，是「新詩」風潮「siōng 新」ê 詩人，有關共鳴 kap 接收 ê 態度 ：「起笑春妙 ê 人，認為春妙會用得像進前 *La-má-thìn* (Lamartine) ê 回答方式：『已經有一 kóa 少年、少女歡迎我』。對一個詩人來講，無 siáⁿ-mih 比少年人 ê 歡迎 koh-khah 珍貴[16]。」少年 tio̍h 已經真寶貴，但是接受新事物 siōng 珍貴 ê 是少年 ê 心。

二十世紀初期，越南文學 siōng 大 ê 改變 tio̍h 是自我(individual) ê 出現。自我 ê 出現已經 chiâⁿ 做是現代文學包括浪漫文學 kap「新詩」藝術結構 ê 核心。到現實文學潮流，眾位作家已經進行兩 pái 放棄/反映：第一，放棄中世紀文學內面，充滿象徵性 ê 敘事，線性 kap 駢偶 ê 風格；第二，反映浪漫詩學，寫真、尊重「人生事實」做優先。雖 bóng tī 本質上 kap 浪漫文學 kāng 款，現代現實文學 mā 是 tòe 個人對生活 ê 看法 teh 行。現代時期是個人 kap 現代教育環境 ê 時期，所 pái 現代文學 tio̍h 是自我個人 ê 發言、個性創作 ê 解放意識 kap 對每一種藝術 chhu 向 ê 尊重。

個人意識是一个歷史 ê 範疇。Tī 西方 ê 中古時期，人會受 tio̍h 教堂思想 kap 上帝教條 ê 牽制。神權思想 tī 本質上是拒絕人類科學技術 ê 成果。Tī hia，*Ga-lī-le-o Ga-lí-leh* (Galileo Galilei) ê 悲劇是神權 kap 科學思想衝突 ê 悲劇。後--來因為資本主義 ê 出現，特別看重個人意識。甚至發展到極端 ê 程度，會變做個人主義。遵照 Saint-Simon 學說 ê 法國社會主義者 ê 觀點內面，理解個人主義是造成 1789 年革命了，法國社會崩盤 ê 原因。資產時代 ê 社會政治、經濟生活 ê 振動是造成個人主義 puh-íⁿ kap 發展 ê 直接原因。Tī che 進前，復興時代有高尚 ê 人文主義

---

[16] 懷清-懷真 ê《越南詩人》(Thi nhân Việt Nam)，引用過--ê 參考冊，121 頁。

精神，已經恩准人 ē-tàng 意識 tio̍h 本身 kap 神聖之間 ê 美麗 kap 力量。Tī 科學發展 kap 唯理主義精神面頭前，神權 ê 束縛 tī 唯理精神 kap 科學發展下底已經無像 khah 早 chiah 有效果。Tī 中世紀時期文化環境內底，kā 人 khǹg tī 一个穩定 ê 制度 kap 社會關係內底，慣勢有規範性 ê 契約文化。到現代時期了，歷史 ê 變故已經將人 ùi 這層穩定 ê 關係內底踢開。田庄文化 kap 對田野 ê 興趣，已經 ta̍uh-ta̍uh-á 讓位 hō͘ 街頭文化 kap 對都市 ê 趣味。Chit-má 個人 ê 主體是有自信又 koh 對歷史感覺不安。歷史 ê 運動 kap 西方新思想傳到越南，透過真 chē 無 kāng ê 方式 hông 接受：Ùi 法國文化、中國新冊、koh 透過東遊運動(phong trào Đông du)做橋 ê 日本民主精神等等。除了西學 ê 知識份子以外，看有時勢 kap khah 入世 ê 儒學家 mā 是真 phah 拚 teh 紹介外國文化、思想 ê 人。In ê 目的是提 koân 知識、提升民智 kap 建立民主 ê 環境。《東洋雜誌》(*Đông Dương tạp chí*)、《中北新文》(*Trung Bắc tân văn*)、《南風雜誌》(*Nam Phong tạp chí*)、《知聞》(*Tri Tân*)、《青議》(*Thanh Nghị*)等 ê chia--ê 報紙有阮文永(Nguyễn Văn Vĩnh)、范瓊(Phạm Quỳnh)、潘魁、丁家楨(Đinh Gia Trinh)等人 ê 參與，對意識形態 ùi 中世紀轉變到現代 ê 新環境提出貢獻。

1.3.2.3. 市場經濟、都市化、出版 kap 報章雜誌 ê 角色

市場經濟因為資本主義來產生。Ùi 原理方面來看，市場經濟 m̄ 是資本主義 ē-tàng 獨占 ê 財產，是人類共同 ê 成就。市場經濟用家己 ê 方式來刺激藝術創作。Éng 過便 nā 講 tio̍h 資本時代市場經濟 ê 時，*Má-khek-su* (Karl Marx)個人將資本主義看做是藝術 ê 敵人。有影，tng 資本家願意用真好 ê 利純 chha 家己 ām-kún-á ê 時，án-ne in 所創造出來 ê 資本主義的確真正變成藝術 ê 敵人。不而過，nā ùi 另外一个角度來看，一个健康 ê 市場經濟有刺激藝術多樣化發展 ê 能力。所 pái nā beh 研究市場 kap 文化之間關係 ê 時，必須 ài ùi 真 chē 角度落去進行觀察。市場經濟將文

學變做商品，作者 tī 內底是生產者(有兩種主要 ê 形式：家己創作 iah 是接訂單)，接受文學 tio̍h 是文化消費 ê 過程。市場經濟 mā phah 開文學市場，kā 文學創作變做是一項頭路，kā 作品 ê 價值轉換做金錢等 ê 貢獻。Che 是現代文學形成 ê 重要因素，現代文學 kap 傳統文學有 án-ne ê 差別。

文學 kap 文化 ê 市場已經出現，當然 bē-tàng 無講 tio̍h 出版 kap 報章雜誌。出版 kap 報章雜誌 m̄-nā 製造供應 ê 來源，koh 進一步刺激消費。另外一方面，tio̍h 是因為出版 kap 報章雜誌，ùi 拓展文學市場變做促進文學 ê 專業性，將文學活動變做是一種職業 ê 因素。Che 是前現代文學內面從來 m̄-bat 出現過 ê 狀況。

現代時期 mā kap 都市化有關係，文學內面 ê 都市感官變做是區分現代 kap 傳統文學 ê 標準。Tī 中世紀時期，都市大部分 lóng 是行政、政治 ê 中心；nā beh 做生意、買賣，一般是設 tī 市鄉鎮等 ê 範圍無 tio̍h 是服務文化、政治中心。Che 是村民自我 tè 倒市民自我 ê 時代。農業文明 ê 產品，傳統文學主要是 tòe 田庄文化 teh 行，chit-má tī 現代時期，工業文明扮演主導 ê 角色，當然 mā 會 tòe leh 都市 kap 都市化。事實上，因為貨物經濟 ê puh-íⁿ kap 發展，市民 ê 因素 kap 金錢 ê 角色已經 bat tī 真 chē 中世紀作家 ê 作品內底提起--過。阮攸看出這个問題出現 tī 傑作《金雲翹傳》內底。但是 tī 中世紀文學內底，對都市 kap 市場經濟 ê 意識 lóng 是停留 tī 個人 ê 程度。Kan-taⁿ tī 現代社會下底 chiah chiâⁿ 做普遍 ê 意識。Tī 越南文學內底，siōng 明顯 ê 都市感官出現 tī 武重鳳(Vũ Trọng Phụng) ê 創作內面，伊寫一系列 ê 報導文學，特別是《紅運》(Số đỏ)。Nā beh 選一位 ē-tàng 代表越南現代文化都市感官 siōng 厚 ê 作家，án-ne 一定是武重鳳無別人。因為 tī 越南河內二十世紀初期，都市化環境熱 phut-phut、燒滾滾 teh 進行 ê 時，伊是直接體驗、見證 kap 書寫 ê 人。

Tī 對抗法國 kap 美國這兩 pái 抗戰當中，越南北部無存在所謂 ê 市場經濟。這「票證」時期 ê 特點，m̄-nā 表現 tī 生產領域、物質需要品 ê 分配，iáu koh 表現 tī 精神文化領域頂 koân。出版網絡由國家管理，文學冊出版 ê 目的是教育愛國精神 kap 革命 ê 英雄主義。1954 年到 1975 年，越南南部雖然有市場，但是本質上是 tī 西方 kap 美國保護之下 ê 消費社會。Tī 這樣 ê 環境下底私人 ê 出版社、報章雜誌雖然有承認，m̄-koh 還無真正轉變做有實質 ê 力量。進入二十世紀 ê 80 年代，因為政府 kap 共產黨「改革」(Đổi mới) ê 主張，越南正式建立，承認以社會主義做未來行向 ê 市場經濟。Che 是出版業大發彩 ê 時期，尤其是 chē 間媒體公司 ê 出世 kap 出版社會化 ê 活動。Nā 照市場 ê 規律，文學 mā 是商品，消費者會決定作品 ê 價值。市場經濟會支配供求產品 ê 過程，調整各種藝術類型，市場經濟 mā 是 hō͘ 娛樂文學有機會 phah 破 éng 過文學產品 hông 當做神 teh 拜 ê 聖地。市場 tiāⁿ-tio̍h 會分化讀者，siâng 時商業化 ê 趨勢 mā 會增加，對文學生活 chah 來消極 ê 影響，不而過伊無法度消滅真正有價值 ê 文學作品。

1.3.2.4. 現代 ê 藝術詩學

有關詩學方面，現代文學已經完全脫離中世紀文學 ê 一切藝術規範。

關於藝術觀念，中世紀時期，文學 siōng-koân ê 目的是教示。這 ê 時期 ê 作者、詩人將文學看做有載道 kap 表達意志 ê 任務。越南中世紀文學思想 ê 基礎基本上是儒家思想[17]。「聖人」ê 著作有代表金科玉律 ê 意義，ūi 後代 ê 作家做榜樣。Ūi-tio̍h 這个目的，中世紀文學當然會製造一切藝術 ê 規範來服務教化 kap 載道 ê 功能。作家個人 ê 看法無發展 ê 機會。到現代文學了後，藝術 tòe 個人感官 ê 觀念 teh 行，ia̍h tio̍h 是

[17] 中世紀文學 mā 包括受佛教 kap 道教影響 ê 向。除了高僧 kap 一部分 ê 禪詩之外，大部分 ê 趨勢是三教合一，其中儒教 ê 角色比其他兩教受重視，尤其是 tī 後階段。

個人對世界 ê 看法。*Mi-lan Khun Te-la* 肯定：現代藝術 tòe 個人 kap「小說 ê 道路親像現代時代平行出現 ê 歷史[18]。」Tī 現代小說內底，個人 ê 觀點無一定像中世紀文學 án-ne kap 集體 ê 觀點一致。用 *Lu̍h-né Ti-kha-chhuh* (René Descartes) ê 名言「我思考，所 pái 我存在」。

關於藝術思維，中世紀文學將作者看做是一 ê「小化公」，寫詩、書寫 ê 目的是 ūi-tio̍h beh kap「大化公」(造物者)競爭。Nā 是西方 ê *E-lé-suh-tá-toh* (Aristotle)文學模仿現實(mimesis) ê 觀點，對前現代文學有長期 ê 影響，án-ne tī 東方 tio̍h 特別看重「間接 ê 描述」kap 象徵 ê 筆法。Tī 藝術規範規定嚴格 ê 時代，中世紀 ê 作家照現有 ê 藝術規範，用「師傅」ê 原則來創作。到現代藝術了後，解放規範 ê 需求、提 koân 個人位置 kap 社會民主 ê 環境相關聯。民主是現代藝術 kap 社會生活真重要 ê 一个範疇，民主 mā 是作家表現個人思想 ê 反省、phah 開藝術對話 ê 先決條件。中世紀文學 kap 現代文學之間文學藝術詩學 ê 基本差異像下 kha 表：

詩學各平面	中世紀文學 ê 詩學	現代文學 ê 詩學
藝術觀念	提 koân 教示 ê 目的	提 koân 個人 ê 聲音
藝術思維	Tī 已經確立規範、原則 ê 基礎頂頭進行創作	Tī 個人 ê 想像 kap 冒險 ê 基礎頂頭進行創作
個人自我 ê 體現	Àm-khàm 個人，文學人 ê 觀念 kap 宇宙人是 kāng 款--ê	自我、個人、個性直接表現
語言	固定有 ê 規則基礎，khah-chē 象徵修辭，khah-chē 典故	Kap 生活語言親近、個性豐富
語調	屬於吟唱抒情 ê 範疇，有獨白性	屬於講話 ê 範疇，有對話性

[18] *Mi-lan Khun Te-la* ê《小論》(*Tiểu luận*)，元玉(Nguyên Ngọc)翻譯，通訊文化出版社-東西方文化語言中心，2001 年，16 頁。

有關體裁生活，文學 ê 類型 kap tī 歷史中 ê 變化是非常複雜 ê 問題。中世紀 ê 文學內底，文學有功能性 kap 文、史、哲不分 ê 思維，造成模糊 ê 界線，ē-sái 講無體裁是單純 ê 文學。另外一方面，中世紀 ê 雙語性質 mā tòe 體裁分類 ê 現象 teh 行：一 pêng 是「外來體裁」(包括詩、賦、傳、記、詔、書、檄、誥等等)，另外一 pêng 是「在來體裁」(包括提升各種民間文學體裁做博學文學)。順序方面 mā 真清楚：提升詩、賦，kā 小說 kap 戲劇當作是「下 kha 層」，外來 ê 類型體裁(一般用漢語書寫)比在來類型(用字喃書寫)有 koh-khah koân ê 地位。到現代時期了，舞台頂文學 ê 主角的確是小說 kap 散文。這个情境已經 hō͘ 遠遠 ê 懷清確定：「新詩」運動 tú 爆發 ê 時，ē-tàng 看做是散文 ê 侵略。散文侵入歌詩 ê 領域，將伊 bú kah 露 ke 散 thèh[19]。」這个類型位置 ê 轉換 mā 體現現代藝術思維內底一个真重要 ê 轉變：放棄修辭、象徵等等 ê 手路行 ǹg 現實。

現代文學 kap 中世紀文學類型 ê 區分 tī 楊廣咸(Dương Quảng Hàm)《越南文學史要》(Việt Nam văn học sử yếu) (1943 年)內底有講 tio̍h，包括下底 5 點：1) Tī 新文學內底，散文有重要 ê 地位，tī 傳統文學內底，這个位是屬於詩、賦(韻文、駢文) kap 其他功能類型；2)新文學注重日常生活 ê 活動，kap 傳統文學提 koân 各種高尚 ê 題材無 kāng；3)新文學注重現實，kap 傳統文學提升理想方面無 kāng；4)新文學提升民族傳統文學，kap 傳統文學 lóng teh 學中國詩學無 kāng；5)新文學簡單、自然，kap 傳統文學用真豐富 ê 典故 kap 虛華 ê 字詞無 kāng。

武俊英(Vũ Tuấn Anh) tī 研究體裁生活現代化過程 ê 時，觀察 tio̍h：「二十世紀初期 ê 文學 tī 將近 30 年改革了後，越南文學每一種體裁 lóng 已經「發展到系統完整 ê 程度。」[20]

---

19 懷清-懷真 ê《越南詩人》(Thi nhân Việt Nam)，引用--過 ê 參考冊，42 頁。

20 武俊英，《二十世紀越南文學 ê 回顧》(*Nhìn lại văn học Việt Nam thế kỷ XX*)內底 ê

總體來看，文學現代化 ê 體裁方面是三个過程 siâng 時 teh 進行：第一，一 kóa 無符合 ê 體裁(像誥、照、表、檄、雙七六八等) ê 消失；第二，一 kóa 新 ê 類型(八字詩、話劇、自由詩、散文詩等) ê 出現；第三，tī 傳統體裁 ê 基礎頂頭改變體裁。體裁發展過程 ê 同時，iáu koh 有體裁透 lām ê 現象。當然，這个透 lām ê 現象屬於現代藝術思維 ê 開放性質，kap 中世紀文、史、哲不分 ê 現象無 kāng。

關於文學語言方面，文學現代化 ê 過程是 tòe 漢字到字喃，tòe 字喃到國語字 ê 轉換 teh 行。這點 ē-tàng 講是越南文化生活行 ǹg 世界範圍趨勢兩个真重要 ê 時間點。[21]

Tī 中世紀文學十 ê 世紀 tah-tah，siōng 明顯 tio̍h 是雙語現象。雖 bóng tī 歷史頂越南語已經出現真久，不而過 tī iáu-bē 有文字 ê 時，越南人不得已使用漢字。漢字 siōng 代先 hông 用 tī 官方生活內底，用來傳達朝廷 ê 聖令，後--來 koh 用 tī 科舉考試內面，ùi 一个矮 koh kheh ê 環境 ta̍uh-ta̍uh 生湠到日常生活，形成一類漢越詞。Tī iáu 無文字 ê 情況之下，使用漢字變做是一種強制性 ê 要求，但是民族精神 kap 文化保護意識一直迫使越南人 chhiâu-chhōe 一種新 ê 文字。字喃(Chữ Nôm) tio̍h 是 ùi 肯定文化 ê 需求來出世--ê，tī 某種程度，che mā 是文化成長 ê 證據。事實上，使用漢字 ê 時，越南人 ê 祖先一方面用這種文字建立了家己 ê 思想、學術，一方面肯定愛國精神 kap 民族 ê 自尊 ê 驕傲。Che 是時勢性 ê 選擇，但是 mā 是真合理，因為伊是一種對漢文化強迫反抗 ê 形式。漢字文學 mā 有留落幾本厲害 ê 作品像《檄將士文》 (*Hịch tướng sĩ*)、《平吳大誥》、《白藤江賦》(*Bạch đằng giang phú*)等等，因為是 ùi 心底出發，chia--ê 作品 lóng 充滿民族 ê 精神。不而過，作為一種外來語 ê 漢

「二十世紀前期 ê 越南文學體裁生活」(Đời sống thể loại văn học Việt Nam nửa đầu thế kỷ XX)，引用--過 ê 參考冊，550 頁。

[21] 譯者註: 請參閱蔣為文 2017《越南魂:語言文字與反霸權》。台南:亞細亞傳播社。

字，伊無法度記錄、無法度徹底表達越南人 ê 心思 kap 情感。顛倒是字喃 ē-tàng 充分來滿足越南人 ê 這个需求。Che 是建立 tī 漢字 ê 結構 kap 外形基礎頂頭，用來書寫越南語 ê 文字。大約 tī 十三世紀，字喃(Chữ Nôm) tau̍h-tau̍h-á 發展完善，開始出現一 kóa 字喃(Chữ Nôm) ê 文學作品。Kap ùi 中國出發 ê 漢字相比，字喃(Nôm)源自越南，mā 是真「通俗、平民 」ê 意思。事實上，越南中世代各政權已經真 phah 拚用「雙重」看待 ê 方式來混合漢字 kap 字喃 ê 雙語現象。漢字 kap 官方生活 khiā 做伙，是正人君子 ê 聲音，佔有正統 ê 地位。字喃 kap 平民階層 khiā 做伙，tī 謙虛 ê 地位，mā 是老百姓 ê 聲音。不而過，字喃漸漸開始有重要 ê 地位，甚至已經開始出現 tī 胡朝 (1400 年-1407 年) kap 西山朝 (1788-1802 年) ê 行政公文內底。一步一步，字喃 hō͘ 著名 ê 知識分子、詩人像阮廌、胡春香、阮攸等等，真熟手來使用，創作出出眾、有範 ê 藝術作品。

Nā 字喃是因為民族意識、文化保護 kap 振興精神來出世，án-ne 國語字 tio̍h 是因為有快速普及 ê 功能來受 tio̍h 呼應。其實，西方 ê 傳教士 tī 編寫這種拉丁字母 ê 時陣，in kan-taⁿ 針對家己 beh 傳道 ê 目的。殖民政府 mā 是透過國語字來強加 in tī 越南 ê 法國文化價值 niā-niā。但是對越南人來講，選擇國語字是用來提升民智 siōng-kín、siōng 有效果 ē-tàng 振興民族 ê 一條路。

因為國語字 ê 普及性 kap 便利性，koh 有 ē-tàng 表達越南人民所有心思、情感 ê 功能，所 pái 學習國語字 ê 運動受 tio̍h 群眾 ê 支持。國語字贏了後，漢字 ê 角色 tio̍h 漸漸衰退，一直到 1919 年，越南舉辦最後一 pái 漢字考試 tio̍h 差不多全部結束。實際上，tī 二十世紀初期，iáu 有 bē 少用國語字出版 ê 報紙，koh 有附漢字，sêng 是對漢字最後 ê「留戀」。Siâng 時，二十世紀初期 koh 有一部分使用法語來書寫 ê 文學。Che 是法語 tú 開始 tī 每一間保護學校用來教育，mā 是一部分知識分

子開始使用 ê 時期，代先 in 用法語是因為 beh kap 法國人 khang-khòe ê 需求，後--來是因為愛慕法國語言 kap 文化 ê 基礎頂來做創作文學，包括寫詩、文章 kap 議論文。M̄-koh 這个範圍 khah 細，m̄ 比用國語字書寫 ê 文學 chiah 普遍。Ùi 漢—喃改變做國語字是一个真大 ê 轉變點。國語字幫 chān 人民 koh-khah 簡單接觸 tio̍h 西歐文化，m̄-koh mā 會 hō͘ 人放 bē 記中世紀十 ê 世紀所起造 ê 傳統文化。Che 是越南 kap 其他東亞 kāng 文 ê 國家，像日本假名 ia̍h 是朝鮮諺文 ê 差別。Chia--ê 國家無經歷文化 ê 斷層，是因為 in ê 國家文字是 ùi 漢字 ê 基礎頂接 sòa 傳統[22]。但是歷史無「nā 是」，國語字文學 lú 來 lú 發展 ia̍h 已經 chiâⁿ 做事實。Koh-khah 重要 ê 是，國語字文學已經有真 chē 成就。Tī 越南南圻國語字文學起頭真 iāng，因為有阮仲筦(Nguyễn Trọng Quản)，張永記(Trương Vĩnh Ký) ê 參與 kap 報章雜誌做後 kha，一開始是《嘉定報》(*Gia Định báo*)、《南圻管區》(*Nam Kỳ địa phận*)、《農賈茗談》(*Nông cổ mín đàm*)，然後前往北部 mā 得 tio̍h 真 chē 成就。國語字對文學 ê 效果表現 tī 真 chē 方面，其中 siōng 重要 ê 方面有：1)國語字有簡單學簡單寫 ê 優勢，hō͘ 真 chē 出世散赤家庭 ê 作家 mā 會用得創作(in 無需要 koh 開時間學習漢字 kap 字喃)；2)讀者 ê 數量變 chē，所 pái 文學 ê 普及程度 mā 提升真 chē；3)國語字 kap 日常生活 ê 語言真接近，所以 nā 用來表達社會生活，甚至是 siōng 幼路、siōng ta̍p-tih ê 事情 mā 非常簡單。親像王智閒 tio̍h án-ne 認為，促進文學內面散文 ê 發展 kap「嚮往實在」ê 精神。

現代文學 ê 發展 kap 報章雜誌、出版所扮演接生婆 ê 角色有關係。但是必須 ài 清楚知影，報章雜誌 ê 語言透過訊息傳播 ê 速度 kap 寫實

---

22 東京外語大學 ê 川口(Kawaguchi)教授認為，nā bat 日語，讀者 ē-tàng 掌握大約百分之六十 ê 漢字。現此時，現代日本人 iáu ē-tàng 輕鬆讀會 bat 古文件(2009 年 4 月底 5 月初 tī 日本出差時 kap 作者交談)。

性對文學語言產生影響。所 pái 絕對 m̄ 是 tú 好，有真 chē 作家 siâng 時 mā 是優秀 ê 記者，親像吳必素、武重鳳、蘇淮(Tô Hoài)、武朋(Vũ Bằng)、潘魁等等。有真 chē 作品 tī iáu-bē 出冊進前 tio̍h 已經先 tī 報章雜誌頂 koân 發表過。

文學翻譯 mā 接 sòa phah 開現代語言 ê 視野。代先，翻譯有文化推廣 kap 普及國語字 ê 意義。這 ê 時期是翻譯真 chē 中國古冊 ê 時期。幫 chān 讀者 ē-tàng 讀過去做漢字青盲牛時，無機會 thang 接觸 ê 中國文學傑作。翻譯漢字文學 ê 時是翻譯西方 kap 法國文學作為傳播文化 ê 一種方法，幫 chān 讀者對遙遠 chheⁿ 份 ê 人事物 ia̍h 是文化有新 ê 認識。真明顯，現代初期，文學翻譯扮演真重要 ê 角色；其一方面是對完善體裁系統 ê 貢獻，另外一方面更新語言，擴大作者 kap 讀者之間 ê 互動，hō͘ in 調整思維、看法、工作態度 kap 藝術 ê 享受。

1945 年以後 ê 翻譯活動、文化交流 tī 政治局勢變化真大 ê 環境下底進行。看會出來無論是 tī 任何階段，報章雜誌 kap 翻譯 lóng 對文學語言現代化 ê 過程有真 chē 值得肯定 ê 貢獻。

批評理論是現代文學系統 ê 一部分，出世了發展非常 ê kín。咱會 tī 下一章講 tio̍h 有關越南現代文學批評理論 ê 發展。Tī chia kan-taⁿ 討論文學批評理論科目 ê 出現，作為現代文學範疇 ê 一个完整方面。

文學批評理論 ê 出世是文學成熟 ê 表現，因為批評理論是文學對家己 ê 意識。Tī 前現代文學內面，文學批評理論 iáu-bē 以有獨立性 ê 部分存在。專門寫文學批評理論者 ê 活動無像咱 chit-má ê 觀念 chiah 有專業性。其實 tī 一 kóa 文學發展 khah 久長 ê 國家，文學批評理論 lóng 有豐沛 ê 成就。像講西方 ê *E-lé-suh-tá-toh* (Aristotle)、*Bò-ō-lù* (Boileau)等等 ê 詩學工程 ia̍h 是中國劉勰(Lưu Hiệp) ê《文心雕龍》(*Văn tâm điêu long*)、袁枚(Viên Mai) ê《隨園詩話》(*Tùy viên thi thoại*)等 ê 作品。這 kóa 著作 ê 共同點是理論家提出創作原則 kap 課程。前現代作家 ê 才情是

ē-tàng 熟手、活跳運用美學、詩學 ê 原則到 siáⁿ-mih 程度 ê 能力。Tī 越南，ē-sái 講無相當水準 ê 文學批評 iah 是理論 ê 著作。黎貴惇(Lê Quý Đôn) ê《芸臺類語》(Vân đài loại ngữ) mā 無算是文學理論 ê 著作工程。越南中世紀傳統批評 ê 方式，主要是建立 tī 知己、寄託書寫 ê 基礎頂，透過話頭、結語 ê 方式表達出來。會 án-ne 講是因為，tī 十个世紀 ê 中世紀文學內底，越南文學 iáu-bē 形成文學批評理論 ê 科目。一直到二十世紀初期 kap 西方接觸 ê 過程，文學批評理論 chiah 開始出現 tī 一 kóa 有起源性 ê 作品工程內底。親像范瓊 ê《小說研究論文》(*Khảo về tiểu thuyết*)(1919 年) kap 一 kóa 當時發表 tī 報紙頂 ê 文章。不而過，文學批評理論 ê 生活真正開始，是 ùi 報紙頂 koân 一系列 ê 論戰。親像爭論《金雲翹傳》、新詩 kap 舊詩(Thơ cũ)、國學、武重鳳 ê 作品有淫 iah 無 iah-sī「藝術 chiâⁿ 做藝術」kap「藝術 chiâⁿ 做人生」這个兩派別之間等 ê 論戰。除了 chia--ê 論戰以外，一 kóa 西方文學理論 mā hông 介紹，作為文學批評 ê 基礎點。Tī《批評 kap 研究》*(Phê bình và cảo luận)* (1933 年)，一个 hông 看做是現代批評起源 ê 作品了後，開始出現真 chē 用新理論，有價值 ê 學術工程。親像懷清主觀/印象 ê 批評、武玉潘(Vũ Ngọc Phan) ê 印象 kap 文化、歷史之間綜合 ê 批評、陳清邁(Trần Thanh Mại)生平 ê 批評、張酒(Trương Tửu) ê 社會學 kap 精神分析學等等。一隊有才華 ê 批評理論隊伍出現，做出 ê 貢獻，hō 越南文學生活 koh-khah 活跳，in 是少山(Thiếu Sơn)、楊廣涵、懷清、武玉潘、張酒、橋清桂(Kiều Thanh Quế)、黎青(Lê Thanh)、陳清邁、丁家貞、鄧台梅等等。到 chia，現代文學批評理論科目 chiah 正式建立 kap 得到肯定。

1945 了後，文學批評理論 koh-khah 發展。Tī 越南北部，文學批評理論 ê 生活 lóng 是以換新實踐創作做優先，siông 時注重紹介社會主義國家 kap 蘇聯文學理論界 ê 研究成果。文學批評理論隊伍 ê kha 步 lú 行

lú 大步。

1945 年到 1985 年這个階段，北部 ê 理論研究主要注重 tī 下底這幾个問題：注重研究 *Má-khek-su - Lē-lîn* (Marx-Lenin) ê 理論，有關藝術文學、共產黨 ê 文藝文化主張、重視政治 kap 藝術文化之間 ê 關係等等。Che 是越南 Má-khek-su 主義文藝理論重要 ê 思想基礎。Ùi 經典 ê 解讀到實際運用，每一層 kap 黨性、階級性、人民性、民族性等等有關 ê 範疇 lóng 受 tio̍h 關注。另外一方面，理論家 mā 真積極研究祖先留落來 ê 文藝遺產，tī 遺產內面走 chhōe 符合民族革命事業需求 ê 觀念，提 koân 社會主義現實創作 ê 方法，強調文學 kap 現實生活之間關係 ê 重要性。Tī 解釋頂 koân 所講--ê 彼 kóa 關係基礎頂頭，真實性問題 hông 提出討論。Ūi-tio̍h beh 強調文學藝術內底 ê 真實性，Má-khek-su 主義文學理論要求批判對現實「抹黑」ia̍h 是「捧紅」這兩種現象，強調 tī 反映藝術內 ê 辯證性同時，mā ài 智覺文藝 ê 雙面表象，提 koân Má-khek-su 主義社會學 ê 方法，批判 kap 反對西方文學理論錯誤 ê 觀點等等。實際上，北部 tī 這一階段 ê 文學批評理論活動 kap phah 拚，已經確立對象、功能、任務、接近方式，但是 tī 另外一方面，mā 要求 ài tòe 服務革命任務 ê kha 步行。所 pái，tī 真 chē 情況之下，文學理論 kap 文藝政策 iáu 無出現一條清楚 ê 界線。

因為歷史 ê 影響，1954 年到 1975 年這段期間，越南南部有真 chē 都市文學批評理論生活，lóng 是受 tio̍h kap 西方、美國文化交流 ê 影響。因為 án-ne，有真 chē 新思想、新文學理論傳入越南南部各都市，親像存在主義、結構主義、精神分析學等等。南部都市 tī 1954 年到 1975 年 ê 文學批評理論生活內所代表 ê 人物有阮文忠(Nguyễn Văn Trung)、范世伍、清朗、陳泰鼎(Trần Thái Đỉnh)、杜龍雲(Đỗ Long Vân)、 陳善道(Trần Thiện Đạo)、元沙(Nguyên Sa)、黎輝瑩(Lê Huy Oanh)等等。Khiā tī 民族文化 ê 立場，受 tio̍h Má-khek-su 主義文學批評理論思想影響 ê 作家，有武幸(Vũ Hạnh)、呂方(Lữ Phương)等等，mā 有真 chē 貢獻。雖 bóng 出現 ê 時間無久長，不而過南部都市 ê 文學批評理論 ke 真活跳，豐富，但是 iáu 無來形成「專業」ê 批評理論家。Tī chē-chē 有影響力 ê 批評家內底，阮文忠算是 siōng 出名 ê 人。

自 1975 年以來，尤其是改革了後，tī 全球相接 ê 趨勢內底，文學批評理論有新 ê 發展。Má-khek-su 主義文學批評理論研究 iû-goân 是扮演主導 ê 角色。有真 chē 新 ê 學派、理論已經引進越南，像講詩學學、結構論、符號學、精神分析學、文化學等等。現代主義 kap 後現代主義 ê 思想 mā 開始 tī 文學實踐頂用無 kāng ê 程度來 hông 介紹 kap 運用。最近，ùi 文化外觀 ê 角度來看，像女權主義、生態批評、話語理論、後殖民等 ê 一 kóa 研究新理論 mā 已經 hông 介紹，替文化學 kap 跨學科研究開拓接近文學 ê 展望。

1.4. 文化交流 kap 模式轉換

1.4.1. 二十世紀前期 kap 西方、法國文化交流

Nā 是 ùi 傳教士登陸越南，kap sòa--落來十七世紀會安(Hội An)繁華 ê 貿易活動算起，án-ne 西方 kap 法國文化對越南 ê 影響會比 1858 年事件 koh-khah 早真 chē。像講《越葡拉詞典》(*Từ điển Việt - Bồ - La* (*Dictionarium Annamiticum Lusitanum et Latinum*) ê 出世[23]。除了漢文字 kap 字喃以外，已經開始出現拉丁字母來記錄越南語。不而過，beh ùi 用來傳道 ê 字母到落尾用來寫作 ê 國語字，國語字開始進入日常生活、tī 官方活動、科學、教育、文學批評 kap 創作內底 tȧuh-tȧuh-á 代替漢字，是一个將近三百年 ê 過程。

---

[23] 譯者註: Tī 1651 年出版。請參閱蔣為文 2017《越南魂:語言文字與反霸權》頁 166。台南: 亞細亞傳播社。

越南 kap 西方、法國 ê 文化交流 m̄ 是和諧--ê，是 ùi 文化壓迫開始 ê 交流。講是講交流，實際上是強迫越南文化接受西方文化影響 ê 過程。因為是強制--ê，所以一開始越南人，對無 kāng ê 文化價值(包括物質 kap 精神)有真強烈 ê 反應。Tī 政治方面，有真 chē 抵抗法國侵略 ê 鬥爭真激烈 teh 進行，其中 ê 代表 tio̍h 是勤王運動。Tī 社會文化方面，mā 有真 chē 反西方 ê 活動 teh 進行，bē-giàn 用西方貨，因為 he 是侵略者 ê 物件。不而過，平定越南了後，法國人開始建立統治政權、開辦學校，選擇越南人 ūi 法國政權服務 ê 公職人員，進行開發殖民地 ê 剝削 kap 形成都市中心 ê 時，法國文化 ê 影響力 mā 真 kín tio̍h 開始變大，尤其是 tng 各種國語報紙出現 tī 南圻了 koh 遍布到全國。Tòe 報紙 ê 發展 kha 步，文學翻譯行向前。透過本地人主要負責教國語 ê 時，法國人 mā 開始舉辦學法語 ê 課程，代先是 ūi-tio̍h in ê gín-á，koh 來是 ūi 法國政權服務 ê 越南人。

時間 teh 行，接受西方文化 ê 影響 ùi 反抗轉變做和諧。Ē-hiáu 看時勢 ê 儒學家 ta̍uh-ta̍uh-á 放棄毛筆改用鋼筆，西學 ê 知識分子開始習慣西方 ê 生活 kap 生活方式。除了法國文化 ê 影響外，mā 引進日本、中國 ê 新冊，越南人開始慣勢法權、文明、民主等 ê 概念。越南社會內底頭殼 khah 敏感 ê 人已經開始意識 tio̍h：現代化是一个規律 ê 事實。這个規律 m̄-nā 是 tī 越南發生，iáu-koh tī kui-ê 區域各國家 teh 進行。

真明顯看會出來，西方 kap 法國文化 ê 影響已經幫 chān 越南擺脫 ùi 東南亞到東亞 ê 轉換，koh 有中國 ê 壓制。簡單講，現代化 ê 頭一步是 ài phah 拚脫離中國，koh 來是學習西方。Che 是一个過程內底 ê 兩種可能。

代先，西方 kap 法國文化 chhōa 越南人行 ǹg「工業文明」ê 優勢，對做 sit 人 ê 慣勢、農業文明弱勢 ê 認 bat。Tī 大都市，工業文明 ê 光環完全超越 éng 過 ê 風俗習慣。Sòa--落來 ùi 都市開始，民主精神 kap 文

明 ê 吸引力滲透到農村生活內底，sak 出新 ê 慾望，尤其是少年一輩。Tī 西方文化新產品下底，「檸檬園」ê 文化已經開始振動[24]。Liām 儒家隊伍內底保守，激進、入世之間 ia̍h 有明顯 ê 分化。潘魁秀才 tī 報紙頂倒 lòng 正 lòng 要求民主、平權。傘沱(Tản Đà)、吳必素 lóng 是記者界 ê gâu 人。一个新世代 ta̍uh-ta̍uh-á 代替舊世代。Tī in ê 眼內，接受西方 ê 影響已經無 siá^{n}-mih 問題，無像頂一代儒學家對抗、輕視 ê 態度。所 pái，要求平等 kap 個人解放 ê 需求 chiâ^{n} 做文化、思想生活內底要緊 ê 需求之一。Tī 這種環境下底，婦女開始 ē-tàng 去讀冊，而且文壇頂 koân mā 已經出現真 chē 無輸男性 ê 女性 gâu 人。Tī 文學領域內面，對西方維理精神 kap 思想認識改變 ê 同時，務實觀點漸漸 tè 倒古典傳統 ê 古板觀點。換一句話講，ùi 慣勢看空間 ê 文化環境，新世代 ê 藝術家、作者 koh-khah 關心 kap 時間相關，現實環境內底 ê 生活品質[25]。古早人慣勢「生寄死歸」ê 哲理，新世代要求 ài 先活 tī 當下，全心投入活 tī 現實內底。Che tio̍h 是 ūi-siá^{n}-mih 擺脫中國古典詩學充滿束縛 ê 藝術模式了後，越南文學 ē-tàng siâng 時受西方現實 kap 浪漫潮流影響 ê 原因。其

---

[24] 重讀阮屏(Nguyễn Bính) ê《純樸》(Chân quê)會看 tio̍h 下底四个點值得注意：1)已經發生 ê 事實：這个女性 ùi 農村(農業文明)行入城市(工業文明 kap 都市環境)；2)轉來農村 ê 心理：真暢，無 koh 轉來「原本」ê 狀態；3)姿勢：主動，kā 男性 sak 到被動 ê 位(等妳、求妳)。男性無 koh 有傳統文學內彼款主動、堅強，親像是「看 tio̍h 你我會牽你 ê 手」；4)Koh-khah 重要 ê 是：鈕仔-工業文明 ê 產品。農業文明永遠無可能生產出這款幼路 ê 物件，現代，原理上差別 ê 產品。鈕仔是真重要 ê 要素，kap 這位女性歡喜 ê 同時，已經 kā 男性 sak 到請求、懇求 ê 地步。這个畫面是實際 ê 現身：西方文明 tng-teh ùi「城市」轉移到「農村」，致使 tī 田庄竹林後壁已經存在幾千 tang 農業文明穩定 ê 狀態開始改變。(譯者註釋：阮屏是越南著名 ê 浪漫主義詩人。Tng 新詩風潮 ê 真 chē 詩人受西方歌詩影響 ê 時，伊 ê 創作受 tio̍h 越南歌謠、民歌等 ê 影響真深，tiā^{n}-tiā^{n} 書寫有關純樸、簡單、親切 ê 越南農村。以《純樸》這首詩做代表，反映伊歌詩 ê 宣言，保持「純樸」。)

[25] Siōng-kài 清楚體現西學世代時間觀念 kap 傳統文學內時間觀念差別 ê 詩作，其中之一 tio̍h 是春妙 ê《急忙》(*Vội vàng*)這首詩詩。因為意識 tio̍h 時間 teh 流，春妙主張「急活」。咱需要了解 che 是積極 ê 生活態度，表現出一種享受現代 ê 態度。Tī 春妙 ê 藝術觀點內底，「急活」mā 是一種主動 koh 有效 kap 時間反抗 ê 形式。

實中國 teh kap 西方接觸 ê 時，現實觀點 mā 開始佔贏面。Che 是現代化時期有代表區域性 ê 轉移。

除了教育以外，西方 kap 法國文化 ê 影響 koh 有透過翻譯來實現，包括真 chē 目的，親像思想傳播、創作經驗、教育學術建設等等。這个時期 ê 學術 kap 譯者內底，阮文永、范瓊是兩位出眾 ê 人物。[26]

阮文永(1882-1936)原底是一位法語非常輾轉 ê 通譯員，tio̍h 算伊細漢時無 ē-tàng 好好仔讀冊 ê 環境。後--來伊得 tio̍h 允准 ē-tàng ùi 頭開始學起，伊是 1893 年到 1896 年期間通譯班 ê 榜首。Tī 家己 ê 文學 kap 報紙媒體事業內底，阮文永翻譯真 chē 法國著名文學家 ê 作品，親像 *La Hòng-thàn* (La Fontaine)、*E-lí-song-to Tú-mah* (Alexandre Dumas)、*I-vi-khih-toh Hú-goh* (Victor Hugo)、*Hong-ni-o te Ba-o-chak* (Honero de Balzac) 等等。代先以《東洋雜誌》，koh 來是《中北新聞》kap 一 kóa 其他報紙編輯 ê 資格，阮文永對西方 kap 法國文化、思想傳播到越南有真大 ê 功勞。M̄-nā tī 翻譯文學，伊 koh 翻譯哲學、倫理學等等。Kap 阮文永 kāng 款，范瓊是 20 世紀初期，ūi 民族文學現代化過程做出重要貢獻 ê 人物。身為《南風雜誌》ê 編輯，進德開智協會(Hội Khai trí Tiến Đức) ê 創始人兼秘書長 ê 資格，范瓊參與 ê 活動非常 ê 闊。伊 ê 翻譯作品、考究、哲學等 ê 工程，對真 chē 對象有真深 ê 影響。不而過，tī 接受度頂 koân，有贊成 mā 有反對--ê。除了阮文永 kap 范瓊以外，iáu koh 有真 chē 著名，精通東西方 ê 作者、文化者、譯者，親像阮柏學(Nguyễn Bá Học)、阮文素(Nguyễn Văn Tố)、潘繼炳(Phan Kế Bính)、阮仲術(Nguyễn Trọng Thuật)、范維遜(Phạm Duy Tốn)、楊伯濯(Dương Bá Trạc)、胡表政(Hồ Biểu Chánh)、潘魁、陳仲金(Trần Trọng Kim)、阮文玉 (Nguyễn Văn Ngọc)、阮子超(Nguyễn Tử Siêu)等等。1919 年舉辦漢學課程 siōng 尾 pái ê 考試

[26] 譯者註:關係阮文永 kap 范瓊，請參閱蔣為文 2017《越南魂: 語言文字與反霸權》。台南: 亞細亞傳播社。

了，一 kóa 學生到法國成立 ê 高等學院讀冊。這 phoe 學生自早期 tio̍h 接受西方文化，mā 是將文學現代化 sak 到 koh koân 一層次 ê 知識分子。1932 到 1945 年階段，著名 ê 文學作家主要是 ùi 這代人開始準備--ê。[27]

西方 kap 法國文化 ê 影響 mā hō͘ 報紙 kap 出版有發展 ê 機會。報章雜誌 m̄-nā 是公布產品、提供訊息 ê 所在，mā 是創作文學市場 ê 一个因素。Tio̍h 是因為報章雜誌 kap 出版業協助擴大文學消費 kap 生產之間 ê 關係，超越中世紀文學家己飼家己 ê 狀況，ta̍uh-ta̍uh-á 將文學活動 chhōa 到現代環境內底，hō͘ 文學活動 kap 其它職業 kāng 款 chiâⁿ 做一種職業。

Kap 西方文化接觸、交流 mā 提供學術發展 ê 機會，促進文學批評理論學科 ê 形成。Tī 前現代文學內底，文學批評理論 kap 現代文學批評理論有完全無 kāng ê 性質。Siōng 大 ê 無 kāng tī 各種研究工程內 ê 科學方法。Ē-tàng ùi 生活內面看出，二十世紀初期 ê 文學批評理論，批評理論隊伍已經脫離中世紀傳統 ê 批評方式，將西方科學實際用 tī 越南包括真 chē 傑出 ê 文學研究工程。

總體來看，kap 西方、法國文化交流 ê 過程已經 tī 越南學術、文學生活中產生一个全面 ê 轉變。Ùi 1930 年開始，越南文學已經跳脫中世紀藝術模式進一步行入現代藝術 ê 道路。對這 kóa 變動 ê 評估，豐黎認為「一个進行趕緊、快速，一 pêng 接受、kéng 選，一 pêng 接受、轉換 ê 過程。這个過程 ê 結果 kan-taⁿ 發生 tī 1945 年進前 ê 二十年間，ē-sái 講是同齊出現新 ê 戲劇—ùi 武廷龍(Vũ Đình Long)開始，新 ê 歌詩—傘

[27] 角度放闊來看，ē-tàng 看出西方文化對越南現代藝術 ê 影響非常幼路 kap 豐富，m̄-nā 是 tī 文學項，mā tī 畫圖、音樂項。Tī chia ê 人內底，有真 chē 越南藝術家 iû-goân 使用傳統材料，但是感受世界 ê 方式是現代人 ê 感受。 ē-tàng ùi bat tī 印度支那美術學院學習 ê 藝術家作品內底看 tio̍h 東西方文化交流 ê 結果，親像阮家智(Nguyễn Gia Trí)、裴春湃 (Bùi Xuân Phái)、楊碧蓮(Dương Bích Liên)、 蘇玉雲(Tô Ngọc Vân)等等。Tī 音樂方面，有浪漫風格 ê 音樂家，親像段準(Đoàn Chuẩn)、尹敏(Doãn Mẫn)、文高(Văn Cao)、楊紹雀(Dương Thiệu Tước)等等。Hip 相機 mā 開始用 tī 服務藝術 kap 生活 ê 需要。話劇開始出現 tī 大城市內底進行公演。真明顯，確立新建立 ê 智識框架，mā 對應 tī 藝術 kap 思想話語 ê 規定。

汜 ê 預告，新 ê 散文—《素心》(Tố Tâm)[28]這部小說 ê 開幕，siōng 尾是已經分做個別學科 ê 議論、考究 kap 批評[29]。」Nā 有需要 koh 講 khah chē，阮 kan-taⁿ 想 beh 補充：頂 koân 所講 tio̍h 種類/部分 ê 同時，現代文學已經漸漸 teh 形成專業化翻譯 ê 部分，這个部分會用得完整 ùi 世紀初期到 1945 年這期間越南文學 ê 範疇。

1.4.2. Ùi 1945 年到 1985 年 ê 文化交流

Ùi 1945 年到二十世紀 ê 80 年代中期是一个越南民族悲傷、偉大 ê 歷史階段。國家相連 sòa 發生兩 pái 抗法 kap 反美 ê 抵抗戰爭。後壁接 sòa 來 ê 是西南邊界戰爭(1975-1978 年) kap 北部邊界戰爭(1979 年)。Tī 世界政治地圖頂 koân，冷戰(Chiến tranh Lạnh) iáu-bē 結束。1989 年，柏林圍牆崩--去，致使 1991 年蘇聯解體。

Tī 冷戰 ê 背景內底，越南北部文學 tī 共產黨領導之下， ê 主要是受蘇聯文藝文化交流影響 kap 維持 Má-khek-su - Lē-lîn ê 思想系統。實際上，Má-khek-su 主義意識形態已經 tī 1945 年進前 tio̍h 傳到越南，代先是透過東洋共產黨(Đảng Cộng sản Đông Dương) kap 阮愛國(Nguyễn Ái Quốc)[30] ê 活動。Tī 1945 年前 ê 起義階段，共產黨戰士 ê 文學歌詩已經對當時 ê 文學公眾引起影響。Tī 公開文壇頂面，海潮(Hải Triều) kap 伊 ê 同志 tī 兩學派「藝術 chiâⁿ 做藝術」kap「藝術 chiâⁿ 做人生」之間世紀辯論 ê 鬧熱活動，已經肯定 Má-khek-su 主義文學藝術 ê 性命力。了後，《越南文化綱要》(*Đề cương về văn hóa Việt Nam*) tī 1943 年 2 月出

---

[28] 譯者註：《素心》是黃玉珀(Hoàng Ngọc Phách) ê 小說，已再版真 chē pái，mā hông 翻譯做法文。內容已講出當時真熾熱 ê 社會問題：Tī 封建禮教嚴格 ê 權威下底，少年人勇敢鬥爭來肯定自由戀愛、保護家己 ê 感情。

[29] 豐黎，《二十世紀越南現代文學素描》(*Phác thảo văn học Việt Nam hiện đại thế kỷ XX*)，引用--過 ê 參考冊，92 頁。

[30] 譯者註：阮愛國是胡志明(Hồ Chí Minh)其中 ê 篇名。

世，無 jōa 久，救國文藝協會(Hội Văn nghệ cứu quốc) mā 接 sòa tī 1943 年 4 月來成立，第一批會員是學飛(Học Phi)、元宏(Nguyên Hồng)、阮輝祥(Nguyễn Huy Tưởng)、南高等等。

八月革命了後，有一系列值得注意 ê 事件，像 1945 年 9 月舉辦第一屆救國文化大會；1946 年 10 月第二屆救國文化大會，由鄧台梅作家擔任主席。1948 年全國文藝會議 tī 富壽(Phú Thọ)省舉行，有八十外位文藝工作者參與，會議執行委員會由阮遵(Nguyễn Tuân)作家擔任總書記，素友(Tố Hữu)詩人是副總書記。Án-ne，tī 新 ê 政體內底，文學活動已經 tī 共產黨 ê 領導之下形成一个統一 ê 組織。政治制度 kap 社會主義建設路線 ê 選擇，chhōa 越南 kap 有共同意識形態 ê 其他國家進行文化交流，是必然 ê 結果。Tī 文化交流內底，蘇聯是當時社會主義 ê 堡壘，十月革命 ê 故鄉，是頭一个想像 ê 住址。了後，kap 蘇聯文學 ê 機緣其實早 chiū 已經開始，ùi 海潮 tī「青年魂」(*Hồn trẻ*)報刊(1936 年 8 月 16 發表)等紹介 Má-khek-sim Go͘-ó-khih (Maxim Gork y)《母親》(*Người mẹ*) ê 譯本。

民族革命 kap 社會主義建設事業要求越南文學必須 ài 以 Má-khek-su - Lē-lîn 主義 ê 思想做指導思想 ê 基礎，學習蘇聯文學經驗 hông 看做是要緊 ê 代誌。Kāng 這个時陣，mā 真注重 kap 擴大對中國(Trung Quốc)、德意志民主共和國(Cộng hòa Dân chủ Đức)、捷克(Tiệp Khắc)等等國家 ê 文化交流。Kap 20 世紀前期進行東西方文化交流 ê 時 kāng 款，kap 蘇聯、社會主義國家文化交流 ê 時，越南主要是受影響 kap 接收。

這 pái 文化交流 mā tòe 翻譯、紹介社會主義國家 kap 一 kóa 西方以外國家文化 ê 活動 teh 行。冷戰阻止每一个國家 tī 政治制度頂 koân 敵人思想 ê 侵入。所 pái tī 翻譯內面，翻譯 ê 優先順序，代先是革命作家 ê 作品，Má-khek-su 主義 ê 理論作品，koh 來是過去經典作家 ê 作品 kap 文學理論 ê 研究工程。Che 是北部讀者感覺自己 kap 著名蘇聯作家，親

像 *Go-ó-khih* (Gorky)、*Hu-la-to-mi-o Má-ia-kha-hu-su-ki* (Vladimir Mayakovsky)、*E-lí-sian-to O-su-chha-hu-su-ki* (Alexander Ostrovsky)、*E-li-si Thoh-suh-thoh* (Aleksey Tolstoy)、*Mi-khio Su-ka-lo-hu* (Mikhail Sokolov)、*Khan-su-than-tin Pa-suh-toh-hu-su-ki* (Konstantin Paustovsky)、*O-o-ga Be-lok-ho-suh* (Olga Bergholz)等等，真親近 ê 階段。Tī 當時讀者 ê 心目中，蘇聯等於是人間天堂 ê 代名詞，in ê 文學 tī 讀者 ê 心靈內底 iā 落 n̂g 夢、對共產主義理想一定會贏 ê 堅定信念 ê 種子。Tī án-ne ê 影響路程，蘇聯文學 chiâⁿ 做越南作家學習、奮鬥 ê 典範。除了蘇聯文學以外，社會主義國家 ê 一 kóa 共產主義作家、進步現實 iáh 是革命作家 mā hông 翻譯做越南語，親像魯迅(Lỗ Tấn)、*Sán-to Phe-toh-hu* (Sandor Petofi)、*Pa-bú-lo Nè-luh-tah* (Pablo Neruda)、*Ló-í-suh E-la-gàng* (Luis Aragon)等 ê 詩作。

各種理埝 mā hông 翻譯訂作方針 thang 普及 Má-khek-su 主義理論內底各種重要 ê 範疇，親像黨性、階級性、人民性、民族性等等。引進 kap 推廣 siōng 重要 ê 文學理論範疇是社會主義現實主義 ê 方法。這个方法強調歷史 tī 自身 ê 運動內面具體、真實 ê 描述，有教育人民共產主義 kap 革命理想 ê 任務。

咱 bē-tàng kā 接受蘇聯文學看做是一種強迫，因為伊是 ùi 越南革命發展模式 ê 選擇來出發。而且 tī 久長 ê 時間內，蘇聯文學 ê 成就已經真自然 hông 接受，koh 進一步變做是 *Lō-se-a* (Russia)文學，尤其是蘇聯文學 ê 豐沛，有關熱愛 kap 驕傲。社會主義現實主義 ê 創作方法 tī 一定 ê 程度頂 koân 得 tióh 真 chē 作家 ê 響應。不而過，教條 ê 古板、硬化已經妨礙 tióh 這个創作方法 ê 存在。1989 年伊 ê 運命 tióh 差不多結束，tī 越南這術語 tī 1991 年蘇聯解體了後，tióh 真少 koh 出現。

Kap 北部 ê 革命文學無 kāng，南部都市文學受 tióh 西方文學 kap 美學、哲學思潮 ê 影響。引進真 chē 西方現代主義 ê 作品，其中 siōng

明顯 ê 是哲學、存在主義文學 kap 精神分析學。西方文學 ê 先進理論引進南部了，對在地 ê 文學實踐有一定 ê 影響。但是影響 ê 時間 kan-taⁿ 短短二十 tang，對創作包括文學批評理論在內，無產生值得注意 ê 效果。不而過，已經初步紹介 kap 討論 tio̍h 文學 ê 一 kóa 問題。然後 ài 一直等到 1986 年了 chiah koh 轉來研究，當然這个時陣會 tī 一个新 ê 程度 kap 一个新認識 ê 深度頂 koân。

1.4.3. Ùi 1986 年到 taⁿ ê 文化交流

Ùi 1986 年開始，越南共產黨用大量、深耕 ê 方式 kap 國際相接 ê 進程正式起行。Tī 當代世界內面，kap 國際相接是一个開放 ê 過程。Kap 前兩 pái ê 文化交流無 kāng，這 pái ê 文化交流用 koh-khah kín ê 速度，koh-khah 大 ê 規模以及 koh-khah bā ê 相接進行，因為越南必須 ài 遵照世界 ê 承諾。1986 以前 ê 交流無才調有 2 个重要 ê 特點，tio̍h 是全球化 kap 1995 年到 1997 年中間網路(internet) tī 越南 ê 出現。網路一方面是一个信息工具，一方面是一種思維形式。網路 ūi 當代世界 chah 來一个新 ê 精神空間：網路空間。因為網路 ê 出現，二十世紀已經見證三 pái 書寫改變 ê 形式：自毛筆到鋼筆，ùi 鋼筆到原子筆，siōng 尾是原子筆到鍵盤。本質上，chia--ê 變化 kap 思維模式 ê 改變相關連。

當然，在 án-ne 一个「平」ê 空間內底，越南有真 chē 無 kāng 形式 ê 現代 kap 後現代文化思想 ê 出現。除了母語以外，英語已經 chiâⁿ 做 siōng 重要 ê 外語[31]。所 pái 文學 mā phah 開新 ê 世界，有順利 mā 有挑戰。

這个階段 ê 創作隊伍包括真 chē 世代，自 1945 年進前 tio̍h 已經出

---

[31] Nā 是 ùi 語言方面觀察文化 ê 影響 tio̍h 看會出：二十世紀前期 ê 文化交流，排 tiàm 越南語後壁，siōng 主要是學習法語。1945 到 1975 年階段 ê 文化交流，siōng 重要 ê 是 Lō͘-se-a 語。Ùi 1986 年到 taⁿ，排第一 ê 是英語。Ùi 某種方面來看，che mā 是 tī 一个國家，親像越南「適應世界」ê 形式。

名 ê 作者，像制蘭園(Chế Lan Viên) (1920-1989)、蘇懷(1920-2014)到 1990 年代出世 ê 世代。改革時期 mā 見證「人文-佳品」(Nhân văn - Giai phẩm)運動作者 ê 復出，親像陳寅(Trần Dần)、黎達(Lê Đạt)、黃琴(Hoàng Cầm)等等。真 chē 條有關文藝、文化已經實行 ê 決議，其中值得注意 ê 是 tī 1987 年 11 月 28 所頒行 ê 第 05 號決議。越南共產黨真 chē pái 提起文藝工作者 ê 自由創造。第八屆中央執行委員會會議文件內底肯定：「Ūi-tio̍h 符合實現民眾 ê 精神生活健康、有好處 ê 目的，鼓勵試寫、體驗各種創作方法 kap 風格。排除各種非人性、崩敗 ê 創作趨勢」。[32]

思維改革、直接看事實，全面 kap 國際相接 ê 進程已經替文學民眾 kap 文藝工作者帶來真 chē 新 ê 熟似。社會民主 kap 反思精神幫 chān 這个階段 ê 文學多樣性發展。阮文龍(Nguyễn Văn Long)認為，1975 年以後 ê 越南文學有三个主要 ê 特徵：1)民主化運動 ê 行向；2)人文精神 kap 個人意識 ê 覺醒是思想靈感主導、涵蓋 ê 基礎；3)文學發展真有豐富、有性命力，但是 mā 真複雜[33]。現階段文學 ê 複雜性 kap 多樣性 ia̍h 反應出全球文化 kap 民族文化 ê 複雜性。Tī hia，有各種話語、文化類型相爭，有中心、外圍之間 ê sio-tò͘(滲透) kap 鬥爭等等。Tī 創作領域內底，真 chē 改革時期 ê 作家已經 tī 後現代 ê 氣氛內底創作，親像阮輝涉(Nguyễn Huy Thiệp)、范氏懷(Phạm Thị Hoài)、胡英泰(Hồ Anh Thái)、阮越何(Nguyễn Việt Hà)、阮平方(Nguyễn Bình Phương)等等。真 chē 思想潮流，真 chē 理論已經 tī 越南 hông 介紹，親像二十世紀初期 Lō͘-se-a ê 形式學派、詩學學、精神分析學、符號學、女權主義、生態批評等等。Che 是一 kóa 對 1986 年以後文學批評理論生活改變有實際貢獻 ê 理論。

---

[32]《第八屆中央執行委員會會議文件》(*Văn kiện Hội nghị Ban Chấp hành Trung ương khóa VIII*)，國家政治出版社，1998 年，61 頁。

[33] 詳細看阮文龍 ê《新時代中 ê 越南文學》(Văn học Việt Nam trong thời đại mới)，2002 年，46-56 頁。

當然，文學發展 bē 照已經設計好 ê 方式進行，會 koh-khah 複雜、sėh lin-long kāng 款。總體來看，改革文學像下底講--ê：自 1986 年到 90 年代中期是非常鬧熱--ê，其中 koh 再熟似/反思 ê 靈感 chiâ^{n} 做 siōng 明顯 ê 階段。Ùi 二十世紀 90 年代中期到 ta^{n}，改革以及 kap 世界相接 ê 進程 koh 繼續 teh 行，但是文學已經無 koh 像改革初期 chiah 鬧熱。藝術 ê 革新 iû-goân 強烈 teh 進行，m̄-koh mā ke khah 恬靜。

Tī 全球化 kap 當代文學 ê 背景下底，mā 需要提起 tī 海外生活 ê 越南人文學 ê 存在。這部分通常 hông 號做海外文學。Nā 講 tiȯh 這部分 ê 文學，ùi 國內立場來看，ke 減 iáu-koh 有歧視。而且這種歧視 m̄ 是無根據，因為國內文學 kap 海外文學之間 tī 藝術態度 kap 觀念頂 koân 有存在差異。但是除了一 kóa 極端、偏見 iȧh 是反共 ê 作家以外，有 bē 少海外作家 iû-goân 希望 ē-tàng 民族和諧。Che 是咱需要肯定 in ê 部分。Kap tòa tī 海外越南人 ê 藝術文化交流、互動，是 ē-tàng 幫 chān 豐富越南現代文學 ê 財產。

經過一世紀外以來，越南文學已經實現行入世界過程 ê 重要轉變。Nā 是二十世紀初期 ê 現代化已經 chhōa 越南文學入去現代藝術道路，án-ne 二十世紀尾期 ê 現代化過程 tiȯh 繼續 chhōa 越南文學 ê 發展 koh-khah 豐沛，tī 世紀尾 liu 進行 ê 文化交流，雖 bóng iáu 真謙虛，但是咱不但接受，而且 mā 已經開始有文化對話。越南文學推廣 ê 過程開始有 koh-khah 大步 ê 進前，越南文學 ê 作品 mā 已經開始出現 tī 世界文學地圖頂 koân。Tiȯh 算 iáu 無真 chē，但是 che 是 ùi 改革時期開始 phah 開 kap 國際相接以及文化交流真好 ê 證據。

◆ 問題討論

1. 文學 ê 現代性 kap 伊 tī 藝術思維改變中 ê 意義。
2. 現代文學各方面 ê 範疇 kap 出現 ê 條件。
3. 翻譯 kap 報紙 tī 越南文學現代化過程中 ê 角色。
4. 二十世紀初期 ê 現代化進程。
5. 文化交流 kap 文學模式 ê 改變。

TÂI-BÛN 第二章

越南現代小說

第二章 越南現代小說

2.1. 小說：現代文學舞台 ê 主角

2.1.1. 傳統文學中外圍/下等 ê 位

Tī 中世紀文學系統內 ê 種類，詩、賦真 hông 看重，散文 ê 地位 tio̍h 真臭賤[1]。其實，「文」iáu koh ē-tàng hông 提升，但是是屬於功能性 ê 類型，創作散文 hông 看做是老百姓 ê 產品，有真正「消遣」ê 意義。相比之下，詩 kap 賦是高貴 ê 精神、正人君子 ê 產品。皇帝-詩人、禪師-詩人這个模式， ē-tàng 代表中世紀文學受重視 ê 模式，絕對 m̄ 是 tú 好。皇帝寫詩表示帝王厚才情、厚才華。甚至，伊 khah sêng 是一位 ùi 天下間老百姓欣羨 ê 眼神內，所創造出來 ê 有「半神半人」地位 ê 一種形式。中世紀 ê 詩、賦充滿典故、典跡、優雅 ê 文詞，利便用主體來含糊後壁深層 ê 意思、淵博 ê 學問，mā 好 thang 表現出透天下 ê 口氣。

Tī án-ne ê 環境內，中世紀 ê 散文通常是一 kóa 根據「舊故事、老典故」來創作、表達，傳達道理 ê 故事，chih 載某一種教育、倫理 ê 內容。中世紀 ê 短篇小說 khah 清楚表現 chia ê 內容。Ùi 歷史方面來看，小說 tī 越南出現了非常 òaⁿ。Tio̍h 算 tī 十八世紀，越南敘事文學內已經出現一 kóa 傑出 ê 作品，親像黎有晫(Lê Hữu Trác) ê《上京記事集》(Thượng kinh ký sự)、范廷琥(Phạm Đình Hổ) ê《雨中隨筆》(Vũ trung tùy bút)等等，ài 一直等到吳家文派(Ngô gia văn phái) ê《皇黎一統志》(Hoàng Lê nhất thống chí)，小說思維 ê 理路 chiah 真正清楚。現此時，《皇黎一

[1] 中國古典文學理論將小說、中說 kap 大說做區分。大說是聖賢 ê 作品，像孔子 ê《經書》、《詩經》；中說一般由史學家擔任，像司馬遷 ê《史記》；小說是一 kóa 臭賤、雜雜 tih-tih ê 故事。

統志》hông 看做是越南 ê 第一部歷史小說。Ùi 結構 kap 量 ê 方面來看，這部小說用線性方向紀錄越南社會黎、鄭時期 ê 現狀，kap 中國明、清時代章回小說 ê 結構 kāng 款。這部作品吸引人 ê 所在 tī 創造氣氛 ê 藝術 kap 描寫人物特別 ê 方式。甚至，實際 ê 歷史 kap 民族驕傲 ê 精神已經 hō͘ 吳家文派 ê 階級偏見改變。Siōng 清楚 ê 是，透過宮女 ê 言詞來描寫阮惠(Nguyễn Huệ) koh 有光中(Quang Trung)皇帝 ê 用伊 ê 才情 phah 敗清軍 ê 彼段文章。

中世紀 ê 敘事內底，值得注意 ê 現象是字喃詩系列 ê 出現，親像《花箋》(Hoa tiên)、《二度梅》(Nhị độ mai)、《范公菊花》(Phạm Công Cúc Hoa)、《范載玉花》(Phạm Tải Ngọc Hoa)等等。Tī 體裁方面，字喃詩（有落名 kap 無落名）有敘事 kap 抒情兩脈絡 ê 結合。已經開始關注私人生活 ê 要素。Che 是思維類型非常重要 ê 信號，因為小說帶有私人 ê 觀點。字喃詩一般型式通常是照 án-ne ê 公式發展：相 tú-災變-流離-團聚。雖 bóng 大多數 ê 字喃詩 iû-goân 是照老典故發展，但是因為 kap 民間文學有密切 ê 關連，所 pái chia ê 字喃詩用口傳 ê 形式，tī 真 chē 民間舞台類型內底出現。特別是，阮攸 ê《金雲翹傳》用歌詩小說 ê 形式存在，是中世紀敘事傑出 ê 成就。研究者潘玉(Phan Ngọc) tī《走 chhōe 阮攸 tī《金雲翹傳》內底 ê 風格》(Tìm hiểu phong cách Nguyễn Du trong Truyện Kiều) (1985)認為阮攸分析心理 ê 水準，已經無輸 hō͘ 世界上任何著名 ê 小說家。《金雲翹傳》是阮攸個人對人生運命、婦女運命 kap 詩人自身運命 ê 經歷 kap 看法。Che mā 是 hō͘ 散文 tī sòa--落來各階段內底，ta̍uh-ta̍uh-á ùi 外圍行 ǹg 中心 ê 重要因端。有關中世紀 ê 敘事，mā àu 注意 tio̍h 傳奇文學 ê 貢獻，siōng-kài 傑出 ê 是阮嶼(Nguyễn Dữ) ê《傳奇漫錄》(Truyền kỳ mạn lục)。中世紀玄妙 ê 筆法 hō͘ 後--來 ê 文學家繼續傳承落去，當然是 tī 另外一个程度，koh-khah 新、koh-khah 現代 ê 一个藝術結構組織內底。

2.1.2. 現代文學內 ê 中心人物

因為 siu^{n} 過重視「講道」，見講講過去、貴古賤今，所 pái 中世紀文學 ê 詩法無法度避免變做臭 phú 話。到十九世紀尾期，因為社會、文化、歷史 ê 變化，尤其是自我個人 ê 出現，已經 hō͘ 傳統文學藝術模型，無能力 koh 適應現代文化。

小說 tī 現代文學內所佔中心 ê 地位 m̄-nā 存在 tī 越南文學，是全世界文學 lóng án-ne。*Bak-thin* (Bakhtin) tī 家己 ê 小說研究內底對這个問題做真深入 ê 解釋。解釋 tī 文學進程內底 siōng-kài 重要要素 ê 時，Bak-thin 將新體裁是 kā 人物看做對文學發展有決定性 ê 意義，m̄ 是學派 iah 是創作方法。Tī 這位科學家看--來，小說的確是新時代典型 ê 產品，是人類文學思維價值 ê 精華。Bak-thin 這个觀點得 tio̍h 小說家 Khun Te-la ê 分享[2]。Bak-thin 小說研究內 ê 核心是對話原則。伊 khai 真 chē 時間投入研究 *Té-suh-tó͘-hu-su-ki* (Dostoievsky) kap *La Bo͘-lé* (Rabelais) ê 小說遺產。Tī *Té-suh-tó͘-hu-su-ki* ê 小說內底，強調個人、自我 ê 價值，tī *La Bo͘-lé* (Rabelais) ê 小說內底，khah 強調社區 ê 價值。透過對小說思維 kap 史詩特徵之間分析、比較 ê 基礎頂，Bak-thin 已經證明小說藝術 ê 優越性，koh 說明 ūi-siá^{n}-mih 小說是現代文學 ê 主角：「小說 ē-tàng 變做是新時代文學發展戲劇內 ê 主角，是因為小說是新世界所產生 ê 唯一體裁，kap 這个新世界全面 kāng 質--ê」。[3]

Koh 倒轉--來看越南 ê 小說 kap 散文，現代化初期，成就主要 tī 短

---

2 詳細看 Bak-thin 已經 hông 翻譯做越南語 ê 研究工程：《小說 ê 詩法 kap 理論》(Lý luận và thi pháp tiểu thuyết) (范永居(Phạm Vĩnh Cư)翻譯)，阮攸寫作學校出版，1992 年；《Té-suh-tó͘-hu-su-ki 小說 ê 詩法問題(*Những vấn đề thi pháp tiểu thuyết Doxtoievxki*)(陳廷史、賴源恩(Lại Nguyên Ân)、王智閒翻譯)，教育出版社，1993 年；kap Khun Te-la ê《小論》(元玉翻譯)，文化通訊-東西方文化語言中心出版社，2001 年。

3 Bak-thin，《小說 ê 詩法 kap 理論》引用過--ê 參考冊，27 頁。

篇小說。二十世紀 20 年代，范維遜、阮柏學 ê 作品內面，tio̍h 已經看會 tio̍h 現代散文 ê 影[4]。Che mā 是翻譯歐洲 kap 中國長篇小說系列 ê 時期。推 sak 外國小說 ê 翻譯 kap 紹介，一方面，幫 chān 讀者對世界 kap 區域文學 koh-khah 了解，另外一方面，mā 促進體裁意識內底有小說意識。

現代散文、小說 ê 出世 kap 一系列歷史，社會文化因素以及對文學創新本身 ê 需求有關係。咱應該注意現代小說藝術思維形成 kap 發展直接相關 ê 四个重要 ê 問題。

第一，ùi 十九世紀尾到二十世紀初期，作家轉換關心 ê 方向：跳脫舊 ê 慣勢行入寫實。特別要求 kap 注重寫實主義。文學內底 ê 寫實原則，kin-tòe 小說 ê 原則，ia̍h 有描寫寫實 koh-khah 多元、koh-khah 闊 ê 內容。

第二，文學內底出現自我個人[5]。Che 是 tī 中世紀文學內真罕行 ê 問題。個人，chiâⁿ 做一種價值觀，要求文學應該 ài 用私人生活 ê 眼光來看待寫實。Kan-taⁿ 有 ùi 私人生活—世事看待生活 ê 時陣，文學內敘事藝術改革 ê 需求 chiah 會要 kín hông 提出。Che 是促進散文 kap 現代小說發展豐沛 ê 因素。

第三，小說 ê 發展 tòe 公眾接受現代興趣 ê kha 步 teh 行。讀者無 koh 有趣味講道理故事 kap「全知」角度 ê 線性敘述結構，開始需要參與家己 tng-teh 讀故事 ê 需求。Che chiū 是 ūi-siáⁿ-mi̍h tòe 文學發展 ê kha 步，豐沛 ê 是各種充滿敘事性 ê 藝術類型，親像電影、話劇等 ê 原因。

---

4 其實，阮柏學 ê 作品內底 ê 新--ê kap 伊議論體相比並無 chē。

5 個人 tī 文學內 ê 出現需要 hông 理解做一種代表革命性 ê 因素。二十世紀前期，特別是 1932 年到 1945 年 ê 階段，文學發展豐沛，充滿個性，因為有個人要素 kap 有代表個人觀 ê 現代藝術觀念做基礎。1945 年到 1985 年 ê 階段，個人讓位 hō͘ 集體/團體，所 pái 文學個性 m̄ 是真清楚。自改革了 tī 一个新 ê 水準頂 koân，重關注個人，對解放個性，創造力做出貢獻，增加對生活價值反思 ê 視野。所 pái，tī 這个階段文學內 ê 多樣性變 koh-khah 明顯，當然 mā koh-khah 複雜。

因為 án-ne，kap「新詩」kāng 款，電影、話劇變做是二十世紀前期進行東西方文化交流 ê 產物。

第四，悠揚、隱喻、韻調 ê 語言無 koh 有吸引力。讀者需要一種 koh-khah 親近日常生活 ê 語言。Tī chia，報紙 kap 翻譯語言 ê 角色對越南散文行 ǹg 現代，形成新句法結構，改變敘事語言 ê 觀念非常重要。

頂 koân 所講--ê 內容， ē-tàng 幫 chān 說明文學實踐：小說已經，mā 會 chiâⁿ 做中心人物。Tī 新 ê 地位頂 koân，小說顯示家己 ê 權力：第一，影響其他體裁 ê 生存。第二，有能力吸收其他體裁 ê 養分來創造 ē-tàng 滿足現代文學、hō͘ siōng 歹款待 ê 觀眾接受 ê 藝術交響曲。

2.2. 越南現代文學 ê 演變過程

2.2.1. 二十世紀初期前 30 年 ê 小說 kap 國語散文 ê 出世

2.2.1.1. 越南南部 ê 啟動

Ùi 十九世紀尾期以來，kin-tòe「國語[6]」散文 ê 發展，初期散文現代化 ê 過程已經出現，其中，值得注意 ê 是南部一 kóa 作家 ê 貢獻，親像張永記、黃靖果(Huỳnh Tịnh Của)、阮仲筦、陳正釗(Trần Chánh Chiếu)、黎弘謀(Lê Hoằng Mưu)、張維瓚(Trương Duy Toản)等等。Tī 早期國語散文 ê 發展，siōng-kài 重要 ê 是有報紙 ê 協助，代先是《嘉定報》(1865)、《農賈茗談》(1901)等等。有現代媒體類型 ê 優勢，報紙 chiâⁿ 做發表文學作品 ê 平台，mā 是讀者接收 tio̍h 作品 siōng kín ê 方式。張永記 tī《古代 ê 故事》(Chuyện đời xưa)內底提出建立「純安南」書寫方式 ê 主張真 kín tī 南方新地得 tio̍h 支持。南部 chiâⁿ 做 puh-íⁿ 國語散文 ê 先鋒主要有三个重要 ê 原因：第一，南方是新地區，kap 北部無 kāng，無受 tio̍h 傳

[6] 譯者註：Chia ê 國語是指越南羅馬字(chữ Quốc ngữ)。請參閱蔣為文 2017《越南魂：語言文字與反霸權》。台南：亞細亞傳播社。

統詩學 kap「文以載道」嚴重 ê 影響；第二，國語散文 ê 提倡者 lóng 是直接接受西方文明影響 ê 智識分子，親像張永記是天主教起家 ê 智識分子，是真出名 ê 翻譯家；第三，國語本身簡單學、簡單記，koh ē-tàng kā 日常生活 ê 代誌實用、活跳表達出--來。無像北部、中部 ê 民眾，南部 ê 民眾對中世紀文學束縛 ê 表達、書寫方式無興趣，mā 無受中世紀文學空間長期 ê 支配，所 pái ke 真簡單來接受新 ê 書寫方式。M̄-koh，mā 是 ài 等到阮仲筦 ê 《Lazaro Phiền 牧師 ê 故事》(Truyện Thầy Lazaro Phiền)問世，國語散文 chiah 真正得 tio̍h 肯定。Tī 話頭內底已經清楚記載作者書寫這个作品 ê 用意：「用大家 tiā^{n} 使用 ê 語言創作一个故事...代先是 hō͘ gín-á 因為 kah-ì 來學習，第二是 hō͘ 各地方 ê 人民知影：安南人比智慧比才情 lóng 無輸 hō͘ 任何人」。Kap 傳統小說相比，《Lazaro Phiền 牧師 ê 故事》有 ke 真 chē 新 ê 物件：走 chhōe 一般百姓生活內底 ê 普通故事，反轉結構無 kin-tòe 線性，ùi 兩个人講故事 ê 出現，故事內底有故事 ê 形式已經 puh-í^{n}。值得強調 ê 是，這个作品問世 ê 藝術效應，預告一个體裁 ê 反轉：散文 kap 小說終其尾會 ùi 外圍 kho͘-á 進入核心，掌握主導 ê 角色。阮仲筦了，有真 chē 作品出現，得 tio̍h 讀者 ê 關心，其中值得提起 ê 是張維瓚 ê《潘安外史艱屯節婦》(Phan Yên ngoại sử tiết phụ gian truân) (1910)、陳正釗 ê《黃素鶯含冤》(Hoàng Tố Oanh hàm oan) (1910)、黎弘謀 ê《河香風月》(Hà Hương phong nguyệt) (1912)等 ê chia ê 小說。Tī 這 kóa 小說內底，傳統敘事 ê 影 iáu-koh 真明顯。但是，獨獨這个階段小說 ê 量 ê 存在已經是一个證明，證明一个敘事無強 ê 國家 phah 開藝術思維 ê 重要改變。越南傳統思考方式 khah óa 歌詩。Che mā 是 ūi-siá^{n}-mih 傳統文學內底大部分出色 ê 作品 lóng 是詩人掌握 ê 原因。阮攸是一位詩豪，金雲翹傳 mā 是用歌詩所寫 ê 小說。Tī《幽情錄》(U tình lục) (1909) ê 歌詩小說了，1912 年，胡表政公布自己 ê 頭一部小說《Siáng 做會到？》(Ai làm được?)等等。Ē-tàng 講，tī chē-chē 南部作家內面，胡表政是堅持 siōng 久、siōng 有耐心 ê 作家。因為文學事業做 kah 真 tōa，伊值得 hông 看做是南部國語散文 ê 偉大小說家。雖 bóng，伊 ê 創作 iáu-koh khah 講道理行向，但是胡表政是南部小說自 tú 開始發展到發枝 puh-í^{n} ê 參與者。

Tī 傳統藝術體系轉換到現代藝術體系 ê 過程內底，對體裁 ê 名稱有時 iáu m̄ 是講真確定。Che tio̍h 是 ūi-siá^{n}-mih tī 二十世紀初期 tng 接觸國語散文 ê 時，是 beh 號做故事 ia̍h 是小說 ê 名 iáu 真混亂 ê 原因。作家 iáu 無真清楚有關體裁思維 ê 意識，所 pái，in ê 躊躇、想 bē thong mā 是 ē-tàng 理解，tio̍h 算東方詩學自古代 chiū 已經將小說分做三類：長篇小說、中篇小說、短篇小說 (kap 現此時小說、中篇故事、短篇故事 ê 講法相對應)。所 pái，二十世紀尾期 ê 文學內，有一 kóa 作品號做小說，但是長度篇幅 lóng 無到一百頁。Liām 黃玉珀 ê《素心》kap 吳必素 ê《關電火》(Tắt đèn) lóng 是叫做小說，但是長度 mā kan-ta^{n} 八十幾頁 niā。

另外，值得講 tio̍h tī 國語小說 kap 散文形成 ê 十幾 tang 來，南圻小說家 ê 創作力真多樣、豐沛，有 kóa 人 tī kui 十 tang ê 時間內，寫十幾本小說。親像胡表政、范明堅(Phạm Minh Kiên)、富德(Phú Đức)等等。根據段黎江(Đoàn Lê Giang) ê 講法，ùi 十九世紀尾到 1945 年，南部小說、散文作品 ê 量已經超過 300 冊[7]。Nā koh ke khai 時間 chim-chiok 落去 chhiâu-chhōe 南部國語文學，這个數字一定 m̄ 是 siōng 尾 ê 數字。

有關體裁特徵方面，ùi 十九世紀尾到二十世紀初期，南部國語散文 tī 真大 ê 程度頂 koân iáu koh 有過渡性。所 pái，這个階段小說內 ê 新-舊共生性特別明顯。舊 kap 新 ê 透 lām、膏膏纏 ê 表現真具體 tī 下底幾

---

7 詳細看段黎江，《十九世紀尾到 1945 年南部國語文學—研究展望 kap 成就》(Văn học quốc ngữ Nam Bộ từ cuối thế kỷ XIX đến 1945 thành tựu và triển vọng nghiên cứu)，文學研究雜誌(Tạp chí *Nghiên cứu Văn học*)，2006 年 7 號。

个方面：第一，作品內底講道理 ê 色彩 iáu-koh 真明顯。照陳正釗 tī《黃素鶯含冤》(Hoàng Tố Oanh hàm oan)內底 ê 講法，「各長、短篇，第一是家己創作，第二是東西方 ê 翻譯 lóng kap 社會狀況、國民 ê 心理有真 bā ê 關係，主要用來幫 chān 風化道德」。N̍g 望 ē-tàng 保存風俗教化做目的，致使作家 hông 限制 tī 傳統敘事 ê 模式內底。Liām 南部散文 siōng「勇」ê 小說作家胡表政 mā 一直無法度跳脫 30 年代 ê 道德觀。第二，講故事 ê 風格 kap 中世紀 ê 故事相比，iáu 無真正 ê 改變。Chiū 算是有意識加入一 kóa 當時生活時事 ê 元素，親像好額人對散赤人 ê 壓迫，但是阮正涉(Nguyễn Chánh Sắt) ê《義俠小說》(Nghĩa hiệp tiểu thuyết) (1921)基本上 iáu 是受 tio̍h 中國武俠小說 ê 影響。Tī 張維瓚 ê《潘安外史艱屯節婦》內底，chiū 算是完全以越南做背景 ê 小說，mā iáu-koh 看會 tio̍h 武俠色彩 kap 佳人才子這種模式 ê 影。總體來看，tī 現代化初期 ê 作品內底，小說內有人類 kap 真 chē 無公平，m̄-koh iáu m̄ 是個人，是一般人生、一般生活。根本 ê 衝突 iáu 是善-惡、貧-富之間 ê 衝突。第三，事件組織、故事劇情、人物動作 iáu 是做代先，描寫人物 ê 心理無夠深，語言無真新。親像 hông 看做最傑出 ê 是黎弘謀 ê《河香風月》，散文 ê 創作風格 iáu-koh 有保留韻調，穿插一 kóa 駢文色彩真厚 ê 詩篇。M̄-nā 是《河香風月》niā，真 chē 作家 mā iáu 慣勢這種 khah 隨意 ê 寫作方式。

另外值得注意點，二十世紀初期的 ê 社會現象，親像散赤人 hông 佔領土地、快速進行 ê 都市化過程 kap tī 新 ê 歷史環境下底人類 ê 墮落等等，已經 hō͘ 一 kóa 作家關心、真 kín 來提起。咱需要 kā chia-ê 作品看做是國語散文行 n̂g 寫實主義 ê 表現，其中包括小說。行 n̂g 寫實，超越傳統藝術 kap 典範是一个現代化過程內底非常重要 ê 因素，m̄-nā 是對散文來講，抒情詩 mā 是一種充滿主觀色彩 ê 體裁。Ùi 30 年代開始，因為寫實主義 ê 出頭，行 n̂g 寫實這條路，有 koh-khah 豐沛 ê 進展。

除了世事題材以外，歷史題材包括野史形式 mā 已經得 tio̍h 真 chē

南北方小說家 ê 追求。小說內 ê 歷史意識雖然 kap ùi 世俗觀點來敘述日常生活故事 ê 意識相比 iáu 無真深，但是 ē-tàng 講伊是 sòa--落-來歷史小說發展跳板 ê tńg-se̍h 。

觀察現代化初期 ê 國語小說 kap 散文 bē-tàng 無講 tio̍h 文學語言方面 ê 變化。已經出現一種簡單、好 bat、適合 hō͘ 對象普遍接受 ê 小說語言。行 ǹg 寫實 ê 看法 kap 接近「日常話語」ê 敘事方式已經幫助文學語言 ta̍uh-ta̍uh-á 克服中世紀文學詩法 ê 公式 kap 慣例，所 pái tī sòa--落-來 ê 階段 ē-tàng 一步一步來「發枝」、「puh-íⁿ」。

2.2.1.2. 北部 ê 轉向 kap 變做精華

Tī 現代小說形成 ê 歷史內底，扮演開路者角色 ê 是南部作家。北部小說 ê 起步比南部 koh-khah òaⁿ 小 khóa。十九世紀尾到二十世紀初期 ê 階段，北部書寫小說 ê 力量 mā 比南部 khah 少。雖然 tòe 後壁行，但是北部小說 chiâⁿ 做精華 ê 過程顛倒演變 koh-khah 深、koh-khah 清楚，主要是因為長久以來國家 ê 文化中心 tī 河內。Ē-tàng án-ne 來解說這个現象：代先，tio̍h 算南部 tī 現代小說 tú 形成 ê 初期扮演開路者 ê 角色，但是南部小說家 tī 慢慢仔脫離講道理模式這件代誌頂 koân，無形中造成體裁發展 ê 節奏 mā tòe leh 慢--落-來。南部小說基本上停留 tī 1932 年這个時間點，提倡道理、集中 tī 各種道德關係是中世紀講故事詩學 ê 重要特徵。但是到現代時期，tī 創造內部心理 kap 接受文學 ê 新要求之下，特別是解放個人要素 ê 需求已經 hō͘ 道理模式變 kah 落伍 kap 孤單。西方文化 ê 影響已經改變人 ê 世界觀 kap 人類觀。所 pái，生活頂 siōng 重要的 ê 課題 lóng 無 koh kap 倫理教義相黏做伙。另外一方面，tī 現代化初期，南部小說家主張用「日常話語」非常重要，但是 nā kan-taⁿ 停 tī 這種「啟蒙」ê 程度，小說 tio̍h 無法度繼續來發展。問題 tī 必須 ài 趕緊來克服「日常話語」ê 程度轉換做藝術 ê 語言。Che 是北部小說家早 tio̍h 已經發現，而且想辦法 teh 克服 ê 問題。當然，這个克服 ê 過程 m̄ 是 sûi 看會 tio̍h 成果。

Tī 北部 ê 作家內底，咱需要肯定傘沱 ê 功勞，tī《小夢》(Giấc mộng con) (第一冊：1916 年，第二冊：1932 年)、《錢神》(Thần tiền) (1921)、《塵埃知己》(Trần ai tri kỷ) (1924) ê 小說等。傘沱 ê 小說內底，自傳 ê 色彩 khah 明顯，因為伊原底是一位詩人。傘沱 ê 小說充滿才子色彩 kap 浪漫靈感。除了傘沱以外，北部 tī 20 年代，koh 迎接真 chē 值得注意 ê 著名小說，親像鄧陳拂(Đặng Trần Phất) ê《點雪 ê 花枝》(Cành hoa điểm tuyết) (1921),《滄桑》(Cuộc tang thương) (1923) 、阮仲術(Nguyễn Trọng Thuật) ê《紅色之瓜》(Quả dưa đỏ) (1924)等 ê 小說。Tī 鄧陳拂 ê 兩部小說內底，寫實性質非常深刻。鄧陳拂小說 ê 新是無遵照舊 àu 舊臭 ê 故事，而且已經提起 tio̍h 當時社會生活 ê 動盪。Kap 傳統小說相比，作者 ê 寫實觀點確實有明顯 ê 進步。然後，chiū ài 等到 1925 年黃玉珀 ê《素心》小說問世，小說 chiah 有真正 ê 轉變。照武鵬(Vũ Bằng) ê 講法，這部小說 ê 出現，有親像「感情天頂彼粒炸彈[8]」ê 意義。所 pái，雖 bóng kan-taⁿ 有八十頁 ê 印刷，但是根據現此時小說 ê 觀念，《素心》thèng-hó hông 看做是第一部現代小說。

Hông 看做是「愛情小說」,《素心》是兩位主角淡水(Đạm Thủy) kap 素心 ùi 朋友兄妹情行到愛情過程 ê 豔情。Che 是一場悲慘、會 hō͘ 人看 kah kâm 目屎 ê 愛情。這部小說最明顯 ê 貢獻是真幼路分析心理 ê 藝術、人物 ê 回憶 m̄ 是遵照時間程序 ê 結構、無像傳統藝術 kin-tòe 快樂結局 ê kha 本。透過兩个人物悲慘 ê 愛情故事，這个作品已經 khap-tio̍h 當時社會一个重大 ê 問題，chiū 是自由戀愛 kap 封建禮教、個人 kap 家庭之

[8] 武鵬，《黃玉珀人生路途 kap 文學生涯》(*Hoàng Ngọc Phách đường đời và đường văn*)內底 ê「一本冊 ê 人物，雙安黃玉珀」(Song An Hoàng Ngọc Phách người của một quyển sách)，文學出版社，1996 年，603 頁。

間 ê 矛盾 kap 對衝。雖 bóng 有時 iáu-koh 看會 tio̍h 中世紀駢文 ê 味，不而過《素心》ê 語言是現代小說 ê 語言。黃玉珀 tī《素心》內底藝術思維 ê 突破， ē-tàng 講是代先踏出真 súi ê kha 步替 tī 浪漫文學潮流出世 ê 前幾 tang。

2.2.2. 1930 年到 1945 年階段 ê 小說

經過三十年 ê 運動，踏 tiàm 報紙 kap 翻譯 ê 底蒂做 chhui-sak，koh 有自南到北作家隊伍強烈文學現代化 ê 意識，1930 年到 1945 年階段 ê 越南小說透過浪漫小說 kap 寫實小說這兩个主要 ê 潮流，速度發展 kah 真 mé。

2.2.2.1. 自力文團 kap 浪漫小說

Ùi 二十世紀 30 年代初期到 1945 年底，文學內面 ê 浪漫趨向發展活跳，主要是透過散文 kap 歌詩這兩个體裁。Tī 歌詩方面是因為「新詩」運動，tī 散文方面是因為自力文團。Chiâⁿ 做一个有清楚目的、宗旨 ê 文學組織，自力文團 ê 出世是文學現代化過程，已經達到一定水準 ê 結果。

自力文團 tī 1932 年出現，由一靈阮祥三發起，1934 年 3 月正式成立。自力文團 ê 言論機關是《風化》(Phong hóa)週報，後來改做《今日》(Ngày nay)週報。Che 是一个私人自願 khiā 出來舉辦 ê 文學組織。自力文團 ê 正式成員包括：一靈、黃道(Hoàng Đạo)、石嵐(Thạch Lam)、慨興(Khái Hưng)、秀肥(Tú Mỡ)、世旅，日後 koh 增加春妙。Chiâⁿ 做一个文學組織，自力文團 tī 1934 年 3 月初 2 ê《風化》週報第 87 號，發布家己 ê 宗旨 kap 目的。宣言核心 ê 內容是：自力文團集合文界 ê 同志；成員之間主要是精神上 ê 連結。做伙追求 kāng 一个宗旨，互相扶持，ūi-tio̍h 實現共同 ê 目的，tī 有文學性質 ê 重要活動內底，犧牲家己保護大家。下底十條內容是自力文團 ê 宗旨：

1.用家己 ê 力量創作出有文學價值 ê 冊，m̄ 是 kan-taⁿ 翻譯有文學性質 ê 國外冊 niā。目的是 beh 豐富國內 ê 文學財產。

2.編寫 iah 是翻譯有社會思想 ê 冊。注意 ài hō͘ 人民 kap 社會 lú 來 lú 好。

3.根據平民主義，編寫有平民風格 ê 冊，鼓吹大家 kah-ì 平民主義。

4.用簡單、好 bat、少漢字、有安南風格 ê 文學書寫方式。

5.保持新、少年、樂觀、有意志 koh 確信進步。

6.歌頌越南國家有平民風格 ê 優點，hō͘ 大眾平民愛國。無高高在上、家長式 ê 風格。

7.尊重個人自由。

8. Hō͘ 大眾了解孔道已經 tòe bē tio̍h 時代。

9. Kā kap 西方接觸 ê 科學方法用 tī 越南文學頂 koân。

10.遵守頂 koân 所講，九條其中一條 mā chiū ē-sái，mài kap 其他條衝突--tio̍h chiū 好。

咱 ē-tàng 看出來，自力文團 ê 宗旨代表對社會真大 ê n̍g 望：一方面進行改革 kap 豐富文化、文學，一方面 koh 參與社會改革。自力文團成員 ê 心血 kap 文學能力已經 hō͘ in 對民族文學現代化做出真大 ê 貢獻。講 tio̍h 自力文團 tī 文學現代化進程內底，黃春瀚(Hoàng Xuân Hãn)認為：「雖 bóng 自力文團 m̄ 是唯一，但的確是 siōng 重要 ê 組織，而且 in 是越南現代文學第一个改革組織。」[9]

[9] 《Kap 黃春瀚談論》"Chuyện trò với Hoàng Xuân Hãn"，《香江》雜誌(*Tạp chí Sông Hương*)，1989 年 4 月，37 號，74 頁。

自力文團發展 kap 衰退 ê 過程 ē-tàng 分做兩个階段[10]。Tī 第一階段（1932 年到 1936 年），自力文團注心 tī 社會、文學、報紙 ê 改革。《風化》週報用 khau-sé ê 方式，起笑彼當時社會內底有頭有臉 ê 人物。李熌(Lý Toét)、社豉(Xã Xệ)、邦病(Bang Bạnh)是代表自力文團想 beh 批判 ê 三種人。對文學來講，che 是真 chē 趨向形成 ê 階段，但是 siōng 突出 ê 是對抗封建禮教、要求個人解放 kap 自由戀愛等 ê 論題。自力文團真 chē 有價值 ê 小說 lóng tī 這个階段出版，親像《蝶魂夢仙》(Hồn bướm mơ tiên) (1933)、《花擔仔》(Gánh hàng hoa) (1934)、《半部青春》(Nửa chừng xuân) (1934)、《斷絕》(Đoạn tuyệt) (1935)、《風雨人生》(Đời mưa gió) (1935)、《快樂 ê 日子》(Những ngày vui) (1936)等等。頭起先，自力文團 ê 小說有要求個人解放 ê 鬥爭、要求自由戀愛、反對封建禮教刻薄 ê 內容，了後因為法國平民戰線 kap 國內爭取民族自由鬥爭發展 kah 有聲有影 ê 影響，自力文團 ê 作家 mā 行 ǹg 平民，提出 in ê 改革觀點。1937 年自力文團 ê《陽光協會》(Hội Ánh sáng)出世以來，有「tī 法律範圍內，和平進行社會改革」ê 意識（黃道）。早前 ê 趨向 kap 主題 iáu 是繼續，親像反對封建禮教、行 ǹg 平民、脫離現實、社會改革等 ê 趨向。第一階段尾期 kap 第二階段初期，自力文團 ê 一 kóa 作家開始有理想化偏向、浸 tī 理想內底、為 tio̍h 大義願意出征 ê 征伕形象，tio̍h 算 he 是一種 ǹg 望 ê 目的、模糊 ê 大義。親像這 kóa 作品《蕭山壯士》(Tiêu Sơn tráng sĩ) (1935)、《然後有一個下午》(Thế rồi có một buổi chiều) (1936)、

---

10 對自力文團 ê 演變，研究者有無 kāng ê 論解。潘巨球分做三个階段：第一階段 ùi 1932 年到 1934 年，第二階段 ùi 1935 年到 1939 年，第三階段大約 ùi 1935 年底一直到抗法戰爭爆發結束。《越南浪漫主義文學》(*Văn học lãng mạn Việt Nam*)，教育出版社，1997 年，243 頁。；阮惠之分做兩階段：第一階段 ùi 1932 年延續到 1936 年，第二階段 ùi 1937 年到 1945 年日本對法國發動政變。《新部分 ê 文學辭典》(*Từ điển văn học bộ mới*)內底 ê 自力文團，世界出版社，2004 年，1899-1903 頁。

《一對男女朋友》(Đôi bạn) (1938)等 ê 情形[11]。Tī 後期，特別是 ùi 1939 年開始，tī 文學 kap 報紙活動頂 koân，自力文團 ê 一 kóa 主要 chhōa 頭 ê 作家 tàuh-tàuh-á 轉向政治 kap 社會活動。一靈阮祥三成立 ê 親日大越民政黨(Đảng Đại Việt dân chính thân Nhật) hō͘ 法國殖民者通緝 ài 流亡中國。1943 年黃道 kap 慨興 hông 送去務版(Vụ Bản)安置。雖 bóng 自力文團無宣布解散，但是實際上 ê 活動已經結束。Che mā 是自力文團 ê 小說行 ǹg 自我烏暗 ê 時期，親像《Súi》(Đẹp) (1939-1940)、《白蝴蝶》(Bướm trắng) (1939- 1940)、《清德》(Thanh Đức) (1943)等等。

雖 bóng 實際上 kan-taⁿ 存在量約十幾 tang，m̄-koh 自力文團對越南現代文學 ê 貢獻是值得肯定--ê。不而過，自力文團對越南現代文學貢獻 ê 接受度 kap 評價，m̄ 是 lóng 全部正面。Tī 自力文團出現了後無 gōa 久，kin-tòe 現實趨向 ê 作家已經有否定這个趨勢 ê 意識。寫實趨向出名 ê 作家，親像武重鳳、南高等等，表示 in 無贊成自力文團作家「欺騙 ê 月光」、iàh 是詩意化生活。Che mā 是 ē-tàng 理解，因為 in 是越南文學 1930 到 1945 年期間，兩个藝術意識 kap 觀念完全倒 péng ê 趨向，ūi-tio̍h beh sio 爭存在來否定。1945 年了，nā 是 tī 南部，自力文團 ê 文學作品 koh 有 teh hông 研究。但是 tī 北部，自力文團受 tio̍h 真 kē ê 評價，因為受 tio̍h 看 koân 階級論 kap 看社會學粗俗觀點 ê 拖磨。到改革時期，重對自力文團貢獻 ê 評價已經有 khah 妥當[12]。Tī chia，咱 beh

---

[11] 有關這種類型「離客」ê 形象，ūi-tio̍h 避免一 kóa 庸俗 ê 演繹，必須將伊看做是一種浪漫美學 kah-ì 冒險 iàh 是改變 ê 特點。Tī 新詩是深心(Thâm Tâm) ê《送別行》(Tống biệt hành)內底離開 ê 人 ê 形象 iàh 是武煌璋(Vũ Hoàng Chương)歌詩內底「遠方」ê 靈感等等。Tī 散文是阮遵(Nguyễn Tuân)作品內 ê「移動、冒險」等等。自力文團小說內面 siōng 清楚 ê 是《一對男女朋友》等等。研究家杜德曉(Đỗ Đức Hiểu)透過 *An-toh-lé Kài-toh* (André Gide) ê 言語「走 chhōe 是活，chhōe--tio̍h 是死」意識 tio̍h 這種冒險之間 ê 相 tú。詳細看杜德曉，《閱讀 kap 評論文學 ê 改革》(Đổi mới đọc và bình văn)，作家協會出版社，1998 年，111 頁。

[12] 參考陳友佐(Trần Hữu Tá)、阮誠詩(Nguyễn Thành Thi) 、段黎江主編 ê 《自力文團散文 kap 新詩 ê 回顧》，青年出版社，2013 年。

強調這个文團兩个主要 ê 貢獻：

代先，自力文團真積極、強烈來替個人解放發聲。自力文團小說內 ê 論題性，體現 siōng 集中 tī 要求自由戀愛 ê 權利 kap 反對封建禮教。這个文團 ê 作家已經建立代表進步 ê 思想，「新女性」這个人物類型，勇敢爭取個人 ê 幸福、sù 配 ê 愛情。描寫人物 ê 時陣，mā 開始注意 tio̍h 肉體這个方面。Che 是 tī 中世紀小說內真罕得出現 ê 情形。

自力文團 kap「新詩」有真遠深 ê 原因，針對二十世紀初期 ê 社會精神生活提出個人解放。當時越南歷史上 siōng 大 ê 矛盾是民族 kap 階級之間 ê 對衝。但是 tī 社會文化層面，kin-tòe 各新社會階層 ê 出現，都市化過程快速進行，個人解放 ê 問題 hông 看做是對應現代時勢真趕 kín ê 需求。Tī 中世紀 kui-ê 十世紀內底，個人一直受儒教意識 ê 壓制，產生一大堆束縛人 ê 社會規範。到二十世紀初期，西方文化 ê 影響已經幫 chān 對新事物敏感 ê 智識分子、文藝工作者 ūi-tio̍h 性命權、幸福權、自由戀愛權 kap 社會平等發聲。Che 是 kui-ê 時代 ê 靈感，自力文團 ê 作家真早 tio̍h 發現。甚至，tī 後壁 ê 小說內自我個人 ê 烏暗 mā 開始受 tio̍h 關注，預告現代主義 tī 後一个階段對越南文學 ê 影響。[13]

第二，有關思維 kap 詩法體裁，tī《素心》了，自力文團 tī 無 kāng 方面將小說現代化：人物塑造、結構組織、敘述語言等等。自力文團 ê 小說內，已經看無中世紀 ê 駢文、章回小說 ê 影，文學語言單純、幼路，特別是厲害 ê 心理分析藝術。Tī《素心》內底，黃玉珀對人物 ê 心理分析藝術是新--ê，但是基本上 iû-goân 是古典心理、「平面心理」類型。到自力文團 ê 時，有層次 ê 心理狀態已經 hông 描寫 kah 非常幼路、清楚。Án-ne ê 發展，已經 hō͘ 杜德曉(Đỗ Đức Hiểu)看出來，tng 伊對一靈 ê《白蝴蝶》作品做評價：「《白蝴蝶》是一部現代小說；m̄ 是書寫有關冒險 ê

[13] Che 是尾期 tī 自力文團小說藝術思維內底新 ê 面容。Bat 有時陣因為浸 tī 階級論 ê 視野 siuⁿ 過沉重，所 pái 一 kóa 研究者將伊看做消極、衰退 ê 表現。

經歷過程」像 *Don Quichotte*、《水滸傳》(Thủy Hử)、《紅色之瓜》、《蕭山壯士》等等，是「書寫 ê 冒險」。Tī chia ê「冒險」是一段穿越生死、紛亂、美夢、感觸、思維、情感等等真彎 khiau ê 過程。《白蝴蝶》有簡單 ê 故事劇情，是人類「內心世界」ê 起落、有意識 kap 無意識、無理 kap 非理性、夢想、痟話、預感等等[14]。早前，對自力文團 siōng 尾階段做評價 ê 時，有一 kóa 研究者 kā che 看做是無法度跳脫個人主義 ê 一種困境。M̄-koh nā ùi 體裁詩學 ê 角度來看，ē-tàng 看出 che 是真值得注意 ê 發展。Chiū 是小說家 phah 拚 teh 走 chhōe 描述自我個人 ê 烏暗 oat 角。Che 是由 *Kha-hú-khah* 所提倡現代主義 ê 重要特徵之一。

2.2.2.2. 1930 年到 1945 年階段 ê 寫實小說

以一个潮流身分形成進前，越南現代文學內 ê 寫實主義 siōng 代先 ùi 南部范維遜、阮柏學 ê 短篇小說、胡表政 ê 小說開始。但是，一直到 1930 年了，寫實主義文學 chiah tī 阮公歡(Nguyễn Công Hoan)幾部短篇小說 ê 参與真正發展，親像《馬人人馬》(Người ngựa ngựa người) (1934)、《男角四卞》(Kép Tư Bền) (1935)、《金枝玉葉》(Lá ngọc cành vàng) (1935)、《頭家》(Ông chủ) (1935)等等。Tī 報紙領域頂 koân，三郎(Tam Lang) ê「我 giú 車」(Tôi kéo xe) (1932)；武重鳳 ê「害人 ê 陷阱」(Cạm bẫy người) (1933)、「嫁給法國人 ê 技術」(Kỹ nghệ lấy Tây) (1934)；吳必素 ê「切藥鍘刀」(Dao cầu thuyền tán) (1935)等 ê 報導文學 mā 得 tio̍h 真好 ê 評價。

Tī 體裁思維方面頂，越南現實主義小說 tī 1930 到 1945 年 ê 階段有受 tio̍h 傳統敘事 ê 影響 koh 接受十九世紀西方小說 ê 藝術。當然，tī 這兩種影響力內底，西方小說書寫方式 ê 影響 ke 真明顯。親像范維遜 ê《管你死活》(Sống chết mặc bay) hông 看做是現代短篇小說春天 ê 花蕊，但是這篇短篇小說真明顯是受 tio̍h *A-lo-hòng-su Tú-té* (Alphonse

[14] 詳細看杜德曉 ê 《閱讀 kap 評論文學 ê 改革》(Đổi mới đọc và bình văn)。引用--過 ê 參考冊，118 頁。

Daudet) ê《一場撞球》(Ván bia) (Le billard) ê 影響。Che 顯示東方傳統敘事必須 ài 改變功能來符合現代敘事 ê 組織原則。Kap 提 koân 主觀感覺、以詩意化、理想化描述生活狀態 ê 浪漫主義無 kāng，寫實 ê 作家特別注重客觀、重視「人生真相」ê 原則。這个原則早前 bat tī 十九世紀 hō͘ 寫實主義 ê 大師，親像 *Su Thian-toh* (Stendhal)、*Ba-o-chak* 所提倡。這个原則 ê 核心是理性主義 kap 唯物主義，tio̍h *Ba-o-chak* 家己認為，家己是 tī 教會 kap 君主社會思想下底進行創作。浪漫主義 kap 寫實主義之間 ê 藝術思維有真明顯 ê 差別：Nā 準浪漫主義作家特別關心藝術時間，án-ne 寫實主義者 tio̍h 特別注重空間。Tī《關電火》內底，吳必素起造一个 hō͘ 人無法度喘氣 ê 空間，有關 kah bā-bā-bā ê 大門，表達內底 ê 激烈衝突。南高 mā 起造一个矮 koh kheh ê 空間來討論臭賤 ê 命運。武重鳳起造一个狂歡 ê 空間來講都市雜亂、吵鬧 ê 生活等等。

然後，tī 研究浪漫主義 kap 寫實主義文學 ê 時，mā ài 注意 tio̍h in 之間 ê 重疊。Tio̍h 算每一種趨向 lóng 有家己 ê 藝術原則，但是 in 之間 m̄ 是有一條一定講真清楚 ê 界限。所 pái，有 kóa 作家真歹 hông 定義做是浪漫主義 ia̍h 是寫實主義。甚至，liām 初期寫實主義 ê 作家 mā 會 hō͘ 浪漫主義文學 ê 氣場來吸引過去，親像南高 chiū 發表歌詩來做伊文學生涯 ê 開始，阮公歡 tī《男角四卞》短篇小說了 koh 寫出有代表浪漫主義氣味 ê《金枝玉葉》小說，這本小說真接近一靈、慨興 ê《半部青春》、《斷絕》等 ê 小說。

Tī 開始 ê 階段 ùi 1930 年延續到 1935 年了，寫實主義 ê 散文 kap 小說 tī 1936 到 1939 年期間已經行到山頂，包括吳必素、阮公歡、武重鳳、元鴻(Nguyên Hồng)等等一系列出名 ê 小說。Che 是一般大眾勝利 ê 時期，要求民生、民主 ê 鬥爭運動強烈發展，hō͘ 寫實主義作家 ē-tàng 用 siōng 活跳、真實 ê 方式描寫生活。這个階段 ê 歷史實踐 kap 寫實主義文學 ê 發展 mā hō͘ 浪漫主義 ê 作家 hông 分化 kap 改變書寫方式。作為

自力文團 ê 成員，石嵐 ê 筆尖有偏向寫實主義 ê 趨勢。藍開(Lan Khai) mā 告別森林故事主題來書寫《荼炭》(Lầm than)這本小說。

Tī 1936 到 1939 年這階段內底，寫實主義潮流 siōng 出名 ê 作家已經真深刻描寫當時社會熱 phut-phut ê 問題，tio̍h 是農民 kap 地主之間 ê 衝突、都市化 kap 歐化時期 ê 雜亂、粗魯 ê 生活方式。每一位有才華 ê 小說家 lóng 知影 thang tī 一个寫實專業頂 koân 發揮家己。親像吳必素 ê《關電火》，小說內是稅賦期農民 ê 運命。阮公歡 ê《Siōng-bóe ê 路》(Bước đường cùng) (1938)內底是農民為 tio̍h 稅租來忍受痛苦。武重鳳用家己《紅運》(Số đỏ)ê 傑作，得 tio̍h 頭一位現代都市作家 ê 名號。元鴻成是「越南 ê *Go͘-ó-khih*」，tī《Chián-liú-á》(Bỉ vỏ) (1938)內底書寫有關社會階級 ê siōng kē 層。

Tng《關電火》這本小說出現，武重鳳已經肯定 che 是一篇「有代表社會論題、完全服務人民，ē-tàng 看做傑作、m̄-bat 出現過 ê 小說[15]。」根據客觀原則，吳必素 ê 《關電火》透過兩个典型人物，酉姉(chị Dậu) kap 桂議[16](Nghị Quế)已經直接寫出農民 kap 地主之間激烈 ê 衝突。這本小說 ê 中心人物代表越南婦女 ê 傳統美德：賢慧、有頭有尾、犧牲 kap 反抗 ê 精神。Ùi 藝術方面來看，吳必素已經成功建立真有戲劇性 ê 情境，hō͘ 衝突 koh-khah 明顯。Tio̍h 算是 tī 一 kóa 段落 iáu-koh 看會 tio̍h 駢文 ê 影。但是基本上，《關電火》ê 語言是現代小說 ê 語言，表達人物個性 ê 能力非常清楚。

1936 年是武重鳳出版三部重要小說 ê 年份，展現恐怖 ê 書寫能力 kap 非常特有 ê 藝術思維：《暴風雨》(Giông tố)、《紅運》、《決堤》(Vỡ

---

15 武重鳳，《紹介吳必素 ê 關電火小說》(Giới thiệu tiểu thuyết Tắt đèn của Ngô Tất Tố)，100 號，「時務」報，31 日 1939 年。

16 譯者註：「議」這詞是指 hō͘ 法國殖民者培養出來，代表封建制度 ê 當地越南人，專門欺壓 kap 剝削老百姓，尤其是農民。

đê)。這三部小說 lóngē-tàng 建立出色 ê 藝術典型。[17]

Nā 吳必素有意識 teh 描寫矮 koh kheh 空間內底農民 ê 痛苦來講，án-ne 武重鳳 tī《暴風雨》內底 ê 才能體現 tī chē koh khoah 面向 ê 寫實能力。赫議這號人物是武重鳳 tī 人物個性刻劃藝術頂頭真特別 ê 成功。Che 是有真 chē 歹習慣 ê 本地大資本階級，親像 siáu 貪、淫亂、政治機會、欺騙等 ê 典型。Tī 民主 ê 鬥爭運動，發展真熱時期 ê 社會背景內底創作，所 pái tng《暴風雨》內底出現有代表理想性 ê 形象，無 siáⁿ-mih 奇怪，親像「國際革命家」海雲(Hải Vân) kap 一 kóa 先進 ê 智識分子。武重鳳藝術觀點 ê 複雜性反映 tī 伊家己建立 ê 人物世界。Tī 越南現代文學歷史 kap 武重鳳 ê 文學生平內底，tio̍h 算有評價無妥當 ê 階段，但是《紅運》這部小說 lú 來 lú 受肯定是藝術 ê 傑作。Tī 一个奇怪 ê 美學 kap 民間起笑 ê 基礎上頂創作，《紅運》內底 khau-sé ê 藝術已經到真精 ê 程度。Kui 部小說是一層一層模仿歐化社會失真去，欺騙本質 piak-khang ê 笑聲。Nā tī 阮公歡 ê《Siōng-bóe ê 路》kap 吳必素《關電火》ê 小說內底，中心人物是一層一層受痛苦 ê 農民，án-ne tī 武重鳳小說內 ê 中心人物全扮演反派 ê 角色。Che 證明，kap 兩位前輩作者相比，武重鳳小說 ê 藝術革新 koh-khah 徹底。M̄-koh，親像 *Phí-thò Jí-no̍h-mngh* (Peter Zinoman) ê 評論所講，武重鳳 ê 社會批判 siōng 大 ê 優勢，除了伊 ê 社會經驗 kap 經歷以外，koh 有 ùi 資本主義 kap 性慾 ê 烏暗出發，這種烏暗到 taⁿ iáu-koh kap 咱 ko-ko 纏，iáu-bē tháu 放。照 Bak-thin ê 意思，武重鳳 tī《紅運》內底好笑模仿 ê 笑聲，是建立 tī 現代小說 ê 複調性頂 koân ê 笑聲。Kap kāng 時代 ê 小說家相比，對都市

---

[17] Tī 典型環境內底建立典型人物是十九世紀現實主義 ê 重要原則。這个原則跟 kin-tòe *Ian Goh-su* (Engels)關於傳統現實主義 ê 意見。行入二十世紀，kin-tòe *Kha-hú-khah* ê 出現，現實主義已經有根本 ê 改變。Nā 二十世紀初期 ê 越南，武重鳳 kap 南高是表達現代性 siōng 清楚 ê 作家，tng in tī 家己 ê 作品內底開始設立多元對話性。

化、都市生活環境 kap 虛華 lóng 失真 ê 文明後壁，伊所造成敗害 ê 認知，tú 好引 chhōa 一條需要 kā 假 piak-khang ê 路[18]。武重鳳是行 tī 時代頭前 ê 藝術先知。

Kap 阮公歡、吳必素、武重鳳這三位作家相比，元鴻 khah òaⁿ 出現，m̄-koh《Chián-liú-á》kap《gín-á 時期》(Những ngày thơ ấu) (1938 年 tī《今日》報紙刊登，1940 年出版)這兩部小說是寫實主義散文，30 年代尾 kap 40 年代初期 ê 重要作品。《Chián-liú-á》這本小說 teh 講一个善良、條直，但是 hō͘ 社會看輕到 siōng kē 層 ê 故事，八炳(Tám Bính) ê 人生 kap 運命。元鴻真奇巧組織故事 ê 理路 kap 劇情：Ta̍k-pái 八炳想 beh 行好路，sòa 來 hō͘ 社會 lú 埋 lú 深。講話 ê 語言真活跳，尤其是合理 koh 正確，用一般人、江湖、俗諺等 ê 這類語言，幫 chān 讀者 koh-khah 深刻理解當時社會內底所存在 ê 殘酷現實。

Kap《Chián-liú-á》同時，《gín-á 時期》是元鴻對體裁方面一个重要 ê 貢獻。Che ē-tàng 看做是越南頭一部自傳小說。背景方面，自傳小說 ùi 十八世紀 ê 西方浪漫主義文學開始。本質方面，任何自傳 mā 有自白性，因為 che 是有關敘述者本身 ê 性命故事。根據 *Mi-sè-o Hú-khó* (Michel Foucault) tī《性慾歷史》(Lịch sử tính dục)內底 ê 講法，tī 封建社會內底有關性慾 ê 代誌 hông 禁止公開討論，但是信徒 tī 教堂告解聖事 ê 時，ē-tàng 對主教講。He 是有秘密 kap 隱私性 ê 告解。到 18 世紀 ê 浪漫主義文學，彼 kóa 秘密、隱私 ê 告解 chiah ē-tàng 公開講。代先是自傳後來

---

[18] 關於武重鳳以都市小說 phah 開人物 ê 角色，杜德曉認為「武重鳳是 siōng 都市 ê 作家」，「《紅運》是百分百 ê 都市小說」。(詳細看《咱 kap 武重鳳作家》(*Nhà văn Vũ Trọng Phụng với chúng ta*) (陳友佐編寫) ê「武重鳳 tī《紅運》內底 ê 言詞浪潮」，胡志明市出版社，1999 年，417 頁)。Zinoman tī 武重鳳人生 ê 基礎理解伊 ê 現代主義作家 ê 角色，於世紀初東洋現代化時期 ê 經濟、政治、社會、包括這幾个方面：家境、生活環境、學問、語言政策、文化影響 ê 源頭等。(詳細看《武重鳳作品內底 ê 現代本色》(Bản sắc hiện đại trong các tác phẩm Vũ Trọng Phụng) ê「武重鳳 ê《紅運》kap 越南現代主義」(Số đỏ của Vũ Trọng Phụng và chủ nghĩa hiện đại Việt Nam)，文學出版社，2003 年，41-66 頁。

是自傳小說早期 ê puh-í^{n}。但是，自傳/自傳小說/自述通常 kan-ta^{n} tī 一个親像西方 ê 民主社會內底出現。真 chē 研究者認為 *Jōn-Jėh Lú-soh* (Jean-Jacques Rousseau) (1766 年到 1770 年) ê《自首之話》(Những lời tự thú)是自傳小說類型 ê 起源作品，了後 ，是真 chē 著名作家 ê 自傳小說。Tī 越南，讀者 éng 過 mā 對 *Go͘-ó-khih* ê《我 ê 童年》(Thời thơ ấu) 這部小說真熟，最近對 *Má-ko-lit Tu-lah-suh* (Marguerite Duras) ê《情人》(Người tình)真熟。

Tī 中世紀時期 ê 越南，beh 講 tio̍h 自我 kap 公開 ê 秘密 ē-sái 講是無可能 ê 代誌。一直到二十世紀初期，雖 bóng 自我個人已經得 tio̍h 提升，但是 tī《gín-á 時期》問世進前，無任何小說有自傳性。范泰(Phạm Thái) ê《梳鏡新裝》(Sơ kính tân trang) mā kan-ta^{n} 是有自由生活方式自發標誌 ê 一位才子。石嵐已非常正確將《gín-á 時期》這部小說號做「Hài^{n} kah chīn-pōng ê 少年靈魂」。Tī 這部小說以後，自傳色彩已經 tī 南高 ê《死亡線頂 ê 滾 ká》(Sống mòn) (1944)小說內底轉來。

Ùi 1940 年到 1945 年期間，越南寫實主義方向改變。這種改變 kap 社會政治生活 ê 改變有關係。Ùi 1940 年開始，日本侵略東洋，國家開始受雙重壓迫。階級衝突變 kah lú 來 lú 嚴重，都市散赤人 ê 生活 koh-khah 悲慘。Siâng 時，民族解放 ê 需求真強烈 hông 提出。全國各地 ê 革命運動強力發展，影響進步愛國 ê 作家。寫實主義 ê 優秀作家，親像南高、元鴻、蘇懷等等加入救國文化協會(Hội Văn hóa cứu quốc)。這層背景已經影響 tio̍h 寫實主義作家 ê 創造靈感。元鴻繼續書寫有關散赤人 ê 艱苦。蘇懷用利劍劍、奇巧 ê 筆尖 teh 書寫有關郊區 ê 生活。這个階段 ê 寫實主義文學潮流 siōng 值得注意 ê 人是南高。除了一系列傑出 ê 短篇小說，親像《志飄》(Chí Phèo)、《老鶴》(Lão Hạc)以外，《死亡線頂 ê 滾 ká》這部小說是一个體裁思維，書寫有關城市清寒智識分子文學流變 ê 重要貢獻。

對《死亡線頂 ê 滾 ká》這部小說有兩个需要適當注意 ê 問題：Chiū 是心理分析 ê 藝術程度 kap 自傳 ê 書寫方式。有關自傳色彩，che 是元鴻已經使用來創作《童年時期》小說書寫風格 ê 延續。有關心理分析藝術，南高已經將越南寫實主義提升做心理寫實主義。Tī *Thoh-suh-thoh* kap *Té-suh-tó-hu-su-ki* ê 小說 iah 是 *Chhe Kho-hu* (Chekhov) ê 短篇小說內底，心理寫實 bat hông 展現 kah 真成功。因為 kā 心理描述 ê 藝術提升到一个新 ê koân 度，南高是有法度用真幼路、活跳 ê 方式來描寫情緒流動真深 ê 作家。

Ē-tàng 講，ùi 1930 到 1945 年階段大約 15 年 ê 時間，越南小說 tī 寫實主義 kap 浪漫主義這兩種趨勢頂 koân 已經得 tio̍h 真 chē 傑出 ê 成就。不而過，除了這兩種明顯 ê 趨勢以外，koh 需要 ke 補充 ê 是，開始出現一種新體裁，chiū 是偵探小說，開路 ê 人是范高鞏(Phạm Cao Củng) (1913 年到 2012 年)。敘述散文內底 ê 奇妙手法 mā hō͘ 真 chē 作家使用，其中一方面，in 吸收西方奇妙手法，另外一方面，運用東方藝術 ê 奇妙，特別是受 tio̍h 蒲松齡(Bồ Tùng Linh)《聊齋志異》(Liêu trai chí dị) ê 影響。范高鞏了 iáu-koh 有世旅、藍開 ê 森林故事主題。世旅帶有偵探色彩 ê 短篇小說受 tio̍h *É-toh-goh Phó͘* (Edgar Poe)真深 ê 影響。然後，tī 現有 ê 基礎頂頭，偵探小說 kan-taⁿ 停留 tī 初期階段，主要是 tī 短篇小說內底，iáu 無形成一種像西方 kāng 款受歡迎 ê 體裁[19]。總體來講，散文包括小說，1930 年到 1945 年 ê 階段確實已經創造出一个真重要 ê 藝術突變，有豐沛創造才能 ê 厚度，其中有真 chē 行到山頂 ê 作品。

---

[19] 講 tio̍h 偵探體裁，讀者會 sûi 想起 *A-só͘ Kho-lan Tó-ioh* (Arthur Conan Doyle) (1887 年到 1914 年)一系列創作內底 ê *Sé-lak Hó-lú-mo-su* (Sherlock Holmes)。Tī 世界文學內底，偵探是一種銷路真好 ê 體裁。有真多 Hollywood 重量級 ê 電影，用出名 ê 偵探文學小說基礎做改編。Tī 越南，出現 tī 1930 年到 1945 年文學內底一段時間了後，這个體裁 ē-tàng 講完全消失。到改革時期，偵探文學 chiah koh 開始重現 tī 一 kóa 作家，親像摩文抗(Ma Văn Kháng)、怡莉(Di Li)等等。

2.2.3. 1945 年到 1985 年階段 ê 小說

2.2.3.1. 北部 ê 史詩小說

革命文學將政治任務排 tī 第一：o-ló 幾千 tang 來建國、衛國 ê 歷史內底 siōng 輝煌ê時期，越南祖國 kap 人民 ê 美麗。 ē-tàng 講 che 是文學 kap 革命小說 ê 使命。素友 tī 充滿驕傲 ê 詩句內已經提起這个階段文學 ê 主導靈感：「我 ê 歌詩，請大聲唱出來(Thơ ta ơi hãy cất cao tiếng hát)，o-ló 一百 pái 咱 ê 祖國(Ca ngợi trăm lần Tổ quốc chúng ta)。」Tī 散文內底，阮明洲 kap 其他作家真 phah 拚發現藏 tī 生活內底 ê 璇石，kā 看做是作家高貴 ê 使命。

實際上，ùi 1945 年到 70 年代尾期，tī 越南有和平、有戰爭。來回這段時間，越南面對兩項重要 ê 任務：保衛祖國、統一國家 kap 建立社會主義。Che 是歷史背景影響，包括小說在內 ê 越南文學 lóng 浸 tī 史詩視野 kap 浪漫靈感 ê 環境。一直到 1986 年以後，chiah 真正徹底進行 ùi 史詩到非史詩 ê 轉變。

Ūi-tio̍h beh 實現家己 ê 任務，這个階段 ê 文學 kap 小說內 ê 史詩性表現呈現三个主要 ê 特徵：1)描寫有關民族、社區命運 ê 重大衝突。Tī 戰場陣線頂 koân，che 是咱 kap 敵人之間 ê 一場生死戰爭。Tī 生產勞動陣線頂 koân，che 是社會主義大規模生產道路 ê 勝利；2)中心人物是時代 ê 英雄，是平凡 koh 無平凡 ê 人民；3)爽快 ê 文詞、語氣，充滿史詩敘事 ê 氣味。這个階段小說內 ê 審美距離是「絕對 ê 史詩距離」。Ùi 這个距離，人以聖人 tī 理想性內底出現[20]。Che mā 是社會主義寫實創作方法 hông 看做 siōng 好方法 ê 時期。所 pái 社會主義寫實文學提 koân

---

20 對阮明洲人物評論 ê 時，N. I. Niculin 研究家認為：「伊已經將家己 ê 人物「洗 kah 真清氣」，in 親像 hông 包 tī 一个無菌 ê 空氣氛圍內底。」詳細看 N. I. Niculin ê《阮明洲 tī 作家作品》(*Nguyễn Minh Châu về tác gia tác phẩm*)內底 ê「阮明洲 kap 伊 ê 創作」(賴元恩翻譯)，教育出版社，2004 年，357 頁。

浪漫主義，但是伊 m̄ 是新詩、自力文團彼種浪漫主義類型，是對輝煌 ê 革命了，一个光明未來 ê 樂觀、信心 ê 核心意義。社會主義寫實文學想 beh 繼承早期寫實主義 ê 成果，m̄-koh 中心人物 m̄ 是社會 ê 受害者，是 hia ūi-tio̍h 改革社會來勇敢犧牲，chiâ^{n} 做生活 ê 主人。所 pái，文學形象已經 ùi 痛苦行 ǹg 幸福、ùi 黑暗行 ǹg 光明。Che 是越南小說革命文學 tī 1945 年到 1985 年階段 ê 特徵。Tī 這種藝術意識 ê 基礎頂頭，1945 年到 1985 年期間革命小說內底 ê 人物系統主要是以線性方式做結構：阮/敵人、好/ bái、善/惡等等。每一條線之間 ê 矛盾衝突 hông chhui 到 chīn-pōng，結局 tiā^{n} 是圓滿、幸福--ê：咱贏，敵人輸。革命文學 khah 少講 tio̍h 悲劇，nā 有悲劇來講，lóng 是一 kóa 樂觀 ê 悲劇。革命文學 siōng 大 ê 故事是翻身 ê 故事。因為受 tio̍h kap 社會主義國家、蘇聯文化交流 ê 影響，所 pái 作家追求小說 ê 典型模式是蘇聯作家 ê 創作。親像 *N. Ō͘-su-chha-hu-su-ki* (N. Ostrovsky) ê《鋼鐵是 án-chóa^{n} 煉成》(Thép đã tôi thế đấy)、*M. Ha-ti-e-hu* (M. Fadeyev) ê《戰敗》(Chiến bại)、*E-li-si Thoh-suh-thoh* ê 《苦難路》(Con đường đau khổ)、*M. So͘ Khō͘-hu* (M. Sokholov) ê《恬靜 ê 東溪》(Sông Đông êm đềm)等等。規模壯觀、表達具體 ê 歷史、真實革命鬥爭生活 ê 能力、歌頌祖國 ê 美麗是越南小說家壓力 ê 來源。實際上，in 已經 án-ne teh 生活 kap 創作。

咱 ē-tàng kā 這个時期北部小說發展 ê 過程分做下底幾个階段：

抗法時期 ê 小說

抗法時期大部分 ê 文學基本成就集中 tī 歌詩 kap 傳記，che 有伊 ê 原因。抗法戰爭初期 ê 生活非常艱難、辛苦。真 chē 作家 tng-teh 經歷「認 bat 路」ê 過程，所 pái 親像小說類型，需要投入時間 kap 功夫 ê 體裁產量無 chē。Che chiū 是 ūi-siá^{n}-mi̍h tī 革命進前出名 ê 小說家，親像吳必素、元鴻、南高、蘇懷等等 tī 抗法時期 lóng 無小說作品 ê 原因。Tī án-ne ê 背景之下，歌詩 kap 傳記用短、簡單、隨時 ē-tàng 「準備相戰」ê 能力 chiâⁿ 做優勢，是 thang 真 kín 入局，真早得 tio̍h 成就 ê 體裁。一直到抗法戰爭中期，小說 chiah 有一 kóa 初步 ê 成就，包括三部得 tio̍h 1951 年到 1952 年、1954 年到 1955 年 ê 越南文藝協會賞 ê 小說，武輝心(Võ Huy Tâm) ê《礦區》(Vùng mỏ)、阮廷詩(Nguyễn Đình Thi) ê《衝擊》(Xung kích) kap 阮文俸(Nguyễn Văn Bổng) ê《水牛》(Con trâu)。除了阮廷詩 tī 革命進前 tio̍h 有一 kóa 出版品以外，chia ê 小說家基本上 lóng 是 tī 抗戰期間成長。Che 是三部 chiâⁿ 做革命軍 ê 三大主力，書寫有關工農兵 ê 小說。三位作者 tī in ê 作品內底，盡力用 siōng 真 ê 方式呈現抗戰時期艱苦 ê 生活，歌頌工農兵 ê 革命精神。小說 kap 戰爭生活 ê 語言真接近，但是作者描述 ê 組織藝術 mā 真簡單，人物 ê 心理講 bē 深。抗法時期 ê 小說 siōng 值得講 tio̍h--ê 成就是元玉(Nguyên Ngọc) ê《祖國 khiā 起來》(Đất nước đứng lên)。Che 是一部史詩性真厚、深刻、浪漫抒情性透 lām 做伙 ê 小說。史詩觀點已經 hō͘ 作者 kā 中心人物變做是一種傳說。Kui 部小說 lóng 是愛國精神 kap 革命情感 ê 敘事史詩。另外一方面，mā 真活跳寫出西原(Tây Nguyên)[21]本色，kap 史詩主音合做一个整體，變做一个照大象徵 teh 行 ê 交響曲：祖國 khiā 起來、祖國戰贏。有真幼路 ê 描寫 kap 真 khoah ê 概括能力，ē-tàng 肯定《祖國站起來》是書寫有關革命戰爭史詩小說 ê 重要成就。

抗美救國時期 ê 小說

全國抗美戰爭時期是史詩趨向 kap 浪漫潮流達到高潮 ê 時期。Tī 這个時期，文學 ê 兩種 siōng 高尚 ê 題材是祖國 kap 社會主義。小說家頭一个任務是寫有關偉大 ê 抗戰，o-ló 越南人民 ê súi kap 戰爭內底 ê 革命英雄主義。Ùi 書寫有關這个題材小說 ê 數量看會出來。1955 到 1965 年這个階段有裴德愛(Bùi Đức Ái) ê《一間病院 ê 故事》(Một chuyện chép

---

[21] 譯者註：西原是《祖國的站起》小說內底 ê 背景。

ở bệnh viện) (1959)、黎欽(Lê Khâm) ê《Khui-chhèng 進前》(Trước giờ nổ súng) (1960)、阮輝祥 ê《永遠 kap 首都 tòa 做伙》(Sống mãi với thủ đô) (1961)、友梅(Hữu Mai) ê《Siōng 尾 ê koân 點》(Cao điểm cuối cùng) (1961)、黃文本(Hoàng Văn Bổn) ê《Tī 這塊土地頂》(Trên mảnh đất này) (1962)、浮升(Phù Thăng) ê《突圍》(Phá vây) (1963)、阮光創(Nguyễn Quang Sáng) ê《火土》(Đất lửa) (1963)等 ê 小說。Chia ê 小說大多數是「回顧」抗法戰爭 kap 書寫抗美初期。傳記性質 iû-goân 混亂小說 ê 性質。Ùi 1965 年開始，tng 美國宣布參戰越南，描寫戰爭粗殘 ê 小說得 tio̍h 作家 ê 關注，後--來戰爭湠到全國，出現真 chē 寫實規模 koh-khah khoah ê 作品。咱 ē-tàng 提起一 kóa 代表 ê 小說，親像阮廷詩 ê《入火》(Vào lửa) (1966) kap《天頂 ê 戰線》(Mặt trận trên cao) (1967)、英德(Anh Đức) ê《土地》(Hòn Đất) (1966)、潘賜(Phan Tứ) ê《七媽 ê 家庭》(Gia đình má Bảy) (1968)、阮詩(Nguyễn Thi) ê《Tī 忠義村》(Ở xã Trung Nghĩa) (1969)、陳孝明(Trần Hiếu Minh) ê《清幽森林》(Rừng U Minh) (1970)、友梅 ê《天頂》(Vùng trời) (1971)、元玉 ê《廣南之地》(Đất Quảng) (1971)、阮明洲 ê《兵仔 ê kha-liah》(Dấu chân người lính) (1972)、潘賜 ê《阿敏 kap 我》(Mẫn và tôi) (1972) 等等。這个階段史詩小說 ê 詩法有一个明顯 ê 特徵，chiū 是史詩敘事要素 kap 抒情要素 ê 相結合。Tī 殘暴 ê 戰場空間外圍，koh chài 呈現充滿詩意 ê 空間，tī 戰爭恬靜 ê 時陣 ia̍h 是一 kóa 外題抒情 ê 描述等等。Che 是小說家處理 ê mê-kak，創造出 hō͘ 人浸 tī 內底 ê 氣口 kap 形象 ê 吸引力。讀者 m̄-nā hō͘ 愛國情感、犧牲精神、ūi 祖國生死 piàⁿ 命 ê 意志來吸引，而且真 kah-ì 充滿浪漫美感 ê 人物。Che tú 好是抗美時期史詩小說 ê 詩性。阮明洲 ê《兵仔 ê kha-liah》chiū 是這種結合 siōng 有代表性 ê 作品。

除了戰爭題材 ê 小說以外，koh 有有關建設社會主義 kap 後壁生活 ê 小說 ê 書寫。值得注意 ê 是陶武(Đào Vũ) ê《磚仔角 ê 大埕》(Cái sân gạch)、朱文(Chu Văn) ê《海風颱》(Bão biển)、阮明洲 ê《溪口》(Cửa sông)、黎芳(Lê Phương) ê《Cô Tan 盆地》(Thung lũng Cô Tan)等等。總體來看，這 kóa 小說主要 teh 寫社會主義大規模生產 ê 主題。黎芳 ê 小說開始深入描寫智識 ê súi。小說書寫有關建設社會主義 ê 題材，注重描寫人物 tī 選擇生活方式內心 ê 滾 kà，建立社會主義後壁 ê 意識 kap 責任精神 ê 貢獻。不而過，書寫這个題材 ê 小說 iáu-bē 對思維體裁有真明顯 ê 貢獻。講故事 ê 色彩 chē 過小說 ê 色彩。一 kóa 作家 koh 轉去到過去 ê 趨向，親像元鴻 ê《海口》(Cửa biển)、阮公歡 ê《舊 ê 糞埽堆》(Đống rác cũ)。這个階段 ê 小說內底，有一 kóa「無符合時代」以及 hông 批判 ê 小說，親像文靈(Văn Linh) ê《栗子花季節》(Mùa hoa dẻ)、蘇懷 ê《十年》(Mười năm) 、何明遵(Hà Minh Tuân) ê《出社會》(Vào đời)、浮升 ê《突圍》等等。 其實，che 並 m̄ 是藝術小說真正出色 ê 作品。不而過，會受批評是因為這 kóa 作品無符合文學主流，kan-taⁿ o-ló 新生活、批判無好--ê、落伍 ê 事物。講 tio̍h 這種現象 mā 是 ūi-tio̍h beh koh-khah 清楚認 bat 一个事實：這个時期 ê 文學創作，包括小說，必須 ài 集中 tī 祖國 ê 重要政治任務，bē-tàng 浸 tī 日常生活故事 siuⁿ 深，需要確保小我 kap 大我之間 ê 和諧，其中，小我是大我 ê 一部分，ūi 大我來統一。

1975 年到 1985 年階段 ê 小說

一直到 taⁿ，nā beh 做 ê 分期文學，「分類」這个階段 iáu 是真有爭議。有个意見認為 che 是「前改革」ê 階段。有个意見認為，che 是「戰後」ê 階段。定名文學「前改革」ê 方式 koh-khah 妥當，因為有「分裂」、「變聲」ê 現象已經 tī 這个階段進行，chiâⁿ 做預料文學 ê 改革時期 tio̍h beh 來到。「戰後」ê 概念 m̄ 是講真正確，因為 tī 1975 年了，越南 koh

面對兩 pái 邊界戰爭[22]。對咱來講，ùi 文化轉變 ê 角度來觀察文學，咱認為這个階段十 tang ê 文學 iû-goân 是浸 tī 1945 年到 1985 年時期 ê 史詩 kap 浪漫模式內底，有兩个基本原因：1)世事趨向已經出現，m̄-koh 史詩慣性 iáu 真明顯。Nā beh ùi 1986 年開始算起，尤其是 ùi 阮輝涉出現 ê 時，親像清桃(Thanh Thảo) teh 強調 ê án-ne，文學 chiah 脫離史詩 ê 觀點、抒情 ê 西北雨，用清醒、冷靜 ê 眼光來看日常生活；2)傳統 ê 敘事方式 iû-goân 壓倒性 tī 兩个主要方面頂 koân：分線 ê 人物系統 kap 線性 ê 敘事方式。

阮氏萍(Nguyễn Thị Bình)認為，這个階段 ê 散文 siōng 明顯 ê 特徵是一 pêng 題材真 khoah，一 pêng 試 beh 抵抗史詩小說 ê 力量，來增加世事 kap 私人生活 ê 性質[23]。Mā 因為 án-ne，小說趨向開始多樣化。

真 chē 作家 iáu-koh teh 走 chhōe 有關戰爭題材 ê 小說。世事小說已經開始有堅定 ê kha 步 teh 行。Tī 阮明洲 ê《焦區》(Miền cháy) (1977)、《Ùi 厝燒出來 ê 火》(Lửa từ những ngôi nhà) (1977)、《Ùi 森林出來 ê 人》(Những người từ trong rừng ra) (1982)；阮愷(Nguyễn Khải) ê《父仔 kiáⁿ kap......》(Cha và con và…) (1979)、《年底 koh saⁿ 見》(Gặp gỡ cuối năm) (1982)、《人 ê 時間》(Thời gian của người) (1985)；阮孟俊(Nguyễn Mạnh Tuấn) ê《Chhun ê 距離》(Những khoảng cách còn lại) (1980)、《Khiā tī 海前》(Đứng trước biển) (1982)、《占婆島》(Cù lao Tràm) (1985)；摩文抗(Ma Văn Kháng) ê《熱--人 ê 雨》(Mưa mùa hạ) (1982)、《大埕內 lak 葉仔 ê 季節》(Mùa lá rụng trong vườn) (1985)等 ê 小說，內底史詩 ê 慣性 kap 世俗色彩互相交 chhap。

---

22 最近，特別是中國 tī 東南亞海（南海）非法設立鑽油台 ê 事件了，有真 chē 智識分子提出將兩 pái 南 pêng 邊界(1978 年) kap 北 pêng 邊界(1979 年) ê 戰爭列入歷史教科冊 ê 必要。

23 詳看阮氏萍，《越南散文 1975 年到 1995 年：基本 ê 改革》(*Văn xuôi Việt Nam 1975 - 1995: Những đổi mới cơ bản)*，教育出版社，2007 年。

雖 bóng iáu 無像 1986 年以後文學真真正正改革，但是 tī 這个階段 ê 小說內底，已經出現前改革 ê 影。Siōng 明顯 ê 體現是重認 bat ê 靈感 kap 爭論 ê 精神已經出現。社會文化結構內底 ê 斷層已經 tī 一 kóa 書寫有關家庭生活 ê 作品內底 tiāⁿ-tiāⁿ 講 tio̍h，親像摩文抗 ê 創作。史詩 ê 色彩 tng-teh 消失。小說內 ê 分析語言已經開始壓倒抒情語言。這 kóa 現象證明，1975 年到 1985 年 ê 文學作品，尤其是小說是有代表牽連性 ê 階段。Ùi 1986 年開始，kin-tòe 共產黨改革政策 ê kha 步，文學 chiah 進行一場真真正正、根本徹底 ê 改革。Ùi 這陣開始，1985 年以前 ê 敘述風格 ta̍uh-ta̍uh-á 變做是「遙遠 ê 時代」。

2.2.3.2. 1954 年到 1975 年南部都市 ê 小說

因為國家分裂 ê 特徵，南部都市文學浸 tī 特殊 ê 文化空間內底。無論是思想內容 ia̍h 是審美趨向，lóng 是真複雜 ê 文學部分。有真 chē 研究者認為，這个階段 ê 文學分做兩个部分：革命、愛國文學 ê 部分 kap 反動、衰敗文學 ê 部分。這種區分有偏向政治立場 kap 意識形態，但是 kap 南方都市 1954 年到 1975 年 ê 文藝實踐非常 tah-óa[24]。Nā 是 ùi 新殖民文化政策 kap 思想對文學 ê 影響來看，chiū 看會 tio̍h 這 kóa 趨勢：「反共文學、個人文學、存在文學」[25]。總體來看，出眾 ê 成就 tio̍h 算無講 kài chē，但是因為報紙、出版活動 ê 發展，南部都市 ê 文學生活演變非常活潑。

根據陳友佐(Trần Hữu Tá) ê 講法，南部都市 ê 革命、愛國文學 ê 趨

---

24 詳細看范文士(Phạm Văn Sĩ) ê《南部解放文學》(Văn học giải phóng miền Nam)，大學 kap 高中專業出版社，1977 年；陳仲登檀(Trần Trọng Đăng Đàn) ê《越南南部文藝文化 1954 年到 1975 年》(Văn hóa văn nghệ Nam Việt Nam 1954 – 1975)，文化通訊出版社，1993 年；陳友佐 ê《一段文學旅程 ê 回顧》(Nhìn lại một chặng đường văn học)，胡志明市出版社，2000 年等等。

25 范文士《南部解放文學》。

向發展經歷過兩个階段：自 1954 年到 1963 年、ùi 1964 年到 1975 年[26]。第一階段是艱難 ê 時期，因為吳廷琰(Ngô Đình Diệm)政權 ê 殘暴，革命鬥爭運動 iáu-bē 發展大到 ē-tàng chiâⁿ 做革命文學發展 ê 後 kha。Tī 這个時期，愛國作家主要書寫短篇小說、記事隨時準備服務政治任務。Tī 這个階段，1958 年武幸 ê 短篇小說《血筆》(Bút máu)問世，是西貢中心地區革命文學 ê 傑出作品。第二階段 ùi 1963 年底吳廷琰過身了後開始。雖 bóng tī 1965 年，美國直接派軍侵略越南，但是彼个時陣 ê 革命運動 tng teh 發展進行，文藝活動 kap 報紙 tī khoah 度 kap 深度頂 lóng 有發展 ê 勢。Che mā 是真 chē 有價值 ê 小說出現 ê 時期，其中值得注意 ê 是：武幸 ê《Chhiaⁿ-iāⁿ ê 狗》(Con chó hào hùng)、《森林 ê 火》(Lửa rừng) ； 武宏(Võ Hồng) ê《蝴蝶之花》(Hoa bươm bướm)、《風捲》(Gió cuốn)、《Ùi 山林轉來 ê 人》(Người về đầu non)、《親像鳥翅仔 teh 飛》(Như cánh chim bay)等等。Ē-tàng 肯定 ê 是，進步 ê 愛國文學已經克服西貢政權 ê 阻擋 kap 壓迫，chiâⁿ 做一種利劍，有叫醒 kap 鼓舞各階層人民革命鬥爭精神 ê 作用。各階層 ê 人民是構成這種文學價值 siōng 重要 ê 因素。

除了進步 kap 愛國 ê 小說以外，受西方藝術思想潮流影響 ê 小說部分 mā 非常豐富。Ē-tàng 講，tī 外來 ê 思想內底，有兩種思想潮流對南部都市小說 kap 文學產生真深 ê 影響，chiū 是存在主義 kap 精神分析學。

Jōn-Phó͘ Sá-thò (Jean-Paul Sartre) kap *E-o͘-bot Khám-muh* (Albert Camus) ê 存在主義思想進入南部文藝，主要是透過學者 kap 批評家 phah 拚 ê 翻譯 kap 紹介，親像陳泰鼎、阮文忠等等。一系列「非理性」、「Ià-siān 到吐」等 ê 概念 tī 這个時期 ê 文藝創作內底真 tiāⁿ 出現。雅歌(Nhã

---

[26] 詳細看陳友佐 ê《一段文學旅程 ê 回顧》。

Ca)、元武(Nguyên Vũ)、萃紅(Túy Hồng)、緣英(Duyên Anh)、阮氏皇(Nguyễn Thị Hoàng)、平原祿(Bình Nguyên Lộc)等 ê 創作，chē 少、加減 lóng 有受 tio̍h 存在主義 ê 影響，tī 一个非理性 kap kiông beh 崩去 ê 寫實環境內底表現出一種失敗感。黃如芳(Huỳnh Như Phương)發現存在主義哲學對南部都市文學創作實踐 ê 影響：存在主義透過「荒誕世界中人類孤單 ê 藝術觀念 kap 現象論描述 ê 技術語言」替南部文學帶來值得肯定 ê 改變[27]。除了存在 ê 色彩以外，個人隱私 ê 記持 kap 性慾 ê 問題 mā hō͘ 阮氏皇、瑞武(Thụy Vũ)、萃紅、陳氏 Ng.H (Trần Thị Ng.H)這幾位作家描寫 kah 真詳細，甚至有 kóa 離譜，親像阮氏皇 ê《學生 ê 懷抱》(Vòng tay học trò)小說。有關這个階段小說內底性慾問題，ūi-tio̍h beh 看會出來描述 ê 色水無 kāng，必須 ài 區分性慾是 chiâⁿ 做存在 ê 一方面 ia̍h 是性慾是 chiâⁿ 做精神分析學 ê 性慾隱私。整體來看，西方哲美學思想，tng 伊影響 tio̍h 小說實踐 ê 時陣，基本上是透過作者接受 kap 傳達程度 ê 量來決定。有 bē 少作者因為 siuⁿ 過痴迷「歌頌肉體」kap「Ià-siān 到噁心」致使 in ê 作品受 tio̍h 輿論 ê 反對。[28]

2.2.4. 1986 年到現此時 ê 小說

2.2.4.1. 文化、社會、歷史 ê 背景

Kap 早前相比，1986 年到現此時 ê 小說 tī 一个複雜 ê 社會歷史背

---

[27] 黃如芳，《1954-1975 年越南南部的存在主義(理論平面上)》，(*文學研究雜誌*)，2009 年 9 號。

[28] 1967 年，阮文忠出版 ê「歌頌肉體」(Ca tụng thân xác)對 1954 到 1975 年越南南部 ê 文藝工作者 kap 智識份子界產生一定 ê 影響。精神分析學（1969 年西貢 tī *Sí-ko-mú-tō Hu-ló-i-tō* ê《精神分析學入門》翻譯出版）kap 哲學、存在主義文學（其中有 *Jōn-Phó͘ Sá-thò* ê 小說《噁心》）ê 影響 ē-tàng 看做理論 ê 後 kha/基礎幫 chān 真 chē 作家表達家己 ê 悲觀、ià-siān kap 描寫對性快樂 ê 痴迷。Tī chia 內底，有真 chē 女性作家，siōng 有代表性 ê 是阮氏皇 ê《學生 ê 懷抱》。Tng《學生 ê 懷抱》問世 ê 時，有一 kóa 人 kah-ì，siâng 時 mā 有一 kóa 人強烈反對，主要是因為作者 siuⁿ 過關注 tī 肉慾 ê 方面，kap 傳統純樸 ê 美俗觀念起衝突。

景內存在。Tī 全球範圍頂 koân，Berlin 牆圍崩--去，冷戰結束，ūi 世界 phah 開一个新 ê 政治局勢。Mā 是這个時間點，全球化紀元開始成立，深 koh khoah ê 文化交流 kap 互相連結頭 pái 出現。

Tī 越南國內，經過 70 年代尾期嚴重 ê 經濟危機了後，到 1986 年這个時間點，越南共產黨正式發動國家改革事業。Che 是 tī 越南現代社會政治生活內底特別重要 ê 歷史事件。Tī 新 ê 運命內底，思維、認 bat kap 國家實踐 ê 改革是造成文化 kap 文學進入新時期堅定 ê 前提，這个前提有兩个重要 ê 特點：民主精神 kap 拓展國際文化交流。國際文化交流已經幫 chān 越南文學有機會 ùi 真 chē 平台、真 chē 方面來學習人類文化 ê 精華。Tī 這个背景之下，有真 chē 思想、現代 kap 後現代創作 ê 潮流引進越南，造成藝術創造實踐 kap 接受文學生活 ùi 根本 ê 改變。

另外一方面，有代表積極 kap 消極兩種作用 ê 市場經濟，mā 影響 tio̍h 文學生活。媒體、出版 kap 報紙幫 chān 文學生活 koh-khah 活跳、充滿活力。政府 kap 共產黨對文學 ê 決議 mā 強調文化發展 kap 自由藝術創造 ê 戰略目標。Tī án-ne 一个開放、活潑 ê 精神生態環境內底，文學 ke 吸收真 chē 世界 ê 新理論 kap 思想 koh-chài 熟似，整理早前咱忽略去 ia̍h 是無妥當評價 ê 真正價值，親像《新詩》、自力文團 kap 一 kóa 人文佳品時期 ê 作者。有真 chē 文學生活內底 ê 消極表現 mā sûi hông 警告，hō 文學生活 lú 來 lú 健康。

2.2.4.2. 有人類 ê 小說思維 kap 藝術觀念 ê 改革

Bak-thin 對小說優勢 ê 思想 tī 體裁改革實踐內底，已經得 tio̍h 文學研究者 kap 創作界 ê 證明。「Iáu-bē 完成 ê 現實」chiâⁿ 做小說真 khoah ê 綜合能力，促成小說真有效率表達生活深度 ê 能力[29]。Liām tī 短篇小說體裁真出名 ê 作家阮輝涉 mā 必須承認：現代是小說 ê 時代。Án-ne 看

[29] Bak-thin，《小說 ê 詩法 kap 理論》， 57 頁。

來，伊 siōng 傑出 ê 短篇小說 chiū 是用現代小說思維所創作--ê[30]。作家 ùi 1945 年到 1985 年小說內史詩觀 ê 看法 kap 藝術思維 ê 改變，已經讓 hō͘ 世事看法 ê 位置；有代表獨白性 ê「浪漫年代」(阮愷 ê 用語) 已經讓位 hō͘ 對話精神 kap 快速改變 ê 年代。Koh-khah 正確來講，對話原則已經 chiâⁿ 做當代小說 ê 基本原則。文學內底 ê 對話性 kan-taⁿ 會 tī 民主提升 ê 環境內底出現，tī hia 每一位作者 tī 家己 ê 藝術世界內底 lóng 是以思想家 ê 身分存在。對話性 mā kā 大敘事模式化解，用小敘事、非中心 ê 發聲取代。每一位作者 lóng 認為 nā beh tòe 會 tio̍h 現代文學思維，必需 ài 改變認知 kap 思維。文學內 ê 對話精神當然源頭是重熟似 ê 意識 (中國文學理論號做反思) kap 批判舊 àu ê 事物。親像 Má-khek-su 所講，tio̍h 是因為批判意識已經變做 khau-sé 靈感 ê 基本原因之一，所 pái 作為一種意識模式「kap 過去和平講再會」。這 kóa 有轉換點性質 ê 轉變，已經 hō͘ 阮氏萍概括：「對作家觀念 ê 改革過程是 tī 社會民主精神內進行--ê，有代表個人意識強烈 ê 崛起、多維文化交流 kap 區域文化真真正正加入世界這个大家庭。」[31]

頂 koân 所講 ê 變化 mā kap 改革小說內 ê 相準人類眼界 ê 坐標有關係。1945 年到 1975 年時期抗戰文學內底偉大 ê 美學 hō͘ 作者用「絕對史詩 ê 距離」看待對象，中心人物通常是帶有歷史 koân 度 ê 人物，代表群體 kap 民族 ê 美麗。Che 是社會人類做代先，本能人類 kap 心靈人類 khah 少 hông 提起 ê 時期。1986 年了，因為 tī 完整性內底走 chhōe 人 ê 需求，本能 kap 心靈方面 lóng koh-khah 受 tio̍h 關注。相對照之下，文學內底社會人類 ê 位置 tio̍h 有所下降。Che 其實是引 chhōa 文學去適應新社會歷史環境 ê 生態平衡。藝術 ê 旅程，尤其是小說 ê 旅程 tio̍h 是去

---

30 阮登疊(Nguyễn Đăng Điệp)，《Kin-tòe 阮輝涉 ê 文風》(*Cuốn theo chiều văn Nguyễn Huy Thiệp*)。

31 阮氏萍，《1975 年到 1995 年散文：基本 ê 改革》(*Văn xuôi 1975 - 1995: Những đổi mới cơ bản*)。

走 chhōe 自我 ê 旅程。所 pái，Che tú 好是真 chē 自傳體出現 ê 時期，chiū 親像掀開個人 ê 秘密，而且 chia ê 秘密 tī 史詩 kho-á 內底作者從來無法度提起。不而過，tī 1986 年以後小說內 ê 人，kap 1930 年到 1945 年時期小說內底 ê 人無 kāng，kan-taⁿ 停 tī 自我個人，主要是個人本體。有關時勢、有關「我」存在 ê 疑問 tī 現階段 ê 文學作品內底出現真 chē，伊 khah sêng 是對人類 kap 歷史 ê 質疑。這 kóa 反思精神 kap 重認 bat ê 靈感基礎頂所出現 ê 疑問，kap 現代人文 ê 觀點內深入 chhiau-chhōe 人 kap 人之間關係 ê 需求有關係。

2.2.4.3. 有關藝術手路 ê 變化

代先值得講 tio̍h ê 是，當代小說用真 chē 無 kāng ê 手路[32]。用真 chē 無 kāng ê 藝術手路這件代誌證明，作者對早前藝術反映 ê 模式無滿意。Tī 當代小說家 ê 觀點內底，寫實生活 m̄-nā 是看會 tio̍h ê 寫實，koh-khah 重要 ê 是感覺 ê 寫實、夢想 ê 寫實。Tī 世界藝術內底，Kha-hú-khah 是用《城堡》(Lâu đài)這部小說 phah 開這款藝術思維 ê 人。Ùi 作家「家己 ê 感覺」出發，根據家己 ê 想像建立世界 ê 方法。必須 ài 是一个代表個人，唯一 ê 印記、無重複 ê 世界。小說家 koh 重現世界 ê 路，是一位「探險家」ê 路(Khun Te-la)。Tī hia，生活 m̄ 是以唯理 kap 全知 ê 角度進行。Nā 是生活充滿趣味，án-ne 小說 mā 必須是一个趣味。Che tio̍h 是 ūi-siáⁿ-mih 真 chē 人 lóng 強調當代藝術 sńg-khùi (遊戲性) ê 原因。

Ūi-tio̍h beh 表達寫實 ê 深度，小說家 ē-tàng 用寫實手路、象徵手路、khau-sé 手路 kap 神話手路等等。范氏懷 ê《天使》(Thiên sứ) kap 以前阮輝涉 ê 歷史故事 lóng 是用神話、假歷史、假故事等 ê 手路來呈現作家有關歷史 kap 寫實 ê 看法。有時陣，作家 mā 會創作出各種藝術手

---

[32] 有關真 chē 無 kāng ê 手法，詳細看梅海鶯(Mai Hải Oanh)，《越南當代小說內 ê 藝術革新》(Những cách tân nghệ thuật tiểu thuyết Việt Nam đương đại)，作家協會出版社，2009 年，38 頁。

路 ê 結合來增加作品 ê 吸引力。Che ē-tàng ùi 各位作家 tī 傳統基礎頂進行改革 ê 作品看會出來，親像阮克長(Nguyễn Khắc Trường) ê《Chē 人厚鬼神 ê 土地》iáh 是楊向(Dương Hướng) ê《無 ang-sài ê 碼頭》(Bến không chồng)等等。到阮平方、謝維英(Tạ Duy Anh) ê 時陣，這種結合 koh 進一步，親像《起初》(Thoạt kỳ thủy)、《天神懺悔》(Thiên thần sám hối)內 ê 作品。Tī 重熟似靈感 ê 基礎頂 koân，真 chē 作家用意識流技術來描述人類 siōng 深層 ê 滾 kà。Tī 運用這種意識流技術 ê 小說內底，保寧(Bảo Ninh) ê《戰爭哀歌》(Nỗi buồn chiến tranh)特別成功。假使過去，作家注重描寫革命戰爭來講，án-ne《戰爭哀歌》tio̍h 是用人文 ê 觀點來書寫戰爭。所 pái，這部作品普遍 ê 深度非常大。Che mā 是拉丁美洲 ê 超寫實主義、象徵主義 kap 幻想文學 ê 藝術經驗時期，甚至是現代媒體、jazz 音樂 ê 表達方式 mā lóng 會影響、刺激作者 ê 創造路程。特別是現代主義、後現代主義對越南 ê 影響，幫 chān 作家創造出新 ê 藝術實驗，其中值得注意 ê 是范氏懷、胡英泰、周延(Châu Diên)、 武氏好(Võ Thị Hảo)、阮平方、順(Thuận)等 ê 作家。

Tī 走 chhōe、實驗 ê 過程內底，mā 有一 kóa hông sak 到極端 ê 情況。M̄-koh tī 1986 年了後，小說內有關藝術手路 ê 大膽改革是 koh 一 pái ê 肯定：現代小說需要作者真正 ê 冒險。

2.2.4.4.主要 ê 趨向

Beh 區分當代小說 ê 趨勢無簡單，因為 che 是一个 tng teh pháng ê 實體，koh pháng kah 非常複雜。元玉發表一篇討論有關體裁彎 khiau 邏輯 ê 文章[33]。但是總體上，ē-tàng 想像下底一 kóa 基本 ê 趨向：

---

[33] 詳細看元玉，《1975 年後越南文學研究 kap 教學》(Văn học Việt Nam sau 1975 những vấn đề nghiên cứu và giảng dạy) ê《Chit-má 越南散文—體裁 ê 彎 khiau 邏輯，問題 kap 展望》(Văn xuôi Việt Nam hiện nay - logic quanh co của thể loại, những vấn đề đặt ra và triển vọng)，教育出版社，2006 年。1975 年到 taⁿ，散文趨向有真 chē 無 kāng ê 分類。親像阮文龍分做：史詩趨向、重新認識趨向、世事-私人生活

世俗－私人生活 kap 重熟似靈感 ê 小說趨向

Che 是越南當代文學 kap 當代小說內一个突出 ê 趨向。第一，這種趨向 ê 出現 kap 藝術觀念 ê 變化有關係：Ùi 史詩到非史詩；第二，kap 當代作家 ê 雜亂、gāi-giȯh、tī 無完成內底表達「今仔日」(阮愷所用 ê 語詞) ê 需要有關係。

Ài 注意 ê 是 tī 改革時期 ê 文學已經有世俗化趨勢 - 私人生活趨向 ê 體現。Che m̄-nā 是 tī 題材方面表現 ê 轉變，koh-khah 重要 ê 是，伊會 phah 拚 tī「iáu-bē 結束性」內底代先描寫生活。Nā 是早期 ê 小說關心社區、民族命運這幾項大問題來講，án-ne 1975 年了，尤其是 ùi 1986 年開始，對當代寫實 ê 關懷 chiū chiaⁿ 做是小說家 ê 第一任務。作者想辦法描寫對個人、日常生活、心靈 ê 深層等 ê 相關問題。Kap 這種關懷相關 ê 是作家對重熟似靈感 kap 當代問題熱情分析 ê 意識[34]。生活 ê 複雜關係、價值 ê 認知、個人 kap 群體之間 ê 關係、生活對個人人格 ê 影響、現代人 ê 折磨、思考等等，lóng 是這个趨向主要 beh 表達 ê 內容。Tī 改革 ê 初期內底，大部分 ê 小說所引起 ê 輿論 kap 共鳴主要是屬於世界 - 私人生活 ê 趨勢，親像摩文抗 ê《大埕內 lak 葉仔 ê 季節》、黎榴 (Lê Lựu) ê《變遷 ê 年代》(Thời xa vắng) (1986)、阮克長 ê《Chē 人厚鬼

趨向、哲論趨向等等，《1975 年後 ê 越南文學 kap tī 學校 ê 教學》(Văn học Việt Nam sau 1975 và việc giảng dạy trong nhà trường)，教育出版社，2009 年；阮氏萍分做：「歷史化」風格 ê 小說、「敘述」風格 ê 小說、資料—報紙 ê 小說、傳統風格 ê 現實小說、後現代風格 ê 小說《Ùi 改革時期到 taⁿ 越南一 kóa 小說 ê 趨向》(Một số khuynh hướng tiểu thuyết ở nước ta từ thời điểm Đổi mới đến nay)，河內師範大學國家一級 ê 科學研究論文；梅海鶯分做 5 種趨向：自問小說、意識流小說、歷史小說、用神話要素小說、敘述小說《越南當代小說內 ê 藝術革新》等等。

34 Mā 因為這樣，一 kóa 研究者認為當代文學內底有重熟似趨向 ê 存在。親像，阮文龍《1975 年後 ê 越南文學 kap tī 學校 ê 教學》，58-61 頁；碧秋(Bích Thu)《越南現代文學創造 kap 接受》(Văn học Việt Nam hiện đại sáng tạo & tiếp nhận)，文學出版社，2015 年，89-100 頁等等 lóng 對這種趨向有論解。《1975 年到 2010 年時期越南文學創作實踐》(Thực tiễn sáng tác văn học Việt Nam 1975- 2010) tī 越南社會科學翰林院實現，由阮登疊主持 ê 國家一級 ê 科學研究論文，2013 年審查，mā 有重熟似趨向 ê 項目。

神 ê 土地》(1990)、楊向 ê《無 ang-sài ê 碼頭》(1990)等等。這个趨向 ê 小說內底，自我質疑 ê 色彩非常明顯。

Tī 後壁階段，一 kóa 作家已經開始提出有關政治體制改革 ê 問題。Che 是有政論色彩 ê 小說，一開始 tī 阮愷 ê《年底 koh sa^n 見》，但是 koh-khah 強烈、koh-khah 直接 ê 是 tī 阮北山(Nguyễn Bắc Sơn)《人生規律 kap 爸仔 kiá^n》(Luật đời và cha con) (2005) ê 小說內底。Tī 重熟似生活 ê 價值，包括政治生活 ê 基礎頂，小說內 ê 這 kóa 些動態 hō͘ 越南現代 ê 政治 - 政論小說體裁 ê 出現。

Ùi 個人觀點認知價值 kap 歷史小說 ê 趨向

Nā 世俗 - 私人生活 ê 趨勢是指 chit-má 來講，án-ne 歷史小說 tio̍h 趨向過去，ùi 過去來講 chit-má。這種藝術思維趨向 ê 創造者是 ùi 阮輝涉 ê 短篇小說開始。伊 ê《火金》(Vàng lửa)、《利劍》(Kiếm Sắc)、《品節》(Phẩm tiết)三部曲，到現此時 iû-goân tī 批評界內底引起爭論，但是伊提問 ê 方式已經改變體裁藝術 ê 觀點。虛構散文內底 ê 歷史無 koh 是教科冊式 ê 歷史，是作家個人享受/觀點 ê 歷史。個人歷史享受 ê 精神已經 hō͘ 小說無 koh 以直線方向 kap 先知觀點展開，是 kā 歷史 khǹg tī 一个「開放」ê 位，歷史本身 mā 是一種運動，一種生活 ê 話語。這个趨向有真 chē 作品引起關注，親像阮春慶(Nguyễn Xuân Khánh) ê《胡季犛》(Hồ Quý Ly)、武氏好 ê《火刑台》(Giàn thiêu)、黃國海(Hoàng Quốc Hải) ê《八代李朝》(Tám triều vua Lý) (4 冊) kap《陳朝風暴》(Bão táp triều Trần) (4 冊)、阮夢覺(Nguyễn Mộng Giác) ê《崑河洪水季節》(Sông Côn mùa lũ)(4 冊，大約 tī 1977 年到 1981 年時間創作，美國安尖 tī 1990 年到 1991 年出版，國學中心 kap 文學出版社(Trung tâm Quốc học và Nxb. Văn học) tī 1998 年再版)。《胡季犛》會來得 tio̍h 讀者 ê 意愛是因為作者提出兩个重要 ê 問題：對改革 ê ǹg 望 kap beh án-chóa^n ùi《胡季犛》ê 案例 chhōe 出合理 ê 改革路。新式 ê 講故事風格 mā 是這部作品吸引--

人 ê 因素。《火刑台》是透過兩个世界特別 ê 組織結構：現實 kap 夢想/幻想。Tī 結構組織方面，《火刑台》比《胡季犛》koh-khah 複雜 kap 婉轉。

Tī 後壁階段後期，歷史小說有 khah 偏向歷史、文化風俗 ê 趨向[35]。Che 真符合當代歷史小說家藝術思維 ê 改變。用有個人歷史性 ê 態度享受重要 ê 轉變，作者 tī 真實歷史 kap 虛幻歷史之間 ê 結合，對後來 ê 歷史小說家來講有真重要藝術 ê 啟發，利便對這種體裁潛能 ê 開發，有 koh-khah 深，koh-khah khoah，koh-khah 新 ê 突破。

敘事小說/自傳小說 kap 自我自白 ê 趨向

Che 是得 tio̍h 真 chē 作家關心 ê 趨向，ta̍uh-ta̍uh-á chiâⁿ 做一種 tī 當代散文內底值得關注 ê 藝術趨向。Tng 民主精神 ê 路 hông phah--khui，作家 kā 家己 ê 人生當作小說 ê 素材 hông 看做是正常 ê 代誌[36]。而且，進前 ê 階段文學作品內底，已經 bat 出現過一 kóa 自傳/敘述類型 ê 小說，親像元宏 ê《童年時期》、南高 ê《死亡線頂 ê 滾 ká》等等。Tī 1945 到 1985 年階段 ê 文學內底，社會歷史環境 kap 革命文學 ê 定向性 kā 自我 sak 到第二位置，hō͘ 敘事小說/自傳小說有存在 ê 條件 kap 機會。到 1986 年了 ê 時期，kin-tòe 個人本體 kap 自我個人 ê 發現需求/行程，作家已經深刻解剖自我，ùi chia 咱看會出時代 ê 精神狀態、社會 ê 運動 kap 自我出現、存在、體驗精神空間 ê 資格。這種趨向非常多樣，因為每一个自我 lóng 有充滿趣味 ê 秘密。裴玉晉(Bùi Ngọc Tấn) ê《2000 年 ê 故事》(Chuyện kể năm 2000)、莫干(Mạc Can) ê《落刀 ê 柴枋》(Tấm ván

---

35 詳細看阮登疊主編，《阮春慶-文化與歷史 ê 觀點》(Nguyễn Xuân Khánh - cái nhìn lịch sử và văn hóa)，婦女出版社，2012 年。

36 有關這个趨向，ē-tàng 參考賴源恩，《文學術語 150》(150 thuật ngữ văn học)，河內國家大學出版社，1999 年，376-377 頁；杜海寧(Đỗ Hải Ninh)，《越南當代文學內底有代表自傳趨向 ê 小說》(Tiểu thuyết có khuynh hướng tự truyện trong văn học Việt Nam đương đại)， tī 社會科學學院，2012 年 ê 博士論文等等。

phóng dao)、夜銀(Dạ Ngân) ê《臭賤 ê 家庭》(Gia đình bé mọn)、阮世皇翎(Nguyễn Thế Hoàng Linh) ê《天才 ê 故事》(Chuyện của thiên tài) kap 保寧 ê《戰爭哀歌》內底 ê 一部分 lóng 是這種風格 ê 代表作品。其實,保寧 ê《戰爭哀歌》是真 chē 話語類型 ê 結合,有失去 ê 夢想,siâng 時 mā 存在 ê 運命滾 kà 意識流 ê 交 chhap:創傷性話語、重熟似性話語 kap 自轉性話語等等。Hoān-sè che chiū 是 ūi-siáⁿ-mih 元玉認為《戰爭哀歌》是 siōng 清楚來體現越南當代小說對話精神 ê 小說其中之一。

Án-ne 以外,ài 注意自傳體小說 ê 一種變體,是假自傳 ê 小說類型,其中以順 ê《唐人街》(Phố Tàu) (Chinatown)做代表案例。Che 是出現 tī 改革時期自傳小說內底 ê 後現代冒險。證明對體裁無用任何 ê 界線來束縛、限制作家 ê 創造意識。

有代表(後)現代風格 ê 趨向

Nā 頂 koân 所講 ê 趨向主要 ê 改革是 khiā tī 傳統 kap 寫實 ê 關係進行分類來講,án-ne 有(後)現代風格 ê 小說 chiū 是一種代表真 chē 無 kāng 特徵 ê 類型。Tī 越南文學內底,信號標誌 tī 改革初期 ê 阮輝涉、范氏懷 ê 創作內底已經出現。Tī《退休 ê 將軍》(Tướng về hưu)內底,後現代感官 tú 出現,但是到《無皇帝》(Không có vua),後現代色彩已經非常明顯。Che 是屬於阮輝涉 siōng 傑出 ê 短篇小說,tio̍h 算是有真 chē 批評家 kan-taⁿ 看 tio̍h「殘忍」chiū 來批判這位作者。Tī 後來 ê 階段,tng 對後現代本質 ê 熟似變 kah koh-khah 清楚 ê 時,後現代藝術感官影響真 chē 作家,特別是彼 kóa kah-ì 西方現代革新趨向 ê 作家。後現代詩學 siōng 明顯 ê 特徵 tio̍h 是非中心,非光明。所 pái,kap 後現代牽連做伙 ê chiū 是懷疑 kap 笑詼 ê 看法。當然,進入越南了,後現代主義無 koh 是「原本」ê 後現代主義,因為後現代心智 kap 後工業消費社會內底 ê

人類心智相關聯[37]。不而過，根據呂原(Lã Nguyên) ê 講法，tī 越南「存在懷疑親像一種心態」ê 時，án-ne 後現代 ê 心智早 tio̍h 已經出現 tī 改革時期作家腦海內底，尤其是作家看 tio̍h 現代生活 ê 不安 kap 紛亂。所以 tī 改革了，散文內底 siâng 時出現 ê 後現代 kap 現代小說類型，有 kap 傳統思想藝術手路挑戰 ê 意義。Che ē-tàng tī 阮平方 ê《起初》、《坐》(Ngồi)、胡英泰 ê《101 夜》(Mười lẻ một đêm)、阮越何 ê《晚凱玄》(Khải huyền muộn)、順 ê《巴黎 11.8》(Paris 11.8)、周延 ê《迷河 ê 溪》(Người sông mê)、謝維英 ê《去 chhōe 人物》(Đi tìm nhân vật)、段明鳳(Đoàn Minh Phượng) ê《火 hu 時刻》(Và khi tro bụi) kap 鄧珅(Đặng Thân) ê《3339 裸魂碎片》(3339 Những mảnh hồn trần)等 ê 作品內底看到。Ùi 真 chē 角度來看一種價值混亂、消費社會下底存在不安 ê 人等等，致使後現代作家拒絕各種藝術典型。阮平方已經 án-ne 肯定。Che mā 是 ūi-siáⁿ-mih 現代 kap 後現代藝術 ê 界線無 chiah「明顯」，甚至 koh-khah「糢糊」ê 原因。人物糢糊、結構糢糊、語言糢糊。確保每一部小說 lóng 是一種複調、一種互文性。Che mā 是造成體裁界線模糊 ê 原因。結構性遊戲，人物遊戲、語言遊戲 kap 體裁遊戲 lóng 受 tio̍h 真 chē 作家 ê 關心。Che 是 tī 大敘事 kap 信念破碎 ê 時代內底，小說 ê 冒險本質。當然懷疑 ê 後壁往往是代表希望。Che 是藝術存在 ê 道理。

有可能性能力 ê 後現代小說已經 tháu 放作家真 chē 特別 ê 想法，允准 in ē-tàng ùi 模仿笑詼 kap hō͘ 歷史失去神聖性 ê 視覺內看 tio̍h 真歹相信 ê 現實。核心是反思 koh 有 kap 藝術對話 ê 精神，koh-khah 深層 ê

---

[37] 親像阮興國(Nguyễn Hưng Quốc)用後現代 ê 講法是這个意思。根據伊 ê 講法，因為 kāng 一个時間接受世界 ê 現代 kap 後現代主義，所 pái 造成越南文學一種「無 kāng 質 ê 後現代」。詳細看阮興國，《Ùi 後現代觀點看越南文學》(*Văn học Việt Nam từ điểm nhìn hậu hiện đại*)，文藝出版社，加州，2000 年。真 chē 研究者 mā 認為越南 ê 後現代主義以「要素」、「標誌」層級出現，iáu-bē 達到像歐美國家激進 ê 程度。

是，對有道理、無道理 ê 代誌，思想、觀念 ê 對話。

總體來講，ùi《Lazaro Phiền 牧師 ê 故事》出現到 ta^n 已經超過一世紀，《素心》問世 90 gōa 年來，越南小說已經發生翻天覆地 ê 變化。有關體裁地位：Tī 文學生產內小說已經 chiâ^n 做「主機器」。有關藝術思維：Ùi puh-í^n 到脫離中世紀 ê 娘仔殼出來、經過浪漫主義 kap 寫實主義 ê 藝術類型了，行入現代 kap 後現代。有關語言：Ùi 獨白語言轉做對話語言。新 ê 創造是享受現代 kap 後現代文化 ê 水準，mā 呼應越南文學二十世紀現代化運動過程 ê 前進 kap 突變。

◆ 問題討論

1. 二十世紀初期越南小說行 ǹg 現代化方向 ê tńg-se̍h。
2. 《自力文團》ê 藝術貢獻。
3. 1930 年到 1945 年越南寫實主義文學 ê 特徵 kap 進程。
4. 1945 年到 1985 年階段小說 ê 成就 kap 限制。
5. 越南小說 ùi 改革到 ta^n—基本詩法 ê 方面(平面)。
6. 現代主義 kap 後現代主義對越南小說 ùi 改革到 ta^n ê 影響。

TÂI-BÛN 第三章

越南現代歌詩

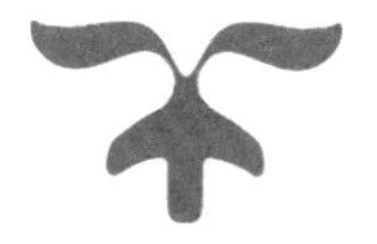

第三章 越南現代歌詩

3.1. 現代詩：走 chhōe 新美學空間 ê 旅途

3.1.1. Tng 自我出現 ê 時

3.1.1.1. 個人內在 ê tńg-se̍h

Tī 個人 ê 內在方面，民族歌詩內底是一陣敏感 ê 作家代先意識 tio̍h 中世紀文學歌詩 m̄-nā 粗俗 koh hō͘ 規範束縛。Lú 到後期，chiū lú 清楚中世紀歌詩 ê 限制，所 pái 大家 ùi 無 kāng 方向做伙 phah 拚廢除舊藝術規範 ê 束縛。Siōng 明顯 ê 是十八世紀歌詩內底 ê 人文精神 hông chhui 到 chīn-pōng，內底有真 chē 有才情 koh 偉大 ê 藝術，親像阮攸、胡春香等等。阮攸 kap 胡春香已經 kā 民間文學 ê 氣味寫入去古典詩內底，創造值得注意 ê「超越時代 ê 藝術標準」。阮攸 ê 傑作《金雲翹傳》hông 看做是一个整合，是生活 ê 百科全書詞典。胡春香 ê 歌詩寫出文學內底「女權主義」ê 精神，tio̍h 算伊生活 tī 無民主精神 ê 封建體制。阮公著 khiā tī 儒學家才子 ê 基礎頂頭，一路搖搖擺擺 mā 開始有自我 puh-íⁿ。十九世紀尾期，雖 bóng 講是士大夫，但是阮勸 ê 歌詩大部份已經無典故、典跡。中世紀廢除舊藝術規範 kap 束縛 ê 路途，真明顯是 kin-tòe 歌詩內底 ê 個性創造 kap 個人 kha 跡來出現。

Tī 十八世紀中世紀 ê 詩人內底，咱想 beh ke 討論范泰（1777 年到 1813 年）作品《梳鏡新裝》ê 現象。這部作品有三个問題值得 koh-khah 深入研究。第一，tng 大部分中世紀字喃小說有依賴中國故事模式趨向 ê 時，《梳鏡新裝》ê 作品已經完全 kap 越南文化環境非常 tah-óa。人、地名、心理性格等等，lóng 是以越南做主體。第二，親像阮祿(Nguyễn

Lộc) ê 看法，《梳鏡新裝》有敘事 ê 色彩[1]。范金(Phạm Kim) kap 張瓊如(Trương Quỳnh Như) ê 愛情故事，有真 chē kap 作者本身 ê 愛情故事真 sêng ê 要素。這兩个人物 ê 名 mā 親像作者范泰本人 kap 伊 ê 情人張瓊如。范泰 kap in 愛人一 kóa 做伙 ê 歌詩作品 mā 寫入去作品內底。Tī 中世紀文學內底，除了一 kóa 情況 ke 減會自我描寫，通常是 ūi-tio̍h beh 表達個性「lám-nōa」kap 才子個人 ê 素質以外，自傳要素是非常罕行--ê，因為民主 iáu-bē 出現。親像胡春香《春香 ê che 已經 boah--ah》[2](Này của Xuân Hương đã quệt rồi)、阮公著《搖搖 hàiⁿ-hàiⁿ ê 歌》(Bài ca ngất ngưởng)這 kóa 反抗精神現象出現 tī 藝術作品內底，來肯定個性 kap 創造「超越時代 ê 藝術標準」。然後，放蕩 ê 生活方式、流浪才子 ê 素質，早 chiū 真深刻體現 tī 范泰 ê 歌詩內底：「陽間活 kah 醉茫茫，死了陰府 gia̍p tiâu-tiâu，閻王問 he 是 siáⁿ-mih，酒... (Sống ở dương gian đánh chén nhè. Chết về âm phủ cắp kè kè. Diêm vương phán hỏi rằng chi đó. Be…)」。第三，范泰描寫人物 ê 心理 kap 情感 ê 奇巧真幼路。兩个主角是生活浪漫、互相意愛，無 hō͘ 禮教束縛 ê 人。Liām tī 廟 ê 情境內底，和尚 in 看 tio̍h mā sêng 是世俗醉茫茫 ê 戀愛。Che 是一種人視角座標 ê 轉換，hō͘ 人脫離中世紀文學歌詩 ê 公式，ūi koh-khah 親近日常生活 phah 拚。甚至，kǹg tī 現此時重讀，tī《梳鏡新裝》內底，有 bē 少描寫愛情 ê 段落一點仔 chiū bē 輸 hō͘ 新詩。Ē-tang án-ne 講，ūi-tio̍h 以後 kap 西方文學相 tú ê 內在準備，是文學 kap 歌詩本身 ê 自我改變、自我 tháu 放 ê 過程。

---

1 《新部分 ê 文學詞典》(Từ điển văn học bộ mới)內底 ê《梳鏡新裝》，冊已經引用，1562 頁。

2 譯者註釋：這句詩句 tī 胡春香《請檳榔》(Mời trầu)詩作內底。意思是春香已經 tī 葉仔頂 koân boah 好石灰，檳榔 ē-tàng 食--ah。

3.1.1.2. 外在因素 ê 角色

但是內在因素 kan-taⁿ tī kap 西方文化相 tú 了後，chiah 完整 ùi 中世紀文學詩篇內底跳脫出來。

二十世紀初期 kap 西方文化 ê 相 tú、文化交流，已經改變越南文化、社會物質生活到精神文化根本ê結構。文學現代化 kan-taⁿ tī 這種文化交流內底進行。新詩時代是自我個人爆發 ê 時代。Chit-má「hō͘人 ià-siān ê 自我」已經無像中世紀歌詩 án-ne 驚惶，是直接跳去 lih 台仔頂。自我個人改變儒學家 ê 觀念。懷清 tī《越南詩人》內底講 tio̍h 1934 年劉重廬(Lưu Trọng Lư)「放肆」ê 話，清楚表明新世代想 beh 用個人眼光看世界 ê 意識：

> 前輩 kah-ì 紅 kì-kì ê 色，我 kah-ì 天頂 ê 青，前輩因為半暝仔 thâng-thōa ê 叫聲來憂愁，我會因為透中晝雞公 teh 叫不安。看 tio̍h 一位 súi cha-bó͘ gín-á，前輩單純 kiò 是家己犯罪，我 ê 感覺親像 khiā tī 翠青 ê 田中央 kāng 款爽快，前輩 ê 愛情是結婚，但是對我來講，愛千變萬化：醉茫茫 ê 愛、像風 ê 愛、親密 ê 愛、遙遠 ê 愛、當下 ê 愛、千秋 ê 愛...。
>
> Các cụ ta ưa những màu đỏ choét; ta lại ưa những màu xanh nhạt… Các cụ bâng khuâng vì tiếng trùng đêm khuya; ta nao nao tiếng gà lúc đứng ngọ. Nhìn một cô gái xinh xắn, ngây thơ các cụ coi như đã làm một điều tội lỗi; ta thì cho là mát mẻ như đứng trước một cánh đồng xanh. Cái ái tình của các cụ thì chỉ là sự hôn nhân, nhưng đối với ta thì trăm hình muôn trạng: cái tình say đắm, cái tình thoảng qua, cái tình gần gụi, cái tình xa xôi,…cái tình trong giây phút, cái tình nghìn thu…[3]

---

[3] 引自懷清 ê《歌詩 ê 時代》(Một thời đại trong thi ca)。Hoān-sè 懷清是 siōng 早 tī 伊出名 ê 討論內底講 tio̍h「thàu 放」這兩字 ê 人：「咱 ê 情已經改變，咱 ê 詩 mā 需要改變。Hō͘ 歌詩解放 ê n̂g 望 kan-taⁿ 是講清楚祕密 ê n̂g 望、 ē-tàng 老實 ê n̂g 望。」詳細看懷清-懷真 ê《越南詩人》，冊已經引用，19 頁。

其實，劉重廬講 tio̍h ê 區別，kan-taⁿ 是新詩 kap 舊詩之間幾 nā tang 爭論落來真 chē 熱鬧聲音 ê 其中之一[4]。Ūi tio̍h 新詩戰贏 ê 人身軀頂有兩種特質：少年 kap 新，後壁 ê 現象是西方文化，現代人興趣 kap 心理上 ê 轉變。因為 án-ne，世旅 ê《Siàu 念樹林》(Nhớ rừng) chiū 是心 ê thiàⁿ-thàng kap 自我 ê 敘事—虎[5]。Tī 世旅 ê《千調之琴》詩篇內底，「我」這个詞 tiāⁿ-tiāⁿ 出現。M̄-nā 是世旅，差不多是新詩運動 ê 每一位詩人 lóng 會用我做稱呼。Che 是 kap 中世紀歌詩真大 ê 差別，tng 主體一直 kā 家己 àm-khàm，chiū kan-taⁿ 會出現一 kóa 代表性 ê 人稱代名詞：客、者、人、阮等等。Tng 個性得 tio̍h 解放，規範 phah 破，所有感觸 chiū ē-tàng 自由流動。新詩建立 tī 個人感情 ê 流動 kap 老實頂 koân。現代歌詩內底 ê「抒情口語詩」[6]取代中世紀歌詩內底 ê「抒情吟詠詩」[7]。經過初期 ê 一 kóa 破壞了，新詩真 kín chiū 發現家己 ê 孤單。Che chiū 是 ūi-siáⁿ-mi̍h 會 choán 倒轉去 kap 傳統「和解」，創造出新 ê 結合 ê 原因[8]。Chia-ê 和解代表 kui-ê 二十世紀初期歌詩革新，ūi-

---

4 有關這場爭論，請參考阮玉善(Nguyễn Ngọc Thiện)、高金蘭(Cao Kim Lan)編寫 ê《二十世紀文藝爭論》(Tranh luận văn nghệ thế kỷ XX)，第二冊，勞動出版社，河內，2001 年。

5 譯者註釋：《Siàu 念樹林》是一首世旅 siōng 有代表性 ê 詩篇。內容是透過虎對樹林 siàu 念 ê 話，講出越南人民，特別是愛國智識分子彼當時對束縛、無法度喘氣 ê 社會環境 ê 感慨 koh 有對自由 ê n̄g 望。

6 作者補充：抒情口語詩是詩人對生活 ê 個人感觸、感受 ê 直接表達，詩人親像直接 kap 別人對話、講心事。所 pái 詩詞親像講話，有人 ê 口音 kap 語調。抒情口語詩 kin-tòe 文學 ê 自我個人來出世。

7 作者補充：抒情吟詠詩是中世紀風格 ê 抒情，tī chia 詩人 tiāⁿ-tiāⁿ àm 藏自我，藏 kah lú 深 lú 好。Che 是詩人加強詩作 hâm-thiok 性 ê 方式。自我個人 tī 中世紀無像 tī 現代詩內底 chiah 清楚。詩人 m̄-bat 提起「我」，主要是用人稱代名詞來稱呼。

8 另外參考阮興國碓下底作品 ê 意見，親像《詩，等等 kap 等等...》(Thơ, v.v và v.v...)內底有關越南歌詩/文學 ê 發展 kap「和解」，文藝出版社，加州，1996 年；《越南文學 ê（後）現代觀點》(Văn học Việt Nam từ điểm nhìn (hậu) hiện đại)，文藝出版社，加州，2000 年。M̄-nā 是越南歌詩，世界歌詩 mā 發生這種規律：一 kóa 先鋒 ê 作家，經過初期 ê「破壞」了，到創作生涯後期 chiū 有回歸傳統 ê 意

tio̍h beh 存在 ê 一種婉轉 ê 處理 kap 選擇 ê 意義。

3.1.2. 現代 kap 冒險 ê 本性

改革 ê 本質是體系 ê 改變。革新 ê 本質是 tī 新 ê 美學空間 kap 思想內走 chhōe 新 ê 表達方式。Kap 相對穩定 ê 中世紀歌詩無 kāng，現代歌詩一直 teh chhiau-chhōe 冒險，因為這个時代變化非常 kín。一開始，現代化是拒絕中世紀詩篇，走 chhōe 現代詩作 ê 過程，tī 彼當時 ê 環境，現代化代先是學西方浪漫主義 ê 歌詩。初期新詩是單純 ê 浪漫，包括世旅、輝聰(Huy Thông)、阮若法(Nguyễn Nhược Pháp) kap 春妙、輝瑾 ê 一部分作品。但是 tī 後階段，新詩受 tio̍h 超現實主義 kap 象徵主義 ê 影響，包括韓墨子(Hàn Mặc Tử)、碧溪(Bích Khê)等等。春妙、輝瑾本身 mā 行 n̍g 象徵主義。懷清 tī《歌詩 ê 時代》內底，提起象徵主義詩派 ê 開創者 *Bó͘-to-lái-ò* (Baudelaire) 8 pái，超過法國浪漫主義文學 ê 代表 Hú-goh 2 pái，絕對 m̄ 是 tú 好。

作為少年人 ê 革命，新詩 m̄-bat 恬靜過。1935 年出版《幾 chōa 韻詩》(Mấy vần thơ)了，世旅主動讓位 hō͘ 春妙。輪到家己，春妙 ê 感觸提升，kap 世旅相比起落 ê 強度 koh-khah 強，孤獨感 mā koh-khah 深。ē-tàng 看《感觸》(Cảm xúc) (1936)，是 30 年代尾期 40 年代初期新詩 ê 藝術宣言：

詩人 chiū 是 tòe 風來去
Tòe 月娘眠夢、tòe 雲遊起落
Hō͘ 靈魂受索仔 ê 束縛
Iā 分享數百份愛情

識。這个現象，一方面 hoān-sè 是因為年歲 ê 關係，另一方面，koh-khah 重要是 in bat 提倡 ê 革新任務必須 ài 交 hō͘ 後一代，nā m̄ 是真 sè-jī 來處理，in 雖然「無心」但是會真簡單變 chiâⁿ「保守」ê 人物。

Là thi sĩ nghĩa là ru với gió
Mơ theo trăng và vơ vẩn cùng mây
Để linh hồn ràng buộc bởi muôn dây
Hay chia sẻ bởi trăm tình yêu mến

Ài 注意 ê 是，春妙 ê《感觸》是 beh 送 hō͘ 新詩 ê 頭一人世旅，chiâⁿ 做浪漫主義詩篇 ê 延續。但是看起來，因為藝術思維 ê 轉換，春妙 siōng 好 ê 作品是充滿象徵性--ê，親像《二胡》(Nhị hồ)、《月琴》(Nguyệt cầm) 等等。到歸仁狂亂詩派(trường thơ Loạn Quy Nhơn)[9]，感觸 kap 感官 ê 界線比 éng 過任何時陣 lóng koh-khah 強。這 kóa 詩人 tī 新詩內底，有對藝術 chhiàng 聲、反叛 ê 意識。咱 ē-tàng 透過制蘭園 tī《凋殘》(Điêu tàn) ê 話頭內底知影這个詩派 ê 基本藝術觀點。Kap 新詩 ê 觀點相比，初期世旅 ê《千調之琴》、中期春妙 ê《感觸》，狂亂詩派 ê 宣布 ke 真強烈，韓墨子講：寫詩 tio̍h 是 siáu。我補充講：寫詩是非凡 ê 代誌。詩人不是人，是夢中人，醉人，siáu-lâng，是仙，是魔，是鬼，是妖，是精，脫離現實，擾亂過去，寄望未來[10]。狂亂詩派 ê 宣布了後，1942 年《春秋雅集》ê 出世是豐富前衛精神詩人 ê 新冒險。Che 是一 kóa 想 beh 提升歌詩改革進程詩人 ê 相 tú，其中包括范文幸(Phạm Văn Hạnh)、阮良玉(Nguyễn Lương Ngọc)、阮春生(Nguyễn Xuân Sanh)、段富賜(Đoàn Phú

---

9 作者補充：這个詩派 tī 歸仁(Quy Nhơn)（越南平定省，一个沿海、風景真 súi ê 城市）成立，所以叫做歸仁狂亂詩派，韓墨子創立。初期 1936 年 tī 平定省出現一組詩派號做平定詩組，包括郭晉(Quách Tấn)、韓默子、燕蘭(Yến Lan) kap 制蘭園這四位成員。1936 年底，韓默子認為平定詩組 ê 創作 kap 新詩 ê 色彩風格無 kâng，所 pái 熱情提出成立狂亂詩派。1937 年，狂亂詩派出世。這个詩派除了頂 koân 四位成員以外，koh 有碧溪這位詩人。狂亂詩派 ê 宣言 tī 制蘭園 ê《凋零》kap 韓默子 ê《悲傷》(Đau thương)這兩篇詩集 ê 話頭講 kah 真清楚。1940 年韓默子過身了，詩派解散，m̄-koh 真正結束是 tī 1946 年這一 tang。

10 引自賴源恩收集 kap 編寫 ê《新詩 1932 到 1945 年：作者 kap 作品》(Thơ mới 1932 - 1945: tác giả và tác phẩm)，作家協會出版社，1998 年，頁 801。

Tứ)、阮春閣(Nguyễn Xuân Khoát)（音樂家）、阮杜恭(Nguyễn Đỗ Cung)（畫家）。春秋詩組(Nhóm Xuân Thu)真早 chiū 意識 tio̍h 浪漫主義歌詩會崩盤，主張行象徵主義 ê 路。M̄-koh 這个詩派 iû-goân 想 beh choán 倒轉去東方 kap 民族，kā 結合做新藝術 ê 因素。1945 年尾到 1946 年初期，夜台詩組(Nhóm Dạ đài)，包括陳寅、陳梅洲(Trần Mai Châu)、丁雄(Đinh Hùng)、武皇迪(Vũ Hoàng Địch)、武皇彰等人 tī《春秋雅集》kap 狂亂詩派希望革新 ê 基礎頂頭，繼續提出新 ê 觀點來創造發展象徵主義精神歌詩 ê 路。雖 bóng 新詩 lo̍h 尾短命，m̄-koh 夜台詩組、《春秋雅集》koh 有狂亂詩派對藝術 ê 盡力貢獻精神，應當是 ài 認真肯定 chiah tio̍h。特別是狂亂詩派有真 chē 才華真厚 ê 詩人，親像韓墨子、碧溪、制蘭園，ūi 越南現代歌詩 ê 發展做出真了不起 ê 貢獻。每一位詩人 lóng 是一个世界：韓墨子充滿超現實主義、碧溪涵蓋象徵主義、制蘭園有豐富形上學 ê 性質。Nā 這 kóa 啟發新詩運動 ê 詩人 kan-ta^{n} 單純浸 tī 浪漫主義美學內底，tiā^{n}-tio̍h chiū 無 chia ê 革新。

所 pái，tī 某種程度頂 koân，新詩已經 tī siōng 有決定性 ê 階段完成文學現代化 ê 基本任務。不而過，歌詩現代化 ê 過程 tī kui-ê 二十世紀到二十一世紀初期 iû-goân tī 無 kāng ê 程度 kap 範圍繼續進行。

1945 年了，越南歌詩現代化 ê 過程是 ùi 新詩各種無 kāng ê 成果繼續開始。1945 年到 1985 年階段 ê 革命歌詩是 kap 社會主義 kho͘-á 內 ê 文化交流，kap 人民自我抒情 ê 聲音有關係。一開始，ūi-tio̍h beh 確立家己 ê 地位，革命歌詩否認新詩。Tī chia，需要分清楚兩種否認：革命文學對新詩 ê 否認，主要是踏 tiàm 思想立場 kap 意識形態 ê 基礎頂否認，tng 伊堅定拒絕 hit-kóa 小資產階級 ê「憂愁」kap「夢碎」，主張歌詩必須 ài 用人民 ê 語言來創作。春秋詩組、夜台詩組 koh 有後來 ê 創造詩組(Nhóm Sáng tạo)對新詩 ê 否認主要是藝術思維 ê 否認、對浪漫主義文學 ê「chhìn-chhài」、「siu^{n} 表面」無滿意。Che chiū 是 ūi-siá^{n}-mih

這 kóa 詩派主張深入象徵主義、超現實主義 kap 東方詩作 pì-sù ê 特徵。因為存在、發展 tī 全球化 kap 國際化 ê 紀元，所 pái ùi 1986 年到 taⁿ ê 歌詩會 kap 後現代精神空間、本體自我 ê 聲音相黏做伙。詩人體現 chhiau-chhōe 生活、走 chhōe 自我 ê 所有方式 kap 所有表達 ê 形式。所 pái 歌詩現代化 ê 本質是 chhōe kap 確立新 ê 美學眼界 ê 冒險。

3.2. 越南現代詩 ê 進程

3.2.1. 二十世紀初期 ê 前 30 冬

Che 是越南歌詩開始行入現代化 ê 階段，這个階段 ê 歌詩 siōng 明顯 ê 特徵 chiū 是新舊之間 ê 相爭，lú 到後壁優勢 chiū lú khiā tī 新 ê 事物這 pêng。

值得注意 ê 是，tī 世紀初期，詩壇頂 koân iû-goân 有兩 châng 中世紀歌詩 ê 大樹，chiū 是阮勸（1835 年到 1909 年）kap 陳濟昌（1870 年到 1907 年）。Tio̍h 算這兩位詩人 ê 創作 iáu koh tī 中世紀歌詩 ê 模式內底，但是 nā 詳細觀察會發現，這兩位詩人 in 已經 hâⁿ 過真重要 ê 廢除舊藝術規則 kap 束縛這坎。阮勸是士大夫，m̄-koh 伊 ê 歌詩已經無用過去慣勢用 ê 題材，親像 kap 風、雲、山、水等等 koh ko-ko-tîⁿ，阮勸 mā 開始注意 tio̍h 一 kóa 有關庄 kha 日常生活 ê 題材，用三首描寫秋天出名 ê 歌詩，伊 hō͘ 春妙受封做傑出 ê 田庄風景詩人。Tī 這 kóa 作品內底，唐律 ê 味已經減真 chē，純越南歌詩 ê 語言已經 phah 敗 éng 過厚典故 ê 語言。阮勸 mā 是一位真 gâu kâng khau-sé ê 詩人，甚至 tī 伊家己 ê 歌詩內底，起笑家己 ê 色彩 mā 真清楚。Kap 阮勸無 kāng，陳濟昌 kap 都市生活 ê 關係 khah 深，所 pái 伊 ê 歌詩表達都市化過程 ê 改變非常活跳，《堵河》(Sông Lấp) chiū 是一首典型 ê 詩。陳濟昌歌詩 ê 語言 kap 通俗 ê 話語真接近，甚至用一 kóa 黑話、西方語言 chiâⁿ

做一種趣味 ê 模仿方式，已經出現 tī 伊 ê 詩內底。咱 ē-tàng 講 chiū 算 iáu 無法度用現代個人 ê 眼光去看，陳濟昌 mā 是頭一位 ē-tàng 深刻表達現代都市感 ê 詩人。Nā 阮勸 ê 歌詩是偏向古典，án-ne 陳濟昌已經開始踏入現代抒情領域。頂 koân ê 觀察證明，chiū 語言方面來講，文學現代化 ê 過程是 ùi 高尚到放蕩風格、ùi 神聖化到世俗化 ê 重心轉移。

Nā kap 阮勸、陳濟昌相比，中世紀歌詩「詩以言志」ê 觀念 tī 革命志士 ê 歌詩內底 chiū koh-khah 深刻，親像潘佩珠(Phan Bội Châu)、潘周楨(Phan Chu Trinh)、黃叔沆等等。Liām 潘佩珠 ê《出洋留別》(Xuất dương lưu biệt)內底 koh 有像進前阮公著「男人之志」ê 風格，潘佩珠寫：「做 cha-po͘ 人 tī 世間 ài 獨一無二，ná ē-tàng 看乾坤家己 tńg-se̍h，百 tang 內需要我，日後萬年是 án-chóa^{n} 無人 (Làm trai phải lạ ở trên đời/ Há để càn khôn tự chuyển dời/ Trong khoảng trăm năm cần có tớ/ Sau này muôn thuở há không ai...)」。黃叔沆 tī《留別之歌》(Bài ca lưu biệt)內底感慨講：「大丈夫隨遇而安，素患難，行乎患難(Đấng trượng phu tùy ngộ nhi an Tố hoạn nạn hành hồ hoạn nạn...)」。潘周楨的 ê 歌詩《Tī 崑崙碎石》mā 有 kāng 款 ê 語調：「做 cha-po͘ 人 khiā tiàm 崑崙內，chhia^{n}-iā^{n} 崩山崙，提斧頭 chhò 石堆，出手 kòng phòa 千萬塊，日月 chhap-thāi 你身頭 thiám，日曝雨淋意志堅，男兒補天做落難，艱難 kan-ta^{n} 小 khóa 代(Làm trai đứng giữa đất Côn Lôn/ Lừng lẫy làm cho lở núi non/ Xách búa đánh tan năm bảy đống/ Ra tay đập bể mấy trăm hòn/ Tháng ngày bao quản thân sành sỏi / Mưa nắng càng bền dạ sắt son/ Những kẻ vá trời khi lỡ bước/ Gian nan chi kể việc con con) (Đập đá ở Côn Lôn)」。

亞南陳俊凱(Á nam Trần Tuấn Khải) ê 歌詩 mā 受 tio̍h 真 chē 人 ê 歡迎，因為伊知影 thang 運用民間文學 ê khùi-kháu 。不過，亞南歌詩內底 ê 藝術革新 iáu 無夠突破。咱會講革命志士 ê 歌詩 iáu 浸 tī 中世紀歌詩內底，主要有三个原因：第一，詩人，親像潘佩珠、潘周楨、黃叔沆 in lóng 是出世傳統教育、科舉環境 ê 志士，所 pái tī in ê 潛意識創作內底，中世紀詩作 iáu 是佔真明顯 ê 主導地位。第二，這 kóa 對社會有真大 ǹg 望、偉大革命事業 ê 詩人，選擇雄心壯志 ê 語調是一種刺激社會潛意識 kap 人心適合 ê 選擇。第三，表達意志 kap 描寫充滿 cha-po͘ 人形象 ê 需求，chiâⁿ 做呼籲、鼓舞 ê 必要步數。這个階段革命歌詩 ê súi kap 吸引力大部分 m̄ 是 tī 藝術思維 ê 突破，mā m̄ 是出現新 ê 形式，是來自 thiàⁿ-thàng ê 語調、偉大 ê ǹg 望 kap 有 cha-po͘ 人性格抒情形象 ê súi[11]。Ùi 本質上來講，這 kóa 志士 ê 意識形態 kap 中世紀儒家已經有真大 ê 無 kāng：潘周楨行 ǹg 資產民主社會 ê 模式、潘佩珠遵循資產君主 ê 模式等等。這 kóa 詩人 ê 目的是 ǹg 望一種「有路用文學」kap「ūi 人生」，kā 歌詩看做種一種鬥爭 ê 利劍，用真心呼籲 ê 言語。所 pái，創造出歌詩內底 ê 革命意識 m̄ 是 in 主要 ê 目的。

傘沱是本世紀前 25 tang ê 時間 tī 詩壇頂 siōng-kài 出頭 ê 人物。有關這位詩人，陳廷佑有一个準確 ê 評論：「傘沱已經 kā 家己才子 ê 風流 kap 多情用來適應都市環境[12]。」傘沱 ê 歌詩有兩个明顯 ê 特點 chiū 是 siáu-siáu kap 放蕩，才情、才子素質特別明顯。Koh，本質上，傘沱 iáu 是「西化時期內底東方文化 ê 產物」，所以伊得 tio̍h 後來新詩詩人世代新精神 ê「身分證」。雖 bóng 傘沱 ê 才能值得尊敬，但是 tī ūi-tio̍h 肯定家己，否定歷史 ê 過程內底，新詩運動 ê 詩人因為無其他選擇，想 beh 顛覆舊詩 chiū ài lòng 倒舊詩 siōng 尾 ê 象徵，孤不二將 kā 這位有才華

---

11 阮登疊 ê《二十世紀越南文學 ê 回顧》(Nhìn lại văn học Việt Nam thế kỷ XX)內底 ê〈Ùi 文學語調方面看二十世紀越南歌詩運動〉(Sự vận động của thơ ca Việt Nam thế kỷ XX nhìn từ phương diện giọng điệu văn chương)， 頁 874-875。

12 陳廷佑 ê《歌詩內底 ê 革命回顧》(Nhìn lại một cuộc cách mạng trong thi ca)內底 ê〈新詩 ê 新 kap 傳統 ùi 衝突到和解〉(Cái mới của Thơ mới từ xung khắc đến hòa giải với truyền thống)，教育出版社，1993 年，頁 70-71。

ê 詩人當作「祭神」ê 物品。不而過，戰贏了後，ūi-tio̍h 還 hō͘ 歷史一个尊敬，in「恭招傘沱 ê 英靈」。懷清代表新詩詩人，用尊敬 ê 態度承認傘沱 ê 功績 kap 地位：「先生 ūi 咱分享一个熱情 ê 寄望，跳脫舊 àu 舊臭 ê 監獄、虛假、ta-sò。有真 chē 先生 ê 歌詩 tī 二十年前問世，已經有特別 ê 放蕩語調。先生 ūi tú beh 開始 ê 音樂會起音開場[13]。」懷清 tī chia 講 ê 樂譜名號做新詩。

總體來看，二十世紀 ê 前 30 年已經有一 kóa 改變，chia ê 改變 ta̍uh-ta̍uh-á teh 進行。無 gōa 久了後，新詩 chiū 行入藝術層次 ê 改變。

3.3.2. 1932 年到 1945 年 ê 新詩

3.3.2.1. 建立新詩運動 ê 過程

新詩 ê 出世 tú tio̍h 真 chē 艱難。Ùi 二十世紀 30 年代初期，舊詩 kap 新詩之間 ê 激烈辯論 chiū ē-tàng 看出這一點。然後，無任何改變無受 tio̍h 舊 ê 阻擋。

懷清已經非常深入 koh 簡單結論新詩 ê 條件：「不過是一港冷風 hiông-hiông ùi 遠遠吹--來。所有舊 ê 基礎 lóng 大地動、hàiⁿ 了 koh hàiⁿ。Kap 西方 ê 相 tú 是幾十世紀以來越南歷史上 siōng 大 ê 改變。」[14]

本世紀初期經過 30 tang ê 社會、歷史、文化基礎，已經 ūi 新詩出世做好準備。根據懷清 ê 確認，造成新詩 ē-tàng 成功 ê 因素 siōng 深 ê 是「老實 ê ǹg 望」。老實拆落中世紀藝術規範 ê khăng-páng。老實提升個人 kap 心靈深層祕密 ê 解放。老實要求一个 ē-tàng 確實表達熱情情緒浪潮能力 ê 詩作。因為真痴迷，所以新詩時代不時 lóng 真「熱鬧」，

---

13 懷清-懷真，《越南詩人》，頁 14。

14 懷清-懷真，《越南詩人》，引用過 ê 參考冊，頁 17。請注意，m̄-nā 是越南 chiah 有新詩，tī 區域內底 ê 真 chē 國家，親像馬來西亞、印尼、中國 mā lóng 有新詩。證明新詩 ê 現象是國際文化交流 ê 產品。不而過，有 bē 少研究家認為越南新詩是 siōng-kài 突出 ê 現象。新詩豐沛 ê 成就 hông 看做是歌詩藝術內底 ê 一場革命。

m̄-bat 恬靜過。舊派 kap 新派之間 tī 一系列辯論、講演、互相攻擊，tī 實踐創作頂 koân，新詩 ê 出世，真 chē 人會講 tio̍h ùi 潘魁 ê《老愛情》(Tình già)這首詩開始。根據賴源恩 ê 資料，tī 1932 年 3 月初 10，發表 tī 西貢 ê《婦女新聞》(Phụ nữ tân văn)報紙進前，這首詩 chiū 已經 tī 河內王申舊曆過年，tī《東西》(Đông Tây) ê 副刊 hông 刊出來。然後，等到《婦女新聞》報紙頂出現 ê 時，《老愛情》這首詩 chiah hông 注意--tio̍h，因為這份報紙讀者 ê 量 khah chē kap 吸引力 khah 大。講一句公道話，這首詩 ê 藝術品質 iáu m̄ 是真 gâu，潘魁家己 mā 無認為 che 是新詩。不而過，歷史有伊 ê 理由 kā《老愛情》這首詩看做是新詩 ê 開端。真簡單，因為人已經看 tio̍h 跳脫唐詩 ê 束縛，用非常開放 ê 方式來表達情意[15]。簡單講，有新詩詩人需要 ê 老實，對抗舊詩 ê 臭 phú 話。這篇報紙 kā 號名做〈詩壇頂一種新 ê 新詩風格紹介〉(Một lối thơ mới trình chánh giữa làng thơ)，tio̍h 知影報紙扮演非常重要 ê 角色。其實，報紙 ê 標題 koh 有一个宣稱、呼籲放棄舊詩 ê 意義。He 是 iáu-bē 講 tio̍h 一系列 ūi 新詩鼓舞、歌頌刊登 tī《婦女新聞》、《河內報》(Hà Nội báo)等 ê 文章。雖 bóng 吵鬧，但是舊詩 kap 新詩之間 ê 辯論 iáu 看 bē 出輸贏。一直到世旅《Siàu 念樹林》問世，舊詩 chiah 主動投降。懷清回想講：「世旅無討論新詩，無保護新詩，無筆戰，無演說，世旅 kan-taⁿ 用穩重 ê kha 步，恬靜、安穩 teh 行，一時間，he kui-ê 舊詩隊伍全部崩盤。」講到 chia，世旅 ê 力量 kap 征服能力是已經創造出傑出 ê 詩作。Kan-taⁿ 有真真正正傑出 ê 作品出現 ê 時，新詩 chiah 有夠理由 thang 戰贏舊詩，來肯定歌詩內底一个新時代 ê 存在。

---

[15] 1917 年《南風雜誌》第 5 號頂 koân，范瓊承認舊詩 ê 束縛：「人講歌詩 ê 聲音是內心 ê 聲音。中國人 kā 詩人定嚴格 ê 規律其實是想 beh 修改 hō͘ 這个聲音 koh-khah 好聽，但是 mā 因為 án-ne，hō͘ 自然 ê 聲音消失去。」

3.3.2.2. 詩篇特點

有關新詩，除了懷清 ê《越南詩人》以外，kui-ê 二十世紀時間至 taⁿ，已經有十幾件傑出 ê 研究工程。Tio̍h 算有時期，新詩因為庸俗社會學觀點 hông 否認，hông 壓 kā，但是 1986 年了，新詩已經超越所有 ê「起落」，oa̍t 頭轉來創造出家己真正 ê 價值。探討新詩 ê 時，有下底四个重要 ê 問題：

第一，新詩時代是個人自我爆發 ê 時代。新詩 ê 詩人用自我個人 chiâⁿ 做觀察、欣賞 kap 表達世界 ê 支點。試 beh 解釋 kap 世界相關，自我個人 ê 存在。所 pái，新詩內底充滿定義身影 ê 詩句：我是......這个模式 ūi-tio̍h 來回答：我是 siáng？這句問句 ê 目的。

> 我 kan-taⁿ 是一位癡情客
> Siáu 貪千形萬體 ê súi
> 借離騷姑娘 ê 筆，我畫圖
> Koh 借千鍵之琴，我唱歌
> Tôi chỉ là một khách tình si
> Ham vẻ Đẹp có muôn hình, muôn thể
> Mượn lấy bút nàng Ly Tao, tôi vẽ
> Và mượn cây đàn ngàn phím, tôi ca.

世旅—《千調之琴》

我是 ùi chhe^{n}-hūn 山飛來 ê 鳥仔
Nâ-âu 癢，叫好 sńg
Tng 透早 ê 風吹入葉叢
Tng 月娘起浮 chhiō 青天
Tôi là con chim đến từ núi lạ
Ngứa cổ hót chơi,
Khi gió sớm vào reo um khóm lá
Khi trăng khuya lên ủ mộng xanh trời.

春妙—《給寄香詩集的詩句》

Nā 中世紀歌詩 kā 自我個人藏起來，án-ne 新詩內底彼位 hō͘ 人討厭 ê 自我，tī 歌詩文本內底輕鬆出現。真 sêng 是一種宣稱 mā 是一種肯定，chiū 是自我個人 ê 出現，hō͘ 新詩充滿個性。有自我個人，詩人 ê 情感無 koh hông 束縛，ke 真活跳。浪漫時代是一个充滿感情 ê 時代。

第二，頂 koân 所講有關藝術思維 ê 改變，koh 透過人 ê 體現方式來表現。新詩 kap 中世紀歌詩內底人 ê 體現 mā 有無 kāng 款 ê 所在。Tī 中世紀歌詩內底，人是大宇宙內 ê 小宇宙，兩種之間相互反應，人照天意、天命去思考。天地人合一 ê 哲學精神對中世紀詩人體現人 ê 觀念支配真深。咱 ē-tàng kā 唐朝陳子昂(Trần Tử Ngang) ê《登幽州台歌》(Đăng U châu đài ca)看做是中世紀歌詩內底，有人類模式代表 ê 一首詩：

前不見古人
後不見來者
念天地之悠悠
獨愴然而涕下
Tiền bất kiến cổ nhân
Hậu bất kiến lai giả
Niệm thiên địa chi du du
Độc sảng nhiên nhi thế hạ

中世紀詩人一直強調空間內底 ê「獨」這字，新詩是強調人跳脫環境 ê 孤單。In mā 跳脫原本人 kap 人互相牽涉真深 ê 世界：

阮恬靜行 tiàm 詩 lìn
無 kîⁿ 無岸漂流 tiàm 浪漫內底
月娘真清，真遠，真大
兩个人但是無畏孤單
Chúng tôi lặng lẽ bước trong thơ
Lạc giữa niềm êm chẳng bến bờ
Trăng sáng trăng xa trăng rộng quá
Hai người nhưng chẳng bớt bơ vơ

春妙—《月亮》(Trăng)

Tī 新詩內底，大自然 kap 人有時真冷，kap 中世紀歌詩內底 ê 呼應無 kāng。這種冷 kap 時代孤單 ê 感覺有關係。輝瑾 ê《長江》(Tràng giang) koh 有春妙 ê《Thàn 食 cha-bó ê 話》(Lời kỹ nữ) lóng 是真典型 ê 例。Che chiū 是致使新詩詩人對中世紀歌詩寓情寫景 ê 手法無趣味 ê 原因。孤單已經 chiâⁿ 做新詩 ê 本命。

新詩有開創人對美學、哲學欣賞 ê 深遠原因 kap 世界浪漫文學 ê 主體意識提升，che 是新詩時代 ê 西學世代傳承。 所 pái，人是世界 ê 中心。實際上，tī 中世紀 ê 歌詩內底，mā 存在提 koân 人 kap 大自然相關比較 ê 情況，親像白居易(Bạch Cư Dị) ê《長恨歌》(Trường hận ca)有一句：芙蓉如面柳如眉(Phù dung như diện liễu như mi)。不而過 che 是特殊 ê 狀況。Nā 新詩，個人做主體中心 ê 位置相對自然是真很普遍 ê 代誌。

第三，有關靈感，新詩 kap 西方浪漫主義、情緒主義 ê 靈感 kāng 款，趨向四種主要 ê 靈感：大自然、過去、愛情 kap 宗教。

中世紀歌詩內底，大自然 kap 人一致、和諧。大自然/自然 kap 人相互依存，「天人相與」(thiên nhân tương dữ)。大自然致蔭人，tī 大自然內底，人看 tio̍h 家己，包括喜怒哀樂等 ê 曲線 lóng 是透過大自然安排。然後，中世紀歌詩內底 ê 大自然體裁 khah 矮，kap 公式 ê 規範有關係：寫景主要描寫風、雲、雪、月、松、菊、竹、梅等等；寫物主要是龜、龍、麟、鳳等等；寫人 chiū 寫漁、樵、耕、牧等等。實際上，後期真明顯，已經有真 chē 厚才華 ê 中世紀詩人，發展到真接近日常生活 ê 自然風景，但是整體 iû-goân 是照規範 ê 公式 teh 寫大自然[16]。到新詩了，大自然用一个審美 ê 對象、客體出現。所 pái，新詩內底有真 chē 風景抒情優美 ê 詩作，親像春妙 ê《這秋季到》(Đây mùa thu tới)、韓墨子 ê《熟春天》(Mùa xuân chín)、輝瑾 ê《行 tiàm 香道間》(Đi giữa đường thơm) 等等。

親像西方浪漫主義歌詩 kāng 款，新詩寄望過去，kā 看做是否定現實 ê 一種形式。Tī 現實內底孤單，浪漫主義詩人 choán 向「古老 ê súi」，ūi-tio̍h 走 chhōe 一種自我 ê 安在、清高 ê 生活理想。Tī 散文領域內底，阮遵 ê《早前掠影》(Vang bóng một thời) mā 是 tī 這種意識 ê 思路內底。甚至，彼个 tòa ê 所在 hoān-sè 是是一个 chheⁿ-hūn ê 所在：

請 hō͘ 我一粒冷 ki-ki ê 星球
一粒無底止寂寞 ê 星
Thang hō͘ 我閃避歲月
所有 ê 煩惱、苦疼 kap 憂愁
Hãy cho tôi một tinh cầu giá lạnh
Một vì sao trơ trọi cuối trời xa
Để nơi ấy tháng ngày tôi lẩn tránh
Những ưu phiền, đau khổ với buồn lo

制蘭園—《多縷思緒》(Những sợi tơ lòng)

16 詳看陳廷史，《歌詩藝術 ê 世界》(Những thế giới nghệ thuật thơ)，教育出版社，1995 年。

Ùi 世俗社會學 ê 觀點來看，新詩內底 ê 憂愁有一段時間 hông 看做是消極--ê。其實伊 ke 真複雜。第一，kap 真 chē 人意識 tio̍h ê kāng 款，che 是時勢、身世 kap 人世間憂愁 ê 相 tú。第二，新詩內底 ê 憂愁 ùi 詩派 ê 美學原則出發。In kap 世界上浪漫主義 ê 詩人 kāng 款，lóng kah-ì 這款美麗 ê 憂愁。Tī《痕跡》(Dấu tích)這首詩內底，韓墨子 mā khiā tī 這種觀點：「無 ai-chhan 是無意義 ê 歌詩」(Không rên xiết là thơ vô nghĩa lý)。

浪漫，新詩當然 mā 替愛情主題留落 siōng 重要 ê 位。春妙、阮炳(Nguyễn Bính)、韓墨子等等，lóng 是情詩 ê 戰將。新詩 ê 愛情詩 kap 美麗 ê 憂愁有關係，所 pái tiàm 天頂一直來來去去 ê 是離別、相 tú、分開、孤單、憂愁、無完整等 ê 認知。春妙寫講：「Iáu m̄ 相信日頭 tú 來，想 bē 到花已經 lian 去，有 siáⁿ 人知道愛情來來去去(Nắng mọc chưa tin hoa rụng không ngờ/ Tình yêu đến tình yêu đi ai biết) 」。胡穎(Hồ Dzếnh)寫：「Tng 一切 ê 美好完成愛情 chiū 失去伊 ê 趣味，人生 kan-taⁿ tī 無完美內底看起來 siōng súi。(Tình mất vui khi đã vẹn câu thề/ Đời chỉ đẹp khi còn dang dở)」。這種美感 kap 民間文學內底愛人 ê 美感 ē-sái 講是天差到地。Tī 民間歌詩內底，團圓是 siōng 大 ê n̂g 望。Lú 坎坷，lú chē 阻礙，團圓 ê 夢想 chiū lú 強烈：「互相意愛，三四座山 iā beh kā 爬過，七八條溪 mā beh kā 渡過，四九三十六 kiā mā beh kā hâⁿ hō͘ 過(Yêu nhau tam tứ núi cũng trèo/ Thất bát sông cũng lội, tứ cửu tam thập lục đèo cũng qua)」。中世紀抒情歌詩，因為 beh kā 自我個人 ê 需求藏起來，所 pái 愛情 ê 主題 khah 少 chiah 直接，除了一 kóa 親像范泰、阮攸、胡春香、段氏點等 ê 詩人 ê 作品。到新詩了後，因為解放個性創作，所 pái 愛情 hông 大量提起。Ē-tàng án-ne 講，大約是每一位新詩運動詩人 lóng 有 teh 寫情詩。然後，愛情本身 mā 是一種閃避孤單 ê 方式。不而過，lú 閃，孤單 ê 感覺 chiū lú 明顯，lú 強烈。

新詩內底 ê 宗教靈感無西方浪漫主義 ê 歌詩 chiah 明顯。輝瑾 chiah tú khap tio̍h 宗教 ê 表面。韓墨子是 tī 這層感覺內底行 siōng 遠 ê 詩人。對伊來講，宗教、信仰代先 ài 有救濟身苦病疼 ê 意義。Koh 來，chiū 親像一條解脫 ê 路。

新詩內底靈感 ê 來源 kap 人 ê 表現已經是真好 ê 證明，kap 中世紀 ê 抒情歌詩相比，新詩 ê 藝術觀念已經有根本 ê 改變。因為新詩是現代個人 ê 聲音，中世紀文學無提供 án-ne ê 文化背景 hō͘ siōng 有才華 ê 詩人。

第四，藝術形式 ê 改革。新詩 ê 作品改革證明，現代 chiâⁿ 做詩派運動 ê 品質。新詩替越南抒情詩句「創新」，ùi 中世紀 ê「抒情吟詠詩」轉做「抒情口語詩」。新詩用換行、段落 ê 現象，詩影 ê 建立，音樂性 ê sok 造、轉換語調 ê 結構等等建構藝術文本。這一 kóa 表現證明一个產生真 chē 偉大藝術才華 ê 時代、一个無 sáng-sè ê 進程，充滿藝術革新 ê 效果。

3.2.3. 1945 年到 1985 年 ê 越南歌詩

3.2.3.1. 革命歌詩，1945 年以後 ê 文學主流

Ùi 1945 年到 chit-má 越南歌詩 ê 進程，tī 文學研究界對分類 iáu 是存在無 kāng ê 看法。真 chē 研究者 kā 伊分做兩个階段：1945 年到 1975 年 ê 歌詩 kap 1975 年以後 ê 歌詩。這个分類方法是選擇用歷史做基準，1975 年是國家統一彼 tang，mā 是南北二路文學結合做一个文學整體 ê 一 tang。Tī chia 咱 khiā tī 文化交流 ê 觀點來想像，認為歌詩運動 ê 進程有兩个標準：1) 1945 年到 1985 年 ê 文學 kap 歌詩是 ùi 冷戰留落來，有意識形態性 ê 文化交流；2) Kā 1986 年以後看做無 kāng 階段，是因為自這个時間點開始越南正式踏入世界 kap 世界做朋友。另外，tī 政治生活方面，1986 年是越南共產黨正式提倡改革開放 ê 時間點。Ùi án-ne ê 認 bat 開始，文學轉換去一个新思維 ê 平面，其中現代 kap 後現代藝術文化潮流 ê 影響 hō͘ 意識 koh-khah 清楚、koh-khah 主動。這个分類法代表 kā 1975 年到 1985 年這段時間看做是「變聲」性質前 ê 改革時間，tī 後一个階段 chiah 徹底「轉骨」大漢。

1945 年 8 月越南 ùi 法國殖民者手頭獨立，m̄-koh 和平無照期待 án-ne 進行。1946 年，越南全國開始 9 年久 ê 抗法時期。1954 年 Genève 協定(Hiệp định Genève) tú 簽約了，sòa--落來 koh 開始西方 kap 美國參戰一場新 ê 戰爭。Liām 1975 年了，越南 koh 經歷兩場慘烈 ê 戰爭。所 pái，1975 年 4 月 30 ê 事件了，越南 iáu bē 真正行入「戰後」階段。全國 lóng iáu koh 活 tī 戰爭 ê 氣氛內底，雖 bóng 基本上是和平、統一、建設國家為主。Tī 建設國家 ê 時，iáu koh 有真 chē 參加過抗法、反美 ê 詩人繼續「Chhèng-ki 歌詩」ê 創作。

有關隊伍方面，1945 年到 1985 年這个階段 ê 歌詩主要有三个世代詩人 ê 貢獻：第一，革命前出名 ê 詩人，親像春妙、輝瑾、制蘭園、濟亨、阮春生等等；第二，主要 tī 抗法時期大漢 ê 詩人，親像黃琴、光勇(Quang Dũng)、阮廷詩、正友等等；第三，有真 chē tī 反美時期大漢 ê 詩人世代，親像范進聿(Phạm Tiến Duật)、阮維(Nguyễn Duy)、青草(Thanh Thảo)、阮科恬(Nguyễn Khoa Điềm)、友請(Hữu Thỉnh)、春瓊(Xuân Quỳnh)、劉光武(Lưu Quang Vũ)、林氏美夜(Lâm Thị Mỹ Dạ)、潘氏青嫻(Phan Thị Thanh Nhàn)、朋越(Bằng Việt)、黃潤琴(Hoàng Nhuận Cầm)等等。Kap 詩人前輩相比，少年世代反美詩人對歌詩 mā 做出真 chē 貢獻，親像詩人友請：「無冊阮會家己造冊，阮寫詩記錄家己 ê 人生(Không có sách chúng tôi làm ra sách. Chúng tôi làm thơ ghi lấy cuộc đời mình)」。

有關美學方面，抗戰歌詩寄望一種高貴 ê 美學。英雄範疇壓倒悲傷範疇。所 pái，tī 兩 pái 抗戰內底革命歌詩 siōng 大 ê 特點是史詩 kap 浪漫 ê 趨向。這个階段 ê 史詩性質體現 tī 三个方面：第一，歌頌越南祖國

kap 人民 tī 歷史重要 ê 衝突內底，所展現出來 ê súi。有關戰爭方面，是越南民族 kap 歷史頂 siōng 厲害 ê 敵人，chiū 是 kap 法國殖民者、美帝國之間 ê 輸贏。有關發展模式方面，是資本主義 kap 社會主義道路之間 ê 選擇。所 pái，這个時期 ê 文學 siōng 厲害 ê 兩个體裁是祖國 kap 社會主義。第二，歌詩內 ê 人是「政治人」(陳廷史)。是平凡 koh 無平凡 ê 人。Che chiū 是 ūi-siáⁿ-mih 到反美後期，詩人 kah-ì 用神化 ê 手路來寫平凡，但是有時代偉大格局 ê 人 ê 原因。親像，素友歌頌女英雄陳氏理 (Trần Thị Lý)：

妳是 siáng？姑娘仔 iá-sī 仙女
妳有歲 iá 無歲
妳 ê 頭鬃是風雲 iá-sī 水流
妳 ê 眼神是風颱 mê ê sih-nah

Em là ai? Cô gái hay nàng tiên
Em có tuổi hay không có tuổi
Mái tóc em đây là mây hay là suối
Ánh mắt em nhìn hay chớp lửa đêm giông

素友—越南 cha-bó͘-kiáⁿ (Người con gái Việt Nam)

制蘭園 mā 是透過真 chē 有涵蓋性 ê 歌詩畫面來結合真 chē 文化基層 ê 詩人：

每一个 cha-po͘ 囡仔 lóng 夢 tio̍h 鐵馬[17]
每一條溪 lóng 想 beh 變做白藤溪[18]

[17] 譯者註：鐵馬是 tī 越南神話故事《扶董天王》(Thánh Gióng)內底，主角 ê 馬。扶董天王是傳說中領導越南人 phah 敗古代中國 ê 越南神童。請參閱陳玉添著蔣為文編譯 2019《探索越南文化本色》台南：亞細亞國際傳播社。

[18] 譯者註：白藤溪(sông Bạch Đằng)是越南北部 ê 一條溪，越南軍隊 tī 西元 938 年、

Mỗi chú bé đều nằm mơ ngựa sắt
Mỗi con sông đều muốn hóa Bạch Đằng

制蘭園—祖國 kám bat súi kah án-ne？

(Tổ quốc có bao giờ đẹp thế này chăng?)

第三，抗戰歌詩 ê khùi-kháu 是爽快、對民族 ê 光明 ê 未來充滿信心 ê 語調。Tī 創造 kap 接受抗戰歌詩 ê 環境內底，「歌詩 chiâⁿ 做召喚族群聲音」ê 意志 m̄-bat chiah 活跳展現過。反美歌詩內底 ê 歌頌靈感、神化 ê 手法 ùi 越南是時代 ê 品格、良知 ê 意識出發。Tī 1972 年 ê「空中奠邊府戰役」(trận Điện Biện Phủ trên không)了，簽署「巴黎協定」(Hiệp định Paris)，素友用充滿觸感 ê 詩句來表現伊 ê 歡喜：

越南 ah！Ùi 血海--lih
你起身像一 chun 天神！
Kám án-ne？古早 ê 荒野
山精兄 phah 敗水精妖[19]
水 lú tiòng，山 lú chhèng[20]
長山[21]kha 踏太平洋 ê 湧
In 想 beh kā 咱燒做火 hu
咱 chiū 化做金品良心

Ôi Việt Nam! Từ trong biển máu
Người vươn lên như một thiên thần!

---

981 年、1288 年前後三 pái phah 敗南漢、北宋 kap 蒙古(元朝)軍隊，是越南歷史頂頭真出名 ê 戰場。

[19] 譯者註：山精、水精是 kāng 名《山精 kap 水精》ê 越南神話故事內底 ê 主角。是一个著名 ê 神話故事。

[20] 譯者註：指山精 kap 水精之間 teh 鬥法 ê 過程，造成山、水 ê 相爭。

[21] 譯者註：中南半島 ê 主要山脈，mā 是越南中部 kap 寮國 ê 分界山嶺。

Thế này chăng? Thuở xưa hoang dã
Chàng Sơn Tinh thắng giặc Thủy Tinh
Càng dâng nước, càng cao ngọn núi
Chân Trường Sơn đạp sóng Thái Bình
Chúng muốn đốt ta thành tro bụi
Ta hóa vàng nhân phẩm lương tâm

素友—《越南血 kap 花》(Việt Nam máu và hoa)

Ùi 仰望、陶醉 ê 觀點，用 o-ló、讚美家己祖國 kap 人民 ê 意識，歌詩變做是解放祖國 kap 建設社會主義 ê 事業內底對群眾一種偉大 ê 鼓舞。歌詩內底，自我個人 kap 咱大家 khiā 做伙。所 pái，抗戰歌詩普及性真 koân。Tng 有音樂家参加 ê 時，ūi 伊譜曲，歌詩 koh khah 普遍流傳。抗戰詩人 ê 才華 tī in 知影 beh án-chóaⁿ kā 社會政治事件用真奇巧 ê 手路轉做抒情化、kā 日常生活 ê 事件轉換到心靈頂。所 pái，kap 雄壯語調 ê 行做伙--ê 是深刻 ê 抒情語調。Tī hia，詩人用愛情語言來實現友善、親切 ê 對話。阮科恬 ê《Ǹg 望 ê 路》(Mặt đường khát vọng)（1971 年創作，1974 年初版）內底 ê 祖國(Đất nước)一章，chiū 是用這種藝術手法 ê 代表。

有關抗戰歌詩，除了時代風格共同 ê 特點以外，iáu-koh 看會 tio̍h 值得注意 ê 特殊性。抗法時期 ê 歌詩，因為洪元(Hồng Nguyên)、陳梅寧(Trần Mai Ninh)、阮廷詩等 ê 出現，kap 新詩相比，詩人開始知影 kā 日常生活語言 khǹg 入去歌詩內底，歌詩內底 ê 口語性 chiū koh-khah 接近一般人民。Che 是阮廷詩 ê 革新值得注意 ê 階段，雖 bóng 伊 bat hông 批評過無夠親近民眾[22]。Tī 觀念 kap 實踐內底，阮廷詩 ê 無韻詩有重點

[22] 1949 年 tī 越北文藝會議(Hội nghị Văn nghệ Việt Bắc)，阮廷詩 ê 無韻詩因為 oh bat、無親近群眾 ê 原因 hông 批評。眼界 nā 看 khah 遠，tī 世界 ê 範圍內底，歌

有兩點：1) 日常生活是歌詩 ê 形象 ê 源頭 (當然 ài 經過詩人 kéng 過)；2)歌詩語言親像平常時 teh 講話。Che mā 是 ūi-siáⁿ-mih 阮廷詩特別 kah-ì tī 一 kóa 看起來真 sù 常，thèng 好講無法度 koh 創新 ê 詩句基礎頂頭 koh 創造新 ê 歌詩語言 ê 原因，親像《想》(Nhớ)：「我想妳，tī 每一條我行過 ê 路，tī 每一 mê 我睏，tī 每一 chhùi 我食(Anh nhớ em mỗi bước đường anh bước. Mỗi tối anh nằm mỗi miếng anh ăn)」。篩選、壓抑 kap 高度涵蓋 ê 能力 hō͘ 阮廷詩 ê 歌詩有滲透 kap 沉思 ê 能力，其中有真 chē 有才華 ê 詩句：

河內 chái 起 ê gàn
陣陣冷風 ê 街仔路
離開 ê 人無 koh 回頭
背光 ê 巷仔路葉仔 lak kah 滿四界

Sáng chớm lạnh trong lòng Hà Nội
Những phố dài xao xác hơi may
Người ra đi đầu không ngoảnh lại
Sau lưng thềm nắng lá rơi đầy

阮廷詩—祖國(Đất nước)

抗法戰爭時期 ê 歌詩 mā 有無 kāng 手法，一 pêng 是像正友式 ê《同志》(Đồng chí)彼款真實感，另外一 pêng 是光勇式 ê《西進》(Tây Tiến)充滿浪漫味 ê 詩句。

詩 kám 有韻律已經變做「古早」故事。然後，tī 大眾化 hông 提升 ê 背景下底，阮廷詩 ê 歌詩無符合時代是 ē-tàng 理解--ê。到 taⁿ 轉--來看，大眾化方針，除了當時 ê 積極意義是 beh hō͘ 大多數人民接近歌詩以外，ùi 另外一方面來看，是阻礙個人創造 ê 意識，甚至是造成歌詩 kap 快板之間界線模糊 ê 原因。

到反美時期，歌詩因為 ke 真 chē 有能力 ê 詩人世代參與，氣氛 ke 真少年、活跳。Kui-ê 三十 tang，革命歌詩 kin-tòe 素友 kap 制蘭園這兩位 chhōa 頭 ê 詩人。In kāng 款 ê 所在是 kā「政治抒情」chhui 到盡 pōng，充滿史詩 ê 色彩。不而過，每一位詩人 ê 手路 kap 建構語調 ê 方式 lóng 真無 kāng。素友偏向民間文學 kap 傳統六八體詩，歌詩 khùi 真自然，透過民族性 ê 連結，有叫醒人民心裡 ê 能力，親像《越北》(Việt Bắc)、《致意阮攸》(Kính gửi Cụ Nguyễn Du)等 ê 這 kóa 作品。制蘭園用伊 kah-ì 智慧 ê súi kap 真 khiáu ê 對立手法，製造呼籲語氣充滿 khùi-kháu，親像：「紅河--ah 四千 tang ê 歌聲，祖國 siáⁿ-mih 時陣 chiah-nī 美麗？Hỡi sông Hồng tiếng hát bốn nghìn năm. Tổ quốc có bao giờ đẹp thế này chăng?」

講 tio̍h 這个階段 ê 歌詩生活，bē-tàng 無講 tio̍h 胡志明 ê 抗戰歌詩 kap《獄中日記》(Nhật ký trong tù)真大 ê 影響力[23]。1960 年，hông 翻譯做越南語了，《獄中日記》有真 koân 出版紀錄 ê 數字。胡志明領袖 ê「自畫像」m̄-nā 真受國內民眾歡迎，mā 受 tio̍h bē 少國外學者真 koân ê 評價。胡志明 ê 抗戰歌詩 mā 有真傑出 ê 作品，親像《元宵》(Nguyên tiêu)、《正月 ê 望日》(Rằm tháng Giêng)、《夜景》(Cảnh khuya)等等。

雖 bóng 筆法 kap 藝術風格多樣，但是總體來看，1945 到 1985 年階段 ê 革命歌詩完全浸 tī 浪漫 kap 史詩 ê 趨向內底。70 年代尾期到 80 年代初期，歌詩有真 chē 有關認 bat kap 藝術靈感頂 ê 變化。不而過，史詩靈感 iû-goân 是親像一種慣勢繼續，hō͘ 歌詩開始有靈感 kap 語調頂 koân ê 分化。Che 是國家進入經濟通貨膨脹真嚴重 ê 階段，有真 chē 個人 ūi-tio̍h 生活，命運變 kah 真坎坷，siâng 時有真 chē 誤解 hông 重熟似，hō͘ 歌詩內底世事隱私 ê 色彩 koh-khah 明顯，超過 ta̍uh-ta̍uh-á 暗淡 ê 史詩色彩。所 pái，kap 個人相關 ê 問題，變做是詩人 ê 操心操煩。「自

---

[23] 雖 bóng 是胡志明 tī 八月革命進前創作 ê 詩集，m̄-koh ài 一直等到 1960 年，hông 翻譯做越南語了，這本詩集 chiah 正式行入讀者 ê 文學生活。

首」ê 語調 kap 思考性質，kin-tòe 人價值 ê 起落、煩惱 kap 戰後國家實際 ê 狀況來出現。真 chē 作者真實表現這種心理，親像劉光武 ê《越南ah》(Việt Nam ơi)(1978)、阮仲造(Nguyễn Trọng Tạo) ê《雜記我活 ê 年代》(Tản mạn thời tôi sống) (1981) koh 有阮維、友請、意兒(Ý Nhi)、余氏環(Dư Thị Hoàn)等 ê 詩作。

咱 ē-tàng 講二十世紀 80 年代是歌詩有明顯轉換語調 ê 時間點。制蘭園 ùi「koân 音到 kē 音」，青草開始「冷靜、清醒」，友請軟心 kap 充滿哲理，阮維 tȧuh-tȧuh-á 走入「民間文學式 ê 常民語調」等等。通用模式是 ùi「學唱歌」進一步到「學講話」ê 轉變過程[24]。Siōng 重要 ê 是，詩人 koh-khah 有清楚 ê 意識開始對用家己 ê siaⁿ-sàu 講人、生活 kap 歷史。

3.2.3.2. 1954 年到 1975 年階段 ê 南部都市歌詩

像頂 koân 講--ê，ùi 1954 年到 1975 年階段 ê 南部都市文學 beh án-chóaⁿ 號名到 taⁿ iáu 無共識，tī chia，咱暫時 kā 叫做南部都市文學，符合歷史事實 koh 保證名稱 ê 簡要。這个文學空間複雜 ê 表現 tī 真 chē 無 kāng 文學類型：受西貢政權贊助、自由作家、進步愛國學生、青年智識分子 kap tī 敵人巢內底活動 ê 革命戰士等 ê 類型。Tī chia，咱 kan-taⁿ 講進步、民族內容 ê 文學現象 kap 受當時時行 ê 文學、哲學潮流影響--tio̍h ê 部分，chiū 是存在主義 kap 精神分析學。

這个階段進步、愛國 ê 歌詩部分，真 chē 是 ùi 報紙 kap 文學這兩个領域 lóng 真活跳 ê 作者。Tú 開始 ê 階段 (1954 年到 1963 年)，有遠芳(Viễn Phương)、何橋(Hà Kiều)、豐山(Phong Sơn)、黎永和(Lê Vĩnh Hòa)、江南(Giang Nam)、墨凱(Mặc Khải)等等。後階段有陳光隆(Trần Quang Long)、潘維仁(Phan Duy Nhân)、秦淮夜雨(Tần Hoài Dạ Vũ)、陳王山(Trần

[24] 作者補充：Chia 是借用制蘭園詩人 ê 表達方式，意思是「ùi 時代 ê 共同聲音到詩人個人聲音 ê 轉變過程。」

Vàng Sao)、武桂(Võ Quê)、安詩(Yên Thi)、吳柯(Ngô Kha)、黃甫玉祥(Hoàng Phủ Ngọc Tường)等等。Tī 這个趨向內底 ê 歌詩，兩種明顯 ê 靈感是公民抒情靈感 kap 英雄浪漫靈感[25]。咱 ē-tàng 看出這 kóa 靈感 kap 北部 ê 革命歌詩 ê 靈感真接近。Tī 愛國歌詩內底，有 kóa 因為自願犧牲精神 ê súi hō͘ 讀者永遠會記得 ê 作品：

若是鳥仔，我 beh 做一隻白色 ê 粉鳥
若是花，我 beh 做一 lúi 日頭花
若是雲，我 beh 做一片溫暖 ê 雲彩
若是人，我 beh ūi 故鄉來犧牲
Nếu là chim, tôi sẽ làm loài bồ câu trắng
Nếu là hoa, tôi sẽ làm một đoá hướng dương
Nếu là mây, tôi sẽ làm một vầng mây ấm
Nếu là người, tôi sẽ chết cho quê hương

陳國慶(Trần Quốc Khánh) —《自願》(Tự nguyện)

基本上，tī 各種公開場合，1954 年到 1975 年時期大部分南部都市歌詩 kap 文學是 kin-tòe 西方文化交流 ê 文學部分。真 chē 思想、文化類型有西方觀點、真 chē 價值觀 hông 引進南部。存在主義 kap 精神分析學是大家印象 siōng 深、認同 siōng 普遍ê兩種思想。因為第一，*Hu-ló-ï-tō* ê 思想主張創作內底 ê 潛意識啟發，允准詩人 koh-khah 清楚想像藝術創造機制內底自由 ê 問題；第二，存在思想真符合人 tī 實際戰爭內 ià-siān ê 心理。除了歌詩以外，有真 chē 鄭公山(Trịnh Công Sơn) ê 歌 mā lóng 有存在主義 ê 色彩。二十年 ê 南部都市歌詩內底，siōng 深刻 ê 印

[25] 參考陳友佐，《文學一路程之回顧》(Nhìn lại một chặng đường văn học)，已經引用，頁 83-89。

記是 1956 年 10 月成立 ê《創造》(Sáng tạo)這本雜誌 ê 貢獻，包括當時真 chē 位出名作者 ê 參與，親像梅草(Mai Thảo)、清心泉(Thanh Tâm Tuyền)、維青(Duy Thanh)、蘇垂安(Tô Thùy Yên)、尹國士(Doãn Quốc Sĩ)、元沙、宮沉想(Cung Trầm Tưởng)、楊儼茂(Dương Nghiễm Mậu)等等[26]。《創造》雜誌 siáu-siáu ê 藝術意識體現 tī 想 beh 超越《新詩》藝術模式 ê 精神，延續《春秋雅集》狂野 ê 精神。講 tio̍h 有關《創造》雜誌內底思想改變 ê 內容，陳青協(Trần Thanh Hiệp)「已經 kā 阮春生 khǹg tī 歌詩圖 ê 頂面」，ūi-tio̍h 結合兩種西方 tng-teh 時行思想 ê 理路——存在主義 kap 超現實主義。這个結合 ê 基礎是懷疑 kap 夢想。這 kóa 主張 ē-tàngtī 真 chē 有前衛精神 ê 詩人作品內底 chhōe--tio̍h。Tī《創造》雜誌 ê 真 chē 位詩人內底有兩个代表人物，清心泉 kap 蘇垂安。清心泉 tī 1956 年《越南人》(Người Việt)出版社出版 ê《我 bē koh 孤獨》(Tôi không còn cô độc)引起真 chē 無 kāng ê 反應。原因是清心泉 ê 歌詩 ē-sái 講 kap 傳統歌詩內底充滿唯理表現 koh 有押韻完全切斷。清心泉 ê 歌詩有豐富 ê 存在性質 koh 受立體圖 ê 影響。Kap 清心泉 ê 本體呼應，是一个真 chē 極端 kap 矛盾結合 ê 實體。眾人 koh 會記得清心泉 ê《復活》(Phục sinh)，有真 chē 新 koh 特別 ê 表達：

...我 beh thâi 我
永遠 thâi 人
我落魄 hoah 家己 ê 名
清心泉

[26] Tī chia，咱無 beh 深入討論政治意識 ê 問題，主要是看一 kóa bat 參加過，kap《創造》這本雜誌有關係，tī 雜誌存在過程內底重要 ê 作者。1975 年了，ùi 國外 kap 國內 ê 研究者這兩 pêng lóng 有真 chē 有關《創造》歌詩改革角色 ê 評價。Tī 國內，對《創造》貢獻 ê 看法 lú 來 lú 清楚。Tī 國外，一 kóa 作者，親像武片、瑞奎、阮興國等 ê 作者 lóng 提出《創造》對越南現代歌詩成就 kap 限制 ê 看法。不而過，tī chia ê 看法內底，有一 kóa 超過文學範疇。

我 tē^{n} ām-kún，beh 死
Ūi-tio̍h hō͘ 我 koh 活過來。
…tôi thèm giết tôi
loài sát nhân muôn đời
tôi gào tên tôi thảm thiết
thanh tâm tuyền
bóp cổ tôi chết gục
để tôi được phục sinh.

清心泉—《復活》(Phục sinh)

Kap 清心泉相比，蘇垂安 khah 簡單，親像《罪徒》(Tội đồ)：「我 kap 我燒燙傷 ê 身軀，行過 kui 片紅霞黃昏無 beh kap siàng 問好(Tôi mang hình hài những vết bỏng. Đi suốt hoàng hôn không hỏi chào ai)」。但是 chiū 是簡單 hō͘ 蘇垂安 ê 歌詩得 tio̍h 真 chē 人 kah-ì。郭話(Quách Thoại) ê 歌詩真有古典詩 ê 味，親像《寂寥》(Liêu vắng)：「我一 mê 無睏，kap 花月告白，我死了 tiām-tiām the--leh，無一个人影行過(Ta thức một đêm trắng / Tỏ tình với trăng hoa / Ta chết nằm liêu vắng / Không bóng người đi qua)」。

元沙 mā 是南部都市歌詩值得注意 ê 人物。伊是書寫真 chē 體裁 ê 作家，siōng 值得注意 ê 是伊 ê 歌詩 kap 哲學分析，主要是存在主義哲學。已經 hông 譜曲 ê 作品，親像《河東綢衫》(Áo lụa Hà Đông)、《巴黎 kám 有 siáⁿ-mih 怪奇？》(Paris có gì lạ không em?)等等成名。元沙歌詩 ê 畫面真優雅、真 súi，有時陣伊用別種 ê 講法、深刻西方 ê 痕跡製造驚奇，親像 1955 年 tī 法國出版 ê《Lō͘-se-a》(Nga)這首詩：

今仔日 Lō͘-se-a 鬱卒 kah 像一隻破病 ê 狗仔
像一隻愛睏 ê 貓仔 khut tī 我手頭
無 chhi^{n} ê 魚仔它目睭開始 siān-siān

惹我受氣是 án-chóaⁿ m̄ 是海水
Hôm nay Nga buồn như con chó ốm
Như con mèo ngái ngủ trên tay anh
Đôi mắt cá ươn như sắp sửa se mình
Để anh giận sao chả là nước biển.

元沙──《Lō͘-se-a》

1962 年《山雨》(Mưa nguồn)問世，裴降(Bùi Giáng)真受讀者 ê 歡迎，因為伊 ê 歌詩有一種 siau-khián ê 語氣，真 kah-ì 模糊體裁 ê 界線，超越語言 ê 阻礙，tio̍h 算伊是一个浸 tī 六八體歌詩，kan-taⁿ 欣羨阮攸 kap 輝瑾 ê 詩人[27]。裴降大部份 lóng 自由出入 tī 藝術 ê 夢 kap 醒之間，ūi 家己 phah-khui 另外一个世界。伊是真怪 kha 詩人，伊有真 chē tī 起 siáu kap 醒之間搖搖擺擺 ê 詩句：「我 tī 目屎內底接受過一百 pái，我 ta̍k mê 不安 kap 驚惶，我願意 ūi-tio̍h ē-tàng 清醒來癡情，我 chiah-nī 青盲 kan-taⁿ ūi-tio̍h beh 愛妳(Tôi chấp thuận trăm lần trong thổn thức / Tôi bàng hoàng hốt hoảng những đêm đêm / Tôi xin chịu cuồng si để sáng suốt / Tôi đui mù để thỏa dạ yêu em)」。裴降 ê 歌詩財產內底，《憂愁 ê 目睭》(Mắt buồn)是一首非常傑出，充滿著存在感 ê 作品：

Ūi 世間留落風月
Ūi kap 花相約，留落 chheⁿ-kông ê 海湧
留落愛人留落魔鬼 ê 形影
留落天頂仙女 ê 面容
Chit-má 面對家己
Chhun 兩 lúi 目睭，一粒 ūi 別人流目屎...
Bỏ trăng gió lại cho đời

27 因為語言 kap 體裁之間 ê 界線模糊，一 kóa 研究者認為裴降是二十世紀越南歌詩內底後現代精神 ê 開創者。

Bỏ ngang ngửa sóng cho lời hẹn hoa
Bỏ người yêu bỏ bóng ma
Bỏ hình hài của tiên nga trên trời
Bây giờ riêng đối diện tôi
Còn hai con mắt khóc người một con...

二十外 tang 來，tio̍h 算受真 chē 西方新思想 ê 影響，m̄-koh tī 南部都市真 chē 出色 ê 詩人內底，in iáu 是 kap 民族精神、越南語 ê súi khiā 做伙。除了有關政治 ê 極端偏見，khiā tī 文化包容 kap 科學 ê 客觀頂 koân，已經來到需要合理肯定 1954 年到 1975 年南部都市歌詩貢獻 ê 時陣。

3.2.4. 改革時期 ê 越南歌詩

3.2.4.1. 當代精神空間

越南歌詩 ê 發展 ùi 改革到 taⁿ，一方面，繼承進前每一个階段歌詩 ê 成就，另外一方面，ūi-tio̍h beh 適應當代精神空間 ê 改革。有關社會精神生態方面，有下底幾項問題：

Ùi 1986 年開始，越南正式進行改革事業。Tī 第六 pái 大會頂 koân，越南共產黨發佈 tī 友誼 kap 互相尊重 ê 精神頂，越南想 beh kap 全世界 ê 國家做朋友 ê 通報。不而過，ài 等到 1995 年，網際網路出現了，連接越南 kap 世界通訊 ê 道路 chiah 普遍設立。2007 年，越南加入世貿組織(WTO)，行入世界道路 ê 進程 koh-khah 全面、koh-khah khoah 繼續 teh chhui-sak 進行。經濟全球化 kap 文化接線 ê 過程，tiāⁿ 用兩个重要 ê 關鍵詞「世界是平--ê」*Thám-má-suh Húi-tó-mn̄g* (Thomas Friedman) kap「世界是彎--ê」*Té-bit Su-mi-khuh* (David Smick)來表現。Che 是規定當代藝術論述 ê 歷史背景，確立這个階段 kap 進前 ê 文化/文學階段智識標準 ê 差異。

Ùi 文化/文學 ê 角度來看，kap 國際文化相接 ê 過程，發生吸收人類文化 ê 精華 kap 發揮民族文化 ê 本色之間 ê 相 tú kap 互動。出版空間 mā 有真 chē 改變。傳統出版 ê 同時是網路出版、印刷等等。「邊緣」現象已經 m̄ 是另外一類 ê 現象。中心 kap 外圍、正統 kap 非正統之間 ê 衝突對越南歌詩 tī 全球文化一直變化 ê 語境下底，提出真 oh 解 ê 數學難題。真明顯，現代 kap 後現代，各種藝術潮流對越南文化/文學改革時期 ê 影響，hō͘ 詩人 ê 藝術思維 ùi 有根本性 ê 改變，ùi chia 提出一个有關歌詩 ê 現代急迫性 ê 問題。

Tī 改革時期 ê 越南歌詩內底，核心力量是反美時期成長 ê 詩人 kap 1975 年以後 ê 詩人世代。大部分 ùi 反美時期出名 ê 詩人 lóng 是 tī 傳統 ê 基礎頂改革，親像青草、阮維、友請、阮仲造、詩煌(Thi Hoàng)、林氏美夜、春瓊、朋越、武群芳(Vũ Quần Phương)、竹聰(Trúc Thông)等等。其中，青草是 siōng 偏向現代趨向 ê 詩人，包括一 kóa 有交響結構 ê 史詩。竹聰 ê 現代 khiā tī 深入東方恬靜 ê 氣味。1975 年了 ê 作家隊伍想 beh kā 歌詩 ê 現代性提升 koh-khah koân 一層，但是 tī in 內底 koh 有真 chē 作家懷念「後代香火」ê 意識，親像意兒、楊喬明(Dương Kiều Minh)、阮良玉、阮光韶(Nguyễn Quang Thiều)、陳英泰(Trần Anh Thái)、 陳光貴(Trần Quang Quý)、雪娥(Tuyết Nga)、富湛 Inrasara (Phú Trạm Inrasara)、梅文奮(Mai Văn Phấn)、張登容(Trương Đăng Dung)等等，koh 有 1975 年以後出世 ê 詩人，親像薇垂玲(Vi Thùy Linh)、阮眷(Nguyễn Quyến)、鸝黃鸝(Ly Hoàng Ly)等等。人文 - 佳品事件了，詩人轉來 mā 對越南歌詩 tī 改革時期真有幫 chān，koh-khah 豐富，包括真 chē 值得注意 ê 人，親像陳寅、黎達、黃琴等等。陳寅創作 ê 觀點是「詩字合一」，kā 歌詩勞動看做是文字勞動。伊 bat hông 號做「邊緣」歌詩趨向 ê「烏影 ê chhōa

頭」。黎達 ê 歌詩是生成歌詩[28]。伊 tiāⁿ-tiāⁿ 用實現簡略/省略 ê 方法來加強文字 ê 模糊性。Tī 三位厚才華 ê 詩人內底，黎達 ê 歌詩觀念是 siōng 清楚--ê。伊 ê《字影》(Bóng chữ)是 hō͘ 真 chē 人無法度放 bē 記 ê 詩集。黃琴 tī 象徵超現實 kap 京北文化深度之間來回。伊是越南現代歌詩才華 siōng 傑出 ê 詩人。每一个少數民族 ê 歌詩 lóng 有真 chē 值得注意 ê 詩人，親像伊芳(Y Phương)、盧銀沈(Lò Ngân Sủn)、楊舜(Dương Thuấn)等等。Tī 少數民族 ê 詩人內底，有一 kóa 受後現代精神影響 ê 個人 phah 拚改革，富湛 Inrasara 是代表。Tī 海外越南人 ê 歌詩 mā 開始 tī 民族精神頂 kap 國內歌詩結合[29]。每一 tang ê 越南歌詩日(Ngày thơ Việt Nam)[30]已經 chiâⁿ 做國際 ê 越南詩人、國內外 ê 越南詩人交流 ê 場合。

社會歷史 ê 條件 kap 民主精神 ê 空間替改革時期 ê 歌詩提供機會，hō͘ 伊有藝術觀念頂 ê 深刻改變。改革時期 ê 詩人完全無 hō͘ 體裁主義 kap 詩作 ê 規範束縛。除了趨向西方現代書寫技術 ê 詩人以外，koh 有一 kóa oa̍t 倒頭來東方隱喻象徵意識 ê 詩人。不而過，改革時期歌詩值得關注 ê 藝術成功是東西方文化協調結合 ê 作品。當代歌詩內底 ê 自我個人無 koh 是新詩時期 ê 自我個人，mā m̄ 是 1945 年到 1985 年革命歌詩 ê 公民/戰士抒情 ê 自我個人，是心理複合本體 ê 自我個人。潛意識 ê 深度 kap 心靈 ê 深度得 tio̍h 詩人 ê 關心 kap 體現。Che mā 是 ūi-siáⁿ-mi̍h

---

[28] 作者補充：意思是詩人安排語詞、詩句 ê 結構變 hō͘ koh-khah 新奇，無遵守一般邏輯，hō͘ 詩句、詩作展現出新 ê 意義。本質上，che 是根據 *Lo͘-báng Ia-koh-poh-sńg* (Roman Jakobson) teh 討論歌詩 ê 語言時所講 tio̍h ê「chheⁿ-hūn 化」ê 精神來安排 kap 組織語言 ê 一種藝術。

[29] Che ē-tàng ùi 一 kóa tòa tī 國外有冊 tī 國內出版 ê 越南詩人、作者，親像阮夢覺、游子黎(Du Tử Lê)等等看會出來。一 kóa 小論文 mā 出現 tī 越南改革時期，其中值得注意 ê 是阮德松(Nguyễn Đức Tùng) ê《詩 ùi tó-ūi 來》(Thơ đến từ đâu)，勞動出版社，2009 年。鄧進(Đặng Tiến) ê《詩 ê 詩作 kap 肖像》(Thơ thi pháp & chân dung)，婦女出版社，2009 年等等。因為本冊 ê 範圍 kap 篇幅，咱無法度深入討論海外越南人文學 ê 部分。

[30] 譯者註：越南歌詩日是一个榮譽越南歌詩成就 ê 節日，ta̍k 冬 ê 舊曆正月十五舉行。台文筆會 bat chōa 台灣作家親身參加，吟台語詩做交流。

對有革新性 ê 作家來講，手路 kap 藝術語言 ê 改革是開發潛在個人自我形式 ê 原因。對 in 來講，目的地無比路途 khah 重要，「路途」kap「過程」變做是改革時期真 chē 詩人對藝術 ê 熟似。

3.2.4.2. 創作趨向 ê 多樣化

討論有關改革時期 ê 越南歌詩會講 tio̍h 創作趨向、風格、語調 ê 多樣化[31]。總體來講，多樣化 ê 源頭是這三个基本改革 ê 方向：Tī 傳統基礎頂 koân、kin-tòe 西方現代技術，這兩方向結合 ê 改革。Kin-tòe 西方現代詩技術 ê 方向是 kah-ì 冒險、想 beh 徹底改革作家 ê 趨向。不而過，這个趨向真簡單會行上極端 ê 路，甚至 koh 會造成讀者 ê 衝擊。Tī 傳統基礎上改革 ê 趨向 khah 簡單 hông 接受，因為 tī chia，改革 ê 同時是新 kap 舊、現代 kap 傳統之間 ê 和解。Tī chia，咱 kan-ta^{n} 會講 tio̍h 越南當代歌詩內底 ê 一 kóa 現代意識 kap 後現代癡迷、印象深刻 ê 代表趨向。

轉去本體自我個人 kap 存在（主義）ê 走 chhōe

Che 是當代歌詩內底 khah 突出 ê 趨向。現代社會 ê 歷史條件、真 che 價值觀 ê 瓦解 kap 現代思想潮流 ê 影響，已經 hō͘ 現代時期內底有

---

[31] 1975 年了後，越南歌詩各趨向 ê 分類到 ta^{n} iáu 無共識。Che mā 證明這个階段 ê 歌詩實踐創作有 iáu-bē 結束 ê 性質。咱 bat chē pái tī 小論文講 tio̍h 這个問題：《Ùi 全景 ê 視角來看 1975 年後越南 ê 歌詩》(Thơ Việt Nam sau 1975 từ cái nhìn toàn cảnh)，《文學研究》雜誌(Tạp chí Nghiên cứu Văn học)，2006/11 號，再版 kap 補充 tī《越南歌詩進程 kap 現象》(Thơ Việt Nam tiến trình và hiện tượng)內底，文學出版社，2014 年。有關當代歌詩趨向， ē-tàng 參考：黎劉鶯(Lê Lưu Oanh) ê《1975 年到 1990 年越南抒情詩》(Thơ trữ tình Việt Nam 1975 年到 1990)，國家大學出版社，1998 年；范國歌(Phạm Quốc Ca) ê《1975 年到 2000 年越南歌詩 ê 一 kóa 問題》(Mấy vấn đề về thơ Việt Nam 1975 - 2000)，作家協會出版社，2003 年；鄧秋水(Đặng Thu Thủy) ê《Ùi 80 年代到 ta^{n} 越南抒情詩 ê 基本改變》(Thơ trữ tình Việt nam từ giữa thập kỷ 80 đến nay, những đổi mới cơ bản)，師範大學出版社，2011 年；阮柏誠 ê《越南現代詩思維教材》(Giáo trình tư duy thơ Việt Nam hiện đại)，國家大學出版社，2012 年 kap《1945 年到 1975 年越南歌詩全景》(Toàn cảnh thơ Việt Nam 1945 – 1975)，河內國家大學出版社，2015 年等等。

自我個人 ê 不安 ê 追問出現。我是 siáng、我 ùi tó-ūi 來、tó-ūi 是進步、tó-ūi 是反進步、bông-bông-biáu-biáu ê 人生、無道理 ê 世間等等，這 kóa tī 作者 ê 創作內底來來回回 ê 問句。存在主義原底是出現 tī 二十世紀初期 ê 歐洲，bat tī 1954 年到 1975 年影響南部都市 ê 歌詩 kap 文學真深，chit-má koh 轉來 tī 當代歌詩 ê 情感意識內底，m̄-koh 已經有無 kāng 款 ê 色彩。對人生 ê 虛、短、本體 ê 孤單、對現狀生活內底有 siuⁿ chē 無道理 ê 失望，所有 ê 思考 lóng 是這个趨向 ê 主旋律。咱 ē-tàng tī 黃興(Hoàng Hưng)、林氏美夜、張登容(Trương Đăng Dung)、裴金英(Bùi Kim Anh)、范氏玉蓮(Phạm Thị Ngọc Liên)、段氏嵐戀(Đoàn Thị Lam Luyến)等 ê 歌詩內底真清楚看會出來。張登容 ê《想像 ê 紀念》(Những kỷ niệm tưởng tượng)是充滿內心不安 ê 存在詩集。所有 ê 不安、孤單，背後 lóng 是一个對社會實際懷疑 ê 看法。Tī chia，懷疑需要 hông 了解像現代、後現代文化 ê 狀態，不安 ê 表現存在 tī 現代自我個人 ê 本體，無一定有一般否定意義懷疑 ê 看法。

現代 kap 後現代 ê「siáu-kông」

Che mā 是 tī 歌詩改革內底 ē-tàng 吸引真 chē 前鋒作家 ê 趨向。這个趨向提 koân 創作內底潛意識 ê 角色、進一步 chhiâu-chhōe 超現實象徵性質內心幽暗 ê 所在。

Phah 拚深入了解自我個人 ê 祕密，詩人集中了解自我個人結構 kap 家己之間 ê 關係。Tī chia，充滿超現實色彩 ê「心理自動」性 kap 藝術情感意識內底 ê「無理性」hông 強調。根據鄧廷興(Đặng Đình Hưng) ê 講法，nā 想 beh án-ne，詩人需要「進入 - 看--tio̍h」。Tī 這種狀況之下，歌詩是內心世界 ê 形影，是反抗歌詩內底原有規則 ê 意識，是藝術內底唯理思維存在 ê 拒絕。實質上，行入這種趨向 ê 作家想 beh kā 人紹介人 ê 內心 ê 模樣。這个趨向 ē-tàng tī 黃興 ê「閃現」詩，koh 有一 kóa 黃琴、黎達、楊祥(Dương Tường)等 ê 詩作內底看會 tio̍h。當然，並 m̄

是所有主張行入內心、提 koân 自動寫詩方式 ê 詩人 lóng 像一 kóa 人批評 ê án-ne，chhōa 歌詩語言離開實用範疇，是「無理性」、「封閉」--ê。In mā 是有一 kóa bē-bái ê 詩句，但是 nā 行過頭，這个趨向 chiū 會 lak--入封閉 ê 困境，像進前 ê《春秋雅集》bat tú 過一 pái。當然，tī 歷史觀點頂 koân，che 是需要尊重 ê 革新，因為有極端 ê 意見，總比講一 kóa 大家 lóng 知道 ê「差不多」、「普通」，但是無意義、無味 ê 意見 koh-khah 有意義。Tī 最近這十外 tang 來，新形式 mā hō͘ 一 kóa 詩人響應。本質上，新形式想 beh 創造出詩作頂 ê 突破，ūi-tio̍h beh 表達真 chē 層面 ê 感情，in tī 慣勢 ê 傳統結構瓦解 ê 基礎頂創造新 ê 事物。

3.2.4.3. 體裁方面 ê 變革

1986 年以後當代歌詩 ê tńg-se̍h，tī 體裁方面，透過下底三个主要 ê 方向看會出來：

傳統歌詩體裁結構 ê tháu-pàng

雖 bóng 自由詩 kap 散文詩是兩種當代歌詩生活內底真佔優勢 ê 體裁，但是實際上，傳統歌詩 ê 體裁，親像六八體詩、五言詩、七言詩 iáu-koh 存在。甚至 bat 有真 chē 詩人參加六八體詩競賽[32]。Koh，kap 進前相比，頂 koân 所講--tio̍h ê 歌詩體裁「原味」lóng 已經無 tī--leh ah，內部結構有真大 ê 改變。1986 年了，「口語」性質 hông 進一步加強，需要 ê 節奏比韻詩 koh-khah chē，歌詩 ê 語調 koh-khah 硬，歌詩 ê 聯想 khah 少遵照因果關係。Nā 六八體詩，有真 chē 對文本型式革新 ê phah 拚（其中代表是梯形式換 chōa ê 六八體詩，koh 有一句內底斷句 ê 現象 mā 變 kah 真普遍）。真 chē 六八體詩 ê 文本遵照自由詩類型 ê 型式。一

---

[32] Website lucbat.com tī 戊子年 2008 年 8 月 6 日開幕，吸引數萬印刷品。這个網站網站 ê 目的，照鄧王興(Đặng Vương Hưng) ê 講法，是想 beh hō͘ 六八詩進一步 chiâⁿ 做國詩，想 beh hō͘ 六八詩 chiâⁿ 做人類非物質文化遺產。

kóa 新形式 ê 視覺詩已經有真 chē 作家試過[33]。這 kóa 試驗 ê 成就 kap 限制到 siá^{n}-mih 程度是需要繼續研究 ê 問題，m̄-koh 真清楚，頂 koân 所講 ê phah 拚實際上是歌詩審美空間起造 ê phah 拚，目的是超越體裁原有 ê 穩定。

散文詩 kap 自由詩

M̄-bián 懷疑，散文詩 kap 自由詩內底 ê 現代性 kap 其他詩體相比有絕對 ê 存在關聯。Che ùi 三个根本 ê 原因出發：1) Che 是一 kóa 歌詩 ê 種類允准詩人 koh-khah 自由 phah 開個人複合 ê 感觸；2) 體裁交插 ê 體現，其中 siōng 值得講 ê 是散文性質對歌詩 ê 影響；3) 散文詩 kap 自由詩 hō͘ 歌詩 ê 語調已經無 sêng khah 早 chiah 軟，chiah ku̍t-liu，變 kah khah 粗，歌詩 ê 節奏有 koh-khah chē 料想 bē 到 ê 代誌。自由詩 hō͘ 詩人有能力創造出一 kóa 大膽 ê 轉變、hō͘ 讀者印象深 ê 結構。

Tī chit-má ê 時代，tng 敘事形式，尤其是小說 tng teh 以文學舞台頂 ê 主角出現，án-ne 散文性質影響歌詩是 thang 好理解 ê 問題。但是 ūi-tio̍h 無 ài hông bē 記，歌詩一方面想辦法保留組成體裁結構 ê 核心因素，一方面適應新文化 ê 環境 kap 條件來精進家己。Tī 散文詩 kap 自由詩內底，詩人 iû-goân 堅持保持隱喻性（體現 siōng 清楚 ê 是 tī 一 kóa ē-tàng 引出無 kāng 層次意義 ê 表象），siâng 時組織詩 ê 節奏 mā ke 真活跳。有真 chē 讀者肯定講：Chit-má ê 詩比前階段 ê 詩 phái^{n} 記、phái^{n} 背。

[33] 新形式(New formalism poety)出現 tī 二十世紀 80 年代中期 ê 美國，90 年代開始時行，二十一世紀初期對越南產生影響。有一 kóa 值得注意 ê 成就，親像：契淵(Khế Iêm) ê《新形式，四曲 kap 其他小論文》(Tân hình thức, Tứ khúc và những tiểu luận khác)，新文學，花旗美國，2003 年，《其他歌詩》(Other Poety- Thơ khác)，新形式出版社, 花旗美國，2011 年；Inrasara ê《四十 tang chiah 講 ê 故事 kap 十八首新形式 ê 詩作》 (Inrasara: Chuyện 40 năm mới kể và 18 bài thơ tân hình thức)，作家協會出版社，2006 年；《無押韻 ê 舞步、四曲 kap 其他小論文》(Vũ điệu không vần, Tứ khúc và những tiểu luận khác)，文學出版社，2011 年；真 chē 作者共同著作：《越南新形式接受 kap 創造》(Tân hình thức Việt tiếp nhận và sáng tạo)，順化出版社，2014 年等等。

Che 是一个事實，mā 證明歌詩思維內底真清楚 ê 運動。早前，詩人主要集中 tī 建立 hō͘ 人印象深 ê 詩句，歌詩 ê 結構主要注重 tī 構思藝術 kap 用詞藝術，ūi-tio̍h beh 創造吸引力，建設音樂性來 hō͘ 歌詩 koh-khah 好 siâⁿ 讀者、催眠讀者。Chit-má，詩人 koh 集中 tī 整體結構雜誌，建設一系列表象，chit-kóa 表象有時用一般 ê 感受會無簡單看出來。要求接收者體驗 koh ài 接受歌詩內底對非邏輯、無法度解釋 ê 代誌 ê 認 bat 能力。1975 年以後 ê 歌詩，尤其是 1986 年多方向 ê 運動，加深心靈本體 ê 主張是一種真 chē 人去走 chhōe ê 方向。

Tī chia，一 kóa 看起來 kán-ná 無任何關係 ê 講法，詩人無一定會出面解釋藏 tī 後壁 ê 秘密，tian-tò 是留 hō͘ 讀者家己去 chhōe 答案，作品結構看起來無 chāi，但是其實 cha̍t-cha̍t-cha̍t。Nā beh ùi 有革新 ê 意識行到創作出一个 koân 度，chiâⁿ 做經典意義 ê 作品 koh 是一條 chiok 長 ê 路。

史詩 ê puh-íⁿ

有關體裁方面，史詩已經出現真久，mā 有一 kóa 豐沛 ê 史詩大作。Tī 越南現代文學內底，八月革命成功 ê 時，春妙 mā 寫出《國旗》(Ngọn Quốc kỳ) kap《山河會議》(Hội nghị non sông)這兩篇史詩作品。雖 bóng 了後春妙家己對這類體裁無 siáⁿ 好感。有關現代史詩方面，研究者 in tiāⁿ 注意 tio̍h 反美時期出現 ê 史詩，其中秋盆(Thu Bồn)的作品《Chơrao 鳥仔 ê 歌》(Bài ca chim Chơrao) hông 看做是開創者。戰爭結束了，真 chē 詩人出現寫史詩 ê 需求。Che 無 siáⁿ 好奇怪。第一，史詩 ê 長度允准詩人描寫、koh 一 pái 呈現真 khoah ê 現實條件。第二，史詩本身有容納清楚 ê 敘事因素，透過 tī 生活發生 ê 事件、事故來表達詩人對民族、人 ê 反思。第三，史詩內底，詩人有篇幅 ē-tàng siâng 時用真 chē 無 kâng ê 詩體表達情感 ê 各種面向，創造歌詩 ê 節奏 kap 聲音。二十世紀尾期，史詩體裁 ê puh-íⁿ 發枝已經證明這个體裁 iáu-koh 有豐富 ê 潛能，雖 bóng 一 kóa 作者有重複前人 ê 現象。Kap 1945 年到 1985 年階段 ê 史詩相比，當代史詩結構內底 siōng 重要 ê 改變是 tī 藝術結構內底 ê 中心轉移。Nā 前階段 ê 史詩 tiā^{n}-tú 是 tī 有時事性 ê 事件頂 koân 建設故事結構來講，後階段 ê 史詩 chiū ùi 人內心複雜 ê 滾絞頂 koân 建設故事結構。所 pái，當代歌詩內底 ê 史詩，表面結構會 khah「散」，段落組織內底會 khah 複合。

3.2.4.4. 歌詩內底 ê 新語言 tńg-se̍h

當代歌詩語言 siōng 明顯 ê 是 1945 年到 1985 年跳脫抒情 ê 西北雨。所 pái，歌詩語言 ê 清楚 kap 純白性有時 ūi-tio̍h beh 製造歌詩多義性 ê 目的來 tiâu 故意淡化。Chiū 是因為藝術思維 ê 多樣化 kap 語調 ê 豐富，hō͘ 歌詩語言 tī 表面 kap 深度方面頂 lóng 有分化 kap 分級：除了 kap 日常生活真親近 ê 語言以外，是一種模糊、充滿象徵、超現實性質 ê 語言；除了平素時 teh 講 ê 簡單語言以外，是一種 tiâu 故意 tàu 出來 ê 語言，造成 chhe^{n}-hūn 化 ê 歌詩文本等等。不而過，總體來看，ē-tàng 看出有下底幾種明顯類型 ê 語言：

豐富日常生活色彩 ê 語言

Kap 日常生活黏做伙，有 bē 少詩人有 kā 日常生活語言寫入歌詩 ê 意識。真 chē 詩人 kah-ì 用民間講話 ê 方式，除了增加讀者對歌詩 ê 印象 koh ē-tàng 塑造歌詩內底 ê 笑聲。古早傳統 ê 越南歌詩有 siu^{n} 過嚴肅 kap 充滿教化 ê 味，造成讀者感覺無聊。但是「江湖 khùi」ê 講話方式，hō͘ 歌詩變 chiâ^{n}「káu-koai」，mā koh-khah 得人疼。這个趨向 ê 代表人物是阮維，《忌諱》(Kiêng)：「停醉是停蹣跚樣，停一个影是家己 ê 形，俗世 khah 少美麗，lín khah 少妖嬌美麗(Tạnh men là tạnh la đà/ Tạnh cơn một bóng ảo ra chính hình/ Phàm trần bớt chút lung linh/ Các em bớt xỉnh xình xinh mấy phần)」。另外一位作家 mā kā 江湖 khùi 寫入詩，koh 有家

己固定 ê 讀者族群 ê 是裴志榮(Bùi Chí Vinh)。裴志榮 ê 詩真少有 kò-lū，ke 真大膽：

Tī 店內 lim 咖啡
Giàh 頭，看外口
Lín kap 過去比 siuⁿ 失節
每一對胸坎 lóng 受風霜。
Uống cà phê trong quán cóc
Ngẩng đầu lên và ngó ra đường
Các em thất tiết nhiều hơn trước
Bộ ngực nào cũng nhuốm phong sương.

裴志榮《艱苦--ah》(Buồn gì đâu)

歌詩內底日常生活 ê 色彩已經幫 chān 伊 koh-khah 人性、koh-khah 接近生活。不而過，Tī 這个方向真簡單 chiū 會「行 m̄-tio̍h 路」，行 ùi 快板去。有 bē 少人認為，kā 歌詩語言 siuⁿ 接近人間笑聲 kap 日常生活 ê 語言，這層問題會減少歌詩 ê 藝術性。這層煩惱 m̄ 是無道理。歌詩運用日常生活講話 ê 方式，增加歌詩內底 khau-sé ê 性質是民主生活 ê 一个需求，m̄-koh nā siuⁿ 過烏白用，歌詩 chiū 會變 chhìn-chhài，倒轉去單義性，歌詩語言 ê 本質是多義性 kap 模糊。

有象徵 khùi ê 語言

Che khah tiāⁿ tī 有意願革新、現代歌詩 ê 詩人 ê 語言類型看--tio̍h，代表是黎達、阮光韶等 hia-ê 人。黎達主張 tī 重組語言 ê 基礎頂，創造語言 ê 新意義，生成語義，增加語言 ê 表達性，逼讀者需要有一對「新 ê 耳仔」來讀詩。象徵語言 kā 歌詩 ê 意義變做模糊，歌詩 ê 形象 kap khoah 度 hông sak 進前。語言內底 ê chheⁿ-hūn 化變 kah 真明顯。Nā 是進前，ūi-tio̍h 實踐一種比較來講，詩人 tiāⁿ-tiāⁿ 用比較 ê 語詞，當代詩已經放棄這一類 ê 語詞來增加語言 ê 模糊度。當然，m̄ 是 ài 等到 1986

年以後 ê 歌詩，充滿象徵性 ê 歌詩語言 chiah 出現。Tī《新詩》時期，這種語言 chiū 已經 tī 歌詩內底出現，親像春妙 ê《月琴》、碧溪 ê《音樂》(Nhạc)、段富賜 ê《時間 ê 色水》(Màu thời gian)等等。問題 tī 1986 年了後 ê 歌詩內底，充滿象徵性 ê 語言，有另外一種文化行程 ê 心態：工業 kap 後工業文化。

歌詩內底語義 ê「sńg」

Tng 歌詩藝術內底，語言 ê 角色得 tio̍h koh-khah chē 注意 ê 時陣，當然 mā 會出現各種無 kāng ê 觀念。有人認為文學是一種 sńg，有人肯定歌詩是一種武器，koh 有人認為歌詩是 siōng 適合表達個人隱私、心裡狀態等等。Tī chia，咱 kan-ta^{n} 講 tio̍h 有真 chē 作家有意識安排語音 chiū sêng 一種 sńg ê 現象[34]。值得講 tio̍h ê 是對 in 來講，chia ê sńg 需要 hông 理解做一種表達世界 ê 形式，主體是對人生、對藝術 ê 觀念。整體來看，人類對 sńg 語言 ê 歌詩並無 chhe^{n}-hūn。Tī 十九世紀尾期到二十世紀初期，咱 chiū 看 tio̍h *A-pho-lo-nè-ò* (Apolinaire) ê 視覺詩類型 ia̍h 是歐洲歌詩內底各種安排過 ê 聲音、形狀特別 ê 類型。然後 tī 越南用聲調、語言、文本清楚結構做一種「講話方式」ê 歌詩類型出現，對促成欣賞 ê 趣味 kap 藝術接受 ê khoah 度有貢獻。一 kóa 作家，親像黃興、鄧廷興、黎達、楊祥等等，lóng 是有真 chē 音/義，這種遊戲代表詩作 ê 作家。對 in 來講，歌詩必須 ài 感受 khah 贏理解。這个歌詩類型真少受 tio̍h kah-ì 穩定 ê 大多數認同，soah 得 tio̍h ǹg 望革新趨向 ê 讀者分享共讀。

---

[34] Sńg ê 理論最近開始 tī 越南 hông 介紹。理論有真明顯 ê 後現代精神。Tī 真 chē 出名學者 ê 科學研究工程 hông 提出，親像 *J. He-sín-kah* (J. Huizinga)、*L. Úi-koh-ún-suh-tán* (L. Wittgenstein)、*J. F. Lái-ó-that* (J. F. Lyotard)等等。「Sńg」、「遊戲」、「chhit-thô」等等 chia ê 概念 tī 真 chē 無 kāng ê 領域，親像數學、經濟學、文化學、文學等等內底使用。Tī 陳玉孝(Trần Ngọc Hiếu) ê 博士論文真 chim-chiok 討論文學內底 ê 遊戲理論，2012 年 tī 河內師範大學發表。然後，一直到 chit-má tī 越南對「sńg ê 理論」iáu 有真 chē 無 kāng ê 理解方式。

歌詩內底 ê「肢體」語言

Nā《新詩》kap 1975 年了後 ê 歌詩內底對性慾因素 ê 描寫 hông 看做是對禁忌解放 ê 開放訊號，án-ne tī 二十世紀尾期，二十一世紀初期，性慾 ê 描寫 hông sak 到真 chē 人 kā 伊看做是「乖詩生育化」ê 過程。真 chē 作家 m̄-nā 講 tio̍h 肢體 ê 各部分而且 koh 真「活跳」描寫相幹 ê 行為，親像《開 chhùi》(Mở miệng)、《西貢天馬》(Ngựa trời Sài Gòn) ê〈非天氣預報〉(Dự báo phi thời tiết)這 kóa 組合 ê 歌詩。這層事實 hō͘ 研究者 tī 定名 ê 時陣出現 tiû-tû。Che mā 是造成讀者分化 ê 歌詩類型，其中反對 ê 佔大多數。反對有道理 ê 所在 tī nā 認為歌詩主要 kan-taⁿ 描寫性慾，kā 性看做是一个 ūi-tio̍h tháu 放精神 siōng koân 形式 kap 證明藝術內底現代性 ê 方面，án-ne khah 無妥當。Liām *Hu-ló͘-i-tō* ê 學說 ùi 問世到 chit-má mā 已經有真 chē 改變，伊 ê 三層心理結構 tī 人本精神下底 hông 深入觀察了解。所 pái，nā 真合理寫有關性 kap 一 kóa 性慾 ê 問題，會造成審美 ê 快感（性本身 mā hông 看做是 tī 後工業生活內底 ē-tàng 有效果 tháu 放壓力 ê 形式）m̄-koh nā siūⁿ 超過，一定會有人反感。咱 mā bián 急 beh kā 幾位描寫性主題，描述文化內涵 ê 作家點名做記號或者是 kā 性當作一種健康 ê 自我 tháu 放。Phah-sńg ê 是這種肢體語言 tng-teh hông 烏白用 kap 造成誤會，認為伊是先鋒主義 ê 藝術。Liām chit-má ê 中國，這種肢體語言 mā 無像十 tang 前 chiah 受歡迎[35]。Che 是值得「先鋒者」包括咱 ê 詩人思考 ê 狀況，hō͘ teh 書寫有關性 ê 時陣，ē-tàng 有藝術性、人文性 ê 表達 kap 有效果來使用肢體語言。

整體來講，tī 過去 ê 三十 tang，ùi 1986 年《改革》開始，越南歌詩已經 tī 現代化 ê 路頂行一段 bē 短 ê 路，tī 全球化紀元內底 kap 人類歌

---

[35] Tī 二十世紀 ê 80 年代，當代中國文學出現真 chē 密集性要素 ê 文學作品，親像衛慧(Vệ Tuệ)、九丹(Cửu Đan)等 ê 創作。另外一種類型 ê 文學潮流想 beh 跳脫慣勢 ê 傳統文學，行入少年世代關心--ê，親像愛情、性慾、鴉片等 ê 主題，最近 tī 中國 mā 無 sêng khah 早 án-ne 討論 chiah khoah。

詩 ê chih 接。然後，歌詩 chit-má lú 來 lú 少人讀。這个問題代先是因為時勢：資訊科技 kap 視聽工具 ê 發展致使讀冊 ê 文化變細、散文 tī 文學生活內底變做主導 ê 藝術類型等等。M̄-koh hoān-sè koh-khah 重要 ê 原因是：歌詩 ê 量爆發但是品質 soah lú 來 lú kē。Tī 藝術領域頂 koân，每一个時代文學 ê 起落 koh 真需要品質。Hō͘ 歌詩 ē-tàng 倒轉來新 koh 吸引--人 ê 狀態，siōng 需要 ê 是盡量解放詩人 ê 創造力，建立一个健康社會 ê 精神生態，hō͘ 歌詩 chiâ^{n} 做人類 tī 宇宙、萬物 kap 家己面頭前 siōng 自然、純真 ê 聲音。

◆ 問題討論

1. 越南現代歌詩內底 ê 文化交流 kap 體系 ê 轉換順序。
2. 《新詩》ê 藝術作品特徵。
3. 1945 年到 1985 年階段歌詩 ê 成就 kap 限制。
4. 1954 年到 1975 年南部都市歌詩內底 ê 存在感識。
5. Ùi 1986 年到 ta^{n} 越南歌詩內底 ê 根本改革。
6. 越南當代歌詩內底後現代 ê 印記。

TÂI-BÛN 第四章

越南現代文學批評理論

第四章 越南現代文學 ê 批評理論

4.1. 批評理論 chiâⁿ 做現代文學 ê 自我意識

4.1.1. 世界文學批評理論思維中的改變

有創作 chiū 有批評，koh 來 chiah 是理論。Che 是文學課程/體裁開始 ê 行程。意思是 chiâⁿ 做文學接受 ê 一種型態，文學批評 ê 活動已經出現真久 ê 時間。Nā 是 tī 其他國家，批評理論真早 chiū 出現，mā 有真 chē 成就，nā chiū *E-lé-suh-tá-toh* ê《詩學》(Thi học) kap 劉勰 ê《文心雕龍》來看，án-ne 越南文學批評理論 ē-sái 講是非常 òaⁿ chiah 問世。因為受 tio̍h 中華文學 kap 美學 ê 影響，越南中世紀文學內底 ê 文學批評理論活動 ē-sái 是無存在。古早時代，越南先人 iáu 無大量 ê 批評理論研究工程，通常文學批評 kan-na 用序言、跋文等 ê 形式呈現；理論方面 ke̍k-ke 是模仿 koh 解說一 kóa 中國詩學 ê 原則。文學批評寫 ê 形式通常真簡要，方式親像是寄託、kap 知己對話 niā。換一句話講，越南無出現批評理論相關 ê 主流傳統。Nā 對過去 ê「遺產 chhiâu-chhōe」，批評理論工程 ê 量確實是真少。一直到二十世紀越南現代文學 ê 出現，越南 ê 文學批評理論 mā chiah tòe leh 出現。

總體來講，世界文學批評理論 ài 經過三个體系：前現代 - 現代 - 後現代。十九世紀進前是屬於前現代批評理論 ê 範疇。中心 tī 總結、替創作提出詩學 ê 原則。所 pái，前現代批評理論基本關心 ê 是對創造主體相關 ê 問題[1]。二十世紀初期到 60 年代是現代批評理論 ê 時期，包括

[1] 真 chē 人 iáu 保留批評理論是創作寄生 ê 慣勢看法。Nā 照阮興國 ê 想法，che it 實踐文學內底無一定正確，特別是傳統文學。Tī 傳統文學內底，理論是建立詩學 ê 原則，作者有責任 tī 創作 ê 時，遵照 chia ê 原則。到後期了，批評理論對創作 ê 定向角色結束。Chit-má，批評理論 hông 定位做是 kap 文學創作 khiā 做伙 ê 人。

Lō͘-se-a ê 形式主義(chủ nghĩa Hình thức Nga)，koh 來是新批評(Phê bình Mới) kap 結構主義 ê 存在。現代文學批評理論 ê 重心是文本。Lō͘-se-a 形式主義學派 ê 核心概念(tī 二十世紀 20 年代存在)是「chheⁿ-hūn 化」、「文學藝術 chiâⁿ 做一種手路」，主要 beh 問 ê 問題是：造成文學藝術文本內底 ê 文學性是 siáⁿ-mih？二十 tang 了後，英、美 ê 新批評，對文本 ê 關心，hông sak 到 koh-khah koân ê 程度。Kap 結構主義，文學批評做伙集中 tī 內在文本 ê 各種關係。Ùi 60 年代尾期開始，kin-tòe 接受美學，批評理論 kā 重心轉移到讀者。真理無 tī 文本，是 tī 讀者身上[2]。Che chiū 是後現代文學批評理論階段 ê 開始。

世界文學批評理論生活內底 ê 運作，已經得 tio̍h 文學研究者 kap 譯者 ê 關心。雖 bóng 世界理論 ê 紹介 kap 研究 iáu-bē 同步 kap 有系統，但是 che 是越南文學研究界值得珍惜 ê phah 拚。有真 chē 理論研究工程已經透過紹介 kap 翻譯進入越南，親像詩法學、精神分析學、結構 - 符號學、接受美學、女權論、文化學、後殖民、生態批評、後現代、現代主義 ê 思想等等。照「縮細」kap「jiok--khí-lih」ê 方針，所有 ê 理論 lóng 對過去一世紀，越南文學批評理論 ê 發展產生影響。(杜萊翠)

[2] 接受美學 ê 出世 kap *Khán-su-tān-su* (Konstanz)學派（德意志聯邦共和國）ê Hàn-suh *Lá-poh Khah-suh* (Hans Robert Jauss) kap *O͘-hui-ian Ái-sò* (Wolfgang Iser) ê 名譽有關係。1968 年，法國出名文學理論家 *Ló͘-làn Bà-suh* 羅蘭·巴特(Roland Barthes)（1915 年到 1980 年）公布《作者 ê 死亡》(Cái chết của tác giả)小論。另外，tī 2 tang 前，1966 年，*Jiú-lí-a Khó-su-tí-bah* (Julia Kristeva) tī《語詞、對話 kap 小說》(Từ, đối thoại và tiểu thuyết) ê 研究工程內底提出互文性 ê 概念。Che 是真重要 ê 訊號，預告世界理論思維新 ê 轉換點。Tī 越南改革時期文學批評理論生活內底，這个接受理論受 tio̍h 真 chē 研究者，親像黃雲(Huỳnh Vân)、陳廷史、芳榴、劉文俸(Lưu Văn Bổng)、阮文民等 ê 關注。另外 tī 張登容 ê 研究工程內底得 tio̍h 真充分 ê 紹介。請參考：《Ùi 文本到作品》(Từ văn bản đến tác phẩm)，社會科學出版社，1998 年；《文學作品像一个過程》(Tác phẩm văn học như là quá trình)，社會科學出版社，2004 年等等。

4.1.2. 越南現代文學批評理論 ê 出現

越南是一个無理論傳統 ê 國家，ài 一直等到現代文學範疇 hông 確立了後，文學批評理論部門 chiah 真正 ê 出現[3]。Tī 越南中世紀文學內底，文學批評理論 kan-taⁿ 出現 tī 話頭、跋文等等，iáu-bē 出現有系統學術性 ê 研究工程。雖 bóng 無來形成真正 ê 文學理論，但是先人對文學 ê 功能、特徵、本質等 ê「評論」 ē-tàng 看做是 lú 來 lú 注意學術、文學自覺意識 ê 證明。[4]

總體來看，二十世紀越南批評理論 ê 發展，行過 ê 每一條路 lóng 是 ūi-tio̍h beh jiok tio̍h 世界文學理論發展 ê kha 步。所 pái 文學本身是自我意識 ê 資格，越南文學批評理論 kap kui-ê 二十世紀發生 ê 三 pái 文化交流 kap 實踐創造 ê 發展階段有關係。咱 ē-tàng kā 越南文學批評理論分做下底幾个階段：

- Ùi 1900 年到 1932 年：形成階段

- Ùi 1932 年到 1945 年：完善現代批評理論基礎。Che 是西方文學批評理論 ê 思想強烈影響越南，開始形成各種趨向 ê 階段。

- Ùi 1945 年到 1985 年：文學批評理論 tī 文化交流內底有兩派。這个時期文學批評理論受無 kāng 文化、政治空間 ê 規定，koh 有越南南、北兩地文學批評理論內底 ê 學術思想無 kāng，甚至激烈到對立。

- Ùi 1986 年到 taⁿ：全球文化交流內底 ê 批評理論[5]。後現代、現代

---

[3] 根據陳廷史，越南文學批評理論 ê 出世是 kin-tòe 這 kóa 條件：1) 現代民族 ê 形成、強烈 ê 民族文學 kap 民族傳統 ê 意識；2) Tī 保衛國家久長 ê 戰爭內底，戰爭時期心理 ê 影響；3) 二十世紀是意識形態方面鬥爭激烈 ê 世紀；4) Kap 世界文化接觸、交流；5) 報紙 kap 出版社 ê 角色。請參考：《二十世紀越南文學》，已經引用，頁 668-674。

[4] 請參考：阮明晉(Nguyễn Minh Tấn)主編 ê《遺產內底 chhiâu-chhōe》(Tìm trong di sản)，新作品出版社，河內，1987 年。

[5] 陳廷史用這个分類法 tī《二十世紀越南文學》內底 ê「二十世紀越南文學批評理論」(Lý luận, phê bình văn học Việt Nam thế kỷ XX)書寫部分實現，已經引用。鄭

ê 文學藝術 ùi chia 開始對越南文學批評理論 ê 影響非常明顯。所 pái，文學批評理論 ê 思維 mā 進行 ùi 現代到後現代 ê 體系轉變階段。

頂 koân ê 分期一 pêng 是 khiā tiàm 歷史進程，一 pêng 是 khiā tiàm 文化模式 ê 改變。1975 年了，越南人 tī 海外 ê 批評理論這部分，kan-taⁿ 會講 tio̍h 伊 ê 存在意識，無機會 thang tī 這本冊內底詳細討論。

4.2. 二十世紀越南文學批評理論 ê 演變過程

4.2.1. 二十世紀初期 ê 前 30 冬

4.2.1.1. 有關文學 ê 觀念

二十世紀初期 kap 西方文化 ê 交流，促進文學評價、認 bat 科學精神 ê 出現，koh 有伊本身 ê 發展 kap 生存規律。所 pái，現代 ê 文學批評理論開始 puh-íⁿ kap 發展。這 kóa 研究工程，一開始主要是出現 tī 報紙，透過爭論活動，後--來 ta̍uh-ta̍uh-á 形成 koh-khah 大 ê 學術研究工程。

總體來看，這个階段 ê 文學批評理論研究工程 iáu 是傳統文學 ê 觀念。作家、研究者 tiāⁿ-tiāⁿ 講 tio̍h 兩種文學，chiū 是有益文學 kap 消遣文學[6]。潘佩珠 iû-goân 保持：「立身最下是文章 Lập thân tối hạ thị văn chương」ê 觀念。意思是文人 ài 遵照第一立德，koh 來立功，落尾 chiah 輪到立言（寫文章）ê 順序。其實，潘佩珠 kap 伊 kāng 時代 ê 革命志

柏琎 in ê 分類 koh-khah 簡要：1900 年到 1945 年；1945 年到 1985 年；1986 年到 chit-má《越南文學批評理論歷史》(Lịch sử lý luận, phê bình văn học Việt Nam)，社會科學出版社，2013 年。基本上，咱同意頂 koân 所講 tio̍h ê 兩種分類法，m̄-koh khah 偏向陳廷史 ê 分類法，因為實質上，世紀初期 ê 30 tang，舊 ê 模式 iáu 是佔優勢。Che chiū 是 ūi-siáⁿ-mi̍h beh kā 1975 年進前分做兩个小階段：1900 年到 1932 年 kap 1932 年到 1945 年 ê 原因。

[6] 這兩種文學 ê 分別已經存在真久，阮文超（1799 年到 1872 年）是直接講 tio̍h 人，伊寫講：文學「有 ê 值得尊敬。有 ê 無值得尊敬。無值得尊敬是因為 kan-taⁿ 注心 tī 文學種類。值得尊敬是因為注心 tī 人類 ê 種類。」轉引《遺產內底 chhiâu-chhōe》，阮明晉主編，新作品出版社，1981 年，頁 125。

士，親像潘周楨、黃叔沆、吳德繼(Ngô Đức Kế)等 ê 觀念 lóng 真接近阮文超(Nguyễn Văn Siêu)「有路用文學」ê 觀念，認為文學 siōng koân ê 任務是關心愛國精神，文學藝術 kap 民族國家 ê 運氣有關係。所 pái，tī in ê 觀念內底，tiān 講 tio̍h「氣」這字。對這个問題，陳廷史研究者解釋：「氣 tī chia ē-tàng 理解做 m̄-nā 是宇宙 ê 氣，主要是民氣、士氣、正氣。文學 nā 提升氣，án-ne ê 意思 chiū 是 tī hông 奴役 ê 社會內底會提升人 ê 精神、氣質，自然會有積極意義 ê 功能[7]。」這个文學藝術觀念呼應世紀初期革命志士 ê 創作。然後，世紀初期有一个真重要 ê 轉變：Tio̍h 算文學對社會影響 ê 角色提升，m̄-koh 志士 lóng 會強調目的是 ūi-tio̍h 民族、ūi-tio̍h 革命事業，呼籲叫醒人心，無親像中世紀文學 kan-tan 停 tī「文以載道」。Tī 二十世紀初期，越南現代文學內底，真 chē 作家 kap 文化家 ê 作品已經出現民族論述 ê 思想。

有一 kóa 其他 ê 作家 kap 研究者，kā 文學看做是一種高貴 ê 精神活動。Tī《越漢文考》(Việt Hán văn khảo) ê 開頭，潘繼炳 ê 觀念真清楚體現伊偏向傳統 ê 態度：「文是 sián-mih？文是美麗。章是什麼？章是日頭光。人 ê 言語，súi koh 會發光，sêng 光，koh súi，所以叫做文章。有 sián 人無性情、無思想。Kā 這 kóa 性情、思想表達做語言、話句，描寫做段落，chiū 號做文章[8]。」潘繼炳 kā 文學看做是一種高貴 ê 精神活動、精神 ê 寄託。《江山之誓》(Thề non nước) ê 作者傘沱真明顯 kā 文學看做是 teh「chhit-thô」ê 活動。傘沱雖然無否認文章 ê 社會功能，但是 tī《文章事業》(Sự nghiệp văn chương)內底，伊寫 tio̍h「文章 kan-tan 是文章，nā 對社會有好處真好，nā 對 siáng lóng 無好處，án-ne chiū 親像一枝劍、一台琴弓、像對知己寄託家己 ê 心事 mā 是 bē-bái。」

---

7 陳廷史，《二十世紀越南文學》內底 ê「二十世紀越南文學批評理論」，已經引用，頁 680。

8 潘繼炳，《越漢文考》，墨林出版社，西貢，1970 年。

一 kóa 作家，親像武廉山(Võ Liêm Sơn)、黃績朱(Hoàng Tích Chu)、范瓊等等，學西方模式開始對現代文提出問題。1919 年范瓊公布《小說研究論文》，到 20 年代，潘魁開始 tī 新 ê 精神頂 koân 討論有關文學藝術 kap 社會問題。Siâng 時《東洋雜誌》(1913 年到 1919 年),《南風雜誌》(1917 年到 1934 年) kap 一系列翻譯工程 tī 這个階段 tàuh-tàuh-á 出現改變文學觀念，行 ǹg 西方現代文學 ê 觀念。所 pái，tī 文學 ê 觀念頂 koân，科學精神 lú 來 lú 清楚，lú 來 lú 明顯。

4.2.1.2. Siâng 時走 chhōe 過去 kap 新文化傳播

法國殖民者 ê 西方文化壓制 kap 軍事頂 ê 侵略，對越南文化某種方面來講是民族意識覺醒 ê 契機。Che 是 ūi-siáⁿ-mih 出現一 kóa 批評家、作家 koh chit-pái 走 chhōe 東方 kap 民族文化現象 ê 原因。真 chē 中國古典文學作品已經 hông 翻譯出版。其實，二十世紀初期 ê 翻譯除了文化紹介之外，koh 擔任一个重要 ê 任務 chiū 是普及國語字 (越南羅馬字)[9]。Ka-chài 有國語字，hō͘ 進前因為無法度讀漢字 ê 一般讀者 ē-tàng 開始熟似真 chē 著名 ê 作品。復興過去遺產 ê 活動，變做是增加對體裁、語言、文學批評意識 ê 方式。Tī 這種共同 ê 意識下底，真 chē 考究工程出現，雖 bóng m̄ 是真新，但是對文學批評理論課程問世有所啟發。這 kóa 工程會先 tī 報紙上刊登，後--來收做合集 ê，親像潘魁 ê《章民詩話》(Chương Dân thi thoại)，mā 會真講究編寫，親像潘繼炳 ê《越漢文考》(1918)、何玉錦(Hà Ngọc Cẩn) ê《安南詩賦文學》(Văn chương thi phú An Nam) (1923)、黎成意(Lê Thành Ý) ê《越文合選講義》(Việt văn hợp tuyển giảng nghĩa) (1925)、楊廣咸 ê《國文摘艷》(Quốc văn trích diễm) (1925)、阮文玉 ê《南詩合選》(Nam thi hợp tuyển) (1927)、黎鵲(Lê Thước)

---

9 親像頂 koân 所講，無排除國語字 ê 普及是包含 tī 殖民政府 ê 意圖內底。然後，值得講 tio̍h ê 是，因為有無 thang 否認 ê 優勢，國語字對民眾民智 ê 提升有重要 ê 貢獻。Nā 無國語字所扮演 ê 角色，現代文學 chiū 無可能發展 kah chiah mé-lia̍h。

ê《威遠相公 ê 詩文 kap 事業》(Sự nghiệp và thi văn của Uy viễn tướng công) (1928)、陳忠袁(Trần Trung Viên) ê《文壇寶鑑》(Văn đàn bảo giám) (1928)、裴杞(Bùi Kỷ) ê《國文具體》(Quốc văn cụ thể) (1932)等等。因為這 kóa 工程，讀者對過去 ê 遺產 koh-khah 了解，對古文 ê 詩法、詩律 koh-khah 詳細。另外，mā ài 適當注意平民文化、民間文化 kap 文學工程 chiâⁿ 做 tī 西方 kap 中國文化內底對民族性/身分 ê 意識。因為民族意識，tī 文化平面頂 koân，包括文學、民族學、地緣文化、地緣歷史 ê 意識已經 tī 後來 ê 道路民族論述 puh-íⁿ。[10]

除了古典趨向以外，koh 有普遍西方思想 ê 趨向。這个趨向主要是 kin-tòe 知影 thang 看時勢 ê 智識分子 kap 有豐富西學智識 ê 人。知影 thang 看時勢 ê 智識分子 tiāⁿ-tiāⁿ 翻譯 kap 傳播新冊；有豐富西學智識 ê 人，精通東西方語言，直接 ùi 法語翻譯、紹介 kap 傳播西方文化 ê 價值，koh 包括新冊。

頂 koân 兩種趨向 lóng 已經 ē-tàng 反映出二十世紀初期所進行文化交流 ê 現實。He 是新舊階段 ê 交會。M̄-koh 趨勢是文學 tauh-tauh-á 行入現代方向，包括觀念 kap 實踐研究 ê 批評。

二十世紀初期 ê 前 30 tang，國學爭論（1924 年到 1941 年）kap《金雲翹傳》爭論（1924 年到 1944 年）hông 看做是 siōng 鬧熱 ê 兩場爭論[11]。這兩場爭論維持幾十 tang。Nā 國學爭論是 ùi 吳德繼 1924 年 4 月 15《有聲》報紙 12 號刊登 ê〈國家語文〉(Nền quốc văn)開始，án-ne《金雲翹傳》爭論 ê 源頭 chiū 是 ùi《南風雜誌》主筆范瓊 tī 1924 年 9 月初

---

[10] Khah phah-sńg ê 是到 taⁿ 為止，因為認識方面 ê 限制，這个時期 ê 一 kóa 代表作者，咱 iáu 無法度徹底評價二十世紀初期著名 ê 文化者、智識分子 ê 民族論述/意識 ê 深度，親像范瓊、陶維英、阮文暄(Nguyễn Văn Huyên)等等。請注意，chia 是精通東西方 ê 智識分子。

[11] Tī 阮玉善、高金蘭編寫 ê《二十世紀文藝爭論》，第一冊，勞動出版社，河內，2001 年，冊內面 ē-tàng 參考有關這兩場爭論 ê 資料。

8 開智會(Hội Khai trí)舉行詩豪阮攸過身紀念日 ê 演講開始[12]。Tī 演講 ê 內容內底，范瓊 o-ló《金雲翹傳》:「一个國家 bē-tàng 無國花，《金雲翹傳》是咱越南 ê 國花；一个國家 bē-tàng 無國粹，《金雲翹傳》是咱越南 ê 國粹；一个國家 bē-tàng 無國魂，《金雲翹傳》是咱越南 ê 國魂」;《金雲翹傳》tī--leh，咱越南語言 chiū tī--leh，咱越南語言 tī--leh，咱越南祖國 chiū tī--leh」。無人 m̄ 承認《金雲翹傳》是民族文學歷史內底一粒一 ê 傑作，但是范瓊 o-ló ê 方式引起真 chē 人強烈 ê 反應，尤其是吳德繼 kap 黃叔沆。Tī 愛國志士 ê 眼內，范瓊 ê o-ló 方式有政治用意、含糊、暗藏個人 ê 目的。Hoān-sè 范瓊是想 beh 透過對越南語 ê 愛來表達家己 ê 觀點，但是 khǹg tiàm 當時 ê 歷史環境下底，范瓊 ê 行為受 tio̍h 反對 mā 是 ē-tàng 理解。

雖 bóng 文學批評理論 iáu-bē 完全脫離中世紀文學 ê 觀念，但是實際上，批評理論已經開始出現一 kóa gâu 人，siōng 有代表性 ê 是潘繼炳、范瓊、潘魁 kap 武廉山。

4.2.2. 1932 年到 1945 年階段 ê 文學批評理論

Tī 世紀初期 ê 30 tang，已經預告有關文學批評理論發展 mé-lia̍h ê 階段，一 kóa 開始 ê 訊號 tī 1932 年到 1945 年這期間完美實現。現代批評理論基礎大約 tī 15 tang 內 hông 確立。替越南現代文學批評開幕 ê 是少山 ê《批評 kap 論稿》。

4.2.2.1. 文學 ê 觀念

Che 是越南文學完全地跳脫中世紀文學藝術觀念 ê 時期。文學觀念內底 ê 改革，代先 hông 確保 tī 創作實踐（包括浪漫 kap 寫實這兩潮流 ê 創作）。自力文團內底有才華 ê 作家本身、寫實主義 ê 作家，親像武

[12] 譯者註:有關范瓊 kap 南風雜誌，請參閱蔣為文 2019《越南魂：語言、文字與反霸權》台南：亞細亞國際傳播社。

重鳳、南高已經 chē pái 直接發表 in 對文學特徵、本質 ê 觀念。

有關文學 ê 本質、功能 ê 認 bat siōng 清楚表現 tī「藝術 chiâⁿ 做藝術」kap「藝術 chiâⁿ 做人生」這兩派別之間 ê 爭論。藝術 chiâⁿ 做人生學派 ê 作家，是海潮 chhōe 領，強調文學 ê 社會功能。一開始，海潮用文學藝術 chiâⁿ 做「民生」ê 名稱，後--來 chiah 改做「人生」，有表示 koh-khah khoah ê 意思。「藝術 chiâⁿ 做藝術」派別 ê 作家，強調文學 ê「單純」性，kā 文學看做美麗 ê 領域。Tī 深層本質頂，海潮 ê 觀點 kap *Má-khek-su* 理論有關係，理論家 ê 本身 mā tī 公開 ê 報紙頂紹介真 chē 有關 Má-khek-su 作家 koh 有 Má-khek-su ê 接近思想。Siâng 時，懷清 ê 觀點（雖 bóng 伊無承認家己是屬於「藝術 chiâⁿ 做藝術」派別）真接近 *Thé-o͘-he-o͘ Goh-ti-é* (Théophile Gautier) kap *O-mé-lih-ò͘ Khàng-thó* (Immanuel Kant)美學內底「無趁錢」ê 觀念。所 pái，一方強調社會 kap 文學之間 ê 關係。另外一方面，強調文學活動 ê「自治性」，kā 文學跳脫生活，tio̍h-sǹg tī 懷清 kap 少山 ê 理解內底，兩位 lóng 認為好 ê 事物會 kin-tòe 文學藝術 ê 美麗。這个爭論雖然無 siáng 輸 siáng 贏，但是優勢 khah 偏向「藝術 chiâⁿ 做人生」這 pêng，因為 in ê 觀點直接影響 tio̍h ūi 民族利益 ê 鬥爭[13]。海潮開始繼承 Má-khek-su ê 觀點，雖 bóng 內容 iáu-koh 真簡略。後--來 hō͘ 鄧台梅完整補充 tī 1944 年出版 ê《文學概論》(Văn học khái luận)。Tī che 進前，未來文學 ê 外形已經 tī 1943 年 hông 刊 tī《越南文化提綱》內底。

舊詩 kap 新詩之間 ê 爭論 mā 證明有關文學 ê 特徵 kap 本質無 kāng

[13] 後--來，有真 chē 研究認為這場爭論真歹收 soah，因為每一 pêng lóng kan-taⁿ 強調文學 ê 一个面向。「藝術 chiâⁿ 做藝術」派別強調文學 ê 審美本質，「藝術 chiâⁿ 做人生」派別強調文學 ê 社會本質。其實，che 是越南文學內底 ê 兩種現代化 ê 方向。一直到 1986 年改革，文學 ê 審美本質 kap 社會本質 ê 熟似 chiah 受 tio̍h 關注，koh-khah 合理來理解。大家講 che 是一个問題 ê 兩面，親像一張紙 ê 兩面 kāng 款。

款 ê 觀念，具體是歌詩。對新詩詩人來講，文學 siōng 重要 ê 問題是自由體現創造 ê 個性，in siōng 大 ê ǹg 望是「老實 ê ǹg 望」。這種 ǹg 望 kan-taⁿ tī 自我個人 hông 肯定 ê 時代 chiah 有可能實現。其實 nā kap 古典美學、文學藝術規範相比，新詩 ê 出世頭起先是浪漫美學，後來是象徵主義、超寫實主義 ê 勝利。所以這 kóa 解放 ê 需求懷清 lóng 使用「解放」這个詞，伊 tī「歌詩 ê 時代」小論內底有講--tio̍h。新詩 ê 實際創作證明，這个潮流 ê 詩人對人生觀念、自由創作、文學藝術詩法等等，已經實現一系列 ê「解放」。[14]

Tī 這个階段 mā ài 注意有關發展文學藝術思維 ê 否定 kha 步。代先是新詩浪漫主義否定舊詩，sòa--落-來是狂亂詩派、《春秋雅集》、《夜台》ūi-tio̍h 象徵主義 koh 想 beh 否定浪漫主義 ê 歌詩。狂亂詩派成員 ê 詩集、小論、介紹詞，特別是《凋零》kap《悲傷》這兩詩集 ê 話頭、《春秋雅集》組合 ê 觀念 kap《夜台》ê〈象徵 ê 宣言〉(Bản tuyên ngôn tượng trưng) lóng 真清楚體現挑戰文學藝術 ê 精神。Nā 以發展原理來看，che 是真有必要 ê 挑戰。

4.2.2.2. 方法/趨向頂 ê 多樣化

批評理論領域 ê 鬧熱 m̄ 是 kan-taⁿ tī 學術爭論頂頭進行，mā tī 無 kāng 趨向存在體現。一 kóa 研究者詳細分類出 tī 這个階段文學批評理論 ê 各種趨向，親像清朗、陳廷史、杜萊翠、鄭柏鋌(Trịnh Bá Đĩnh)等等[15]。Tī chia 咱 beh 討論批評家運用 ê 方法/學派 ê 各種趨向。這種討論

---

[14] Tī 歷史方面，hoān-sè 懷清是頭一个 tī 文學內底使用「解放」這个詞 ê 人。詳細看《越南詩人》內底 ê「歌詩 ê 時代」小論，再版，文學出版社，河內，1988 年。

[15] 參考清朗 ê 分類法，tī《批評 1932 世代》(Phê bình thế hệ 1932)內底，2 冊，西貢，1972 年；陳廷史，《二十世紀越南文學》ê〈二十世紀文學批評理論〉(Lý luận phê bình văn học thế kỷ XX)，已經引用 kap《陳廷史選集》(Tuyển tập Trần Đình Sử)(第二集)，教育出版社，2005 年；杜萊翠，《文學批評－彼隻兩棲動物》(Phê bình văn học - Con vật lưỡng thê ấy)，雅南 kap 作家協會出版社，2012 年；鄭柏珽越南文學批評理論 ê 歷史》(Lịch sử lý luận phê bình văn học Việt Nam)，社會

mā ē-tàng hō͘ 咱看出 tī 行 n̍g 現代 ê 路頂，批評理論受 tio̍h 西方文學批評理論 ê 影響真深。

主觀/印象 ê 批評

有關哲學、印象主義 kap 印象批評 lóng 有根源是 ùi *Hong-lí Be-go̍h-sun*（1859 年到 1941 年）ê 直覺理論。Tī 家己 ê 科學研究工程內底，*Be-go̍h-sun* 反抗理性 ê 存在，提 koân 直覺，注重內心對話、意識流、抒情敘事。Tī Be-go̍h-sun 了後，I-tá-lih (Italy)出名 ê 美學家 *Be-ne-té-toh Kho-ló͘-chheh* (Benedetto Croce)（1866 年到 1952 年）提倡表現理論。Kho-ló͘-chheh mā 提 koân 作家詩人 ê 直覺。伊認為，藝術是單純 ê 直覺，藝術是表現 m̄ 是物體 ê 事件。Tī 越南，印象/直覺批評 ê 研究方向是東方 kap 西方兩个源頭 ê 相 tú：來自西方，親像 *Ián-nā-thòng Hu-liàn-suh* (Anatole France) ê 名言：「批評是遊歷佳作 ê 靈魂之旅」; 來自東方，是 kā 批評看做知己、同好。因為受這 kóa 思想 ê 影響，懷清 bat 提出批評 ê 哲理「phah 拚是 ūi-tio̍h beh hō͘ 我 ê 靈魂去 bat 別人 ê 靈魂」。對懷清來講「tī 自然內底走 chhōe 美麗是藝術，tī 藝術內底 chhiâu-chhōe 美麗是批評」(Tìm cái đẹp trong tự nhiên là nghệ thuật. Tìm cái đẹp trong nghệ thuật là phê bình)。主觀印象批評 ê 方式特別透過批評家 iú-jī ê 感受能力，提 koân in ê 藝術素質。主觀批評文本充滿感觸 kap 畫面，體現一種敏感 ê 藝術直覺。到 taⁿ《越南詩人》iû-goân hông 看做是接近方法/趨向 ê 準則[16]。武玉潘 tī《現代作家》(Nhà văn hiện đại)內底雖然有意識做一个研究

科學出版社，2013 年等等。

[16] Kā 懷清 ê 批評號做印象/主觀其實無完全正確。《文學 kap 行動》(Văn chương và hành động) kap「歌詩 ê 時代」小論，其實是真優秀 ê 理論研究工程，tio̍h-sǹg 懷清本身有講過伊無想/無 kah-ì 理論。重讀「歌詩 ê 時代」會看 tio̍h 懷清是真早 chiū 運用研究文化學 kap 類型 ê 人。不而過，伊 bē tiau-kang 用概念系統來表達，顛倒是用一種簡要、hâm-thiok，充滿精華語言 ê 思維邏輯來呈現。詳細看阮登疊 ê《Ùi 文字回聲》(Vọng từ con chữ)內底 ê〈懷清 kap 批評 ê 哲理〉(Hoài Thanh và một triết lý phê bình)，文學出版社，2003 年。

學者 ê khang-khòe，但是伊 ê 看法有時 iû-goân 有印象批評 ê 主觀性。除了懷清是這个趨向 ê 代表人物以外，koh 有少山、黎長喬(Lê Tràng Kiều)、劉重廬、石嵐、張正(Trương Chính)等人 ê 參與。

生平 ê 批評

生平 ê 批評源自西方，*Siàn Bò͘-hù* (Sainte-Beuve) hông 看做是這个方法 ê 開創者。生平批評 ê 突顯特徵是以作家 ê 生平來解釋文學作品。*Bú-hoán* (Buffon) ê 一句話：「文是人」，kap 生平批評特別 tah-óa。Nā tī 印象批評內底，批評家是以藝術家 ê 資格存在來講，án-ne tī 生平批評內底，批評家 chiū 是以一位研究者存在。雖 bóng mā 會研究作家 ê 範疇，但是生平批評 kap 精神分析學 ê 無 kāng tī 精神分析學家特別看重作家 ê 潛意識生活，生平批評 khah 注重有意識 ê 人 kap 群體生活 ê 人。意思是 tng 精神分析學集中 tī 解讀夢境、kap 潛意識 ko-ko-tîⁿ ê 時，生平批評會觀察造成作家人格形成 ê 各種社會關係。所 pái 生平批評注重證據，ùi 分析社會 kap 私人 ê 關係內底，作家性命內重要事件 ê 基礎頂來解釋文本。這款批評方式 hông 清楚體現，親像 tī 黎清 ê《文學庫存》(Tính sổ văn học)、陶維英(Đào Duy Anh) ê《金雲翹考論》(Khảo luận về Kim Vân Kiều)，特別是陳清邁 ê《看見渭黃江》(Trông dòng sông Vị)、《韓默子 - 身世 kap 詩文》(Hàn Mặc Tử, thân thế và thi văn) ê 作品。Tī《韓默子 - 身世 kap 詩文》ê 作品內底，陳清邁注意 tio̍h 三个真重要 ê 問題來解釋韓默子 ê 歌詩：1) 有關破病，伊透過月娘、魂、血 ê 形象來解釋痲瘋病 ê 影響到詩人 ê 創作；2) 有關愛情，伊 kā 韓默子 kap 夢琴(Mộng Cầm)、黃菊(Hoàng Cúc)、商商(Thương Thương)等 ê 愛情看做創作 ê 靈感；3) 有關宗教，伊特別注意 tio̍h 天主 kap 瑪利亞形象 ê 影響。陳清邁是心思真幼路 ê 人，liām 韓默子歌詩內底有佛教精神 ê 影伊 mā 看會出來。

然後，生平批評 ê 方式 nā 用無好真有可能會淪落到推理。陳清邁

mā 有 bē 少真 gōng-tai ê 推理，kā 韓默子私人生活 ê 事件、變故看做是直接 ê 原因，造成韓默子一 kóa 詩 ê 創作。Che 推理無形中縮小文本文學藝術語意 ê 量，實際上，陳清邁對韓默子 ê 研究工程，有真 chē 所在有主觀、隨筆 ê 風格。

因為想 beh ùi 每一層生平 ê 因素來解釋文學，偏向這个趨向 ê 批評家真 hèng ē-tàng chhōe tio̍h 作家私人生活寶貴 ê 細節。mā 因為 án-ne，有時陣批評會 kap 文學肖像體裁 lām 做伙。

生平批評原本 kap 浪漫主義文學 ê 出現有關係，m̄-koh chit-má iáu 是有真 chē 研究者 teh 使用。實際上，nā ē-tàng 合理運用，尤其是 kap 精神分析學、歷史、文化研究做結合，伊對主體創造 ê 研究 iáu 是有貢獻。特別是自傳 ê 研究一定 ài 用這種方法。

歷史－文化批評

Che 是 *Hi-pho͘-lí-toh Thián* (Hippolyte Taine)所提倡 ê 方法。Tī *Thián* ê 思想內底，研究文學 ê 時陣，有三个重要 ê 問題，種族、環境 kap 時間點。種族是個人、族人天生 ê 氣質。Tī chia ê 環境 hông 理解做文化、歷史、教育環境。時間點是傳統文化 kap 歷史 ê 程度。

Ùi 二十世紀 ê 40 年代以來，歷史 - 文化批評已經 hông 運用 tī 越南文學批評研究。運用 siōng 徹底 ê 是 1942 年張酒《阮攸 kap 金雲翹傳》ê 研究工程。Ūi-tio̍h beh 了解阮攸 ê 個性，張酒對仙田社(Tiên Điền)阮姓 ê 血統、故鄉義安(xứ Nghệ) kap 時代進行論解。Che mā 是 Thián 理論內底三个基本 ê 因素。不而過，實際上 tī 這項研究工程內底，張酒結合精神分析學 kap 歷史 - 文化研究。

Gó͘-su-ta-hu Lián-sńg (Gustave Lanson) ê 批評理論 ē-tàng 講是這个派別 ê 延伸。*Gó͘-su-ta-hu Lián-sńg* 編寫 ê《法國文學史》(Lịch sử văn học Pháp)對法國大學教育有真大 ê 影響。所 pái 親像阮文忠 kap 阮氏青春(Nguyễn Thị Thanh Xuân)等人 kā 伊列入校園批評 ê 趨向。有人 kā 伊看

做是歷史 - 文化學派 ê 延續發展，親像芳榴(Phương Lựu)、杜萊翠等人。Tī 越南，1942 年武玉潘 ê《現代作家》研究工程 chiū Gó͘-su-ta-hu Lián-sńg 科學思想 ê 代表。

社會學批評

Tī 西方，社會學批評 hông 建設 tī *A-kú-su-thò Khang-thih* (Auguste Comte)實證哲學 ê 基礎頂。這个方法 ê 重要特點是重視文學 kap 社會生活之間 ê 關係，用社會來解釋文學。本質上，che 是外觀研究 ê 方法。Tī 越南，社會學批評方法分做兩條線：Má-khek-su kap 西方 Má-khek-su。1945 年進前，Má-khek-su 批評 tī「藝術 chiâⁿ 做藝術」組合論戰 ê 文章內底，包括海潮、潘文雄(Phan Văn Hùm)等 ê 代表已經體現 kah 真清楚。其實，海潮 kap 伊 ê 同志寫 ê 文章主要 kan-taⁿ 是 tú 提起文學內底階級性 ê 問題 kap 作家描寫社會現狀、服務民生 ê 使命 niā，iáu 無系統性討論 Má-khek-su 批評理論 ê 觀點。一直到《文學概論》，Má-khek-su 理論 siōng 基本 ê 範疇 chiah hō͘ 鄧台梅用 khah 有系統性 ê 方法紹介 kap 討論。

二十世紀前期，運用社會學 siōng chāi ê 是張酒 1942 年 ê《阮攸 kap 金雲翹傳》kap 1943 年 ê《阮公著 ê 心理 kap 思想》(Tâm lý và tư tưởng Nguyễn Công Trứ)等等。其實，tī《阮攸 kap 金雲翹傳》內底，張酒 iáu-bē 非常徹底運用 Má-khek-su 社會學，因為伊 koh 有用 tio̍h 歷史 - 文化接近 kap 精神分析學這兩个趨向。Má-khek-su 社會學接近方式是一直到伊 tī 後一 tang 有關阮公著 ê 研究工程內底 chiah 徹底運用。張酒 gāi-gio̍h ê 所在是 tio̍h-sng 伊真 kut 力運用馬克思社會學批評，但是 koh hông 評價是受 tio̍h *Tho͘-hu-su-ki* (Trotsky)思想 ê 影響。Tī 這兩个研究工程進前，張酒 tī 1940 年編寫 ê《越南經詩》(Kinh thi Việt Nam)是真重要 ê 研究工程，m̄-nā 是因為伊 kā 勞動人 ê 文學（平民文學）kap 封建壓迫做對立，koh kā 越南社會文化 kap 中國社會文化之間做區分，che chiah 是

有文學藝術性意義 ê 啟發。證明講二十世紀初期越南文學內底，已經 ùi 一 kóa 有民族自尊 kap 重視越南文化 ê 智識分子開始形成民族論述。

總體來講，khai 無 15 tang ê 時間，1932 年到 1945 年 ê 文學批評理論已經有超越性 ê 發展。除了懷清，主觀/印象批評 ê 巔峰以外，phah 拚 hō͘ 文學批評理論 chiâⁿ 做 koh-khah 科學化 ê 文學研究，特別是張酒、武玉潘等人 lóng 真值得肯定，雖然 in ê 運用有時陣 iáu-koh sió-khóa 勉強。

4.2.3. 1945 年到 1985 年階段 ê 文學批評理論

4.2.3.1. 馬克思批評理論 ê 主導位置

越南八月革命所造成 ê 改變，包括批評理論在內 ê kui-ê 越南生活 kap 文學。Che 是 tī 越南共產黨領導下底 ê 文學階段，所 pái 文學批評理論以 Má-khek-su 思想做指導思想。文學藝術因為 án-ne 開始 kin-tòe 國家 ê 政治任務。

Tī 越南歷史頂，Má-khek-su 文學 ê 外觀 kin-tòe 1943 年《越南文化提綱》ê 公布確立。新文學 ê 方針是「民族 - 科學 - 大眾」。文學 ê 任務是 hō͘「社會主義寫實趨向勝利」。1948 年 tī 北越舉行 ê 第二 pái 文化會議(Hội nghị Văn hóa lần thứ hai)內底，長征(Trường Chinh)宣讀重要 ê 報告《Má-khek-su 主義 kap 越南文化》(Chủ nghĩa Mác và văn hóa Việt Nam)。ē-tàng 講 che 是源自《越南文化提綱》所提出，用來發展 kap 說明越南共產黨文化文學藝術相關 ê 觀點。因為有黨總書記 ê 身分，長征對文學 ê 觀點 mā 是越南共產黨 ê 觀點，明確肯定下底幾點：

「有關社會，以工人階級為本。

有關政治，以民族、民主、人民民主 kap 社會主義為本。

有關思想，以辯證唯物主義 kap 歷史唯物主義為本。

有關文學藝術創作，以社會主義寫實主義為本」。

《Má-khek-su 主義 kap 越南文化》了，值得注意 ê 是 tī 各期大會 kap 文學藝術會議內底，長征、素友、阮廷詩 ê 報告[17]。作為共產黨宣訓 khang-khòe ê 負責人，素友 ê 觀點是文學藝術指導、定向 ê 觀點，其中明確肯定共產黨對文化、文藝 ê 領導權。確立新文學原則過程 ê 同時，是對文學藝術內底創作觀點 kap 思想 ê 鬥爭，其中值得注意 ê 是 1949 年 9 月「越北文學藝術爭論會議」(Hội nghị tranh luận Văn nghệ Việt Bắc)kap 1956 年到 1958 年反對人文 - 佳品 ê 鬥爭。越北會議內底，主要 ê 內容是爭論有關文學藝術 kap 宣傳，批判阮廷詩 ê 無韻詩、清靜 (Thanh Tịnh) ê 獨奏等等[18]。這 kóa 爭論 ê 目的是 ūi-tio̍h 群眾化生活、抗戰化文化 ê 方針，替文藝工作者 koh 確認思想認 bat。Tī 這个階段內底，對文藝工作者 siōng 重要 ê 問題是「認路」kap「目睭」ê 問題。文學藝術觀念 ê 改變，對戰前作家 koh-khah tio̍h-kip hông 提出，親像濟亨：「思想離岸離開我，一聲雞叫聲送月霞(Sang bờ tư tưởng ta lìa ta/ Một tiếng gà lên tiễn nguyệt tà)」。

抗法戰爭時期，文學藝術 kap 宣傳 mā 是 hông 提出 ê 問題，尤其

[17] 值得注意 ê 是素友 ê 報告〈新民主藝術文化：革命化思想，大眾化生活〉(Văn nghệ dân chủ mới: cách mạng hóa tư tưởng, quần chúng hóa sinh hoạt)，(越北藝術文化爭論會議，1949 年 9 月)，〈建立越南人民藝術文化〉(Xây dựng văn nghệ nhân dân Việt Nam)，(1951 年第二屆黨代會 ê 演說)；長征 ê 報告〈Tī 愛國主義 kap 社會主義 ê 旗仔下底 ūi 豐富 ê 民族藝術文化奮鬥〉(Phấn đấu cho một nền văn nghệ dân tộc phong phú dưới ngọn cờ chủ nghĩa yêu nước và chủ nghĩa xã hội) (1957 年第二屆全國文藝大會發表)，〈加強黨性，深入新生活 ūi 人民、ūi 革命做出 koh-khah 好 ê 服務〉(Tăng cường tính Đảng, đi sâu vào cuộc sống mới để phục vụ nhân dân, phục vụ cách mạng tốt hơn nữa)（1962 年第三屆全國文藝大會發表），〈藝術文化必須 ūi 解放南部，捍衛北部 ê 社會主義，建設社會主義，行 ǹg 統一國家 ê 路做出貢獻〉(Văn nghệ phải góp phần giải phóng miền Nam, bảo vệ miền Bắc xã hội chủ nghĩa, xây dựng chủ nghĩa xã hội, tiến tới thống nhất nước nhà)（1968 年第四屆全國文藝大會發表）以及共產黨 kap 國家領導者討論文學藝術、文化相關 ê 冊等等。

[18] Tī chia「獨奏」hông 理解做一種通常是用來起笑 kap khau-sé ê 書寫文本種類，一个人朗讀結合肢體語言 ê 形式來表演。清靜是創作這種「獨奏」ê 詩人。

是畫家蘇玉雲、長征 kap 鄧台梅之間 ê 交流。Tī 一 kóa 面向來講，長征對文學藝術 kap 宣傳 ê 觀念 ē-tàng 看做是這个時期文學 siōng 有定向性 ê 觀念。

抗法戰爭勝利結束，北部 ē-tàng tī 和平 ê 氣氛內底生活。Che 是真簡單會來發生一 kóa 需要警覺、提防思想 ê 階段。人文 - 佳品 tī 國際社會政治局勢多變 ê 背景形成，國內有真 chē 作家不滿，對共產黨 ê 文學藝術政策無贊成，in 呼籲 kā 自由還 hō͘ 文學藝術；in 認為文學藝術 kap 政治 ài「互相扶持」等等。所 pái，對人文 - 佳品 ê 鬥爭實質上是設立共產黨絕對 ê 領導，包括文學藝術、文學 ê 領域，要求作家全心全意服務國家 ê 政治任務。

總體來看，tī 設立 kap 建立新社會 - 政治體制 ê 同時，tī 文學領域內面，共產黨要求作家以國家統一事業 kap 建立社會主義做 siōng 主要 ê 目的來奮鬥。所 pái，作家需要思想改造，提升對 *Má-khek-su - Lē-lîn* 主義 ê 熟似，kin-tòe 1943 年提出 ê《越南文化提綱》kap tī 抗法時期發展 ê 民族 - 科學 - 大眾方針來批評 kap 創作文學。

文學批評理論 siōng 基本 ê 成就是建立 tī 無 kāng 區域 ê 文學批評理論家隊伍。每一个領導者 siâng 時 mā lóng 是理論家，包括：長征、范文同(Phạm Văn Đồng)、素友。參加管理文學藝術會團 kap 批評理論活動 ê 作家隊伍有阮廷詩、春妙、制蘭園、阮遵等等。宣訓、報紙批評理論家隊伍，包括何春長(Hà Xuân Trường)、二哥(Nhị Ca)等等。Siōng chē ê 是 tī 各大學 kap 越南社科院 ê 批評理論隊伍，包括張正、鄧台梅、文新(Văn Tân)、陳清邁、懷清、武玉潘、武德福(Vũ Đức Phúc)、豐黎、阮惠之(Nguyễn Huệ Chi)、杜德曉、黃春二(Hoàng Xuân Nhị)、黎智遠(Lê Trí Viễn)、黎廷紀(Lê Đình Kỵ)、何明德、潘巨琋、阮文杏、黃玉獻、阮登孟、芳榴、楠木(Nam Mộc)、成維(Thành Duy)、鄧櫻桃(Đặng Anh Đào)、陳廷史、陳友佐、阮文龍、阮德南(Nguyễn Đức Nam)、阮春南(Nguyễn

Xuân Nam)等等。

另外重要 ê 成就是批評理論已經是有系統、有份量 ê 科學工程研究。Che 是以共產黨主張 kap 鼓勵 Má-khek-su 觀點來建設文學科學 ê 意識。值得注意 ê 是文學歷史套冊 ê 出現，對重要理論範疇 ê 研究，紹介、批判國外文學藝術思想以及大學教程系統 ê 研究工程。

4.2.3.2. 1945 年到 1985 年期間文學批評理論內底 ê 基本問題

共產黨領導之下 ê 文學

本質上，che 是政治 kap 文學之間 ê 關係。新文學是 tī 越南共產黨 ê 領導之下，以 Má-khek-su - Lē-lîn 主義做思想基礎 ê 文學。所 pái 文學當然有服務政治 ê 任務。文學批評理論家，一方面，對 Má-khek-su - Lē-lîn 主義 ê 文學藝術思想真熟似，另外一方面，in 有下底這 kóa 任務，親像反對、打擊錯誤 ê 文學藝術觀念 koh 有文學藝術內底修正主義 ê 表現，對脫離民族解放鬥爭 ê 態度，偏離社會主義等等 ê 批評。文學創作 kap 批評內底加強「鐵性」是 siōng 重要 ê 要求。胡志明 ê「文化 kap 藝術 khiā tī kāng 一陣線。大家 lóng 是這陣線頂 ê 戰士(Văn hóa nghệ thuật là một mặt trận. Anh chị em chiến sĩ trên mặt trận ấy)」思想變做是文學批評理論隊伍 ê 活動原則。文學藝術工作者 - 戰士 ê 模式是主導模式。Che mā 是 hō͘ 批評家一直對雙面表象警覺 ê 原因。何明遵 ê《出社會》、阮公歡 ê《舊 ê 糞埽堆》、阮遵 ê《河粉》(Phở)、阮廷詩 ê《黑鹿》(Con nai đen)等等 lóng 是因為脫離革命鬥爭 ê 主題，無 kap 社會主義寫實 ê 創作方法做連結來 hông 批判。Tī 批評領域內底，懷清因為思想觀念有衝突來否定《越南詩人》; 武玉潘 mā 轉向研究民間文學。1975 年春天戰贏了後[19]，消除殘餘思想 ê 鬥爭運動 hông 發動 tī 報紙 ê 論戰。其實 che 是文學領域內底意識形態 ê 鬥爭。

---

[19] 譯者註：指越南南方政權 hō͘ 北方政權解放統一。

社會主義寫實創作 ê 方法

本質上，che chiū 是文學 kap 寫實之間 ê 關係，要求作者選擇構圖。構成社會主義寫實主義方法 ê 理論是 ùi 蘇聯開始，真 kín chiū hō͘ 越南理論家引用 kap 傳播。內容是 tī 革命運動內底具體、真實描寫歷史。Tī 蘇聯方法 ê 成就 tiāⁿ-tiāⁿ kap 史詩小說相關，親像 *Thoh-suh-thoh* ê《苦難路》、*M. So͘ Kho͘-hu* ê《恬靜 ê 東溪》等等。Che mā 是 ūi-siáⁿ-mih 越南小說家一直夢想創作壯麗規模 ê 史詩小說 ê 原因。阮廷詩 ê《潰堤》(Vỡ bờ)、元鴻 ê《海湧 ê hoah-hiu》(Sóng gầm)已經 tī 夢境心態內底創作。社會主義寫實原底是屬作家 ê 一種創作方法，tāuh-tāuh-á 變做批評 ê 方法，造成批評 ê 共同方向，kā 批評 ê 任務看做為思想鬥爭，鼓舞即時 ē-tàng 服務國家革命任務 ê 作品。Tio̍h 算社會主義寫實創作方法 ê 運命 tī 二十世紀 ê 80 年代尾到 90 年代初期已經結束，但是應該 kā 伊理解做 bat 存在過 tī 冷戰時期 Má-khek-su 文學藝術體系歷史內底 ê 一个範疇。

文學 ê 基本範疇：黨性、階級性、民族性、人民性

其實，che 是文學內底相關到內容 - 形式 ê 問題。內容 - 形式 ê 範疇原本是 Má-khek-su 哲學內底運用到文學領域 ê 重要範疇。這 kóa 範疇真 kín 得 tio̍h 文學批評理論界更新、論述、生湠，kā 看做是革命文學 ê 重要內容。有關本質，越南共產黨 ê 黨性 hông 看做是文學內底，階級性 siōng 頂層 ê 發展，是保障社會主義文學思想內容 ê 重要要求。文學內底 ê 人民性 mā kap Má-khek-su ê 思想連結做伙：革命是群眾 ê 事業。文學理論家對人民性進行論解時，一方面 kā 看做是傳統進步文學 ê 品質，另外一方面，強調革命文學內底 ê 黨性，要求 kap 人民性之間 ê 一致性。所 pái，一个有黨性 ê 作品 chiū 一定有人民性，但是一个有人民性 ê 作品，無一定有黨性（尤其是傳統文學）。文學內底 ê 民族性範疇 mā tī 真 chē 無 kāng ê 程度頂進行詳細 ê 討論。Tī 真 chē 相關 ê 關

係，親像國際性、現代性等等內底展現。這个時期 ê 文學理論研究工程 lóng teh phah 拚確定 tang 時民族性會以一个屬性出現、tang 時會像文學 ê 品質出現。奴役、衰退 ê 文學作品當然是無民族性 ê 作品（理解像一个品質）。紹介頂 koân 所講 tio̍h 範疇 ê 同時，Má-khek-su 文學批評理論 ùi 1945 年到 1985 年 ê 階段反對錯誤 ê 思想，親像人性理論、存在主義、精神分析學、形式主義等等，kā 伊看做是西方資產理論有毒 ê 產品。實際上，這个階段北部文學批評理論 ê 生活 kan-taⁿ 存在一種趨向，chiū Má-khek-su 批評理論。其他趨向根本 iáu 無來形成 chiū 已經 hông 迫退。到改革時期，tī 重熟似 ê 基礎頂頭，已經真合理來看待文學 ê 一 kóa 基本範疇。

雖然 iáu koh 有限制，特別是過渡提升文學 ê 階級性 kap 有時陣真簡單運用 Má-khek-su 社會學方法，不而過 1945 年到 1985 年階段 ê 文學批評理論已經達成真 chē 重要 ê 成就，包括有 chē 位 tī 學術頂有信用 ê 文學批評理論家 ê 出現。

4.2.3.3. 1954 年到 1975 年南部都市 ê 文學批評理論

主要 ê 特徵

南部都市文學批評理論 tī 一个 kap 北部完全無 kāng ê 文化社會政治背景內底存在 kap 發展。Nā Má-khek-su 批評理論 tī 北部扮演主導 ê 角色，án-ne tī 南部 ê 審美思想趨向 chiū ke khah 複雜 kap 多樣。南部 ê 愛國文學批評理論 ê 部分，khah 接近北部批評理論 ê 特點 kap 性質。Tī chia，ài 注意 tio̍h 有 Má-khek-su 思想 ê 愛國批評家、作家 ê 角色。In tī 南部大都市活動，親像武杏、呂方等等。另外一部分有民族、民主精神 ê 作家、智識分子擔任，有真 chē 重要 ê 貢獻，親像阮獻黎(Nguyễn Hiến Lê) 、范世伍、清朗、鄧進、阮文忠、阮登塾(Nguyễn Đăng Thục)、謝巳(Tạ Ty)、阮士濟(Nguyễn Sỹ Tế)、黃潘英(Huỳnh Phan Anh)、李政忠(Lý

Chánh Trung)等等。這部分除了一 kóa tī 南部出世 ê 學者以外，koh 有一 kóa ùi 北部、中部移民到南部 ê 學者。Che 對造成無 kāng 文學批評 ê 風格有幫 chān。

有關理論，理論家盡力紹介真 chē 西方 ê 思想潮流、理論，親像存在主義文學 kap 哲學、精神分析學、結構主義等等。有關批評，有真 chē 西方現代理論無 kāng 基礎 ê 研究實踐。一 kóa 研究者、批評家 mā 想辦法 oa̍t 頭轉來東方看民族文學 ê 遺產。

一 kóa 基本 ê 趨向

研究有關南部都市文學批評理論，chit-má 有真 chē 無 kāng ê 分類法。Che 是 ùi 批評理論生活複雜 ê 現實出發，koh-khah 講每一位作者本身 chiū 無一定 kan-taⁿ 採用一種趨向， ē-tàng siâng 時用幾 nā 種趨向來創作。不而過，大概 lóng 會講 tio̍h 下底幾種趨向：

Má-khek-su 批評 ê 趨向。Tī hông 侵略 kap hō͘ 西貢政權嚴格審查 ê 背景之下，Má-khek-su 批評 ê 趨向，包括西方 Má-khek-su，mā 是 hông 紹介到西貢 kap 每一个大都市。有真 chē 報紙願意刊登 Má-khek-su 批評理論 ê 文章，親像《呈現》(Trình bày)、《面對》(Đối diện)、《百科》(Bách khoa)、《文學》(Văn học)、《文學研究》(Nghiên cứu văn học)、《新文藝》(Văn nghệ mới)等 ê 報紙。有真 chē Má-khek-su 文學藝術研究工程 hō͘ 阮文忠、陳文全(Trần Văn Toàn)、阮應龍(Nguyễn Ứng Long)等人翻譯。Tī 創作偏向 Má-khek-su 趨向 ê 作者、批評家內底，值得注意 ê 是武杏 kap 呂方。

武杏 tī《十年執筆》(Mười năm cầm bút)內底表達伊創作 ê 觀念：「創作 mā kap 批評 kāng 款，一定 ài kin-tòe 國家環境狀況迫切 ê 需求。」（百科雜誌，243 號，1967 年 2 月 15 出版）。Kin-tòe án-ne ê 意識，伊

肯定講:「以四界[20]、亡奴主義精神 chhìn-chhài 接受 ê 方式是破壞民族、破壞文學藝術」。趁詩豪阮攸過身 200 週年紀念日 ê 機會，北部褒揚民族詩豪舉辦紀念儀式。1996 年，武杏 mā tī 西貢公布《重讀金雲翹傳》(Đọc lại Truyện Kiều)。Che 是用 Má-khek-su 觀點書寫，mā 是對阮攸 ê 文學藝術遺產真傑出 ê 研究成果。所 pái，這个階段大部分 ê 南部都市對 Má-khek-su 批評理論 ê 研究成果 tiāⁿ-tiāⁿ kap 宣揚民族文化趨向有關係。Che mā 是 tī 各研究工程內底運用「綜合力量」ê 意識，有代表奴役文化，反背民族利益 ê 對話性，啟發讀者 ê 愛國精神。

存在主義批評 ê 傾向。Che 是 1975 年前 ê 南部都市文學批評理論內底 siōng-kài 突顯 ê 趨向。一系列 ê 翻譯、紹介 kap 研究存在主義 ê 成果出版，mā 真 kín hông 接受。[21]

存在主義是 tī *Ki-a-ku-iá-toh* (Kierkegaard)kap *Hu-lí-to͘-lí-chhih Nih-chhiah* ê 哲學基礎頂形成，後來有真 chē 二十世紀初期出名 ê 作家、哲學家 ê 貢獻 hō͘ 存在主義發展了真好，*Má-on Hái-to-goh*、*Jōn-Phó͘ Sá-thò*、*Si-bong te Po͘-oa* (Simon de Beauvouir)、*Hu-lián-chih Kha-hú-khah*、*E-o͘-bot Khám-muh* 等等。Tī 文學內底，存在主義哲學 ê 基本主題 tī *Sá-thò* kap *Khám-muh* ê 作品內底真活跳體現，chiū 是不安、煩惱、ià-siān、孤單、流亡、放逐等 ê 主題。除了促進翻譯、紹介西方存在主義思想 ê 活動以外，存在主義批評 mā 包括充滿學術性 kap「置身」精神 ê 作家，親像阮文忠、陳日新(Trần Nhựt Tân)、世豐(Thế Phong)、杜龍雲、黃潘英、

---

[20] Tī chia，武杏用「四界主義」ê 意思是吸收世界上無 kāng 類型 ê 主義，無 kéng--kòe，遠離民族精神、民族主義。

[21] 值得注意 ê 是：陳泰鼎，《存在主義哲學》(Triết học hiện sinh)，1967 年；范功善(Phạm Công Thiện)，《思想 ê 深坑》(Hố thẳm của tư tưởng)，1967 年；阮文忠，《歌頌肉體》，1967 年；黎成治(Lê Thành Trị)，《有關存在主義 ê 現象論》(Hiện tượng luận về hiện sinh)，1969 年；三益(Tam Ích)，《討論有關 *Sá-thò* kap *Má-on Hái-to-goh*》(Sartre và Heidegger trên thảm xanh)，1969 年；黎宗嚴(Lê Tôn Nghiêm)，《*Má-on Hái-to-goh* tī 西方思想瓦解面前》(Heidegger trước sự phá sản của tư tưởng phương Tây)，1970 年等等。

黎宣(Lê Tuyên)等等。

雖 bóng 存在主義進入進南部都市 ê 時，已經無 kap 西方原底 kāng 款，m̄-koh siōng 基本 ê 範疇 iáu 是 hông 介紹 kap 研究，親像無理、嘔吐、別人、起 siáu、欺騙、捨身等等。根據真 chē 資料，che 是南部都市沉迷鄭公山 ê 音樂 kap 討論范公善哲學 ê 階段。Tī 各研究中心、研究院 kap 大學 ê 教授、研究者 lóng 關心 tio̍h 陳泰鼎，特別是阮文忠 ê 研究成果。南部人民 ê 悲觀、ià 世 ê 心態有機會 kap 第二 pái 世界大戰了後歐洲人民 ê 失望、失意相 tú。這一 tú、共鳴產生 tī 1954 年到 1975 年階段南部都市智識分子 kap 作家內底 koh-khah 明顯，所以批評理論 ê 創作偏向，存在主義特別突出。存在主義批評理論有真 chē 值得注意 ê 貢獻，尤其是 tī 時代 kap 歷史 ê 傷痕下底，解說文學本質 kap 個人創造本體之間 ê 關連。

精神分析學批評 ê 趨向。1945 年進前，*Hu-ló-i-tō* 主義 hō͘ 阮文亨 (Nguyễn Văn Hanh) kap 張酒 tī 越南運用。後--來，1945 年到 1975 年期間 tī 北部消失。m̄-koh 精神分析學 tī 1954 年到 1975 年階段 ê 南部都市文學批評理論 kap 創作方面 hông 真普遍使用。地位甚至無輸 hō͘ 存在主義批評[22]。精神分析學有真 chē 翻譯，偏向這个趨向 ê 批評家數量 mā khah chē。親像武庭劉(Vũ Đình Lưu)、阮文忠、鄧進、謝巳、淵操(Uyên Thao)等等。南部文學 ùi 1954 年到 1975 年階段 ê 研究者內底，武庭劉是研究 siōng chē 有關精神分析學 ê 人。

精神分析學 hông 運用到文學批評研究，mā 開始出現一 kóa 相當水

---

[22] 這个階段，真 chē 研究工程已經 tī 南部翻譯。值得注意 ê 是 *Khá-o Gó-su-ta-hu lòng* ê《Chhiâu-chhōe 潛意識》(Thăm dò tiềm thức) (武庭劉翻譯)、*Hu-ló-i-tō* ê《精神分析學入門》(Phân tâm học nhập môn) (阮春孝 Nguyễn Xuân Hiếu 翻譯)、*J.P.Charrier* ê《精神分析學》(Phân tâm học)（黎清煌民(Lê Thanh Hoàng Dân)翻譯）、*Hu-lám* (Fromm) ê《精神分析學 kap 宗教》(Tâm phân học và tôn giáo)（智海(Trí Hải)翻譯）、*Suzuki, Fromm, Martino* ê《禪 kap 精神分析學》(Thiền và phân tâm học)（如杏(Như Hạn)翻譯）等等。一 kóa 研究工程最近有 koh 再版。

準 ê 研究工程，親像阮文忠 ê《文學略考》(Lược khảo văn học)、淵操 ê《1900 年到 1970 年越南女作家》(Các nhà văn nữ Việt Nam 1900 - 1970)、鄧進 ê《詩 ê 宇宙》(Vũ trụ thơ)、謝巳 ê《文學藝術 ê 十个人物》(Mười khuôn mặt văn nghệ)等等。南部都市文學批評理論內底 ê 精神分析學主要是受 tio̍h *Hu-ló-i-tō* ê 影響，*Khá-o Gó-su-ta-hu Iòng* (Carl Gustav Jung)「集體潛意識」ê 理論影響 khah 無 chiah 大。

結構論批評 ê 趨向。Kap 頂 koân 所講 tio̍h ê 趨向相比，結構論批評主要 hông 當作是一種研究方法來使用。一開始，以「機構批評」hông 介紹[23]。這種趨向代表 ê 批評理論家包括陳泰鼎、陳善道、杜龍雲等等。一 kóa 研究成果已經 hông 運用到結構 - 符號學來分析、理解古典 ê 創作（阮攸、胡春香），另外一部分，研究有關金庸(Kim Dung) ê 武俠小說。Siōng 值得注意 ê 是杜龍雲《無忌 tī 咱心內 ia̍h 是金庸 ê 現象》(Vô Kỵ giữa chúng ta hay là hiện tượng Kim Dung) ê 研究成果。

頂 koân 講 tio̍h ê 趨向分類，當然 m̄ 是包括 1954 年到 1975 年階段全部南部都市文學批評理論 ê 豐富內容。除了一 kóa 思想 ê 極端、偏差以外，這个階段 ê 南部都市文學批評接觸 tio̍h 真 chē 西方 ê 新思想。雖 m̄-bóng 存在 20 tang，這 kóa 思想 ê 深度 iáu 無達到一定程度 ê 標準，m̄-koh 咱 bē-tàng 否認伊 ê 貢獻，尤其是 chiâⁿ 做統一越南文學一个成員 ê 資格。

Tī 一个複雜 ê 文化、社會、政治背景內底發展，頂 koân 所講 ê 傾向 m̄ 是一直 lóng 真單純。一个批評研究家 ē-tàng tī 真 chē 趨向頂表現 kap 存在，in ê 作品會有無 kāng 趨向 ê 交插、透 lām。一 kóa 積極、新要素出現 ê 同時，各都市文學批評理論 iáu-koh 看會 tio̍h 真 chē 限制。

---

23 詳細看陳善道，「了解機構理論」(Tìm hiểu thuyết cơ cấu)，文學雜誌(Tạp chí Văn học)，2 號，1967 年；「批評文學 kap 機構理論」(Thuyết cơ cấu và phê bình văn học)，百科雜誌，289 號；1969 年 1 月 15 等等。

Tī 20 外 tang ê 存在 kap 發展內底，南部都市文學批評理論留落真 chē 值得注意 ê 人物，其中 siōng-kài 出眾 ê 人是阮文忠。

4.2.4. Ùi 1986 年到 ta^{n} ê 文學批評理論

4.2.4.1. 豐富、鬧熱 ê 階段

民主精神 kap 研究論述 ê 轉向

咱 ē-tàng 講 1986 年以後 ê 越南文學批評理論是 kui-ê 二十世紀文學現代化過程內底 siōng-kài 豐富、siōng-kài 鬧熱 ê 階段。Che 是文學批評理論 tī 越南共產黨領導之下，黨所提倡 ê 改革精神 koh 有全面 kap 國際相接 ê 背景，替批評理論提供機會，hō͘ 伊會用得 tī 民主、人文 ê 方向路頂健康發展。Tī 文學藝術管理方面，值得講 tio̍h ê 是，阮文靈(Nguyễn Văn Linh)總書記 kap 藝文工作者以及文化活動家 tī 1987 年 10 月初 7 kap 初 8 這兩 kang ê 會見[24]。Che 是有關文學藝術 ê 各種議決、指示，特別是 1987 年 11 月 28 ê 05-NQ/TW 決議，hō͘ 文學生活帶來一个開放、koh-khah khoah ê 思想空間。所 pái，反思 koh 熟似 ê 精神 tī 創作實踐 kap 文學批評理論內底熱 phut-phut 進行。世界上真 chē 現代文學藝術趨向、思想真 kín chiū hông 紹介。網際網路 kap 新聞媒體 ê 協助，hō͘ 批評理論活動用 koh-khah kín ê 速度、koh-khah khoah ê 規模 teh 進行。社會民主環境內底 ê 學術爭論性、對話性促進批評理論 ê 發展。咱 ē-tàng 講，批評理論內底 siōng 重要 ê 改變是透過兩个形式來體現：改革 ê 第一階段是 ùi 社會學 ê 外觀轉做內觀，用言詞文學藝術 chiâ^{n} 做一門科學來強調文學 ê 特徵。第二階段是 ùi 意識形態 ê 論述轉做文化論述。所 pái，文學 hông 看做是文化組成 ê 部分，有創造文化價值 ê 能力。

---

[24] 詳細看阮文靈《Ūi 向前來改革》(Đổi mới để tiến lên)內底 ê〈文藝工作者請為黨 ê 改革事業做出積極 ê 貢獻〉(Văn nghệ sĩ hãy đóng góp tích cực vào sự nghiệp đổi mới của Đảng)，第一集，真相出版社，1988 年，頁 160-168。

Ūi-tio̍h 改革來重熟似

Ūi-tio̍h 改革，文學批評理論已經重熟似有關文學批評理論 ê 特點、功能、本質 ê 一系列問題，認為批評 kap 理論之間有 kóa 個別 ê 特徵 kap 本質，雖 bóng che 是兩个 bā-bā 黏做伙 ê 領域[25]。Tī 1986 年到 2000 年這段期間，有真 chē 場文學爭論以這四个主要 ê 問題展開進行：

文學 kap 政治。1979 年 6 月初 9 出版 ê《文藝報》(Báo Văn nghệ) 頂，講 tio̍h 1945 年到 1975 年期間文學 ê 時，黃玉獻使用引發爭議 ê 用語是「文學合道[26]」(văn học phải đạo)來討論這階段 ê 文學 beh án-chóaⁿ 符合共產黨 kap 國家文學藝術政策創作 ê 情況。Tī kap 阮文靈總書記見面 ê 時，阮登孟提出黨「非常嚴重輕視」文學藝術工作者 ê 問題。到改革時期，爭論政治 kap 文學之間 ê 關係變 koh-khah 鬧熱，主要討論黎玉茶 (Lê Ngọc Trà) tī 1987 年 12 月 19 發表《文藝 kap 政治》(Văn nghệ và chính trị) ê 文章，《文藝報》51 - 52 號出版。這場爭論引起真 chē 作家參與，親像阮文杏、阮登孟、胡玉(Hồ Ngọc)、賴源恩、王智閒、吳草 (Ngô Thảo)、范春源(Phạm Xuân Nguyên)等等。

基本上，批評理論家 lóng 意識 tio̍h 文學藝術 kap 政治之間密切 ê 關係，肯定文學藝術 bē-tàng 脫離政治。然後，真 chē 批評理論家 mā 認

---

[25] 2005 年，文學院(Viện Văn học)舉辦一場有關批評、理論 ê 國家研討會。這場研討會 ê 結果 hông 公布 tī《文學批評理論 ê 改革 kap 發展》(Lý luận và phê bình văn học đổi mới và phát triển)，社會科學出版社，2005 年。Iáu-koh 有其他一 kóa 活動：越南作家協會辦有關文學批評理論 ê 國家研討會，2003 年，第一 pái tī 三島(Tam Đảo)，2006 年，第二 pái tī 塗山(Đồ Sơn)，2013 年，第三 pái tī 三島；中央文學藝術批評理論委員會(Hội đồng Lý luận, phê bình văn học nghệ thuật Trung ương) mā 舉辦真 chē 批評理論 ê 研討會，主題包括：文學 kap 市場機制、文學 kap 現實、民族性 kap 現代性等等。文學院舉辦 ê 兩 pái 國家級科學研討會繼續講 tio̍h 文學 ê 批判理論生活：「改革 kap 國際相接 ê 背景下底越南文學 ê 發展。」(Phát triển văn học Việt Nam trong bối cảnh đổi mới và hội nhập quốc tế)（2014 年 5 月 25）、「改革時期 ê 越南文學：現狀 kap 展望」(Văn học Việt Nam thời kỳ Đổi mới: thực trạng và triển vọng)（2015 年 5 月 28）。

[26] 譯者註：意思是已經有真長 ê 一段時間，作者 kan-taⁿ 遵照共產黨 kap 頂 koân ê 指導來創作，m̄ 敢提出家己 ê 思想 kap 思考。

為，mài siuⁿ 過古板、簡單來理解文學服務政治這層問題，因為真簡單會導致文學藝術是主張、政策做解釋 ê 情況。文學藝術 ê 領域是文化一个敏感 ê 領域，所 pái 文學藝術管理 khang-khòe 要求靈活、chhun-kiu，需要 khiā tī 現代、人文、民主精神頂 koân，尊重文學藝術工作者創作 ê 自由。運用 *Po-lín-su-ki* (Belinxki)對批評 ê 思想，阮登孟 tī 研究實行重視文學藝術思想概念 ê 時陣，伊強調作家 ê 思想。有真 chē 批評理論家 mā án-ne 主張，親像阮明洲 ê 觀念 kāng 款，必須避免「思想糧票[27]」(bao cấp tư tưởng) ê 現象。作家 ê 思想 ē-tàng tòe 時代精神一致，但是 bē-tàng 單一化，因為單一化會導致「思想衰退」，會徹底消滅作家 ê 思考 kap 創造性。

寫實 kap 文學之間 ê 關係。1987 年，阮明洲公布《請 ūi 大眾文學藝術這个階段宣讀悼詞》(Hãy đọc lời ai điếu cho một giai đoạn văn nghệ minh họa) ê 小論，tī《文藝報》49 - 50 號，1987 年 12 月初 5 出版。這篇小論引發當時熱鬧 ê 爭論。Tng 黎玉茶公布真 chē kap 這 kóa 問題相關文章 ê 時，tī 1991 年「越南作家協會」頒發獎項 hō͘ 保寧《愛情 ê 運命》(Thân phận của tình yêu)、阮克長《Chē 人厚鬼神 ê 土地》小說 kap 黎玉茶《理論 kap 文學》(Lý luận và văn học) ê 小論，寫實 kap 文學之間 ê 關係問題 koh 一 pái hông chhui 到 chīn-pōng。Kap《Chē 人厚鬼神 ê 土地》、《無 ang-sài ê 碼頭》這兩部 khah「安穩」ê 小說相比，《愛情 ê 運命》(《戰爭哀歌》ê 偏名) 造成讀者之間真 chē 無 kāng ê 反應。一 pêng 認為作者扭曲民族偉大 ê 戰爭，另外一 pêng 是肯定 che 是一部描寫戰爭 chiâⁿ 實殘酷模樣 ê 作品。

寫實 kap 文學 ê 問題，黎玉茶 tī《文藝報》20 號，1988 年 5 月 14

[27] 譯者註：越南 tī 1976 年到 1986 年其間，bat 實施過類似「人民公社」ê 計畫經濟生活模式，每人每個月 ê 食穿 lóng 用糧票來管制分配。

出版 ê 文章 hông 公開討論[28]。Tī 這篇文章內底，黎玉茶建議需要區別 tī 哲學 kap 文學理論平面上 ê 反映：「文學藝術理論平面上（kap 反映理論平面無 kāng）文學代先 m̄ 是反應現實，是對現實 ê 思考。」黎玉茶頂 koân ê 觀念，引起伊 kap 真 chē 有學術信譽作家 ê 爭論，親像陳廷史、芳榴、呂源等等。其實，黎玉茶批判文學 ê 反映屬性是 ùi 本身反映 ê 模式，所 pái 無法度來避免矛盾衝突。不而過伊所提出 ê 問題方法，已經 hō͘ 咱有新 ê 認識：需要 kóaⁿ-kín 超越對現實淺見 ê 理解，提升作家主體創造 ê 角色。

大部分參加這場爭論 ê 文學批評理論家 lóng 意識 tio̍h 文學無單純 kan-taⁿ 反映現實。而且現實 m̄ 是「固定」是非常多樣，複雜 ê 代誌，一直 teh 變，tiāⁿ-tú koh 料想 bē 到，kap「看會 tio̍h」ê 現實 koh 有作家對世界想像「感覺--tio̍h」ê 現實。Che 是 tī 改革時期 ê 文學內底，生淚現實概念 ê 內涵，提升作家 ê 思考。

社會主義寫實創作方法 ê 命運。Tī 改革時期社會主義寫實方法 ê 爭論 mā 吸引 tio̍h 學術界 kap 創作界 ê 關注。一 kóa 文學批評理論家，親像何春長、潘巨瑅認為需要肯定這種創作方法 ê 優越性。Tī 1985 年針對阮明洲 ê 短篇小說討論內底，何春長認為阮明洲 kan-taⁿ 達成「社會主義一半 ê 寫實」，因為伊 tī 這个階段 ê 短篇小說有 siuⁿ chē 對生活 ê 憂愁。其他 ê 意見是懷疑社會主義寫實創作方法所謂 ê「合理核心」，親像芳榴、豐黎、阮文杏等等。另外一 kóa 意見認為社會主義寫實創作方法製造一種新 ê 規範，甚至，kā 伊看做是無存在 ê 範疇，一種有「偽

[28] Tī 這段時間內底，黎玉茶 tī《文藝報》頂公布一系列 ê 小論：《文藝 kap 政治》（1987 年 11 月）；《文學反映現實 ê 問題》(Vấn đề văn học phản ánh hiện thực)（1988 年 5 月）；《文學內底人 ê 問題》 (Vấn đề con người trong văn học)（1989 年 7 月）。Che 是 tī 改革氣氛內底 kap 受蘇聯 ê 改革重組影響所寫 ê 小論。這 kóa 小論後來 hông 收錄 tī《理論語文學》，青年出版社，1990 年。Mā tī 1990 年，文學院出版《文學 kap 現實》(Văn học và hiện thực)來體現對這層關係新 ê 認 bat ê 研究工程。

造」性 ê 概念。這種意見 ê 代表有陳廷史、呂源等等。根據陳廷史 ê 講法，需要 kā 創作方法範疇 ùi 各級學校 ê 理論課程刪除。

其實，後蘇聯文學理論 kap 中國文學理論 ùi 1978 年改革時期開始 chiū 無 koh 講有關創作方法 ê 展望。雖 bóng 對社會主義寫實創作方法 ê 運命 iáu 無結論，siōng 尾 ê 判決不過是社會主義寫實主義 lú 來 lú tiām ê 事實，加減承認伊 ê 運命已經結束。共產黨有關文學藝術 ê 文件，親像第八屆 ê 中央第五決議 koh 有 2008 年 6 月 16 政治部 23-NQ/TW ê 議決，tī 新時期繼續建立 kap 發展文學藝術無 koh 講 tio̍h 社會主義寫實方法。

現代性 kap 民族性 ê 問題。Che mā 是引起爭論，受到批評理論界 kap 創作界關注 ê 問題，nā beh 斟酌了解，chiū bē-tàng kā 現代性 kap 民族性看做有呼應關係 ê 兩个範疇，需要 khǹg tiàm 傳統性、現代性、民族性 kap 人類性。值得注意 ê 是 1994 年由「阮攸創作學校」(Trường Viết văn Nguyễn Du)舉辦 ê 歌詩內民族性研討會。Tī 這 pái 研討會各篇論文內底，一方面深究討論民族性，另外一方面提出民族文化本色 kap 人類文化，傳統 kap 現代之間 ê 關係。這个主題後來 tī《Tong 今越南文學藝術內底 ê 現代性 kap 民族性》研討會 hông 延續，這場研討會 2009 年 8 月初 4、初 5tī 會安進行，透過中央文藝批評理論委員舉辦，參與者包括真 chē 批評理論研究界 ê gâu 人，親像阮文杏、何明德、芳榴、陳廷史、豐黎、梅國聯(Mai Quốc Liên)、陳清淡(Trần Thanh Đạm)、蘇玉清(Tô Ngọc Thanh)、黃如芳、阮登疊、阮文民(Nguyễn Văn Dân)、成維等等。基本上，以「建設越南文化先進、豐富民族本色」ê 方針，文學批評理論界 phah 拚提出有關這層關係新 ê 認識。

Kin-tòe 全球化進展 ê kha 步，beh án-chóaⁿ 保存、發揮民族文化本色，mā 變做 tī 實踐 kap 理論上關心 ê 議題。所 pái，民族 kap 人類；傳統 kap 現代 chiâⁿ 做必需深究 ê 範疇。

總體來看，經過各種無 kāng 規模 ê 研討會 kap 學術 ê 探討，文學批評理論界盡力分析舊觀念內底對文學 ê 限制、古板甚至教條，khiā tiàm 思維改革 ê 精神頂頭，促進文學 tī 新環境內底 ê 發展做目的。民族性、對話性 iáu koh 有學術深度，lóng 已經提升到相當 ê 水準。然後，iáu 是有一 kóa 無以社會歷史條件做底蒂 chiū 烏白評價文學作品，導致有一 kóa 極端 ê 偏見。Tio̍h-sǹg 爭論 ê 文化 tī 越南已經 koh-khah 開放 kap 民主，m̄-koh 來回之間真歹有共識。有真 chē 爭論無以學術做目的，轉向 tah 政治標記 kap 個人烏白罵。Che lóng 是 tī 當代精神空間 kap 國際相接內底 ūi-tio̍h 民族文學發展目標科學爭論內底無正常 ê 現象。

4.2.4.2. 各種突顯 ê 趨向

文學社會學

1945 年到 1985 年 ê 階段內底，這个趨向發展 kah 真好，事實上，ē-sái 講是佔獨佔 ê 位。Che 是 ùi 外觀觀點接近文學 ê 方向。採用社會學 nā gōng 用會行入極端，主要會造成文學批評理論變做一種「實用」性 kap「思想定向」ê 活動，批評家會扮演判官 ê 角色，無關心科學對話性。咱 bē-tàng 否定社會學 tī 文學研究內所扮演 ê 角色，但是 chhìn-chhài、烏白用這種方法無形中已經造成 1986 年進前文學批評理論發展 ê 阻礙。改革了，這个趨向 iû-goân 繼續，但是已經調整 kah koh-khah chhun-kiu 活跳、婉轉。雖 bóng koh tī kap 生活關係內底，注重分析內容、解釋文學，認為文學受社會歷史條件 ê 支配，不而過社會學研究無 koh 用決定論精神來看待問題、無認為作家階級 ê 成分是決定作品價值 ê 要素。這个趨向 ê 批評家代表是何明德、潘巨瑅、豐黎等等。

敘事學 kap 詩法學

自 1986 年改革開始，大約 30 tang ê 時間內底，che 是 siōng 突顯 ê 批評趨向。Tī 越南改革開放進前，詩法學 tī 阮文忠、潘玉、皇貞(Hoàng

Trinh) ê phah 拚之下得 tio̍h 關心。但是真正到 chiâⁿ 做有深度、khoah 度 ê 文學批評研究，ài 一直等到二十世紀 80 年代中期陳廷史 chiah 開始。克服存在真久 ê 粗俗研究社會學方式，詩法學扮演形式 ê 科學 ē-tàng siû 做補充。Tī 陳廷史 ê 學術思想內底，文學形式是有觀念 ê 形式、內容性 ê 形式。杜德曉 mā 改變家己 ê 詩法學 kap 研究思維，偏向語言、結構。杜萊翠 ùi 風格接近文學等。有真 chē 關係 Bak-thin ê 研究成果 hām Lō͘-se-a ê 形式學派是透過陳廷史、賴元恩、王智閒、范永居、杜萊翠、呂源、黃如芳等人 ê 翻譯 kap 紹介 chiah 促進研究界 ê 學術思維 kap 意識 ê 改革[29]。詩法學影響真 chē 研究領域，包括民間文學詩作、中世紀文學詩作 kap 現代文學詩作。Tī 陳廷史了，這个趨向 ê 代表作家 ē-tàng 講 tio̍h 杜德曉、杜萊翠、阮春敬(Nguyễn Xuân Kính)、阮登疊、朱文山(Chu Văn Sơn)、阮氏萍等等。杜萊翠 ùi 文體學了解詩人 ê 詩法，阮登疊 ùi 文章語調 ê 方面接近歌詩，朱文山 ùi 詩人創造 ê 文學藝術世界模型去了解歌詩等等。

Tī 後一个階段，陳廷史 mā 是越南研究敘事學 ê 開創人。敘事學研究 ê 方向是主張形式 ê 研究，但是受 tio̍h 結構論影響非常明顯。這个研究方向 ê 成就 ē-tàng tī 河內舉辦 ê 有關敘事學 ê 國家研討會 koh 有一系列專論 kap 碩博士學位論文內底看會出來。[30]

符號/語言學

Che 是結構主義 kap 現代語言學 ê 成就相關 ê 批評研究方向。這个研究方向 mā 集中 tī 形式研究，但是 kap 歷史詩學無 kāng，ùi 皇貞（符號學研究）、阮潘景(Nguyễn Phan Cảnh)（根據布拉格學派 ê 精神研究語

[29] 參考高鴻(Cao Hồng)，《越南文學理論改革 ê 一段路程》(Một chặng đường đổi mới lý luận văn học Việt Nam)（1986 年到 2000 年），作家協會出版社，2011 年，頁 206 - 236。

[30] 這兩場研討會 ê 結果公布 tī《敘事學》（第一本，2004 年）;《敘事學》（第二本，2008 年）。這兩本 ê 成果 lóng 是陳廷史主編。

言學）等人開始。這个趨向代表 ê 批評理論家是皇貞、潘玉、杜德曉、鄭柏珽等等。潘玉 ùi 語言學 ê 角度研究《金雲翹傳》風格，有真 chē 到位 koh 精確 ê 結論。阮潘景運用 *Ia-koh-poh-sńg* ê 科學思想來分析歌詩 ê 語言。杜德曉發表一系列值得注意 ê 研究，有關胡春香 ê 歌詩、武重鳳 ê《紅運》、阮明洲 ê《Giát 市仔》(Phiên chợ Giát)等等。鄭柏珽紹介結構主義 koh 進行一 kóa 實踐研究。這幾 tang 來，解構主義 ê 思想引進越南了，這方面 ê 研究 chiū 漸漸 khah 少。

文化學

批評理論 ê 論述中心 ùi 意識形態轉到文化論述，變做是自 1986 年了，尤其是 ùi 90 年代中期開始，文學批評理論 ê 重要特徵。Tī 外國文化研究 ê 翻譯 kap 紹介，真 chē 條件之下，ùi 文化角度出發 ê 文學研究開始 hông 注意--tio̍h，mā 使用 lú 來 lú khoah。文學批評理論家有明顯貢獻 ê 是陳庭佑 tī《中世紀近代 ê 越南文學 kap 儒教》(Nho giáo và văn học Việt Nam trung cận đại)，杜萊翠 ê《胡春香，懷念繁殖》(Hồ Xuân Hương，hoài niệm phồn thực)，陳玉王 ê《儒家才子 kap 越南文學》 (Nhà nho tài tử và văn học Việt Nam)，陳廷史 ê《金雲翹傳詩法》(Thi pháp Truyện Kiều)，陳儒辰 ê《Ùi 文化角度來看越南 ê 中世紀文學》(Văn học trung đại Việt Nam dưới góc nhìn văn hóa)等等。

總體來講，ùi 文化學角度看文學研究 ùi 來回有真 khoah ê 範圍，一方面顯示文化背景對文學 ê 影響，另外一方面顯示文學本身創造文化價值 ê 能力。來自文化學 ê 文學研究本質是跨學科 ê 接近。其中對文學有影響 ê 是連鎖效應 kap 多維 ê 影響等等。因為有真大 ê 潛能 kap 優勢，ùi 文化學角度接近文學真有機會替未來 ê 文學研究做出真 chē 貢獻。

精神分析學

1945 年進前，越南 ê 精神分析學研究者主要有阮文亨 kap 張酒；

後來 tī 1954 年到 1975 年期間，hō͘ 越南南部各都市 ê 文學研究者繼續研究。但是嚴格來講，1986 年了，精神分析學 chiah 真正有系統 hông 研究[31]。*Sí-ko-mú-tō Hu-ló-i-tō*、*Khá-o Gó-su-ta-hu Iòng*、*Jiah-khò Lá-khòng* (Jacques Lacan)等 ê 主要思想已經得 tio̍h 文學研究界 ê 關注。杜萊翠是這个研究領域（包括翻譯 kap 研究）有真 chē 貢獻 ê 人。杜萊翠 siōng 值得注意 ê 研究成果是《慾望 ê 手法》(Bút pháp của ham muốn)（智識出版社，2009 年）。Che 是一个真有才華 kap 精美 ê 研究成果。杜萊翠 ùi 精神分析學 ê 角度來分析，*Jiah-khò Lá-khòng* 思想 ê 影響「潛意識作為一種語言結構」，發表真 chē 對越南文學偉大作家 ê 新發現。對作家 ê 夢 kap 囡仔時代 ê 迷戀、文學藝術 ê 象徵 koh 有公眾意識等 ê 研究，lóng ē-tàng ùi 精神分析學研究 kap 文化學觀點研究 sio 結合 ê 角度出發。Che mā 是 tī 現代人文研究頂真 tiāⁿ 看 tio̍h ê 結合。

頂 koân 所講 tio̍h ê 趨向，iáu 無完全包括所有當代文學批評理論活跳 ê 氣氛。進前 bat 出現過 ê 一 kóa 理論 mā hông 普遍使用，親像生平批評、印象批評等等。一 kóa 新理論 mā hō͘ 研究界關注，但是 tī 本書中無紹介--tio̍h，親像接受美學、後殖民理論、女權主義理論、賽局理論、生態批評等等。Tī 研究實踐內底，批評家有時陣會用一 kóa 綜合 ê 批評方法，突顯研究思維內底 ê 特徵，越南文學批評有「共生」kap「結合」ê 特性。

---

[31] Ē-tàng 參考下底 ê 研究成果：范明淩(Phạm Minh Lăng) ê《*Sí-ko-mú-tō Hu-ló-i-tō* kap 精神分析學》(S. Freud và phân tâm học)，2004；陳清河(Trần Thanh Hà) ê《*Sí-ko-mú-tō Hu-ló-i-tō* 學說 kap 伊 tī 越南文學內底 ê 體現》(Học thuyết S. Freud và sự thể hiện của nó trong văn học Việt Nam)，2008；胡世河(Hồ Thế Hà) ê《Ùi 精神分析學參照 ê 角度看一 kóa 越南現代短篇小說》(Từ cái nhìn tham chiếu phân tâm học qua một số truyện ngắn hiện đại Việt Nam)，2008；阮氏青春 ê《越南文學內底水 ê 原型 kap 原型批評》(Phê bình cổ mẫu và cổ mẫu nước trong văn chương Việt Nam)，2009 等等。其他主要運用論述理論來講有關文學內 ê 性慾，親像陳文全 ê《越南虛構散文內底有關性慾 ê 論述》（ùi 世紀初期到 1945 年）(Diễn ngôn về tính dục trong văn xuôi hư cấu Việt Nam) (từ đầu thế kỷ đến 1945)，2009 等等。

總體來講，經過 30 tang ê 改革 kap 發展，當代文學 ê 批評理論 iû-goân 繼續 ùi 現代化 ê 方向 teh 行。除了扮演主導角色 ê Má-khek-su 主義批評理論趨向以外，新理論思想 kap 趨勢 ê 紹介確實已經 hō͘ 文學生活 koh-khah 豐富。這幾 tang 後現代思想已經對批評理論 kap 當代文學創作生活 ê 影響 lú 來 lú 大，造成文學思維內底一个新 ê 轉換點，尤其是 ùi 二十一世紀初期到 taⁿ。二十世紀 ê 語言哲學、現代人生哲學 kap 後現代理論 ê 影響，協助批評理論家 m̄-nā 是 tī 認 bat、思維方面，tī 批評論述方面 mā lóng 進行改革。Tī kap 世界相接 ê 背景下底，文學批評理論 ê 發展可比 khoe 扇 ê 骨架展開了有真 chē 方向，mā 確保學術生活 ê 多樣性。Kap 頂一代 ê 批評理論家前輩行做伙，改革時期出世 ê 少年研究隊伍已經開始展現出充滿希望 ê 研究結果。Che 是一个對接 sòa beh 來 ê 越南文學批評理論旅程值得歡喜 ê 訊號。

◆ 問題討論

1. Ùi 體系觀點，分析前現代文學批評理論 kap 現代、後現代文學批評理論之間 ê 差別。
2. 二十世紀前期 ê 越南文學批評理論現代化。
3. 1945 年到 1985 年階段 ê 革命文學批評理論。
4. 1954 年到 1975 年，南部都市文學批評理論 ê 貢獻 kap 限制。
5. Ùi 1986 年改革開放到 taⁿ，文學批評理論 ê 趨向 kap 演變過程。

參考文獻

Aristotle. 1997. *Nghệ thuật thơ ca* (Lê Đăng Bảng, Thành Thế Thái Bình, Đỗ Xuân Hà, Thành Thế Yên Báy dịch; Đoàn Tử Huyến hiệu đính), Tạp chí *Văn học nước ngoài*, số 1/1996, tr.182-221.

Arnaudov M. 1978. *Tâm lý học sáng tạo văn học*, Nxb. Tác phẩm mới, Hà Nội.

Bakhtin M. 1992. *Lý luận và thi pháp tiểu thuyết* (Phạm Vĩnh Cư dịch và giới thiệu), Trường Viết văn Nguyễn Du xuất bản, Hà Nội.

Bakhtin M. 1993. *Những vấn đề thi pháp Đotxtoievxki* (Trần Đình Sử, Lại Nguyên Ân, Vương Trí Nhàn dịch), Nxb. Giáo dục, Hà Nội.

Barnett S. - Berman M. - Burto W. - Cain W.E. (Eds.). 1997. *An introduction to literature*, Longman, New York.

Barthes R. 1997. *Độ không của lối viết* (Nguyên Ngọc dịch), Nxb. Hội Nhà văn, Hà Nội.

Bích Thu. 2015. *Văn học Việt Nam hiện đại sáng tạo & tiếp nhận*, Nxb. Văn học, Hà Nội.

Boulton M. 1975. *The Anatomy of the Novel,* Routledge & Kegan Paul, London and Boston.

Bùi Kỷ. 1950. *Quốc văn cụ thể*, Nxb. Tân Việt, Sài Gòn.

Bùi Văn Nam Sơn. 2012. *Trò chuyện triết học*, Nxb. Tri thức, Hà Nội.

Bùi Việt Thắng. 2002. *Văn học Việt Nam 1945 - 1954 (Văn tuyển)*,

Nxb. Đại học Quốc gia, Hà Nội.

Cao Hồng. 2011. *Một chặng đường đổi mới lý luận văn học Việt Nam*, Nxb. Hội Nhà văn, Hà Nội.

Compagnon, Antoine. 2006. *Bản mệnh của lý thuyết* (Lê Hồng Sâm - Đặng Anh Đào dịch), Nxb. Đại học Sư phạm, Hà Nội.

Cureton R. 1997. "Linguistics, Stylistics and Poetics", in *Language and Literature* XXII, Trinity University.

Chu Văn Sơn. 2003. *Ba đỉnh cao Thơ mới*, Nxb. Giáo dục, Hà Nội.

Darcos X. 1997. *Lịch sử văn học Pháp* (Phan Quang Định dịch), Nxb. Văn học, Hà Nội.

Dương Quảng Hàm. 1968. *Việt Nam thi văn hợp tuyển* (tái bản lần thứ 9), Trung tâm học liệu Bộ Quốc gia Giáo dục, Sài Gòn.

Dương Quảng Hàm. 2005. *Việt Nam văn học sử yếu* (tái bản), Nxb. Trẻ, Thành phố Hồ Chí Minh.

Đào Tuấn Ảnh, Lại Nguyên Ân, Nguyễn Thị Hoài Thanh. 2004. *Văn học hậu hiện đại thế giới - những vấn đề lý thuyết*, Nxb. Hội Nhà văn - Trung tâm Ngôn ngữ Văn hóa Đông Tây, Hà Nội.

Đặng Anh Đào. 2001. *Đổi mới nghệ thuật tiểu thuyết phương Tây hiện đại*, Nxb. Đại học Quốc gia, Hà Nội.

Đặng Tiến. 1972. *Vũ trụ thơ*, Giao Điểm, Sài Gòn.

Đặng Tiến. 2009. *Thơ thi pháp & chân dung*, Nxb. Phụ nữ, Hà Nội.

Đoàn Lê Giang. 2011. *Văn học cận đại Đông Á từ góc nhìn so sánh*, Nxb. Tổng hợp Thành phố Hồ Chí Minh.

Đỗ Đức Hiểu. 1998. Đổi mới đọc và bình văn, Nxb. Hội Nhà văn, Hà Nội.

Đỗ Đức Hiểu. 2000. *Thi pháp học hiện đại*, Nxb. Hội Nhà văn, Hà Nội.

Đỗ Lai Thúy biên soạn. 2001. *Nghệ thuật như là thủ pháp*, Nxb. Hội Nhà văn, Hà Nội.

Đỗ Lai Thúy. 1998. *Hồ Xuân Hương hoài niệm phồn thực*, Nxb. Văn hóa thông tin, Hà Nội.

Đỗ Lai Thúy. 2009. *Bút pháp của ham muốn*, Nxb. Tri thức, Hà Nội.

Đỗ Lai Thúy. 2011. *Phê bình văn học con vật lưỡng thê ấy*, Nxb. Văn học - Nhã Nam, Hà Nội.

Đỗ Lai Thúy. 2014. *Thơ như là mỹ học của cái khác*, Nxb. Hội Nhà văn, Hà Nội.

Đỗ Minh Tuấn. 1996. *Ngày văn học lên ngôi*, Nxb. Văn học, Hà Nội.

Hà Minh Đức. 2001. *Văn chương tài năng và phong cách*, Nxb. Khoa học xã hội, Hà Nội,

Hà Minh Đức. 2004. *Tuyển tập*, (3 tập), Nxb. Giáo dục, Hà Nội.

Hamburger K. 2004. *Logic học về các thể loại văn học* (Vũ Hoàng Địch - Trần Ngọc Vương dịch), Nxb. Đại học Quốc gia, Hà Nội.

Heghen, G.W.Ph. 1999. *Mỹ học* (2 tập), (Phan Ngọc dịch và giới thiệu), Nxb. Văn học, Hà Nội.

Hoài Thanh - Hoài Chân. 1988. *Thi nhân Việt Nam* (tái bản), Nxb. Văn học, Hà Nội.

Hoài Thanh. 1999. *Toàn tập*, Nxb. Văn học, Hà Nội.

Hoàng Ngọc Hiến. 2006. *Những ngả đường vào văn học*, Nxb. Giáo dục, Hà Nội.

Hoàng Trinh. 1997. *Từ ký hiệu học đến thi pháp học*, Nxb. Đà Nẵng.

Hội đồng Lý luận, phê bình văn học, nghệ thuật Trung ương. 2010.

Tính dân tộc và tính hiện đại trong văn học, nghệ thuật hiện nay (Kỷ yếu Hội thảo), Nxb. Chính trị quốc gia, Hà Nội.

Huntington S. 2003. *Sự va chạm của các nền văn minh*, Nxb. Lao động, Hà Nội.

Huỳnh Như Phương. 2008. *Những nguồn cảm hứng trong văn học*, Nxb. Văn nghệ, Thành phố Hồ Chí Minh.

Jacobson R. 2008. *Thi học và ngôn ngữ học* (Trần Duy Châu dịch), Nxb. Văn học - Trung tâm Nghiên cứu Quốc học, Hà Nội.

Jung C. 1966. *Thăm dò tiềm thức* (Vũ Đình Lưu dịch), An Tiêm, Sài Gòn.

Jung C.G. 1961. *Memories, dreams, reflections,* Random House, Inc., NewYork.

Kiều Thanh Quế. 2009. *Cuộc tiến hóa văn học Việt Nam* (Nguyễn Hữu Sơn, Phan Mạnh Hùng biên soạn), Nxb. Thanh niên, Hà Nội.

Kundera M. 2001. *Tiểu luận* (Nguyên Ngọc dịch), Nxb. Văn hóa thông tin - Trung tâm Văn hóa Ngôn ngữ Đông Tây, Hà Nội.

Lã Nguyên, Lộc Phương Thủy, Huỳnh Như Phương. 2015. *Tiếp nhận tư tưởng văn nghệ nước ngoài: kinh nghiệm Việt Nam thời hiện đại*, Nxb. Đại học Quốc gia, Hà Nội.

Lại Nguyên Ân. 1998. *Sống với văn học cùng thời*, Nxb. Văn học, Hà Nội.

Lê Bá Hán, Trần Đình Sử, Nguyễn Khắc Phi. 2004. *Từ điển thuật ngữ văn học*, Nxb. Giáo dục, Hà Nội.

Lê Đình Kỵ. 1998. *Phê bình nghiên cứu văn học*, Nxb. Giáo dục, Hà Nội.

Lê Huy Bắc. 2012. *Văn học hậu hiện đại lý thuyết và tiếp nhận*, Nxb. Đại học Sư phạm, Hà Nội.

Lê Lưu Oanh. 1998. *Thơ trữ tình Việt Nam 1975 - 1985*, Nxb. Đại học Quốc gia, Hà Nội.

Lê Ngọc Trà. 1990. *Lý luận và văn học*, Nxb. Trẻ, TP Hồ Chí Minh.

Lê Ngọc Trà. 2012. *Tuyển tập lý luận phê bình văn học*, Nxb. Hội Nhà văn, Hà Nội.

Lê Thanh. 2002. *Nghiên cứu và phê bình văn học* (Lại Nguyên Ân sưu tầm và biên soạn), Nxb. Văn học - Trung tâm Văn hóa Ngôn ngữ Đông Tây, Hà Nội.

Lê Trí Viễn. 1988. *Quy luật phát triển lịch sử văn học Việt Nam*, Nxb. Giáo dục, Hà Nội.

Lotman Iu. 2004. *Cấu trúc văn bản nghệ thuật* (Trần Ngọc Vương, Trịnh Bá Đĩnh, Nguyễn Thu Thủy dịch), Nxb. Đại học Quốc gia, Hà Nội.

Lotman Iu. 2015. *Ký hiệu học văn hóa* (Lã Nguyên, Đỗ Hải Phong, Trần Đình Sử dịch), Nxb. Đại học quốc gia, Hà Nội.

Lộc Phương Thủy. 2005. *Tiểu thuyết Pháp thế kỷ XX: truyền thống và cách tân*, Nxb. Văn học, Hà Nội.

Lưu Hiệp. 1997. *Văn tâm điêu long* (Phan Ngọc dịch), Nxb. Văn học, Hà Nội.

Lưu Khánh Thơ. 2005. *Thơ và một số gương mặt thơ Việt Nam hiện đại*, Nxb. Khoa học xã hội, Hà Nội.

Lyotard J.F. 2007. *Hoàn cảnh hậu hiện đại* (Ngân Xuyên dịch; Bùi Văn Nam Sơn hiệu đính và giới thiệu), Nxb. Tri thức, Hà Nội.

Mã Giang Lân. 2004. *Thơ hành trình và tiếp nhận*, Nxb. Đại học Quốc gia, Hà Nội.

Mã Giang Lân. 2005. *Văn học hiện đại Việt Nam, vấn đề - tác giả,* Nxb. Giáo dục, Hà Nội.

Mai Hải Oanh. 2009. *Những cách tân nghệ thuật trong tiểu thuyết Việt Nam đương đại*, Nxb. Hội Nhà văn, Hà Nội.

Mai Hương. 1999. *Văn học - một cách nhìn*, Nxb. Khoa học xã hội, Hà Nội.

Nicol, Bran (ed.). 2002. *Postmodernism and the Contemporary Novel: A Reader,* Edinburgh University Press.

Nguyễn Bá Thành. 2012. *Giáo trình tư duy thơ hiện đại Việt Nam*, Nxb. Đại học Quốc gia, Hà Nội.

Nguyễn Bá Thành. 2015. *Toàn cảnh thơ Việt Nam 1954 - 1975*, Nxb. Đại học Quốc gia, Hà Nội.

Nguyễn Đăng Điệp. 2002. *Giọng điệu trong thơ trữ tình*, Nxb. Văn học, Hà Nội.

Nguyễn Đăng Điệp. 2003. *Vọng từ con chữ*, Nxb. Văn học, Hà Nội.

Nguyễn Đăng Điệp. 2014. *Thơ Việt Nam hiện đại, tiến trình & hiện tượng*, Nxb. Văn học, Hà Nội.

Nguyễn Đăng Mạnh. 1995. *Con đường đi vào thế giới nghệ thuật của nhà văn*, Nxb. Giáo dục, Hà Nội.

Nguyễn Đăng Mạnh. 2006. *Tuyển tập*, Nxb. Giáo dục, Hà Nội.

Nguyễn Đăng Na. 2007. *Con đường giải mã văn học trung đại Việt Nam*, Nxb. Giáo dục, Hà Nội.

Nguyễn Hào Hải. 2001. *Một số học thuyết triết học phương Tây hiện đại*, Nxb. Văn hóa thông tin, Hà Nội.

Nguyễn Hiến Lê. 1952. *Để tìm hiểu văn phạm Việt Nam*, Nxb. Phạm Văn Tươi, Sài Gòn.

Nguyễn Huệ Chi. 2013. *Văn học cổ cận đại Việt Nam từ góc nhìn văn hóa đến các mã nghệ thuật*, Nxb. Giáo dục Việt Nam, Hà Nội.

Nguyễn Hưng Quốc. 1996. *Thơ, v.v và v.v...*, Nxb. Văn nghệ, California.

Nguyễn Hưng Quốc. 2000.*Văn học Việt Nam từ điểm nhìn h(ậu h)iện đại*, Nxb. Văn nghệ, California.

Nguyễn Hưng Quốc. 2007. *Mấy vấn đề phê bình và lý thuyết văn học*, Nxb. Văn mới, California.

Nguyễn Minh Tấn. 1987. *Tìm trong di sản*, Nxb. Tác phẩm mới, Hà Nội.

Nguyễn Ngọc Thiện. 2001. *Tranh luận văn nghệ thế kỷ XX* (2 tập), Nxb. Văn học, Hà Nội.

Nguyễn Thái Hòa. 2000. *Những vấn đề thi pháp của truyện*, Nxb. Giáo dục, Hà Nội.

Nguyễn Thị Bình. 2007. *Văn xuôi Việt Nam 1975 - 1995: những đổi mới cơ bản,* Nxb. Giáo dục, Hà Nội.

Nguyễn Văn Hạnh, Huỳnh Như Phương. 1995. *Lý luận văn học - vấn đề và suy nghĩ*, Nxb. Giáo dục, Hà Nội.

Nguyễn Văn Hạnh. 2009. *Lý luận phê bình văn học thực trạng & khuynh hướng*, Nxb. Khoa học xã hội, Hà Nội.

Nguyễn Văn Long. 2002. *Văn học Việt Nam trong thời đại mới*, Nxb. Giáo dục, Hà Nội.

Nguyễn Văn Long. 2009. *Văn học Việt Nam sau 1975 và việc giảng dạy trong nhà trường*, Nxb. Giáo dục, Hà Nội.

Nguyễn Văn Trung. 1965, 1967, 1968. *Lược khảo văn học* (3 tập), Nam Sơn, Sài Gòn.

Nguyễn Văn Trung. 1969 - 1971. *Nhận định* (6 tập), Nam Sơn, Sài Gòn.

Nhiều tác giả. 1986. *Từ điển triết học*, Nxb. Tiến bộ - Nxb. Sự thật, Moscow - Hà Nội.

Nhiều tác giả. 2005. *Từ điển văn học (bộ mới)*, Nxb. Thế giới, Hà Nội.

Nhiều tác giả. 2007. *Lý luận phê bình văn học thế giới thế kỷ XX* (2 tập), (Lộc Phương Thủy chủ biên), Nxb. Đà Nẵng.

Nhiều tác giả. 2009. *Nghiên cứu văn học Việt Nam những khả năng và thách thức*, Nxb. Thế giới, Hà Nội.

Nhiều tác giả. 2012. *Nguyễn Xuân Khánh cái nhìn lịch sử và văn hóa* (Nguyễn Đăng Điệp chủ biên), Nxb. Phụ nữ, Hà Nội.

Nhiều tác giả. 2012. *Phê bình văn học Việt Nam 1975 - 2005* (Nguyễn Văn Long chủ biên), Nxb. Đại học Sư phạm, Hà Nội.

Popper K. 2012. *Sự nghèo nàn của thuyết sử luận* (Chu Lan Đình dịch), Nxb. Tri thức, Hà Nội.

Phạm Thế Ngũ. 1961 - 1965. *Việt Nam văn học sử giản ước tân biên* (3 tập), Quốc học tùng thư, Sài Gòn.

Phạm Văn Sĩ. 1977. *Văn học giải phóng miền Nam*, Nxb. Đại học và Trung học chuyên nghiệp, Hà Nội.

Phạm Vĩnh Cư. 2007. *Sáng tạo và giao lưu*, Nxb. Giáo dục, Hà Nội.

Phạm Xuân Nguyên. 2014. *Nhà văn như Thị Nở*, Nxb. Hội Nhà văn - Nhã Nam, Hà Nội.

Phan Cự Đệ. 1974. *Tiểu thuyết Việt Nam hiện đại* tập 1, Nxb. Đại học và Trung học chuyên nghiệp, Hà Nội.

Phan Cự Đệ. 1975. *Tiểu thuyết Việt Nam hiện đại* tập 2, Nxb. Đại học và Trung học chuyên nghiệp, Hà Nội.

Phan Cự Đệ. 2004. *Văn học Việt Nam thế kỷ XX*, Nxb. Giáo dục, Hà Nội.

Phan Kế Bính. 1970. *Việt Hán văn khảo*, Mặc Lâm xuất bản, Sài Gòn.

Phan Khôi. 1998. *Chương Dân thi thoại* (tái bản), Nxb. Đà Nẵng.

Phan Ngọc. 1985. *Tìm hiểu phong cách Nguyễn Du trong Truyện Kiều*, Nxb. Khoa học xã hội, Hà Nội.

Phong Lê. 1994. *Văn học và công cuộc đổi mới*, Nxb. Hội Nhà văn, Hà Nội.

Phong Lê. 2013. *Phác thảo văn học Việt Nam hiện đại (thế kỷ XX),* Nxb. Tri thức, Hà Nội.

Phùng Văn Tửu. 2002. *Tiểu thuyết Pháp hiện đại những tìm tòi đổi mới*, Nxb. Khoa học xã hội, Hà Nội.

Phương Lựu. 2001. *Lý luận, phê bình văn học phương Tây thế kỷ XX*, Nxb. Văn học - Trung tâm Văn hóa Ngôn ngữ Đông Tây, Hà Nội.

Phương Lựu. 2009. *Vì một nền lý luận văn học dân tộc - hiện đại*, Nxb. Văn học, Hà Nội.

Sartre J.P, Nguyên Ngọc dịch. *Văn học là gì?*. Nxb. Hội Nhà văn, Hà Nội.

Tạ Ty. 1970. *Mười khuôn mặt văn nghệ*, Lá Bối, Sài Gòn.

Tạ Ty. 1972. *Mười khuôn mặt văn nghệ*, Lá Bối, Sài Gòn.

Tôn Phương Lan. 2005. *Văn chương và cảm nhận*, Nxb. Khoa học xã hội, Hà Nội.

Thanh Lãng. 1972, 1973. *Phê bình văn học thế hệ 1932* (2 tập), Phong trào Văn hóa, Sài Gòn.

Thiếu Sơn. 2001. *Nghệ thuật và Nhân sinh* (Lê Quang Hưng sưu tầm và chỉnh lý), Nxb. Văn hóa thông tin, Hà Nội.

Thụy Khuê. 1996. *Cấu trúc thơ*, Văn nghệ, California.

Thụy Khuê. 1998. *Sóng từ trường*, Văn nghệ, California.

Thụy Khuê. 2002. *Nói chuyện với Hoàng Xuân Hãn và Tạ Trọng Hiệp*, Văn nghệ, California.

Trần Đăng Suyền. 2010. *Chủ nghĩa hiện thực trong văn học Việt Nam nửa đầu thế kỷ XX*, Nxb. Khoa học xã hội, Hà Nội.

Trần Đình Hượu. 1994. *Đến hiện đại từ truyền thống*, Nxb. Hà Nội.

Trần Đình Hượu. 1995. *Nho giáo và văn học Việt Nam trung cận đại*, Nxb. Văn hóa thông tin, Hà Nội.

Trần Đình Sử chủ biên. 2004. *Tự sự học* tập I, Nxb. Đại học Sư phạm, Hà Nội.

Trần Đình Sử chủ biên. 2008. *Tự sự học* tập II, Nxb. Đại học Sư phạm, Hà Nội.

Trần Đình Sử. 1987. *Thi pháp thơ Tố Hữu*, Nxb. Tác phẩm mới, Hà Nội.

Trần Đình Sử. 1995. *Những thế giới nghệ thuật thơ*, Nxb. Giáo dục, Hà Nội.

Trần Đình Sử. 1996. *Lý luận và phê bình văn học*, Nxb. Hội Nhà văn, Hà Nội.

Trần Đình Sử. 2005. *Tuyển tập* (2 tập), Nxb. Giáo dục, Hà Nội.

Trần Đình Sử. 2014. *Trên đường biên của lý luận văn học*, Nxb. Văn học, Hà Nội.

Trần Hoài Anh. 2009. *Lý luận, phê bình văn học ở đô thị miền Nam 1954 - 1975*, Nxb. Hội Nhà văn, Hà Nội.

Trần Hữu Tá - Đoàn Lê Giang - Nguyễn Thành Thi. 2013. *Nhìn lại Thơ mới và văn xuôi Tự Lực văn đoàn*, Nxb. Thanh niên, Hà Nội.

Trần Hữu Tá. 2000. *Nhìn lại một chặng đường văn học*, Nxb. Thành phố Hồ Chí Minh.

Trần Ngọc Thêm. 1997. *Cơ sở văn hóa Việt Nam*, Nxb. Giáo dục, Hà Nội.

Trần Ngọc Vương. 1995. *Loại hình học tác giả văn học - Nhà nho tài tử và văn học Việt Nam*, Nxb. Giáo dục, Hà Nội.

Trần Ngọc Vương. 2010. *Thực thể Việt nhìn từ các tọa độ chữ*, Nxb. Tri thức, Hà Nội.

Trần Nho Thìn. 2012. *Văn học Việt Nam từ thế kỷ X đến hết thế kỷ XIX*, Nxb. Giáo dục Việt Nam, Hà Nội.

Trần Quốc Vượng. 2000. *Văn hóa Việt Nam tìm tòi và suy ngẫm*, Nxb. Văn hóa dân tộc - Tạp chí Văn hóa nghệ thuật, Hà Nội.

Trần Thái Đỉnh. 2012. *Triết học hiện sinh* (tái bản lần thứ 3), Nxb. Văn học, Hà Nội.

Trần Thanh Mại. 1996. *Hàn Mặc Tử hôm qua và hôm nay* (Vương Trí Nhàn sưu tầm và biên soạn), Nxb. Hội Nhà văn, Hà Nội.

Trần Thị Mai Nhi. 1994. *Văn học hiện đại - Văn học Việt Nam, giao lưu gặp gỡ*, Nxb. Văn học, Hà Nội.

Trịnh Bá Đĩnh. 2002. *Chủ nghĩa cấu trúc và văn học*, Nxb. Văn học - Trung tâm Nghiên cứu Quốc học, Hà Nội.

Trịnh Bá Đĩnh. 2013. *Lịch sử lý luận, phê bình văn học,* Nxb. Khoa học xã hội, Hà Nội.

Trương Đăng Dung, Nguyễn Cương (đồng chủ biên). 1990. *Các vấn đề của khoa học văn học*, Nxb. Khoa học xã hội, Hà Nội.

Trương Đăng Dung. 1998. *Từ văn bản đến tác phẩm văn học*, Nxb. Khoa học xã hội, Hà Nội.

Trương Đăng Dung. 2004. *Tác phẩm văn học như là quá trình,* Nxb. Khoa học xã hội, Hà Nội.

Trương Tửu. 2007. *Tuyển tập nghiên cứu phê bình* (Nguyễn Hữu Sơn - Trịnh Bá Đĩnh sưu tầm và biên soạn), Nxb. Lao động, Hà Nội.

Văn Giá. 2005. *Đời sống và đời viết*, Nxb. Hội Nhà văn - Trung tâm Văn hóa Ngôn ngữ Đông Tây, Hà Nội.

Viện Văn học. 1990. *Văn học và hiện thực* (Phong Lê chủ biên), Nxb. Khoa học xã hội, Hà Nội.

Viện Văn học. 2002. *Nhìn lại văn học Việt nam thế kỷ XX*, Nxb. Chính trị Quốc gia, Hà Nội.

Viện Văn học. 2005. *Lý luận và phê bình văn học đổi mới và phát triển* (Kỷ yếu Hội thảo), Nxb. Khoa học xã hội, Hà Nội.

Vũ Đình Lưu. 1966. *Thảm kịch văn hóa*, An Tiêm, Sài Gòn.

Vũ Hạnh. 2015. *Đọc lại Truyện Kiều* (tái bản), Nxb. Văn học - Trung tâm Quốc học, Hà Nội.

Vũ Ngọc Phan. 1993. *Nhà văn hiện đại* (2 tập; tái bản), Nxb. Văn học - Hội Nghiên cứu giảng dạy văn học Thành phố Hồ Chí Minh.

Vũ Tuấn Anh. 2001. *Văn học Việt Nam hiện đại - nhận thức và thẩm định*, Nxb. Khoa học xã hội, Hà Nội.

Vũ Văn Sĩ. 2005. *Mạch thơ trong nguồn thế kỷ*, Nxb. Khoa học xã hội, Hà Nội.

Vưgotxki L.X. 1995. *Tâm lý học nghệ thuật* (Hoài Lam, Kiên Giang dịch), Nxb. Khoa học xã hội, Hà Nội.

Vương Trí Nhàn. 2002. *Cây bút đời người*, Nxb. Hội Nhà văn, Hà Nội.

Wellek R. - Warren A. 2009. *Lý luận văn học* (Nguyễn Mạnh Cường dịch), Nxb. Văn học - Trung tâm Nghiên cứu Quốc học, Hà Nội.

INDEX 索引

二劃

三劃

四劃

五劃

六劃

七劃

八劃

九劃

十劃

十一劃

十二劃

十三劃

十四劃

十五劃

十六劃

十七劃

十八劃

十九劃

二十劃